L'HEURE DU RETOUR

Christopher M. Hood

L'HEURE DU RETOUR

Traduit de l'anglais (États-Unis)
par Héloïse Esquié

SONATINE ÉDITIONS

Directeurs de collection : Arnaud Hofmarcher
et Marie Misandeau
Coordination éditoriale : Élisabeth Richard

Titre original : *The Revivalists*
Éditeur original : HarperCollins Publishers

Sonatine Éditions
92, avenue de France
75013 Paris
lisezsonatine.com

Ouvrage réalisé par Cursives à Paris

ISBN 978-2-35584-989-3
N° d'édition : 989 – Dépôt légal : avril 2024

Pour Daphne

J'aspire – tous les jours de ma vie, me languis
De rentrer et de vivre enfin l'heure du retour
Et si un dieu devait encore me naufrager
Dans les flots lie de vin, je le supporterais.

Homère, *L'Odyssée*, chant V

1

P*apa, c'est moi.*

Hannah, c'était Hannah, la voix d'Hannah, sauf qu'elle sonnait faux, cotonneuse, je ne l'entendais pas lever les yeux au ciel comme elle le faisait si souvent quand elle parlait avec moi. Ses mots s'éteignaient à la fin, le *moi* n'était qu'un murmure, comme si nous parlions au téléphone, comme si elle tenait l'appareil contre son épaule en attrapant le thé sur une étagère en hauteur, et que le couinement de ma radio amateur venait de la bouilloire sur sa cuisinière.

« Hannah, qu'est-ce qui ne va pas ? »

Sa respiration était si forte que je l'entendais, même à travers un continent d'espace crépitant. J'entendais mon cœur aussi, qui cognait dans ma poitrine.

« Hannah, qu'est-ce qui ne va pas ? » Je me suis tourné vers l'escalier. « Pen ! C'est Hannah.

– Tout va bien. »

J'avais envie de lui demander si elle avait fumé, mais elle était à près de cinq mille kilomètres, et sa voix pouvait disparaître à tout moment, elle pouvait arrêter de transmettre et s'évanouir. Chaque fois que nous parvenions à entrer en contact par radio, le lien semblait si ténu, un fil d'araignée traversant le pays… et si je lui faisais peur…

« Tu es où ? »

Penelope était en train de dévaler bruyamment l'escalier, et je n'ai pas entendu ce qu'a dit Hannah.

« Quoi ? Tu es où ?

– Je suis encore à Bishop », a-t-elle répété.

Penelope était à côté de moi à présent, sa tête contre la mienne, tempe contre tempe, et nous nous concentrions tous les deux pour l'écouter.

« Dis-moi que tout va bien, a-t-elle imploré. Chérie, dis-moi quelque chose.

– Vous êtes là, tous les deux.

– On est là, avons-nous répondu à l'unisson.

– Vous n'avez plus besoin de vous inquiéter pour moi. » Son débit s'est accéléré, comme si elle lisait tout haut. « J'ai trouvé les réponses, et elles m'ont apporté la paix. Ce sacrement exige un sacrifice… »

Elle a buté sur *sacrifice*, la voix pâteuse, et Penelope lui a coupé la parole.

« Non, non, non ! Chérie, tu ne vas pas faire ça. »

Elle continuait son laïus monotone.

« Ma vie d'avant doit être jetée au feu. Je suis baptisée de nouveau.

– N'y pense même pas. »

Penelope m'avait empoigné l'avant-bras, et serrait assez fort pour me faire mal.

« Je vous demande de respecter mon choix… »

J'ai eu l'impression d'entendre quelqu'un d'autre dans le fond, un murmure lui soufflant ses mots. « Qui est-ce ? j'ai demandé. Qu'est-ce qui se passe !?

– Parce que c'est fait », a-t-elle terminé.

Il y a eu une pause, et nous sommes tous restés silencieux un instant. Puis Hannah a dit : « Je vous aime tous les deux », d'une petite voix de souris, et dans le fond, un homme a fait : « Ça suffit », sur quoi les voix ont disparu et la friture a pris le dessus, les gémissements extraterrestres et les crépitements essoufflés que j'écoutais toute la journée dans la cuisine, espérant que ce qui venait de se produire se produise, qu'Hannah utilise de nouveau la fréquence radio que nous lui avions communiquée avant que les téléphones cessent définitivement de fonctionner. Mais je n'aurais jamais cru qu'elle s'en servirait pour réciter l'atroce bouillie revivaliste destinée à nous exclure de sa vie pour de bon.

« Hannah ? Hannah ! » Penelope criait dans le micro. J'étais planté dans la cuisine, les mains vides, bouche bée. C'était sans espoir, nous ne pouvions rien faire. Nous pouvions lancer des appels dans le vide, nous pouvions faire passer nos voix en Californie et au-delà, il se pouvait que quelqu'un nous écoute sur un bateau dans le Pacifique, se moquant de notre panique perceptible, mais rien de tout cela ne comptait si elle n'écoutait pas.

Même si c'était inutile, Penelope a tenté une autre fréquence, puis encore une autre, et finalement, elle a tourné le bouton au hasard et laissé tomber le micro. Je me tenais derrière elle, hébété, le carrelage de la cuisine froid sous mes pieds nus. Elle a baissé la tête, les mains à plat sur le plan de travail.

« *Je suis baptisée de nouveau ?* » a-t-elle demandé, sans se tourner, en fixant la radio qui lui rendait son regard, implacable. « Putain, qu'est-ce que c'est que ces conneries ? Et ils lui ont donné quelque chose, tu le sais ? Tu as entendu sa voix ? On aurait dit qu'elle était sous l'eau. »

C'était une fin de journée de début d'automne, les feuilles de l'érable japonais du jardin étaient encore vertes, pas rouge sang, et le soleil filtrait par les fenêtres donnant sur la rue, derrière Penelope, assez lumineux pour que je ne puisse pas voir son visage, pas distinctement. Il faut dire que je n'en avais pas besoin. Je savais la tête qu'elle faisait. Je savais ce qu'elle allait dire avant qu'elle le dise. Elle allait dire : *Je t'avais prévenu que ça allait arriver.*

Et j'imagine qu'elle avait raison. La pièce tourbillonnait autour de moi, lentement, et j'éprouvais la même nausée, le même vertige que chaque fois que je voyais couler mon propre sang.

« On va la récupérer. »

C'est ce qu'elle a dit. C'est sa façon de dire ça qui l'a emporté sur le reste, sa voix de réunion Zoom, qui la faisait ressembler à une autre personne, comme si elle écrasait tout désaccord potentiel dans l'œuf. J'aurais voulu n'éprouver que de la joie pure en entendant la voix d'Hannah. J'aurais voulu me sentir plus proche de Penelope, aussi, nous sentir unis dans notre quête pour sauver notre fille. Et j'ai bien éprouvé ces deux choses, mais j'ai éprouvé aussi du ressentiment, et il m'est même venu une idée qu'il aurait été impossible de partager avec ma femme : Est-ce que c'est vraiment si grave que ça qu'Hannah rejoigne les Revivalistes ? Quelles alternatives reste-t-il ? S'il pouvait lui offrir de la nourriture, un toit et la sécurité, le Revival ne me semblait pas un si mauvais scénario, après tout.

Laissez-moi préciser la chose suivante immédiatement, dès le départ, avant tout ce qui suit : je n'attends pas de sympathie. Quoi qu'il puisse arriver pendant que nous traverserions le pays pour aller secourir notre fille, notre fille vivante, j'avais déjà une chance indécente, exceptionnelle : il existait deux personnes que j'aimais suffisamment pour que les perdre me détruise, et elles avaient survécu toutes les deux.

Quelle probabilité à cela ? Je n'en savais rien. Hannah était la première voix que nous entendions depuis des mois qui vienne de plus loin que quelques kilomètres. Le progrès ne s'était pas seulement inversé : il avait fait un bond en arrière dans le temps. Ce n'était pas seulement que les téléphones ne fonctionnaient plus – il n'y avait pas de télégrammes, pas de signaux de fumée, pas de Pony Express. Le Big One aurait pu frapper la Californie, faisant couler la moitié du territoire, que nous ne l'aurions pas su. Même New York, à trente kilomètres au sud, était un mystère. On entendait des rumeurs. La peur que le virus se propage via les systèmes de ventilation avait poussé les gens à aller mourir dans les rues froides, désormais encombrées et infranchissables à cause des voitures abandonnées, juste au moment où le métro s'était arrêté définitivement. Le Reservoir de Central Park, vidé, servait-il vraiment de site de crémation de masse ? J'en doutais, mais allez savoir.

Donc les probabilités, je ne sais pas, mais notre survie relevait plutôt du miracle, *a priori*. Aucune famille n'en était sortie aussi intacte. Nous aurions dû nous convulser de gratitude en criant *Hosannah !* rien que parce qu'il nous restait une fille en état de rejoindre le Revival. Mais nul besoin d'être psychologue professionnel pour savoir que les gens ne fonctionnent pas comme ça. J'étais prêt à tout sacrifier pour notre fille. Et Penelope, si rationnelle ? Capable de baigner tout l'après-midi dans un prospectus de mise en Bourse et d'en ressortir le soir avec un seul chiffre solidifié ? Capable de lire et de comprendre les tables actuarielles ? Elle qui avait fui toute l'incertitude, les préjugés et le chaos de ses premières années pour trouver refuge dans les mathématiques de l'argent ? Eh bien quand il était question d'Hannah, Penelope était un animal sauvage, et ça avait toujours été le cas.

Lorsque le virus est apparu et que les confinements ont commencé, tout le monde n'avait que le Covid-19 à la bouche. Il ne s'était écoulé que quelques années, après tout. *Je ne peux pas revivre ça*, disions-nous tous. *Vraiment, je ne peux pas.* Mais si le Covid-19 était la mort en capuchon noir, avec sa faux, ce nouveau virus, c'était la version industrialisée de la faucheuse, un alliage monstrueux qui dévorait à toute vitesse la population mondiale. La plupart des virus avaient le bon sens de tempérer leurs appétits féroces pour se reproduire, se reproduire, et se reproduire encore, conservant donc suffisamment d'hôtes vivants pour continuer à vivre à perpétuité, mais pas celui-là. Celui-là ne voulait pas trier la horde, mais l'éradiquer, tel un loup rassasié tuant pour le plaisir, fonçant vers une mort glorieuse en emmenant tous ses hôtes avec lui. Ce virus, c'était Edna St. Vincent Millay, brûlant la chandelle par les deux bouts, ne laissant que les rares élus immunisés, avant de disparaître sur son propre bûcher.

Il était apparu sur le permafrost islandais en fonte, et les réseaux sociaux l'avaient immédiatement surnommé la Grippe du Requin, accusant l'étrange coutume islandaise de manger de la viande de requin fermentée en buvant de la bière dans les bars, une rumeur que personne n'avait eu le temps de démonter, tant la maladie s'était vite propagée, une fièvre hémorragique qui semblait attaquer les frontières mêmes entre le corps et le monde qu'il habitait : toutes les maladies mortelles sont affreuses, mais alors quand elles dissolvent l'intégrité corporelle… Du sang coulait de là où il ne devrait pas, des gens mouraient d'étouffement ; les organes ne fondaient pas *réellement*, mais c'était le raccourci qui se répétait sans fin dans notre tête, la comparaison employée par un médecin sur CNN : *C'est comme si les organes fondaient.*

Chaque jour, depuis vingt ans, le *New York Times* atterrissait sur notre pelouse comme une grenade : un homme que je n'ai jamais rencontré mais à qui j'envoyais vingt dollars tous les Noël passait le bras gauche par la fenêtre de sa voiture et lançait le journal dans son emballage en plastique bleu par-dessus le toit de sa Toyota délavée, et il tombait dans l'herbe ou dans la haie. La Grippe du Requin est d'abord apparue dans les colonnes en dessous de la pliure, mais jour après jour les nouvelles ont empiré, les gros titres sont devenus plus apocalyptiques. Le virus avait un temps d'incubation de deux semaines pendant lesquelles il était contagieux mais asymptomatique, puis il s'élançait comme un cheval de course. Les gens mouraient en quelques jours, parfois quelques heures. L'Islande s'est confinée. *Heureusement que c'est une île*, disait tout le monde ; mais c'était une île sur laquelle des milliers et des milliers d'avions entre l'Amérique du Nord et l'Europe s'étaient posés pour faire le plein d'essence, et la Grippe du Requin circulait déjà sur toute la planète. Chaque vol transportait des passagers clandestins, cachés non dans les soutes, mais dans le sang des voyageurs. Nous avions tous des masques, mais avec cette maladie, n'importe quelle muqueuse faisait l'affaire : les yeux suffisaient, leur humidité constituait un milieu parfait, le virus y atterrissait et en ressortait telle une nuée de moustiques sur une flaque.

Hannah se trouvait en Californie quand ça a commencé, elle faisait des études de sociologie à Irvine. Nous lui avons conseillé de rentrer : qui se souciait des cours en un moment pareil ? Mais elle avait la tête dure, et les recommandations de l'administration variaient du tout au tout. Au départ, c'était : *Tout le monde doit s'en aller, les cours sont annulés*, mais la situation évoluait très vite, avec ce virus plus contagieux que la rougeole, plus mortel que l'Ebola, et cette période d'incubation qui signifiait qu'il avait toujours deux semaines d'avance. La police cherche tout le temps à rattraper le criminel. Avant que quiconque puisse s'en aller, le vent a tourné, et ils ont confiné le campus. Personne n'avait plus le droit de sortir de sa chambre en résidence universitaire.

Elle nous a appelés en sanglots, et quinze minutes plus tard, nous roulions vers l'ouest. Le code de la route ne semblait plus exister. Les voitures s'engageaient sur la bande d'herbe du bas-côté et accéléraient, les carrefours étaient un naufrage, et une engueulade où deux automobilistes sortaient de leurs voitures se répercutait immédiatement plusieurs kilomètres en arrière, bloquant toute la circulation, si bien que d'autres conducteurs excédés s'empoignaient à leur tour. Nous avons insisté, même si nous avons bien vu en arrivant enfin au pont que nous appelions encore le Tappan Zee qu'il était bouché. Peut-être que notre explication allait suffire à ce qu'on nous laisse outrepasser la quarantaine. La voiture ne faisait pas de bruit, nous regardions devant nous, tous les deux, sachant ce qu'il était en train de se passer mais refusant de le verbaliser et de le rendre réel du même coup. Quand ça a finalement été notre tour, en tête de file, de plaider notre cause auprès des policiers aux visages de granit et de la garde nationale avec ses masques à gaz et ses véhicules de transport de troupes, ça s'est passé aussi bien que possible, autrement dit, ça ne s'est pas passé du tout. Vu comment nous sommes parvenus à faire craquer le vernis, ils auraient aussi bien pu être des animatroniques, nous faisant signe froidement de faire demi-tour.

Est-ce que nous avons roulé vers le sud pour tenter le George Washington Bridge ? Oui. Et ce n'est que lorsque nous avons *de nouveau* pris vers le nord et rejoint le Bear Mountain Bridge que nous avons fini par trouver un flic qui est sorti de son rôle juste assez longtemps pour nous expliquer : tout le pays était bloqué de cette façon, ils tentaient d'employer l'Hudson River comme pare-feu, et à l'heure actuelle, il nous serait aussi difficile de passer d'un État à l'autre que s'il s'était agi de quarante-huit pays différents. À 4 heures du matin, nous étions de retour dans notre allée, moteur tournant encore, et nous contemplions la maison, trop bouleversés pour même ouvrir nos portières.

Le monde intérieur d'Hannah avait toujours été orageux, même quand elle était petite, mais nous avions toujours été invités à y pénétrer pour le partager avec elle. Puis la puberté avait fondu sur notre foyer comme une guerre éclair, et du jour au lendemain, nous avons eu l'impression de devenir spectateurs de sa vie, réduits à l'état de suppliants, reconnaissants des rares miettes qu'elle daignait nous faire connaître. À présent, piégée dans sa chambre, sur le campus, avec quelques paquets de ramens instantanés, osant de petites expéditions au bout du couloir pour aller aux toilettes, elle était redevenue notre petite fille, et passait la journée au téléphone avec nous. Allongé à l'étage, même si ça ne faisait que quelques heures que j'avais entendu sa voix, je me surprenais à entrer son nom sur mon portable, et la sonnerie hachée m'annonçait qu'elle était déjà en train de parler à quelqu'un d'autre, mais avant que je puisse laisser un message, la voix de Penelope me parvenait par l'escalier : *Je suis en ligne avec elle !* et je savais qu'elle était assise en bas, devant le bow-window qui donnait sur la petite pelouse devant la maison, les jambes repliées sous elle, écoutant Hannah qui lui disait, j'en étais sûr : *C'est encore papa qui appelle. Vous n'êtes pas dans la même maison, tous les deux ?*

Au départ, être enfermés dans la résidence, c'était un jeu. Certains avaient installé des tables pour jouer au beer-pong dans les couloirs, d'autres ramenaient des fûts de bière en douce, ils finissaient leurs réserves de beuh. Mais quand le premier étudiant est mort, les couloirs se sont vidés en un clin d'œil. Les résidents se sont mis à se faufiler aux toilettes en vitesse, courant pour rentrer dans leur chambre au premier signe de vie. *Personne n'est là pour nous aider*, gémissait Hannah au téléphone. *Il y a un cadavre dans la chambre d'à côté !* Et personne ne venait. Tout mon calme professionnel a volé en éclats tandis que je sanglotais avec elle au téléphone. Il n'y avait personne pour venir. Hannah était seule dans son dortoir, terrifiée, en larmes et affamée, et nous étions à cinq mille kilomètres ; il n'y avait pas d'avion, pas de train, pas de bus, et la liberté américaine de la route n'était plus qu'un charmant souvenir, comme une vieille pancarte de station-service sur le mur d'un restaurant.

Puis Penelope a eu un pic de fièvre. Les frontières de notre maison avaient été franchies, je ne sais comment. J'essayais de contenir la panique brute tapie dans ma voix quand Hannah téléphonait, mais Penelope s'est presque aussitôt mise à délirer, les draps étaient trempés de sueur, Hanna sanglotait : *Maman l'a attrapé ? Elle l'a ?* et j'aurais dû tenter de garder la tête froide, de dire : *On ne sait pas encore*, mais à ce moment-là, la voix d'Hannah produisait un effet Doppler dans mes oreilles, le téléphone devenait poisseux dans mes mains. Je ne sais pas ce que je lui ai dit, mais je me suis précipité au bout du couloir pour vomir. Une journée terrifiante s'est écoulée, dont il ne m'est resté que des images bizarres, hallucinatoires – les murs qui prenaient des angles trapézoïdaux, des insectes qui rampaient le long de ces mêmes murs et me grouillaient dessus, se glissant sous mes ongles et dans mon corps avec de petits *pop* audibles, comme le petit bruit émis par le pavé tactile de mon téléphone.

J'ai vu Penelope se dissoudre en une abstraction, j'ai vu mon propre père, mort depuis dix ans, fumer la pipe dans notre salon. Si j'avais été capable de prendre ma propre température, je n'aurais pas su ce que signifiait le chiffre.

Il s'est écoulé un jour et demi comme ça – Hannah m'a dit la durée ensuite – puis on est allés mieux. Aussi simple que ça. Comme si nous avions effectué quelques longueurs sous l'eau avant de ressortir au soleil tandis que tous les autres coulaient comme des pierres. Nous n'avions rien fait pour mériter ça, nous étions juste des « rescapés », les grands gagnants de la loterie immunitaire. Les rescapés, le monde médical traditionnel ne parlait que de ça pendant les derniers jours de l'existence du monde médical traditionnel. Notre existence renfermait la promesse d'un remède, expliquaient des médecins islandais aux noms interminables et imprononçables : plusieurs patients étaient revenus du pire et avaient survécu. Mais presque aussitôt, ces médecins étaient morts à leur tour, les hordes avaient envahi les urgences en sous-effectifs, et cela n'avait plus d'importance, de savoir si la science médicale du XXIe siècle était à la hauteur du virus, car nous ne vivions plus au XXIe siècle. Autant tenter de résoudre le problème avec des sangsues : le triage de la foule était totalement inenvisageable, les équipes hospitalières mouraient dans les couloirs et les salles d'opération.

La fièvre que nous avions eue, Penelope et moi, correspondait aux dernières visions que connaissaient la plupart des gens : leur délire les escortait jusqu'à leur tombe. Et la grande majorité des *happy few* qui survivaient à ces hallucinations devait trouver que la réalité était encore pire : à leur retour à ce monde, ils découvraient que leur compagne ou compagnon, leurs enfants n'avaient pas eu la même veine. Quand je pensais à ce que ça m'aurait fait, de trouver le corps froid de Penelope dans une flaque de… Il aurait mieux valu que je meure moi-même.

Hannah était toujours à la résidence, elle avait faim et envisageait de s'aventurer dehors ; il émanait à présent des chambres dans le couloir un silence effrayant. J'aurais voulu l'aider à échafauder un plan d'action, mais Irvine aurait pu être une planète tournant autour d'un soleil lointain, pour ce que je savais de ce qui se passait là-bas. Je me raccrochais au moindre de ses appels, je vivais pour ça. Un après-midi, j'étais dehors, et Penelope n'a même pas eu besoin de prononcer mon nom, j'ai accouru dès que j'ai entendu la terreur dans sa voix. Je me suis cogné la hanche contre le rebord du canapé, et elle m'élançait quand j'ai fait les derniers pas, chancelant.

« Tu racontes n'importe quoi ! » disait Penelope. Elle a placé la main sur le micro et m'a lancé d'une voix sifflante : « Elle l'a chopé, je sais qu'elle l'a chopé. *Elle l'a !* »

J'entendais la logorrhée erratique d'Hannah. J'étais essoufflé d'avoir couru, et maintenant sous l'effet de la panique qui montait dans mon sang, totalement inutile.

« Il est là, a dit Hannah. Il est venu me voir à la fac. » Elle parlait d'une voix pâteuse, et j'ai compris que ma fille voyait quelqu'un dans son délire, mais je ne savais pas qui, et elle a ajouté : « Je dois y aller. » En un seul mot : *jdoisyaller*, et nous avons sangloté dans le téléphone *non, non, non*, mais le silence avait remplacé sa voix.

Pendant une longue journée, j'ai cru que ce serait les derniers mots que j'entendrais de la bouche de ma fille. Nous n'arrêtions pas de la rappeler, si souvent qu'ensuite elle nous a raconté avoir pensé que la sonnerie était un oiseau coincé dans sa chambre, qui cherchait désespérément à s'échapper. Elle n'avait jamais pris la peine d'enregistrer un message d'accueil, donc nous n'entendions même pas sa voix, juste une voix féminine robotique qui récitait son numéro, encore et encore. Puis la sonnerie n'a plus retenti, nous tombions directement sur la messagerie, et nous avons compris qu'elle n'avait plus de batterie. Penelope et moi étions dévastés, nous n'avons dormi ni l'un ni l'autre, même nos communications les plus élémentaires étaient elliptiques. Une demi-heure pouvait s'écouler entre une question et la réponse. Nous avons fini par nous retrancher dans le silence, recroquevillés de chaque côté du gouffre, l'après de ce désastre avec lequel nous allions vivre pour le restant de nos jours, si toutefois nous choisissions de vivre.

Et le téléphone a sonné, et c'était Hannah. Elle en était revenue.

Une chance incroyable. Voilà ce que nous avions. Tout autour de nous, le monde se rétrécissait. Radicalement. Le journal a cessé d'arriver – je ne sais pas si c'était notre livreur qui était mort, ou le *New York Times*. Les chaînes de télévision ont cessé d'émettre. La présidente se trouvait-elle dans un bunker sécurisé, d'où elle continuait à diriger le pays ? Peut-être. Comment l'aurais-je su ? Elle semblait hors sujet, désormais. J'ai repensé à des années auparavant, quand une tempête de glace à Atlanta, ayant duré douze heures, avait brièvement plongé la ville dans la barbarie : des bagarres à coups de poings et des femmes qui accouchaient sur le bord de la route. Lénine a dit que toute société se trouve à trois repas du chaos. On imagine tout de suite des hordes dans la rue, la révolution, des incendies. Mais en fait, ce que ça voulait dire, c'était le silence. Le virus est apparu en Islande en octobre, et c'est en décembre que tout s'est arrêté. Pas de piétons dans la rue. Pas d'avion dans le ciel, pas de voiture sur les routes. Pas d'eau aux robinets, pas de courant électrique.

Que les téléphones cessent de fonctionner, c'était le seul truc que j'avais anticipé. Dans l'ensemble, je me débrouillais pour exister aussi simplement qu'un protozoaire ; je restais en place jusqu'au moment où un petit coup venu de l'extérieur me mettait en mouvement, et je réagissais. Mais j'ai su, j'ai *su*, dès qu'Hannah s'est remise de sa fièvre, que les moyens de communication étaient condamnés, donc j'ai ravalé ma fierté, mon professionnalisme, mon éthique, et je me suis aventuré chez un client. C'était un prof de sciences à Hastings. J'ai frappé, frappé et, finalement, je suis entré par effraction, la gorge serrée, m'attendant à trouver son cadavre dans un coin. Personne ne répondait à mes cris. Et Dieu merci, pas de cadavre, pas de signe de vie, rien à part la maison abandonnée et son chat, sauvage et maigre, qui hurlait pour qu'on le libère. Quand j'ai ouvert la porte, il a filé dehors comme une flèche. Si mon client était mort, il était mort ailleurs.

J'ai pris la radio amateur dont il m'avait parlé, séance après séance, avec sa sincérité d'Asperger – *je suis un passionné,* répétait-il avec candeur, m'expliquant jusqu'où son attirail pouvait porter, les amitiés qu'il s'était faites à des milliers de kilomètres de là –, et je l'ai chargée à l'arrière de ma Subaru, avec les livres expliquant comment l'utiliser, les rouleaux de fil de fer, son petit kit d'embouts et autres gadgets, tous étiquetés et bien rangés dans un bac en plastique avec de petites séparations pour compartimenter. Son écriture sur chaque morceau de ruban adhésif coupé bien au carré. Je suis même monté sur le toit pour prendre son antenne.

Donc, avant que les téléphones rendent l'âme, j'ai eu le temps d'indiquer à Hannah une fréquence que nous allions surveiller, de la lui faire répéter inlassablement jusqu'à ce que je sois certain que même son hippocampe rétif ne serait pas en mesure de l'oublier. Deux ou trois jours après, de fait, les barres verticales ont disparu de nos portables, remplacées par le message « PAS DE SERVICE », et les lignes fixes n'ont plus donné que de la friture. Chaque fois que je repensais au fait que nous avions été à ça de perdre le contact avec elle pour toujours, ça me rendait malade. Nous aurions passé le restant de nos vies à attendre un coup à la porte, un coup qui ne serait jamais venu.

Ma petite fille. Je me suis rappelé ses premiers jours à la crèche, quand la prise de conscience qu'elle avait une vie propre, séparée de nous, me remplissait de fierté et me bouleversait. À présent, l'idée qu'elle errait dans les ruines de la Californie, toute seule, aurait suffi à me déchirer d'émotion, sauf que j'étais distrait, débordé par les exigences crues de la survie. Après un mois de décembre doux à Dobbs Ferry, en janvier il s'est mis à faire *froid*. Quelle température, je l'ignorais. Nous n'avions pas de thermomètre. Car quelle idée ? Nous avions des téléphones, qui en principe nous indiquaient ce détail, si ce n'est qu'à présent ces appareils étaient réduits à l'état de briques inutiles. La température, disons, était suffisamment basse pour que de nombreux rescapés n'aient survécu au virus que pour mourir de froid juste après.

La vie moderne s'est bâtie sur des tautologies – nous avions répété à nos enfants que les erreurs n'étaient que des occasions d'apprendre. Désormais, la moindre erreur pouvait vous tuer. Je n'avais pas contacté notre fournisseur de mazout pour programmer une livraison hebdomadaire avant que la boîte cesse d'exister. Ils étaient simplement passés parce que notre réserve touchait à sa fin et que nous étions sur leur agenda. Donc le fait que notre chaudière soit pleine constituait également un coup de chance. C'est peut-être pour ça que nous avons survécu. J'ai réglé le thermostat sur 7, et nous avons descendu notre matelas dans le salon, devant la cheminée à foyer ouvert.

Avec l'argent qu'avait gagné Penelope au fil des années, nous aurions pu nous installer dans un palace, que nous n'aurions jamais pu chauffer après l'apocalypse, mais nous avions toujours été très attachés à cette modeste maison Tudor dans notre rue bordée d'arbres, une construction qui n'avait rien de particulièrement remarquable, pas de style affirmé, pas de poutres en bois sombre ou de briques apparentes dont on aurait artistement retiré le stuc. Juste des murs ordinaires, blanc cassé, un toit en pente avec une cheminée en brique, et un bow-window pour toute distinction de charme. Mais elle était à nous, nous l'avions achetée lorsque j'étais en master de psychologie, alors que Penelope, enceinte, travaillait chez Merrill Lynch. La seule maison qu'Hannah ait connue, son foyer, la raison, peut-être, pour laquelle nous n'avions jamais déménagé. Elle avait sa chambre en face de la nôtre, dans le couloir (même si, enfant, elle avait partagé notre lit pendant des années). En bas, la cuisine n'était pas grande, mais c'est là que nous nous retrouvions tous en fin de journée, Penelope adossée au frigo, un verre de vin blanc à la main, tandis que j'émincais des carottes et des oignons et qu'Hannah, juchée sur le plan de travail, chevilles croisées, bavardait, sa conversation devenant plus étendue et plus profonde au fil du temps, alors que son enfance passait trop vite, une farandole d'années dont j'arrivais à peine à me souvenir, si bien qu'encore maintenant, je me surprenais à brancher mon portable, inutile à part ça, rien que pour regarder de vieilles photos de notre fille.

C'était une bonne maison, une maison bienveillante. Si elle avait pu parler, elle aurait dit : *Entrez, mettez-vous à l'aise.*

Cet hiver-là, elle a essayé de s'adapter, de nous donner ce dont on avait besoin. Bien sûr, les robinets étaient taris, mais des seaux géants placés sous les tuyaux d'écoulement, dehors, permettaient de récolter la neige et l'eau de fonte qui coulaient du toit. Penelope avait placé ses fonds sur Tesla dès le départ, atteignant des sommets en Bourse, et comme le toit exposé au sud se prêtait à la production d'énergie solaire, nous avions acheté un des premiers Powerwall. Donc à présent, même dans ce nouveau monde étrange, nous avions du courant pour la chaudière et la radio ; j'étais monté sur le toit pour installer l'antenne. Nous n'allumions pas les lumières, préférant les bougies. Pas besoin de claironner notre bonne fortune aux rôdeurs potentiels en quête d'expédients et prêts à Dieu sait quoi pour les obtenir.

La maison faisait tout ce qu'elle pouvait pour nous. La cuisinière fonctionnait au gaz, pas à l'électricité, donc quand le gaz a cessé d'arriver, nous nous sommes mis à faire cuire nos aliments là où nous dormions, dans le salon, devant le feu, réchauffant des boîtes de conserve dans des casseroles, ou des tranches de charcuterie qui crachaient leur graisse dans une poêle en fonte sur les braises. Nous étions encore des humains, après tout : il fallait bien faire le café.

Ce qui signifiait qu'il fallait trouver le café. Je me suis rendu à l'épicerie en douce, et j'ai vidé les rayons. On aurait parlé de pillage, avant, mais c'était devenu une recommandation du gouvernement, avant que le gouvernement disparaisse : ils appelaient ça Gestion des Ressources Existantes ; quand il n'y a personne pour prendre votre argent dans un magasin, allez au plus naturel. Et s'il n'y a rien dans le magasin, il se peut qu'il reste des stocks accessibles dans les Foyers Anciennement Occupés. (Bien sûr, quand les personnes noires s'essayaient à la Gestion des Ressources Existantes, ça restait du pillage, donc Penelope m'a laissé prendre les devants.)

Chaque expédition était source d'angoisse. Je tremblais, le visage enveloppé dans un tee-shirt, des couches de sweatshirts superposés sous mon manteau, car si le froid me saisissait, il pourrait bien ne jamais me lâcher. Par chance, il ne neigeait pas trop, c'était plutôt un froid sec, donc je pouvais faire rouler un chariot dans la rue, l'AR-15 que nous baptisions Arnold, bien qu'il ne mérite pas de nom particulier – on aurait dû dire *ça* – dépassant du panier tel un rouleau de papier cadeau. Je n'avais pas de munitions ; Arnold était purement dissuasif. Je ne cherchais pas à voler des gens, et le simple fait de pénétrer dans des maisons incontestablement vides me demandait un effort considérable. Il y avait la peur de ce que j'allais trouver, et pire, la blessure morale de traverser la vie de quelqu'un, de passer devant les photos, sur le mur, devant les jouets dans le coin, de voler dans le garde-manger. Car on peut dire plein de choses sur l'apocalypse, mais la nourriture ne manquait pas. En conserves, en paquets, séchée. Qui restait-il pour la manger ?

Je dis ça, mais ce qu'il y avait de choquant dans la fin du monde, c'était le nombre que nous étions pour y assister. Rien qu'à Dobbs Ferry, nous devions être des centaines. En marchant dans la rue, en pleine chasse au trésor grandeur nature, on apercevait souvent du mouvement à une fenêtre, même si dans les journées froides et sombres qui ont précédé le moment où il est devenu clair que le virus avait disparu, les gens avaient encore tellement peur de la contagion que tout véritable contact humain paraissait suicidaire.

Dans toutes les dystopies cauchemardesques que j'ai lues, le monde se mettait immédiatement à grouiller de seigneurs de guerre sadiques, sociopathes, comme s'ils n'avaient attendu que ce moment, tapis dans des grottes, passant le temps à enrouler des barbelés autour de battes de base-ball dans l'expectative du jour où ils pourraient laisser libre cours au chaos et à la violence. Je ne peux parler que pour Dobbs Ferry, notre banlieue résidentielle endormie de Westchester County, mais cette vision, *a priori*, est totalement bidon. Le virus se moquait de savoir si vous étiez ou pas un survivaliste. Il laissait derrière lui un échantillon parfait de la société : enfants, vieillards, hommes et femmes et, Hannah me l'aurait rappelé illico, personnes non binaires et trans. La plupart terrifiés, esseulés, et marqués à vie par un traumatisme inimaginable. Est-ce que les gens avaient faim, froid, est-ce qu'ils étaient fatigués ? Bien sûr. Est-ce qu'il y a eu des violences ? Bien sûr. Est-ce que la nature humaine s'est parfois révélée hideuse ? Oui. Mais il y avait aussi la solitude, l'ennui, l'amour.

Parfois, je farfouillais dans la chapelle nue du Stop & Shop en ruine, des boules Quies enfoncées dans les narines pour atténuer la puanteur de la viande et du poisson qui pourrissaient sur les étals, lorsqu'un bruit m'avertissait que je n'étais pas seul. Au rayon céréales, quelqu'un faisait la même chose que moi et, au coin d'une allée, poussant nos chariots respectifs, nous tombions nez à nez : nous gardions nos distances, nous saluant d'une main, mais j'avais aussi envie de m'avancer vers l'inconnu pour le serrer contre moi, tant le désir de lien humain était prégnant.

La peau de mes doigts et de mes jointures se fendillait à cause du froid sec, donc je tachais mes gants et mes habits de rouge sans me rendre compte que je saignais. Dans le rayon pharmacie au supermarché, les pansements et la crème antibiotique dont j'avais besoin faisaient partie des rares articles restants. Les cachets étaient tous partis. Au moment où la vie était devenue d'une dureté extrême, pour beaucoup, elle devait également avoir perdu tout sens.

Les tâches que je devais accomplir étaient une bénédiction : chercher de la nourriture, rafler du bois dans les tas de bûches de nos voisins disparus, m'occuper de ma femme. Il faut comprendre que la fin du monde était particulièrement difficile pour Penelope. D'une certaine façon, j'étais équipé pour les longues heures de rumination, le vide. Pendant toute ma jeunesse, j'ai traversé l'école comme si c'était un rêve. Je n'étais pas soûl ou rebelle, juste... distrait. Les notes que je recevais, bonnes ou mauvaises, m'arrivaient toujours comme des surprises, des événements extérieurs, pas des choses qui m'avaient demandé du travail. Où étais-je ? Ailleurs, je dérivais. Si je n'avais pas rencontré Penelope, je me serais sans doute construit le même genre de vie que ma sœur avait trouvé auprès de son mari dans l'Oklahoma, une existence que je trouvais désespérément morne. Elle et moi, nous étions pratiquement devenus des étrangers : nous nous parlions une fois par an, par devoir, péniblement. Je ne l'avais pas vue depuis dix ans, et désormais, si elle était en vie, je ne la reverrais sans doute jamais.

Penelope était une merveille, une machine en mouvement perpétuel. À l'âge de douze ans, elle avait rempli en secret un dossier d'admission à Prep for Prep. Ses parents se méfiaient du concept d'école privée blanche, donc Penelope s'était battue toute seule pour entrer à Horace Mann, et une fois là-bas, elle s'était battue pour entrer à Amherst, puis à Merrill Lynch. Quand je l'ai rencontrée, à une soirée, nous étions tous les deux en deuxième année de fac, mais je peinais avec mes cours à l'université du Massachusetts, des cours que j'aurais aussi bien pu choisir à pile ou face. Que je sois bien clair : elle ne m'a jamais mis la pression, elle se moquait que je prenne tel ou tel cours, je pouvais bien faire ce que je voulais. Elle respectait ma décision. Mais la rencontrer m'a fait le même effet que l'ouverture d'une fenêtre que je ne savais pas fermée. Je me suis inscrit en psychologie, et de fil en aiguille, j'ai posé ma candidature en master.

Des années plus tard, tandis que je préparais mon examen pour obtenir mon permis d'exercer, j'ai expliqué ma stratégie : un 71 et un 100, ça revenait au même ; donc mon but, c'était ce 71. Étudier davantage, c'était une perte de temps, ça ne servait à rien. Je me suis retourné dans le lit, à moitié assoupi, persuadé que ce que je venais de dire était tellement évident qu'elle hochait sans doute la tête. Quelque chose dans le silence qui a suivi m'a forcé à ouvrir les yeux et à me tourner de nouveau vers elle. Un sourcil dressé, elle m'a fait un petit sourire, et elle a dit : « Et voilà. » Puis elle a roulé sur le côté et s'est endormie. C'est devenu une blague entre nous. Elle le répétait chaque fois que je me laissais aller à mon privilège de mâle blanc sans m'en rendre compte.

Sa stratégie, c'était l'attaque frontale, submerger l'opposition. Nos habitudes matinales en disaient long : je pouvais sortir du lit un peu en retard, prendre une douche, voire même pas, enfiler une veste, et c'était bon : j'étais le psychologue au négligé charmant, un bel homme d'âge mûr. Elle se levait à 5 heures, prenait quarante-cinq minutes pour se maquiller, et ce n'était pas de la coquetterie. C'était de la survie. Que penseraient les gens d'une femme noire qui arrive au boulot sans se coiffer ? Ses opportunités lui venaient parce qu'elle ne leur donnait pas le choix. Face à son intellect, sa préparation, sa *volonté*, les Blancs perdaient peu à peu tout le scepticisme qu'on pouvait lire dans leurs yeux au départ, le scepticisme qu'ils auraient nié avec véhémence si on le leur avait fait remarquer. À sa place, comme par magie, elle voyait la dynamique s'inverser : de toute évidence, elle était le produit de la discrimination positive. La couleur de sa peau n'était pas un handicap, mais la raison même pour laquelle elle était parvenue là où elle était. Ou, peut-être pire, leurs yeux se mettaient à briller d'autosatisfaction. *Qu'est-ce que j'assure, à sympathiser avec cette collègue noire. Mais bien sûr, la couleur de la peau n'a aucune importance pour moi. Ceci dit, ça vous dérange si le photographe que nous avons fait venir pour illustrer le site web fait quelques images de vous avec un client ?*

Penelope travaillait jusqu'à s'effondrer, un effondrement qu'elle parvenait à cacher à tout le monde, sauf à sa famille. On ne peut pas dire qu'elle prenait des vacances ; elle s'écroulait. Une fois à notre maison de location, Hannah et moi nous empressions de courir vers la plage en agitant nos serviettes tels des drapeaux, mais Penelope restait au lit, à regarder la télévision, ou à lire un livre, voire à regarder le plafond. Elle dormait le jour, pendant des heures, puis commençait à bâiller avant qu'on ait terminé le dîner.

Là, dans le froid de janvier, cet effondrement est revenu de plus belle. La soudaine perte de sens des petits rectangles de papier coloré n'était pas le problème. Nous vivions simplement, par rapport à ses collègues à la position financière équivalente ; nous avions remboursé notre prêt immobilier assez vite, nous avions un plan épargne retraite, des placements. Elle se moquait un peu de l'argent en soi, le luxe ne l'intéressait pas. Ce qui comptait pour elle, c'était le *sens*. Quand Merrill lui avait donné la sensation d'être trop mercenaire, elle s'était lancée en indépendante, avait trouvé des femmes de couleur partageant ses valeurs, et avait mis sur pied un fonds orienté justice sociale. Elle travaillait deux fois plus. Elle faisait des heures de bénévolat. Elle avait donné un TED talk sur la race et les finances personnelles.

L'argent ne représentait pas le pouvoir d'achat, mais une voix. Puis l'argent a cessé d'exister. Les jeunes femmes dont elle s'était fait le mentor étaient mortes. Quelques années auparavant, sa mère était décédée du Covid-19 – une fin épouvantable, car Penelope n'avait pas été autorisée à la voir avant son décès, et elle avait dû lui faire ses adieux via un iPad – et tout le chagrin qu'elle n'avait pas fini d'intégrer lui revenait à présent, comme s'il s'était tapi tout ce temps. Elle a disparu. Pas littéralement. Elle était là, sur le matelas devant la cheminée, mais il s'écoulait des jours entiers sans que je parvienne à la faire lever. Je restais assis près d'elle, traçant inlassablement des petits cercles sur son dos. Je lui faisais des tresses, ce que je n'avais pas fait depuis qu'elle me l'avait appris, à la fac. Je préparais à manger avec ce que je trouvais, le lui apportais, me réjouissais quand j'arrivais à lui faire avaler une bouchée ou deux. Le soleil traversait la pièce tel un rapporteur, du lever au tomber du jour.

Elle s'est laissée dégringoler de notre vie commune telle une pierre qui coule. Elle pouvait à peine parler, ne mangeait que quand j'insistais, pouvait fixer le mur, comme si elle se noyait, pendant des heures. Parfois je la voyais, là, tout au fond, hésitante, et parfois la lumière éclairait la surface et elle avait tout bonnement disparu dans un autre monde. Elle n'avait rien à faire, or toute sa vie, elle avait *fait quelque chose.* Si je venais de Vénus, moi qui voulais ralentir le train des événements, parler de tout, réfléchir à nos émotions, elle venait de Mars : elle devait avancer, aller au front. Je comprenais, j'essayais de ne pas juger ; nous devions tous survivre à l'apocalypse à notre façon. Mais je me sentais affreusement seul.

Puis soudain, Hannah nous a rapprochés, mais pas de la manière que nous aurions souhaitée l'un et l'autre. Les jours se fondaient dans un miasme de froid et de silence. Peut-être étions-nous fin février ? Tous mes moyens de marquer le passage du temps autrefois – le calendrier des Knicks, la lecture du journal, la revue de Twitter avant de me lever, en me demandant : *j'ai combien de clients aujourd'hui ?* – ils avaient tous disparu, sauf un : la programmation des repas. Sauf qu'au lieu de passer mentalement en revue les ingrédients nécessaires à une recette en rentrant à la maison, j'évaluais la gravité d'une bosse sur une boîte de soupe, me demandant si ça signifiait que nous allions être frappés de botulisme. Ça aurait fait une chute bien saignante pour une blague sur la fin de la civilisation : survivre au virus et à l'hiver pour finir empoisonnés par une soupe Campbell's aux crustacés.

J'étais en train de décider de tenter le coup quand il y a eu un sifflement et un crépitement, sur quoi la voix d'Hannah s'est mise à retentir dans la cuisine, comme si elle venait de rentrer de l'école et qu'elle était déjà en train de fouiller dans le frigo. Penelope était debout, et presque là avant que je parvienne à bouger. La radio avait fonctionné ! Je sanglotais, submergé par l'émotion. Quand la clameur de nos effusions s'est calmée, Hannah nous a expliqué qu'elle était partie avec son amie Angie – *vous vous souvenez d'Angie, n'est-ce pas ?* – au nord de Bishop, sur le flanc est des montagnes de la sierra Nevada. *C'est d'une beauté incroyable, ici,* a-t-elle dit. Nous n'avons pas eu beaucoup de détails, mais elle nous en a dit juste assez sur l'horreur d'Irvine et de la Californie du Sud pour que je devine qu'elle nous préparait à ce qui venait ensuite : Angie avait décidé de rejoindre le Revival, et Hannah envisageait de l'imiter.

Elle aurait pu me dire qu'elle partait pour Jupiter en avion, j'aurais été aux anges. Le simple fait d'entendre sa voix. Qu'est-ce que j'aurais *voulu* qu'elle dise ? De toute évidence, qu'elle avait dégotté une voiture et qu'elle était à mi-chemin de la maison, qu'elle nous appelait de Saint-Louis. Mais même en l'état, son appel m'a rempli de gratitude, et quand Hannah a dit qu'elle devait y aller, quand la radio s'est tue, je m'attendais à ce que nous soyons réunis, Penelope et moi, par notre soulagement et notre joie.

Rétrospectivement, j'aurais dû m'en douter. Comme la plupart des mariages, le nôtre était à la fois soudé et menacé par notre enfant, notre parentalité. Nous aimions Hannah au-delà de toute mesure, d'un amour qui nous rapprochait lorsqu'elle était toute petite, dans ses langes, quand elle retroussait les lèvres et tétait dans son sommeil. Quand elle a grandi, ce même amour a bien failli nous déchirer. Lorsque Hannah a commencé à choisir ses propres cours au lycée, par exemple, certains de ses choix étaient, au mieux, particuliers – elle voulait abandonner les sciences en première parce que ça tombait en même temps que la céramique – et Penelope a vu mon indulgence vis-à-vis de ses raisonnements comme un renoncement patent, presque criminel, à mon rôle parental. J'estimais que c'était juste du réalisme de ma part : de toute façon, elle n'allait pas nous écouter, nous aurions beau nous en mêler, c'était voué à l'échec, mais ça allait plus loin que ça. Je faisais confiance à Hannah pour faire ses propres choix.

Confiance, ou négligence ? Il n'y avait pas moyen de le savoir, à part regarder la vie d'Hannah se déployer en méditant éternellement sur l'influence que nous avions eue sur elle.

Les relations de couple, c'est dur, le mariage, c'est difficile. J'avais eu cette discussion avec mes clients, dans mon cabinet, plus de mille fois. Mais la vérité, c'était que mon propre mariage m'avait toujours paru relativement facile. On se disputait, bien sûr, mais notre séismomètre du conflit était très bien calibré. Nous connaissions des couples qui se hurlaient dessus, se jetaient des casseroles et des poêles au visage, auraient risqué de se faire arrêter s'ils n'avaient pas vécu dans le cocon privilégié de leurs maisons à un million de dollars. Nous étions si bien accordés qu'un simple haussement de ton, ou des yeux plissés, suffisaient.

Mon rôle, dans notre couple, était d'arrondir les angles. Penelope avançait tous azimuts, et je voyageais derrière elle, transporté par son énergie et sa détermination. C'était un don, elle n'avait jamais cessé de me surprendre, jusqu'à ce qu'Hannah commence à grandir et que ce désaccord fondamental se fasse jour, ce grain de sable dans les mécanismes bien huilés de notre mariage, qui faisait chauffer les circuits, nous menaçait d'explosion. Elles étaient dangereusement semblables, la mère et la fille, toutes les deux éternellement embarquées dans des quêtes que l'autre considérait comme illégitimes. Chaque fois que je tentais de le leur faire remarquer, elles faisaient front uni, refusant toutes deux de me laisser les analyser avec mes théories psychologiques.

À présent, même après la chute de la civilisation, le tissu cicatriciel de nos vieilles disputes se révélait une croûte, arrachée, et du sang frais perlait derrière. Je ne comprenais pas du tout pourquoi Penelope était tellement chamboulée par cette histoire de Revival. C'est vrai, quoi : Hannah était vivante. N'aurions-nous pas dû célébrer ça ? La vérité, c'était que je croyais comprendre, mais quand j'ai suggéré à Penelope que se mettre dans tous ses états à cause des décisions de notre fille était peut-être simplement sa façon de trouver une certaine normalité dans le sillage de l'apocalypse… Eh bien, disons que j'ai appris à ne plus jamais dire des trucs pareils.

Penelope avait émergé de son hibernation, animée non pas par son amour pour moi ou un nouvel attachement à la vie, mais par sa consternation profonde face aux choix faits par sa famille. Qu'est-ce qui passait par la tête d'Hannah, bordel ? Et moi, qu'est-ce qui me prenait ? Elle était parvenue à tracer une ligne de mes tentatives d'apaisement face aux choix désastreux d'Hannah directement depuis son enfance jusqu'à cet instant, même si je ne sais plus si elle l'a dit explicitement. Tout ce que je sais, c'est que je trouvais ça d'une injustice titanesque, et bientôt, nous avons cessé de nous disputer à propos du Revival – nous nous sommes mis à reprendre nos vieilles disputes, ressuscitées comme des zombies qui rôdaient dans notre maison, tentant de nous dévorer le cerveau.

C'était quoi, le Revival, d'abord ? J'ai dévoré une pile de vieux *New Yorker*, à la recherche de l'article que j'avais lu sur la montée des sectes dans les années post-Trump. Ou était-ce le *Time* ? Il m'a fallu deux jours, mais j'ai fini par le retrouver dans un numéro de *The Atlantic* datant d'un an, à la bibliothèque municipale abandonnée.

Leur philosophie paraissait relativement simple : le problème de la vie moderne, c'est le *choix*, combiné au culte sans bornes de l'individualité. La solution à ce problème, c'est l'effacement. Ne pas être le poisson mais le banc de poissons, ne pas être l'oiseau, mais la nuée. Trouver le sens de l'engagement envers une entité plus grande que soi. Vous sacrifiez votre individualité, et en échange, vous receviez une identité de groupe. Je comprenais l'attrait de la chose, en un sens : n'était-ce pas ce que faisaient les moines et les nonnes depuis des siècles ? Des millénaires ? Mais l'auteur de l'article soulignait la différence fondamentale, une chose bien comprise par l'Église catholique : cloîtrer les gens, ça ne fonctionne que si on leur interdit d'avoir des relations sexuelles les uns avec les autres. Quel que soit le but originel du Revival, ils semblaient déjà se transformer en la même chose que la plupart des sectes : une machine à assujettir les femmes. Les membres du Revival, hommes ou femmes, donnaient leur corps à Dieu. Et, comme c'était bien commode pour les leaders – des hommes –, Dieu voulait que ces corps procréent. La belle et rafraîchissante simplicité du sacrifice de soi ne gardait sa beauté et son côté rafraîchissant que tant qu'on l'exprimait et le comprenait en termes philosophiques abstraits. Mais on ne vit pas dans l'abstraction, et lorsque la fracture entre la théorie et la pratique devient impossible à combler, c'est là qu'on sort le Kool-Aid. Rappelez-vous le massacre de Jonestown en 1978.

La personne qui distribuait ce Kool-Aid, le leader et patient zéro du Revival, avait tous les symptômes classiques du gourou : le charisme, l'humilité de façade, le délire messianique. Il se faisait appeler l'Homme sans Nom. C'était trop parfait, le comble de la fausse modestie. Il était *l'Homme* sans Nom, il n'y en avait qu'un, il ne pouvait y en avoir qu'un, et c'était lui. Rien qu'à le rencontrer à travers les mots sur la page, j'ai eu une envie physique de l'étrangler.

J'avais espéré que l'article soit rassurant. C'était pour ça que j'avais passé des heures à feuilleter des magazines jaunis, pour pouvoir rapporter des éléments à Penelope et lui dire : *Tu vois ? Rien de bien grave.* Mais là, j'ai découvert l'horrible réalité : le Revival prenait au pied de la lettre les paroles de Jésus lorsqu'il dit : « Si quelqu'un vient à moi mais ne quitte pas sa famille, il ne peut être mon disciple. » Ils exigeaient une rupture totale, avaient inventé un baratin spécial pour la dernière discussion entre le ou la convertie et sa famille d'origine, baratin dont j'essayais de me convaincre que nous ne l'entendrions jamais car Hannah était trop intelligente pour gober ces insanités.

J'étais attaché à mon rôle dans la dispute, qui ne laissait pas beaucoup de place à mes propres inquiétudes croissantes concernant le Revival, mais en définitive, ça n'a rien changé. J'avais raison depuis le début. Au bout de deux semaines où Penelope et moi avons vécu comme des étrangers dans la maison, liés seulement par notre nécessité de survie commune, la voix d'Hannah a retenti de nouveau dans la cuisine. Penelope est descendue en hâte du premier étage où elle passait une grande partie de son temps malgré le froid.

Angie était allée jusqu'au bout. « Je n'ai même plus le droit de l'appeler Angie », nous a appris Hannah. Son nouveau nom ressemblait à quelque chose comme *Eggnog*, par la radio, et c'est seulement plusieurs jours après, en poussant mon chariot d'affaires, que j'ai compris qu'ils se contentaient d'inverser le prénom des gens. Le scepticisme sain d'Hannah n'avait pas du tout disparu, ça, nous l'entendions très clairement.

« Fiche le camp de là. Il faut que tu t'éloignes d'eux, a dit Penelope.

– Vous savez que c'est uniquement grâce à eux que je vous parle, n'est-ce pas ? Vous m'avez donné cette fréquence radio, tous les deux, mais enfin, qui a une *radio*, d'après vous ? Je peux pas franchement passer à une boutique. Le Revival en a une pour que les fidèles, ou je sais pas quoi, puissent communiquer entre eux. »

Elle avait trouvé un endroit où dormir, à la sortie de Bishop, une maison qu'elle décrivait comme *para-Revival*, je ne sais pas ce qu'elle entendait par là au juste. Nous nous inquiétions trop, elle nous recontacterait quand elle pourrait et oh, là, là, vous devriez voir comment ils se *sapent*, ces revivalistes.

En fin de compte, nous avons dû nous contenter de son scepticisme, à distance. Il nous fallait faire confiance à Hannah, ce que nous avions toujours fait. Penelope et moi, on pouvait s'engueuler, on pouvait venir à court d'arguments, tous les deux, mais ça ne changerait rien : Hannah n'en ferait qu'à sa tête, c'était une donnée établie depuis le début.

Ses transmissions étaient assez rares et, entre les appels, Penelope se retranchait de nouveau dans le silence, comme si chaque spasme de colère était la contraction réflexe du corps avant l'endormissement. Nous ne pouvions jamais nous réconcilier, elle disparaissait encore plus profondément en elle-même, et l'hiver était impitoyable, le froid multiplié par le vent et les bourrasques qui tourbillonnaient sur le sol gelé.

Des semaines se sont écoulées et le froid a commencé à s'apaiser, les oiseaux à chanter, et le premier jour où il a fait 15 degrés, j'ai ouvert les fenêtres, mais avec la chaleur, une odeur s'est mise à nous arriver de chez les Carlson, au bout de la rue, et à se coincer dans mes narines, une puanteur aussi écœurante qu'épouvantable, à cause de ce qu'elle impliquait. Ils n'avaient jamais été populaires : ils laissaient leur mini van dans la rue au lieu de le rentrer dans leur cour, qui était jonchée de vélos et de trottinettes, et une jante cabossée tenait lieu de panneau de basket. Un trampoline se disputait la pelouse avec un Père Noël, un squelette ou une dinde gonflables, selon les saisons. En été, ils faisaient des feux d'artifice dans leur jardin, comme pour défier insolemment les normes strictes de notre quartier. Une année, une piscine *hors-sol* est apparue. Et ça y est allé, les murmures et les hochements de tête désapprobateurs des voisins de « bon goût », plus WASP, plus puissants.

Ils ont failli survivre au virus, les Carlson, tous les uns sur les autres, les parents, les enfants, les grands-parents, peut-être même une tante ou un oncle par-dessus le marché, il me semble. Je les avais vus par la fenêtre, un peu d'agitation, un visage d'enfant contre une vitre, de temps à autre. Ils avaient tenu assez longtemps pour qu'au moment où ils sont tous tombés malades, puis morts, tous les individus censés prendre soin des morts le soient aussi. Si les Carlson avaient perdu un enfant en temps normal, tout le voisinage les aurait entourés, leur douleur aurait fait l'objet de conversations à voix basse dans les cuisines de tout le quartier. À présent, leur tragédie monumentale était juste un cri inaudible de plus dans le vacarme. Cependant, quand je m'autorisais à penser à ce que ça avait dû être quand le virus avait frappé cette maison exiguë et surpeuplée, je perdais mon équilibre. Quelle horreur. Je ne pouvais plus bouger, étourdi.

Mais le soleil est revenu, le temps s'est radouci. Le printemps. Le premier jour où il a fait vraiment bon, je suis sorti et j'ai fait quelques pas dans l'allée. Je me suis étiré. J'ai regardé autour de moi, comme si j'envisageais de tondre la pelouse. Peut-être un barbecue, un peu plus tard. Les crocus commençaient à poindre, les forsythias donnaient des fleurs jaunes dans les haies. Des rouges-gorges sautillaient dans l'herbe, et un lapin timide était accroupi sur la pelouse de la maison d'en face. C'était les moments les plus étranges, ces instants où l'on avait l'impression de se réveiller d'un cauchemar, quand la sensation picotait le membre fantôme de nos vies d'avant. Comme quand Penelope parlait dans son sommeil, pour programmer un rendez-vous, dans notre monde post-calendaire. *Mardi, je ne peux pas*, disait-elle dans le noir. *On essaie la semaine prochaine.* Et même si elle m'avait réveillé, alors que le sommeil se transformait chaque année en cible plus mouvante, je débordais d'amour pour elle, et je lui caressais doucement les reins. *Qu'est-ce qu'il y a ?* demandait-elle. *Rien, tu parlais dans ton sommeil.* Et elle se renfonçait dans les couvertures et voulait savoir ce qu'elle avait dit. Mais elle se rendormait avant que j'aie le temps de répondre. Les braises rougeoyaient dans la cheminée, sa respiration se faisait profonde et régulière, et j'avais la sensation de retrouver l'unité du monde.

Le goût avait ce pouvoir aussi, celui de faire apparaître toute une existence perdue. Je sortais en mission Gestion des Ressources Existantes et trouvais, par exemple, des boîtes de soupe de courge butternut bio. Réchauffée sur le feu, et la première cuillerée, savourée les paupières closes, me faisait monter les larmes aux yeux.

Les oiseaux chantaient, un écureuil sautait du toit sur les branches tombantes d'un arbre, qui fléchissaient mais retenaient son poids pendant qu'il trottinait, le bleu du ciel sans nuage se faisait plus clair à mesure que le soleil montait, et une porte s'est ouverte dans la petite maison à quelques numéros de chez nous. Carlos est sorti sur son perron. Il avait les mains dans les poches de son jean, les épaules lourdes. Je l'ai salué par réflexe, et nous nous sommes regardés un long moment, à cinquante mètres l'un de l'autre. Je l'avais vu sortir chercher des provisions, seul, après la mort de sa femme. J'avais aperçu la lueur vacillante de la bougie par sa fenêtre.

Il a descendu les marches, les épaules voûtées, et rejoint la rue.

« Salut, Bill.

– Salut, Carlos. »

Il se tenait à cinq mètres de moi quand il a demandé :

« Vous en êtes revenus ?

– Oui, on en est revenus. Et toi ? »

Il a fait oui de la tête, et monté les quelques marches qui le séparaient encore de moi. Côte à côte, nous avons contemplé le quartier, la colline derrière, hérissée d'arbres, encore nus, mais avec des bourgeons verts promettant des feuilles pour bientôt.

« Mes condoléances pour Jen », ai-je dit.

Il a hoché la tête.

« Merci.

– Tu tiens le coup ?

– Ça va, ça va. »

Je n'ai rien ajouté. Avec l'eau qui ne coulait plus de nos douches et robinets, il était devenu difficile de prendre soin de nous, et ce juste au moment où par ailleurs ça semblait bien vain. J'ai senti son odeur, et j'ai réalisé en même temps qu'il sentait sans doute la mienne.

« Je l'entends dire un truc, parfois. Et quand je dors à moitié, je n'arrête pas de la chercher, jusqu'au moment où je réalise de nouveau qu'elle est partie.

– Je suis vraiment navré.

– Je ne dors pas beaucoup, je crois bien. Il fait trop froid, de toute façon. » Il a jeté un regard vers sa maison. « Et il y a trop de souvenirs là-dedans. »

Nous nous sommes tous les deux retournés au son d'une voiture qui rétrogradait sur Broadway, faisant crisser ses pneus. Une Maserati rouge a emprunté notre rue dans un dérapage et s'est arrêtée brusquement dans l'allée de chez Al.

« Qui eût cru qu'il survivrait à l'apocalypse, lui ? »

Le coffre s'est ouvert et Al est descendu. Il a tiré un sac de golf dans l'allée. En nous voyant, il a fait une pause, les yeux fixés sur nous, puis il a filé à l'intérieur de la maison.

« J'imagine qu'il n'est pas d'humeur amicale. »

Quelques secondes plus tard, il est ressorti, portant quelque chose. Quand il a eu parcouru la moitié du chemin vers nous, j'ai vu ce que c'était. Un pack de six.

« En général, je préfère la Coors, a-t-il dit en s'approchant. Mais c'est quand même de la bière. »

Il nous a lancé des cannettes qui reflétaient le soleil en retombant vers nous. Carlos a attrapé la sienne, l'amortissant avec son buste, mais j'ai fait un bond de côté. La cannette s'est ouverte en heurtant l'asphalte, et un jet mousseux a fusé tandis qu'elle roulait loin de nous.

« Putain, mec ! a protesté Al. Ils en fabriquent plus, bordel.

– Vous croyez que c'est une bonne idée ? ai-je demandé. Le virus…

– Quoi, le virus ? Tu en as vu, des gens malades, récemment ? »

Il m'a tendu une autre bière, mais je continuais d'hésiter.

« Je n'ai vu personne, point. »

Il a hoché la tête.

« Oui, eh bien, moi j'ai circulé, j'ai parlé à des gens, je crois qu'elle est partie, cette saloperie. Elle a fini son travail. Ça y est, mec.

– Je ne sais pas. »

Carlos a ouvert sa bière et pris une longue gorgée.

« Laisse tomber. On en est tous revenus. Tous les gens qui sont vivants l'ont déjà chopé. »

Je n'avais jamais été le genre de mec à jouer au golf pour échapper à sa femme. Penelope était le soleil au centre de mon orbite, mais j'avais des potes de poker, un ami avec qui courir de temps en temps, des collègues psychologues avec qui j'allais boire un verre certains soirs. Ils étaient morts, ou partis, mon monde s'était réduit violemment à mon noyau familial, et tout à coup, il n'y avait rien dont j'aie plus envie que d'être un mec qui buvait une bière avec d'autres mecs. J'ai pris la cannette et j'en ai vidé la moitié d'un trait.

« Désolée, elle est tiède, a dit Al.

– Elle est parfaite. Merci. »

La Budweiser chaude faisait un substitut assez crédible à la pisse, mais les oiseaux brillaient, le soleil chantait, et je me suis étiré de tout mon long, et j'ai renvoyé mes épaules en arrière. Cela faisait longtemps que je me tenais voûté. Carlos a levé sa cannette. Santé.

« Nouvelle voiture ? lui ai-je demandé.

– Ah, ouais. J'ai du style maintenant.

– Tu arrives d'où ?

– Winged Foot.

– Sérieux ? »

Il a poussé un rot qui a fait un son de tronçonneuse.

« Quand le soleil est de retour, je vais toujours jouer au golf. J'étais à mi-chemin du Dumwoodie mais je me suis dit : *Qu'est-ce que tu fous ?* Je suis allé à Winged Foot, je me suis garé juste devant le club-house, et j'ai fait un dix-huit trous.

– C'était comment ?

– Génial, putain. Le virus a éliminé tous les connards élitistes, et maintenant, je peux jouer dans leur petit paradis. »

Il a vidé sa bière, écrasé la cannette dans sa main, et l'a jetée vers le lapin qui fronçait toujours son nez dans l'herbe de l'autre côté de la rue. Nous sommes restés silencieux. J'ai bu une gorgée. Al s'est ouvert une autre bière, puis des larmes se sont formées au coin de ses yeux. Carlos et moi, on l'a regardé sans rien dire.

« Je ne sais pas, a-t-il repris. C'était assez déprimant, en fait. Je n'ai fait que neuf trous. » Il a ri nerveusement, puis s'est raclé la gorge, a secoué la tête et vidé la moitié de sa cannette. « Bah, le green est complètement bousillé, de toute façon. »

Le vent a changé, et il a plissé le nez.

« Qu'est-ce que c'est que cette putain d'odeur ?

– Les Carlson. Je crois que ça vient de chez eux », j'ai répondu.

Nous nous sommes tous tournés vers leur maison.

« Tu veux dire... »

Al a laissé sa phrase en suspens.

Il y a eu un long silence tandis que nous fixions tous les fenêtres plongées dans l'obscurité, et la masse muette, oppressante de la maison.

« On devrait faire quelque chose, ai-je proposé.

– Je rentrerai pas là-dedans », a dit Al.

La maison nous rendait notre regard.

Carlos a brisé le silence.

« On devrait la brûler. »

Nous nous sommes tournés vers lui.

« Il faudrait attendre un jour de pluie. Pour être sûrs que l'incendie ne se propage pas aux maisons voisines.

– On ne peut pas brûler une maison comme ça, a protesté Al.

– Pourquoi pas ? »

Il n'y a pas eu de réponse. Et du coup, quand il s'est mis à pleuvoir le lendemain, on y a vu un signe. On s'est retrouvés dehors, Al et moi en imperméables, Carlos avec un parapluie.

« On peut siphonner un peu d'essence dans ta caisse ? a demandé Carlos.

– J'ai mieux que ça », a répondu Al.

Nous sommes allés dans son garage et il est ressorti avec un gros bidon en plastique qui devait contenir vingt litres d'essence.

« Tu connais Timmy, qui bosse à la station Mobil ? Il a réussi à ouvrir la cuve souterraine. Et il a vidé la supérette et tout rapporté chez lui. Ce petit con, il a des réserves de Cheetos pour des années. Maintenant, c'est le mec le plus riche de la ville. Incroyable, hein ? »

Nous avons rempli de plus petits seaux d'essence, que nous avons transportés prudemment de l'autre côté de la rue. L'odeur me faisait larmoyer. La pluie était froide, drue, et j'ai pensé à Penelope, encore pelotonnée sur le matelas, en train de regarder le feu dans la cheminée.

Carlos, Al et moi étions dans la rue, devant chez les Carlson. Un renne gonflable gisait comme une flaque brun-roux sur la pelouse verte jonchée de feuilles mortes. Le trampoline penchait, un pied en moins. De près, même dans la pluie froide, nous sentions bien l'odeur.

« Faites le tour, a dit Carlos. Essayez d'asperger le bois, pas que les fondations. »

Al et moi, nous sommes partis chacun d'un côté et nous sommes retrouvés derrière, à hauteur du porche. Lorsque nous sommes revenus devant, Carlos était sur les marches. Le nez et la bouche couverts d'un tee-shirt, il a cassé la vitre, passé le bras à l'intérieur, et tourné la poignée. La porte s'est ouverte comme une bouche. Il est resté immobile une seconde, dans l'embrasure, puis il a fait basculer son seau derrière lui et a jeté le contenu à l'intérieur. L'essence a jailli en dessinant une courbe. Il est revenu vers nous.

« Tu as... » Al a hésité. « ... vu quelque chose, dedans ? »

Carlos a secoué la tête. Nous contemplions la maison.

« À qui l'honneur ? a-t-il demandé.

– Je peux le faire, ai-je dit.

– On ne devrait pas dire quelque chose ? » a demandé Al.

Carlos s'est mis à parler en espagnol, si vite que je n'ai rien pu suivre jusqu'à ce qu'il prononce le dernier mot.

« *Amen.*

– Pas besoin de l'allumer de l'intérieur. Je crois que ça va prendre.

– OK. Quand faut y aller… »

J'avais le briquet pour cheminée que j'employais pour allumer nos feux, et je le trouvais glissant dans ma main tandis que j'avançais. Je l'ai approché de la maison et dans un premier temps, rien ne s'est produit. Il y a eu une longue pause et, tout à coup, des langues de feu se sont mises à lécher le revêtement en un tourbillon iridescent. Une panique absurde est montée en moi. Il n'y avait aucun moyen de défaire ce que je venais de faire, la fumée montait dans la pluie à présent, je sentais la chaleur contre mon corps. Le souffle court, j'ai battu en retraite et me suis retrouvé à côté de Carlos et Al, dans la rue. Nous avons contemplé le spectacle, nous écartant à mesure que la fumée bouillonnait vers le haut, noire à présent, et j'ai pensé aux enfants Carlson, tous les cinq – étaient-ils vraiment cinq ? Ils étaient devenus une masse indistincte, à un moment donné, descendant à toute vitesse la rue à vélo comme des pilotes de chasse en formation, jetant des bombes à eau sur les voitures qui passaient, se battant sur la pelouse dans un essaim de bras et de jambes hurlant.

Nous nous étions complètement repliés de l'autre côté de la rue quand le gaz à l'intérieur a pris feu. Les vitres se sont pulvérisées, et les flammes ont crevé le toit. Et nous avons regardé, même s'il faisait froid, même si la pluie avait brisé la volonté de mon imper, jusqu'à ce que le toit s'enfonce sur le premier étage, qui s'est effondré sur le rez-de-chaussée, et que les poutres noircies se tendent comme des bras au-dessus des gravats fumants, sifflant sous la pluie. Et à présent, l'odeur n'était pas meilleure qu'avant, mais ce n'était pas la même, et les Carlson avaient été inhumés, incinérés comme le reste des personnes infectées, et chaque fois qu'il a plu, les mois suivants, la puanteur des cendres du bois calciné est revenue comme des acouphènes qu'on peut oublier un certain temps, mais qui vous rattrapent toujours, un cri suraigu dans l'oreille qui ne s'en irait jamais.

Nous sommes rentrés dans nos maisons respectives sans un mot, même Al.

Si le monde avait disparu à la suite d'une chute de météores, nous aurions vu des choses merveilleuses en mourant – le raz-de-marée, la pluie de feu, un ciel pestilentiel. Sauf que T. S. Eliot avait raison. Pas sur un *boum*, sur un murmure[1]. Du sang aurait dû descendre des nuages au ralenti, le ciel aurait dû se fendre, le soleil disparaître en une éclipse perpétuelle. Mais non, il se levait chaque matin comme si rien ne s'était passé, une journée de plus, rien d'autre. Les différences étaient bizarres : un renard roux qui trottait dans notre rue à découvert, bravant les meutes de chiens qui s'étaient formées en ville, portant toujours des colliers, mais sauvages désormais, chassant en groupes étranges de labradoodles, de bâtards et de golden retrievers, avec de temps en temps un bulldog qui les suivait, essoufflé.

L'été est arrivé. J'espérais qu'il réveillerait Penelope de son hibernation, et il l'a fait, jusqu'à un certain point. Elle aidait à

1. L'expression est empruntée à T. S. Eliot, « Les Hommes creux », *La Terre vaine et autres poèmes*, traduit de l'anglais par Pierre Leyrus, Seuil, coll. « Points Poésie », 2006. (*N.d.l.T.*)

entretenir le jardin, à balayer la maison, mais il y avait encore parfois plusieurs jours d'affilée où elle avait le plus grand mal à se mettre debout. Et même quand elle était active, elle était distraite, répondait à mes questions avec un décalage, si toutefois elle les entendait.

Ce n'est que lorsque l'automne a amené les premières gelées, lorsque nous avons eu une mission, quand Hannah a pris la radio pour nous réciter l'affreux baratin du Revival, que Penelope est revenue de là où elle s'était retirée, et elle s'est mise à agir comme si elle n'était jamais partie, comme si les mois entre-temps s'étaient écoulés en un clin d'œil, et j'ai haï le ressentiment qui m'a envahi en réaction. Plus elle se montrait aimante, désormais, préparant notre itinéraire, faisant la cuisine, me serrant contre elle, voulant faire l'amour pour la première fois depuis je ne savais plus combien de temps, plus j'étais en colère. Mais il n'y avait pas d'espace pour parler. C'était un tourbillon. Nous allions tout laisser derrière nous pour aller sauver notre fille, même si elle ne voulait pas être sauvée, même si ça semblait aussi réaliste de vouloir traverser le pays que de tirer une flèche vers le ciel en espérant atteindre une cible au-delà de l'horizon. Plus Penelope, par sa volonté, faisait se matérialiser cette décision, plus j'étais happé par le doute, comme si sa montée causait ma chute. Je sentais le désespoir descendre tel un nuage. Comment pouvions-nous donc aller au secours d'Hannah en *Californie* ? Nous n'avions pas quitté notre *ville* depuis des mois. Et ne s'était-elle pas déjà coupée totalement de nous comme la secte l'exigeait ?

Pourtant, pendant que je regardais le feu alors que Penelope remuait des haricots en boîte pour notre dîner, tout ce que j'entendais, c'était la voix qui s'était échappée à la toute fin de la transmission d'Hannah, une voix si jeune, la voix de notre fille, perçant à travers le lavage de cerveau et les drogues, quelles qu'elles soient, qu'elle avait dû se mettre à consommer.

Je vous aime, tous les deux.

2

La voix d'Hannah, arrachant nos vies à leur ancrage et nous lançant dans un grand voyage, est arrivée un mardi de septembre, je le savais car j'avais passé tout l'été à revoir des clients. Après le long hiver sans rendez-vous, les calendriers étaient de nouveau d'actualité. Cela peut sembler absurde, mais il s'est avéré que rien n'exigeait plus une réponse thérapeutique que l'apocalypse. J'avais toujours imaginé, oiseusement, que la thérapie s'établissait au sommet de la pyramide des besoins de Maslow ; le stade final de la civilisation. Mais j'avais tort : en fait, elle se trouvait tout en bas, dans le chaos, avec la nourriture, l'eau et l'air. Elle représentait le lien humain, sans lequel à quoi tout cela rimait-il ?

Depuis des années, avant la Grippe du Requin, je m'étais mis à stagner. Ma pratique s'était muée en tourniquet de premiers rendez-vous, cure, dernier rendez-vous, vingt ans dans le même espace, la poussière s'accumulant dans les coins, combien de boîtes de Kleenex ? Je les achetais par cartons à Costco. Quand Hannah était petite et que je venais de me lancer, les premiers clients qui s'étaient aventurés dans l'escalier m'avaient presque fait pleurer, rien qu'à l'idée qu'ils allaient me confier leurs secrets, leurs angoisses, leurs peurs, leur monde intérieur. Avec le temps, tel un mariage qui s'essouffle, les séances s'étaient mises à me faire l'effet de répétitions de la même formule à l'infini, et j'avais commencé à me demander si la constellation thérapeutique dans son entièreté n'était pas condamnée au solipsisme. C'était toujours Penelope qui avait fait bouillir la marmite, de toute façon : mes revenus au cabinet étaient presque dérisoires par rapport à ce qu'elle rapportait à la maison. J'envisageais de tout laisser tomber, mais le concept de hobby me remplissait de désespoir existentiel. Je jouais au golf de temps à autre (jamais avec Al), je projetais de courir plus que je le faisais, j'aimais bien cuisiner quand ça me prenait, je savais que le jardinage exigeait un engagement quotidien que je ne parviendrais pas à assurer plus d'une semaine. Était-ce la crise de la cinquantaine ? Les cinquante ans, je les avais déjà, et j'aurais pu m'acheter une voiture de sport, mais je ne voyais pas l'intérêt. Je contemplais les décennies restantes de ma vie avec une terreur jalouse : je me battrais comme un beau diable pour avoir un maximum de jours sur terre, mais je n'avais pas la moindre idée de comment j'allais les remplir.

Je n'avais jamais eu les couilles de commencer autre chose. Quand le virus est arrivé, mon quota de patients était toujours bien rempli, vingt-huit personnes, et la postdoctorante que je supervisais était repartie dans le Wisconsin avant que les avions cessent de circuler, me laissant ses clients par-dessus le marché. Pendant le Covid, j'avais assuré tous mes rendez-vous en visio depuis mon cabinet, mais à présent, même me rendre en ville à pied semblait trop dangereux, donc j'ai passé les premières semaines de la quarantaine en haut, dans la chambre d'Hannah ; j'ai retiré ses affiches pour avoir un mur blanc derrière moi, et j'ai enchaîné les Zoom et les séances par téléphone. Penelope disait : *Faut que tu arrêtes. Faut que tu t'occupes de toi.* Elle aussi, elle était extrêmement agitée. On était coincés à la maison, tous les deux. Ensuite, et ça a été effroyable, le rythme des appels a ralenti, personne ne décrochait quand j'ouvrais la session vidéo. Mon nombre de patients s'est effondré : je suis passé de cinquante à vingt-cinq, puis de vingt-cinq à dix, avant qu'Internet et l'électricité soient coupés. Mes autres clients étaient-ils morts ? Ou est-ce que certains se cachaient simplement, trop apeurés pour se montrer ? À moins qu'ils soient restés prostrés dans le cratère béant laissé par le deuil ?

Je savais que la vie pouvait être très dure, je connaissais l'injustice inhérente au destin ou au hasard. Même avant l'arrivée de la Grippe du Requin, le virus trop petit pour être *vu*, mes clients se battaient contre des ennemis invisibles – trouble obsessionnel compulsif qui les forçait à se laver constamment les mains ; idées dépressives qui leur répétaient, en boucle, qu'ils ne valaient rien ; attaques de panique qui les envoyaient aux urgences. À présent, la santé publique avait rattrapé leurs cauchemars intimes – tout se révélait vrai. Avant, je passais mes journées à pratiquer la thérapie d'exposition ; parlons des araignées, et ensuite on pourra regarder une photo ou deux, et enfin : *Vous voulez voir cette araignée que j'ai trouvée dans ma maison ?* Je me rendais à l'aéroport pour regarder décoller les avions avec un client, assis dans un terminal comme si nous étions sur le point d'embarquer en nous concentrant sur notre respiration. J'accompagnais des gens dans la rue, jusqu'à un coffee shop où nous touchions toutes les poignées de porte, puis mangions un croissant sans nous laver les mains au préalable, rien que pour leur montrer qu'il n'allait rien se passer de catastrophique. À présent, le coffee shop avait disparu, ainsi que les avions. Il y avait encore des araignées. Elles se portaient mieux que jamais. La fin du monde était stressante pour tout le monde, mais pour celles et ceux qui souffraient d'un authentique trouble anxieux ? Toutes les techniques de pleine conscience que je leur avais enseignées semblaient futiles – comment pouvais-je les mettre en garde contre le catastrophisme au beau milieu d'une catastrophe ? Tout ce que je pouvais faire, à présent, c'était écouter, absorber la souffrance, montrer aux gens qu'ils n'étaient pas seuls.

Tout l'hiver, tandis que la société tombait en miettes, mon activité est restée en dormance. Je pensais que c'en était fini, mais elle a refleuri au printemps, comme les premières pousses vertes jaillissant dans les parterres de fleurs. Et ça a commencé de la façon la plus surprenante.

J'étais en train de faire de la Gestion des Ressources Existantes, perdu dans mes pensées, quand une voiture de police a surgi derrière moi, comme si elle voulait contrôler mon chariot de supermarché pour conduite imprudente. Les lumières bleues clignotantes se sont mises à colorer le monde autour de moi, et j'ai sursauté. Puis la voix de Jimmy a retenti dans le haut-parleur.

« Bill, je voudrais que tu poses ton arme par terre et que tu fasses un pas de côté, s'il te plaît.

– Il y a un problème ? Je croyais que c'était ce que faisait tout le monde maintenant. »

Très lentement, j'ai retiré Arnold du chariot et l'ai posé sur la chaussée. J'ai reculé d'un pas et Jimmy est descendu de sa voiture.

Il avait une mine affreuse, le visage bouffi et rouge, les yeux injectés de sang.

« Salut, Bill, a-t-il dit. Tu veux bien m'accompagner à la voiture de patrouille ?

– J'ai fait quelque chose de mal ? Je n'ai même pas de munitions, en fait. C'est juste de l'intimidation. »

Il s'est assis au volant sans répondre. Je connaissais Jimmy depuis des années – il avait chopé Hannah en train de fumer de l'herbe au parc, un jour, et au lieu de l'arrêter ou de la convoquer, il l'avait ramenée à la maison avec un avertissement. « Je me suis dit que vous étiez sans doute mieux placés que moi pour lui donner une leçon », c'est ce qu'il a dit à Penelope.

« Vous ne vous êtes pas trompé », a-t-elle répondu, même si nous savions tous les deux qu'Hannah encaisserait tous les jours de privation de téléphone que nous lui infligerions sans que ça pénètre l'armure de son entêtement.

Mais à présent, j'avais peur en montant à l'arrière de la voiture de police. Jimmy s'est tourné à demi pour me regarder. Ses narines se gonflaient à chaque respiration et il avait les yeux fous. Si je partais en courant, je ne savais pas jusqu'où j'irais. Le siège en Skaï a crissé sous mon poids.

« Je ne sais pas comment ça marche, a-t-il dit.

– Comment quoi marche ?

– C'est, heu, c'est confidentiel, pas vrai ? Ce dont on parle ?

– Qu'est-ce que tu veux dire ?

– Quand je te parle. Je sais pas comment ça s'appelle.

– Une séance ? Tu veux faire une séance avec moi ? »

J'ai failli rire de soulagement, mais en voyant son expression, je me suis retenu.

« Ouais.

– Ah, mais bien sûr. » J'ai souri. « Je ne vois pas trop à qui je pourrais répéter. »

Il m'a regardé sans rien dire.

« Raconte-moi ce qui se passe. »

On aurait dit qu'il avait perdu sa voix. Quand il a repris la parole, j'ai dû me pencher en avant pour l'entendre.

« Ma mère et ma sœur sont parties s'occuper de ma grand-mère à Porto Rico, juste avant que tout parte en sucette. Ça fait des mois que je n'ai pas eu de nouvelles.

– C'est dur. »

Il a hoché la tête.

« Ne pas savoir, ça peut être très difficile. »

Il a de nouveau approuvé, puis il s'est mis à pleurer.

« J'ai abattu quelqu'un. C'était pas ma faute. Enfin je sais pas. Peut-être que si.

– Oh. Mince. »

J'avais tellement l'habitude de cloisonner mes émotions afin de les empêcher de piétiner l'espace thérapeutique qu'il n'a pas pu remarquer que j'ai eu un recul, et qu'il venait de toucher une de mes peurs les plus profondes. Depuis mon enfance, j'étais affligé par un rêve récurrent : apparemment, j'avais tué quelqu'un. Comment, je ne savais pas trop. Le rêve, c'était l'après-coup, le désespoir pur, sans dilution, qui me plongeait dans la quête effrénée de la personne en vie, afin de m'assurer que je ne l'avais pas tuée.

Sur quoi une fille de mon lycée a tué un homme qui marchait sur le bord de la route, à peine quelques semaines après avoir passé le permis. Quand elle est revenue en cours après que les poursuites contre elle ont été abandonnées, elle errait dans les couloirs comme un fantôme, une intouchable. Je ne voulais pas la fixer, mais je ne pouvais pas m'en empêcher. Elle avait franchi le fleuve, c'était l'incarnation même de mon rêve.

Jimmy était flic, et il avait abattu quelqu'un. Je me suis senti m'éloigner de lui. La parade interminable des gros titres défilait dans ma tête, photo après photo de policiers qui avaient abattu des gens sous prétexte qu'ils s'enfuyaient, parlaient au téléphone, cherchaient leur portefeuille, et le visage de Jimmy se confondait sans mal avec le leur ; j'ai senti mon regard sur lui changer, mais par ailleurs, j'étais là, dans sa voiture, j'étais un thérapeute parlant avec un homme en crise, en larmes, le visage suffisamment sale pour qu'elles laissent des traces sur ses joues.

« Il était blanc », a-t-il dit brusquement.

Il avait senti ma réaction.

« OK. »

J'ai essayé de respirer. Essayé de ne pas me reculer.

« Tu as entendu parler des agressions sexuelles à Hastings ?

– Oui, il me semble que oui. » Une cliente avait évoqué le sujet, son visage remplissant la vidéo Zoom sur mon ordinateur, quelques jours à peine avant la fin de l'application. Le virus n'était pas la seule raison pour laquelle elle avait peur de sortir de chez elle. Certains profitaient du chaos pour faire des choses terribles.

« J'ai augmenté la fréquence des patrouilles de nuit, à cause de ça.

– Vous avez patrouillé tout l'hiver ?

– Il faut bien que quelqu'un le fasse, non ? »

C'était le genre de banalités qu'on dit pour esquiver une question, mais ses yeux étaient sérieux. Il me le demandait vraiment.

« Oui, c'est exact. Je te suis reconnaissant de le faire. »

Il a hoché la tête, et quand il a repris, la cadence de sa voix a changé, il est parti en *staccato*.

« Le coupable présumé était un homme blanc, dans la vingtaine, vêtu d'un sweat à capuche de couleur sombre. À 22 h 30, je patrouillais sur Clinton Avenue quand je suis tombé sur un individu correspondant au signalement, qui sortait d'une maison. Je suis descendu de mon véhicule, je me suis présenté comme agent de police et je lui ai crié de rester où il se trouvait et de lever les mains en l'air. Ma torche l'a éclairé. Il s'est retourné, sur quoi j'ai constaté que le suspect était armé d'un fusil de chasse. Je lui ai ordonné de le lâcher. Mais il ne l'a pas fait.

– Il s'en est sorti, cet individu ?

– Oh non. Il est mort. Ça, c'est certain. Je n'ai pas hésité. Trois balles dans le centre de la masse. Et il s'est *effondré.* »

Le silence a rempli la voiture. Je sentais les rouages se mettre lentement en mouvement dans ma tête.

« Tu as fait l'Afghanistan, n'est-ce pas ? » me suis-je surpris à demander.

Il a vu où je voulais en venir.

« Je réparais des Humvee, c'est tout, là-bas », a-t-il dit.

À présent, il était en larmes. Je suis sorti pour aller m'asseoir à côté de lui à l'avant. Quand sa respiration s'est ralentie, j'ai pris la parole.

« Ôter une vie est un acte profond. Je suis content que tu en parles. On ne peut pas garder une chose pareille en soi. Même si ça se produit dans l'exercice de ses fonctions, ou en cas de légitime défense, c'est un moment décisif, et ça demande un vrai travail, pour surmonter ça. »

Je l'ai vu déglutir.

« Si je fais feu avec mon arme de service, je suis censé voir un psy, partir en congé maladie. Mais il ne reste personne. Il n'y a plus que moi. Et quand j'ai essayé de parler à un policier que je connais, qui bosse pour l'État, il m'a ri au nez. »

Quand il a prononcé ces derniers mots, sa voix n'était plus qu'un murmure. Il a regardé ses mains.

« Pourquoi il a pas juste lâché le fusil ? a-t-il demandé.

– Je ne sais pas.

– Il a commencé à le lever, à le braquer sur moi. Je n'avais pas le choix.

– Apparemment pas.

– Non. »

Il avait les ongles tout cassés, et les mordillait.

« Qu'est-ce qu'il y a ? »

Il parlait si bas que j'ai dû me pencher vers lui.

« Ça s'est passé tellement vite. Et si ce n'était pas vrai ?

– Quoi ?

– Et s'il n'avait pas levé son fusil ? Et si j'avais tout inventé ? Je suis tellement crevé, je ne pense qu'à ma sœur et à ma mère, et je ne me fais plus confiance. Et s'il était innocent ?

– Eh bien, il n'a pas lâché son arme, si ?

– Non.

– Quand tu m'as demandé de poser mon arme par terre, je l'ai fait ou pas ?

– Oui.

– Pas lui.

– Je ne sais pas. Je suppose. »

Il tremblait, son genou cognait contre le volant. Il portait encore son uniforme, aussi sale soit-il. Les gyrophares étaient allumés depuis qu'il m'avait fait arrêter, et le monde, dehors, clignotait en rouge et bleu.

« Jimmy, j'ai remarqué que tu utilisais le "langage officiel" en me racontant tout ça. Pourquoi ?

– Je ne sais pas. »

Je n'ai rien ajouté, simplement attendu.

« C'est comme ça qu'on est censé en parler.

– Quand ?

– Comment ça, quand ?

– Tu n'en parles sans doute pas de cette façon dans les vestiaires ou au bar. »

Il a ri.

« Non. Vaut mieux pas savoir comment on parle entre nous. » Il a hésité. « Comment on parlait.

– C'est comme ça que tu parles quand tu fais une déposition, que tu t'adresses à ton supérieur ou que tu remplis un rapport ?

– Oui.

– Parce que tu es un policier, et que c'est ce que font les policiers quand ils font usage de leur arme en service.

– Oui.

– Il est censé y avoir un ordre à tout ça.

– Oui.

– Quand tu es dans la police, tu sais que tu mets ta vie en danger, pas vrai ? »

Il a hoché la tête.

« Mais ce qui est presque aussi dur, c'est que tu te mets dans une position où il se peut que tu sois obligé de prendre une vie humaine. »

J'ai vu sa pomme d'Adam palpiter quand il a avalé.

« Je crois que tu devrais remplir un rapport.

– Comment ça ?

– Va au poste, remplis les papiers que tu es censé remplir après un incident de ce type.

– Il n'y a personne pour le lire.

– Je sais. Mais tu es un policier. Tu n'es pas juste un type dans la rue avec un flingue. Et que font les flics quand ils sont forcés de faire usage de leur arme en service ?

– Ouais. Je suis flic.

– Remplis le rapport. C'est tout ce que tu as à faire. Remplis-le. Si tu éprouves le besoin de le montrer à quelqu'un, tu peux me le montrer, à moi. »

Allait-il le faire ? Je l'ignorais. En général, il fallait plusieurs séances pour arriver à ce que quelqu'un amorce des changements et commence à mettre en pratique certaines de mes suggestions. Mais que savais-je de la psychologie dystopique ?

Il m'a proposé de me déposer à la maison, mais je lui ai montré mon chariot d'un signe, et il a acquiescé. La voiture a démarré et, avant de s'éloigner, il a baissé sa vitre et s'est penché dehors.

« Tu peux garder le fusil. Mais fais-moi plaisir, laisse-le à la maison, OK ?

– Promis. » Je ne savais pas pourquoi je le prenais, de toute façon. J'avais juste l'impression que c'était ce qui se faisait.

Les derniers mots de Jimmy avant que je sorte de la voiture visaient à me demander comment il pouvait me régler. Je lui ai dit qu'il l'avait déjà fait, que j'étais honoré qu'il ait bien voulu me parler, et ce n'était pas des paroles en l'air.

J'étais tellement absorbé par mes pensées, en rentrant, que je n'ai pas remarqué Penelope, assise sur le perron au soleil, avant d'entrer dans notre allée.

« Salut ! Ça fait plaisir de te voir dehors ! »

Elle a souri, un petit sourire distrait, mais un sourire, et elle a montré le chariot du menton.

« Pas un bon jour.

– Eh bien… » J'ai retiré le sac en papier du chariot et l'ai vidé sur le dallage. « Avec un peu de patience… »

Des paquets de graines, empilés les uns sur les autres, en vrac, les photos séduisantes sur chaque mélange se recouvrant dans une débauche de courgettes, de tomates, de maïs, de haricots, de carottes et de fleurs que j'avais ajoutées parce que j'espérais qu'elles lui feraient plaisir.

« Waouh. Où est-ce qu'on va les semer ?

– La pelouse devant la maison, c'est là qu'il y a le plus d'ensoleillement. »

Elle a fait oui de la tête. Une petite brise s'était levée, juste suffisante pour faire danser les branches des arbres. Au-dessus, les nuages étaient si bas qu'ils semblaient figés sur place.

Je me suis assis.

« Jimmy m'a interpellé à l'instant.

– Jimmy ?

– Le flic. Celui qui avait ramené Hannah ?

– Ah oui. Il t'a interpellé pourquoi ?

– Il voulait une séance. »

Elle m'a dévisagé, un sourcil dressé.

« Il sait que je suis psychologue, et il avait envie de parler. Mais il ne savait pas comment s'y prendre, alors il m'a fait arrêter et on a fait une séance dans sa voiture de patrouille.

– C'est mignon. »

Elle regardait vers les érables qui commençaient à bourgeonner de l'autre côté de la rue, mais elle avait les yeux absents, sans expression. Peut-être contemplait-elle l'espace entre les arbres et nous, peut-être regardait-elle le vide.

« Je me dis que je devrais peut-être relancer mon activité. »

Ses pupilles ont refait le point et elle m'a regardé.

« Les besoins sont énormes, par les temps qui courent. Je pourrais aider un peu. »

Nous nous sommes tus tous les deux. J'ai repris.

« Tu sais, quand tu fais la cuisine et que tu ne sens pas du tout l'odeur de ton plat, parce que tu es dans la cuisine depuis le début, et là, tu sors une minute, et quand tu reviens, l'arôme te saisit immédiatement ? »

Elle a fait oui de la tête.

« C'est ce que ça m'a fait, cette séance de thérapie. Je ne sais pas comment les gens pourraient me payer, je ne sais pas si quelqu'un viendrait, mais mon cabinet est toujours là. On dirait vraiment que le virus a disparu. Pourquoi je ne recommencerais pas à recevoir des clients ?

– Super idée. »

À la façon dont elle a dit ça, on aurait pu être en train de se demander si j'allais préparer des haricots ou de la soupe pour le dîner. Je savais qu'elle avait été fondamentalement comateuse pendant des mois, j'avais été là, j'avais fait l'infirmière, je l'avais serrée contre moi quand le feu mourait et que les nuits se refroidissaient, mais à présent, à présent le soleil brillait si fort et mon enthousiasme était si vif que je ne comprenais pas pourquoi elle ne le partageait pas avec moi, pourquoi elle avait cet air tellement absent. Il y avait un soupçon de ressentiment dans ce que j'ai dit ensuite.

« Tu penses sans doute que c'est débile. »

Il y a eu une longue pause tandis qu'elle regardait au-delà des arbres et des maisons, au-delà de la ville. J'ai attendu.

« J'ai songé au suicide, a-t-elle dit, puis elle m'a tapoté le genou. Je ne suis pas suicidaire, ce n'est pas ce que je dis. Mais j'ai songé au suicide. »

Ses pieds n'étaient qu'une marche plus bas, si bien que ses genoux lui remontaient presque jusqu'à la poitrine, et elle les tenait dans ses bras en parlant.

« Je n'ai jamais compris ça. Je jugeais, même, en fait. Pas d'un point de vue religieux, évidemment, mais d'un point de vue économique. Un pur gâchis. Et je n'avais jamais l'impression que ceux qui passaient à l'acte, c'étaient les gens qui souffraient vraiment. Ceux-là, ils se battaient de toutes leurs forces pour survivre, et là, quelqu'un qui avait toutes les raisons de vivre se donnait la mort ? » Elle a secoué la tête. « Mais cet hiver, j'ai eu une prise de conscience, et ça fait des mois que j'essaie de m'y retrouver là-dedans. J'ai pris conscience que s'il n'y avait pas toi et Hannah, je me suiciderais. »

J'étais conscient de ma respiration, de l'air qui circulait dans ma bouche sèche. J'aurais voulu lui prendre la main, la serrer dans mes bras, mais elle me semblait tellement loin...

« Comme j'ai dit, je ne suis pas suicidaire. Je t'ai, toi, et j'essaie de me dire que, où que soit Hannah, elle va bien. Mais rien que le fait de savoir que, sans ça, je le ferais... C'est vraiment bizarre. C'est juste... »

Elle a fait une petite tête, une tête pensive, une tête que je connaissais si bien. Ce n'était absolument pas prémédité, c'était comme quand une feuille de calcul ne lui révélait pas immédiatement les faits qui s'y trouvaient pourtant, elle le savait.

« Je me souviens, un jour j'ai parlé des astéroïdes à Hannah, a-t-elle finalement repris. Elle avait quoi... sept ans, peut-être ? Et je ne sais plus comment le sujet est venu sur le tapis, mais je lui ai demandé si elle savait ce qu'était un astéroïde, et elle n'a même pas levé les yeux de son dessin, elle a juste dit : *C'est un rocher dans l'espace.* J'étais sciée. J'ai répondu : *Oui, c'est exactement ça*, et je lui ai demandé quand est-ce qu'elle avait appris ça. Elle m'a regardée comme si j'étais folle et elle a dit : *Je l'ai toujours su.*

– Je me rappelle.

– C'était pareil. J'ai juste su que si toi et Hannah, vous mouriez, je me suiciderais. Et si c'est vrai, alors j'ai le sentiment que je ne me connais pas du tout. » Elle m'a regardé. « Quoi ?

– Tu me fais peur.

– Je n'en avais pas l'intention.

– Tu ne crois pas que moi aussi, j'ai besoin de toi ? Et Hannah ?

– Bien sûr que si. Je n'ai jamais dit le contraire. »

On s'est regardés.

« Ça n'a rien à voir avec toi.

– Non, mais ça a tout à voir avec *nous*.

– Pas vraiment.

– Comment tu peux dire ça ?

– Dans ce scénario, tu es mort, tu te rappelles ?

– J'ai le droit d'avoir peur si ma femme se met soudain à parler des conditions dans lesquelles elle se donnerait la mort.

– Je n'ai pas l'impression que ce soit soudain.

– Quoi ?

– J'y ai réfléchi tout l'hiver.

– Et tu ne m'en as rien dit ? Ça me concerne, quand même. »

Elle a pris son visage dans ses mains.

« Je suis désolé, ai-je dit.

– Écoute, a-t-elle repris, entre ses doigts. Je fais de mon mieux. Est-ce que tu ne peux pas tout simplement retenir de ça l'étendue de mon amour pour toi ? Puisque tu es la raison pour laquelle je vis ?

– Si, si. Bien sûr.

– Et oui, tu devrais reprendre ton activité. Il y a beaucoup de gens qui se débattent avec beaucoup de choses très dures en ce moment, et tu pourrais les aider. » Elle s'est levée. « Tu sais comment faire, pour planter un jardin ?

– On n'a qu'à aller faire un tour à la bibliothèque. Je suis sûr qu'ils ont des guides de jardinage. »

La discussion avait un goût d'inachevé, mais je ne voyais pas ce qui pourrait y remédier. Nous avons tous notre rôle, dans nos relations intimes. Celui de Penelope était d'être pratique, indestructible. Après l'élection de Trump, nous étions allés à une soirée de Noël avec quelques-uns de ses anciens collègues de Merril Lynch ; la moitié de ces types avaient voté pour lui, et parmi ceux-là, la moitié n'en avaient même pas honte. Ils en rigolaient, voire ils se rengorgeaient, disant : *J'ai essayé de voter pour lui deux fois.* J'avais envie de leur balancer mon eggnog à la figure, mais elle a écarté leurs réflexions d'un rire. Une fois que vous vous êtes fait démolir à un entretien d'évaluation, une fois qu'on vous a dit : *Nos clients sont habitués à un certain niveau de service* et que vous savez très bien qu'on entendait par là *Comment comptez-vous les emmener se bourrer la gueule chez Scores comme ils l'attendent, femme noire ?*, pourquoi vous mettriez-vous dans tous vos états pour des conneries proférées à une soirée de Noël ?

En rentrant, j'ai commis l'erreur de demander : « Comment tu peux être insensible à la connerie de ces mecs ? » En général, seule Hannah avait le pouvoir de faire sortir Penelope de ses gonds, mais là, avec ma gaffe, j'ai réussi. J'étais son mari, l'amour de sa vie, et confondre ses dents serrées avec une authentique acceptation… je ne comprenais rien du tout, ou quoi ?

C'était un cadeau que me faisait Penelope : elle faisait voler en éclats mes idées préconçues. Elle ne se mettait pas souvent en colère, mais quand ça arrivait, c'était une vraie colère, pointue comme un poignard, et elle ne la maniait pas à la légère, contrairement à ma famille quand j'étais petit, dont la directive principale était : *Réprime tes émotions*. En conséquence de quoi, nous tous – mes parents, ma sœur et moi –, nous ne maniions que des épées de cinéma, émoussées, inoffensives, à moins de cogner assez fort pour faire un bleu, donc nous passions notre temps à nous bourrer de coups, sans nous arrêter, sans réfléchir. Je n'aurais jamais découvert la psychologie s'il n'y avait pas eu Penelope, et la prise de conscience choquante que mes règles tacites n'avaient rien d'universel.

Ma hantise du conflit ouvert était si profonde que, chaque fois qu'on se disputait, je me demandais si ses prochaines paroles n'allaient pas être pour demander le divorce. Au lieu de ça, il y avait des excuses et, mieux encore, des rires, révélant que le gouffre béant entre nous n'était pas si profond en fin de compte. C'était juste une dispute. Tous les couples se disputent. C'était une sensation magique, de prendre conscience que nous n'étions pas forcés de remonter une pente insurmontable, après tout – il n'y avait pas de dénivelé. Nous étions sur un terrain plat, ensemble. C'était juste mon cerveau qui me jouait des tours.

J'avais des moments de doute, des moments où je savais pourquoi j'étais tombé amoureux d'elle, mais me demandais pourquoi *elle* m'avait choisi. Je le lui ai demandé un jour. Elle a ri et répondu : « Tout le monde aime les hommes qui écoutent. » On aurait dit qu'elle citait quelqu'un, et quand j'ai incliné la tête, elle a ajouté : « James Baldwin. » Je n'ai jamais retrouvé où il avait dit ça, mais c'était vrai : je pouvais l'écouter toute la journée. Et je savais que son père n'avait rien dit quand il avait pris sa retraite de la compagnie de métro. Il avait continué à mettre ses bottes et à sortir tôt, sauf que désormais il passait ses journées avec la femme qu'il voyait depuis des années. Encore plus que par la découverte de cette infidélité, Penelope avait été dévastée en apprenant que sa mère l'avait toujours su. Alors je comprenais que cette partie de sa décision avait dû être simple – elle avait trouvé quelqu'un qui non seulement *n'aurait* jamais fait ça, mais aussi, ne l'aurait jamais *pu*. Bon sang, c'était bien trop à gérer !

Une vie semblait suffisamment dure, alors deux... Lorsque la nouvelle de l'infidélité de l'un de nos amis se répandait dans notre cercle, nous nous regardions en disant : « Comment ils trouvent le *temps* ? »

En définitive, les étoiles jumelles se tournent autour parce qu'elles partagent leur attraction. Je l'aimais parce qu'elle m'aimait, et il en allait de même pour elle. Le mariage n'était pas simplement une alliance entre deux personnes déterminées à atteindre des buts qu'elles peuvent s'aider à approcher. Le contrat de mariage ne ressemblait à aucun autre. Notre amour était une partie essentielle de notre réalité, aussi fondamentale que les lois de la physique, et c'était un acte autant qu'un état. J'aimais et j'avais la conviction d'être aimé en retour, et elle aussi.

Penelope n'était pas du genre à raconter des conneries. Si elle disait qu'elle pensait au suicide, c'était vrai. Et je comprenais ce qu'elle ajoutait : si elle se donnait la mort, nécessairement, je ne serais pas là pour le voir, sauf si on tombait dans un scénario à la *Roméo et Juliette*. Mais ça m'a quand même secoué. Elle avait disparu en elle-même tout l'hiver et, à présent, quelque part, j'étais en colère. Pourquoi m'avait-elle laissé seul pour affronter la débâcle de tout ce qui nous entourait ? Quand je sanglotais sur notre matelas devant le feu, elle se réveillait assez pour me prendre dans ses bras, mais ça se bornait là. Où étaient nos discussions d'avant ? En temps normal, elle connaissait mieux que moi mes humeurs. Sa voix, ses raisonnements, c'était grâce à ça que je tenais. Sans elle, je me retrouvais à avancer péniblement dans la rue verglacée en tentant de dire tout haut les mots qu'elle m'aurait dits pour me rassurer et me réconforter, et, par-dessus tout, pour me montrer qu'elle comprenait. Je parvenais seulement à m'arracher un *Tout va bien, tout va bien*. Et pendant tout ce temps, elle fixait le feu, pelotonnée dans ses couvertures, et elle se transformait en quelqu'un d'autre. Qui était cette nouvelle Penelope ?

Peut-être que la nouvelle et l'ancienne Penelope n'étaient pas si différentes. Peut-être qu'elle avait juste appliqué son esprit analytique à la fin du monde et en était revenue avec la seule solution un tant soit peu logique. Et je ne voulais pas que ma colère la fasse repartir en hibernation, alors j'ai essayé de lâcher prise, même si je sentais bien qu'elle ne s'évaporait pas, mais se retranchait plus profondément en moi.

Nous nous sommes rendus à la bibliothèque ensemble en flânant, main dans la main, à pas lents. Nous avons rempli le chariot de livres : jardinage, mais aussi romans, des livres que nous avions toujours eu l'intention de lire mais jamais pris le temps. Je me suis rappelé que la quincaillerie juste en bas de mon cabinet vendait des hamacs, et nous y sommes passés pour en choisir un – ils étaient tous là encore, visiblement personne n'avait pensé à la Gestion des hamacs comme Ressources Existantes. Cet après-midi-là, nous avons fait des trous dans la pelouse, arraché des mottes d'herbe. J'ai attrapé des ampoules en maniant la pelle.

Est-ce ignoble de dire que j'ai été heureux cet été-là ? Tant de chagrin et de deuil, un monde si consumé par la mort que si vous ne passiez pas votre temps à déchirer vos habits et à vous verser des cendres sur la tête, vous étiez forcément un connard. Mais Hannah était vivante en Californie, le jardin poussait, je rentrais à la maison après avoir reçu des clients, et même si Penelope passait de nouveau beaucoup de temps au lit, certains jours, je la retrouvais en train d'arracher les mauvaises herbes, en sueur dans un de mes vieux tee-shirts. J'avais planté par hauteur, le maïs le long de la maison, tout au fond, afin qu'il ne fasse pas d'ombre aux autres semis. En regardant par la fenêtre du salon, on se serait cru en Iowa. Carlos nous a aidés, et même Al. Notre pelouse avait toujours été bien tenue, tondue de près mais, transformée, elle s'est mise à *produire*. La brouette se remplissait tous les jours.

Reprendre mon activité, ça signifiait ouvrir grand les fenêtres de la suite, avec de la poussière qui tourbillonnait follement dans les rayons de soleil. Le cabinet de la postdoctorante était un peu plus petit que le mien, mais la lumière y était plus belle et c'était ce qui comptait maintenant. La plupart de mes clients avaient disparu, je le savais, mais j'ai demandé un peu d'essence à Al, et j'ai roulé jusqu'au domicile de ceux qui étaient susceptibles d'avoir survécu. J'ai sonné aux portes, frappé aux fenêtres, m'attendant à moitié à ne pas avoir de réponse, mais ils étaient là : huit d'entre eux sont venus ouvrir, prudents, éblouis par le jour, en état de sidération. Et cinq parmi ceux-là ont recommencé à venir à mon cabinet. Ils s'installaient dans la salle d'attente dans leurs habits miteux, et feuilletaient le dernier numéro de *People* qui ait jamais vu le jour d'un œil hagard, même s'ils connaissaient chaque article et chaque photo par cœur.

Un client souffrait d'allergies saisonnières. Ses yeux rouges et ses éternuements ont failli me causer une crise de panique la première fois que je l'ai reçu au bureau. Mais il a expliqué – *Où est-ce que je pourrais trouver des antihistaminiques ?* – et j'ai fait un effort pour maîtriser ma respiration. Je travaillais avec lui depuis des années, faisant des exercices progressifs d'exposition afin qu'il parvienne à contrôler son anxiété sociale handicapante. Il faisait la même chose pour moi maintenant, a-t-il plaisanté. C'était vrai : ainsi allait le monde. Les gens tombaient malades, les gens avaient des allergies. Un nez qui coulait ne signifiait pas que la Grippe du Requin était de retour. Elle avait visité nos vies, puis en était ressortie aussi vite qu'elle était venue.

Notre défi consistait à affronter les débris qu'elle laissait derrière elle. Certains clients entraient en pleurant, s'allongeaient en pleurant, et ressortaient, cinquante minutes plus tard, en pleurant. D'autres racontaient la mort de toute leur famille avec le plus grand détachement, car un fusible avait sauté, celui qui empêchait leurs émotions de faire tout exploser, ne leur laissant que les traits tirés, les yeux hagards. Mais ils venaient, et d'autres venaient aussi. Le respect du secret professionnel n'était plus un problème, mais je gardais tout de même mes notes dans un placard fermé à clé. Professionnel, je l'étais, après tout. La valeur de l'argent était au mieux sentimentale, mais il y avait un troc. Les gens avaient des choses à échanger. Mes clients me payaient en boîtes de conserve, œufs, parfois avec un billet de vingt dollars caducs, et j'acceptais. J'acceptais tout ce qu'ils me donnaient. Et il y avait des recommandations, qui l'eût cru. Des gens à qui ils en parlaient venaient à leur tour. Et bien sûr, il y avait Jimmy. Jimmy avait osé affronter le cabinet. Je le voyais une fois par semaine.

Quand le jardin a éclos, j'ai donné des légumes à mes clients – courgettes, maïs, tomates. Je nourrissais l'esprit et le corps. Il y avait des jours où je me surprenais à siffloter en descendant la pente pour rejoindre Main Street et mon cabinet. Le monde n'était pas mort, les gens sortaient de leurs cachettes ; encore une fois, le truc merveilleux sur la fin de tout, c'était le nombre d'entre nous qui demeurions pour y assister, disant tous la même chose – *Il n'y a plus rien* – sauf que nous étions bel et bien là pour nous le dire.

Donc c'était ça que m'enlevait Hannah. Est-ce que j'étais en colère contre elle ? Je n'ai pas envie de dire oui. Elle n'avait pas l'intention de nous déraciner, mais l'aimer, ça avait toujours voulu dire accepter ses conditions. Même enfant, quand on essayait de poser des règles concernant les repas – *On ne va pas te préparer un plat à part, on mange tous ensemble, en famille* –, elle faisait tout simplement la grève de la faim jusqu'à ce qu'on soit suffisamment inquiets pour faire chauffer du *mac and cheese*, encore une fois. Je connaissais des gens dont les enfants se mettaient constamment en quatre pour faire plaisir ; Hannah vivait comme si notre approbation ne lui faisait ni chaud ni froid. Pendant la période des dossiers de fac, nous avions droit à des e-mails de plus en plus alarmistes du conseiller d'orientation nous apprenant qu'Hannah avait encore loupé une date butoir, Penelope dans tous ses états dans la cuisine, tandis que tous les scénarios tournaient dans sa tête – qu'allait faire Hannah quand tous ses amis seraient à la fac et qu'elle serait bloquée à la maison ? C'était peut-être ce dont elle avait besoin, un électrochoc. Puis des lettres sont arrivées. Hannah avait envoyé des candidatures de son côté, et elle avait même réussi à être admise à Bennington. Et sa réaction à notre joie et notre fierté, ça a été de choisir UC Irvine à la place, de se tirer à l'autre bout du pays, où nous devions maintenant aller la chercher en laissant tout en plan.

Oui, j'étais en colère contre Hannah. Être parent, c'est faire des sacrifices, certes, mais ça ? J'abandonnais la vie que nous nous étions construite ici, construite deux fois, en vérité, une fois dans l'ancien monde, une fois dans ce monde décapité. J'abandonnais des clients qui dépendaient de moi. Ils avaient perdu leurs parents, leurs frères et sœurs, leurs enfants, leurs amis. Ils dormaient seuls dans des maisons qui bruissaient autrefois de voix, ils dormaient dans des voitures parce qu'ils n'arrivaient pas à se supporter dans ces maisons, et que leur véhicule calmait leur terreur d'être coincés sans pouvoir se déplacer. Ils s'aventuraient hors de leur cachette, prenaient le risque de revenir en cure, et moi, j'étais sur le point de les quitter. Je leur dirais que je partais en voyage, que j'allais revenir, mais était-ce vraiment réaliste ? Ça ne me faisait pas l'effet d'un voyage. Ça me faisait l'effet d'être un astronaute, en train de lire et de signer un papier déclarant que je comprenais que si quelque chose tournait affreusement mal, on n'enverrait pas de secours, que je mourrais dans le vide sidéral. Et il n'y avait personne à qui les adresser. Il devait y avoir d'autres psychologues qui avaient survécu, mais où ? Qui ?

Les brûlures d'estomac qui me prenaient parfois sont revenues, des douleurs à pleurer, dans la poitrine, et le goût de bile s'attardait au fond de ma bouche, quoi que j'aie mangé, que j'aie mangé ou non. Si j'abandonnais ma fille à une secte, qu'est-ce que ça disait de moi ? Si j'abandonnais mes clients, qu'est-ce que ça disait de moi ? En y pensant, j'avais la sensation de faire une crise cardiaque, mais je la connaissais, cette sensation, c'était une vieille amie, mon estomac qui libérait de l'acide dans le reste de mon corps, comme par haine. La douleur m'empêchait de dormir.

Penelope ne dormait pas de la nuit non plus. Elle faisait nos valises, elle faisait des plans, comme si elle avait stocké du sommeil tout l'hiver pour l'employer maintenant. Nous pouvions prendre sa Tesla ou ma Subaru break ; le choix n'était pas difficile. Au moins, avec la Subaru, on pouvait stocker des bidons d'essence à l'arrière, des bonbonnes explosives cachées sous la tente, la nourriture, les vêtements, la liste interminable d'affaires dont elle se rendait compte que nous avions besoin, et qu'elle m'envoyait me procurer : un contrôleur de niveau d'eau portable, des sacs de couchage, un atlas routier des États-Unis.

Tout allait si vite. Je restais au lit de plus en plus tard le matin, et pourtant je ne dormais pas.

Elle m'a trouvé en train de regarder fixement les feuilles qui commençaient à prendre de la couleur sur les arbres, par la fenêtre, comme si j'allais être interrogé sur le sujet ensuite. J'avais envie de pisser, mais qu'importe. Je ne bougeais pas.

Elle avait apporté du café.

« C'est ta façon de me dire de me lever ?

– Si je voulais te dire ça, je te le dirais. C'est ma façon de dire je t'aime.

– Je sais. Je suis désolé. »

Elle s'est allongée et m'a pris dans ses bras, par-derrière, une main à plat sur mon torse.

« Je suis dégoûtée de devoir partir.

– Ce que je fais n'est peut-être pas révolutionnaire. Je ne fais pas de recherches, je n'ai jamais écrit un livre. Mais j'ai toujours fait très attention à l'éthique. Je suis un bon psychologue.

– Je sais bien. »

Je n'ai pas grand-chose d'autre à vous dire sur cette conversation. J'aimerais vous dire qu'on a trouvé une solution, là, dans la chambre, entre le lever et le coucher du soleil, que nous avons résolu le dilemme moral, que tout s'est arrangé. Ce n'est pas le cas. Il a juste fallu que j'aille au cabinet pour annoncer à mes clients que je partais, que je reviendrais, mais que je ne savais pas quand, que j'étais désolé, mais que nous allions établir un programme pour eux avant mon départ. Et les conventions sociales subsistaient : ils ont compris, pour la plupart, ou du moins c'est ce qu'ils ont dit. Un couple est sorti sans un mot. Quand j'ai expliqué à Jimmy que j'allais devoir mettre sa cure en pause, il a rétorqué : *Je ne vois pas de cure là, on parlait, c'est tout.* Je lui ai répondu que bien sûr, il avait raison. On ne faisait que parler, de toute façon.

Une de mes clientes, je l'appellerai Susie, était allongée sur le divan, un oreiller contre la poitrine, quand je lui ai appris la nouvelle ; elle a fixé le plafond un long moment. La pièce était calme. Le seul problème du lieu, avant, c'était les voitures, mais dorénavant, avec les fenêtres ouvertes, on n'entendait plus que les oiseaux. Susie avait subi dix ans d'abus émotionnels causés par son mari, et avait commencé à me consulter au moment où elle rassemblait ses forces pour enfin divorcer. Là-dessus, au début de la pandémie, son fils, le bijou de ce cloaque sordide, était mort.

Elle ne s'était pas effondrée dans le néant. Dans ce divorce terrible et long, elle avait trouvé au fond d'elle-même une force invincible. Certains de mes clients venaient désormais en haillons, pas lavés. Je devais ouvrir en grand les fenêtres. Elle était vêtue soigneusement, propre, portait son parfum de toujours. Même si je lui appliquais un barème dégressif depuis des années, elle m'avait toujours payé toutes les séances. Et à présent, elle regardait le plafond, allongée sur le divan.

« Je peux continuer à venir quand même ? a-t-elle demandé. Peut-être que ça me ferait du bien, de passer un moment ici toute seule. »

Elle parlait d'une si petite voix, je n'ai pas pu m'en empêcher. Je me suis mis à pleurer. Je lui ai confié la clé du cabinet.

Quand je suis rentré à la maison, la voiture était pleine, chargée à bloc. J'étais allé avec Al à la station Mobil pour voir Timmy, l'homme le plus riche de la ville. Pendant que j'expliquais la situation, il m'a regardé d'un œil méfiant jusqu'au moment où j'ai prononcé le nom d'Hannah.

« Vous êtes le père d'Hannah ?

– Comment vous connaissez Hannah ?

– Elle traînait souvent en ville.

– Oh. »

Je ne savais pas ce qu'il entendait par là.

« Apportez des récipients, je vous donnerai tout le carburant que vous voulez.

– Vraiment ?

– Hannah a toujours été cool avec moi. Allez la sauver. »

Tout un monde que je ne soupçonnais pas jaillissait devant moi. Où allait Hannah quand elle sortait ? Nous imaginions qu'elle était avec ses amis d'Horace Mann, mais je me rendais compte à présent, comme si j'avais été aveugle toute ma vie, que bien sûr, Hannah traînait avec les jeunes de la ville. Elle n'en avait jamais rien eu à foutre du statut social des gens. Jamais.

Son nom était comme un talisman, une formule magique. Nous avons eu toute l'essence dont nous pouvions rêver, et il a ajouté quatre litres d'huile de moteur et un gros sac de chips saveur barbecue.

Nos voisins sont venus nous dire au revoir avec des cadeaux de départ. Al, deux caisses de bière Natural Ice et une grosse bouteille de Jack Daniel's. Carlos, une médaille accrochée à une chaîne cubaine rutilante. Il nous a recommandé de la suspendre à notre rétro.

J'ai commencé à protester mais il a dit : « Ce n'est pas de l'argent véritable. Juste de l'acier inoxydable. » Avec un clin d'œil, il a ajouté : « San Cristóbal vous protégera dans vos voyages. En tout cas, il vous fera pas de mal. »

Nous leur avons dit que le jardin était à eux. Quant à Carlos, nous l'avons invité à s'installer chez nous. Profiter de l'électricité, de la cheminée.

« Prends-en soin pour nous », avons-nous dit.

Il agitait la main sur le perron quand nous avons démarré. Nous avions parcouru deux rues lorsque des lumières bleues se sont mises à tournoyer dans le rétro. « C'est seulement Jimmy », ai-je expliqué à Penelope. J'ai baissé la vitre. Un instant après, il est apparu, penché sur nous, s'appuyant sur ses coudes pour regarder dans notre véhicule.

« Bonjour, Penelope.

– Bonjour, Jimmy.

– Bonne chance. J'espère que vous allez la trouver. » Il s'est tourné vers moi. « Tu as pris ton fusil ?

– Oui, il est à l'arrière.

– Tu as déjà tiré avec ?

– Non, c'est juste de la dissuasion. »

Il a remonté ses lunettes noires sur son front.

« J'ai entendu des rumeurs. C'est le gros bordel dans le pays. Vous ne pouvez compter que sur vous-mêmes. Tu comprends ce que je te dis ?

– Je crois. »

Il m'a regardé, puis a regardé Penelope.

« Entendu, a-t-il repris. Voilà ce que je vous conseille. Allez-y, partez. Mais une fois que vous serez sorti de la ville, une fois que vous serez dans la campagne, trouvez un champ, ou une carrière, et entraînez-vous à tirer.

– On n'a même pas de munitions. »

Il est allé à sa voiture, en est revenu les bras chargés de petites boîtes en cartons qu'il a commencé à me passer par la fenêtre.

« Maintenant, si. »

3

Je ne sais pas si c'est le cadeau de Jimmy qui nous a coupé la chique, ou l'impression de se jeter à l'eau qui a rempli la voiture quand j'ai redémarré. Comme en mode automatique, j'ai braqué le volant et nous avons tourné le dos à la rivière, roulant vers la Saw Mill Parkway. Nous aurions pu être en train de nous rendre à Whole Foods, ou peut-être au Container Store. Coude passé par la fenêtre ouverte, Penelope à mes côtés. On irait peut-être dîner ensuite. Les restaurants. J'avais presque oublié ce que c'était. Il n'y avait pas de voitures à part nous, ça aurait pu être une matinée de week-end, tôt, quand le monde dort encore, sauf que le soleil était haut et que personne ne venait réparer les nids-de-poule qui se creusaient déjà dans le bitume. Penelope regardait l'horizon qui se déployait devant nous, la branche d'arbre dépassant sur notre file, que j'ai contournée, les vitrines plongées dans la pénombre. La porte d'un pressing s'est entrouverte, et un raton laveur a passé le nez dehors, puis traversé la rue. Cinq mille kilomètres s'étalaient devant nous, et l'arrière du break était tellement chargé que le rétroviseur ne servait à rien, si ce n'était à suspendre la médaille de San Cristóbal. Jimmy nous avait prévenus que le pont Tappan Zee était bloqué, donc j'ai pris vers le sud, vers l'autoroute déserte, et j'ai accéléré. Penelope a parlé pour la première fois.

« Tu crois qu'on devrait aller aussi vite ?

– Je ne sais pas, tu en penses quoi ?

– Eh bien, on peut aller aussi vite qu'on veut, ce qui m'inquiète, c'est juste qu'il pourrait y avoir quelque chose sur la route. »

Il pourrait y avoir quelque chose sur la route. Mes paumes sont devenues moites et collantes sur le volant tellement vite que mes mains ont glissé, et ma respiration s'est coincée dans ma gorge. J'ai levé le pied. La voiture a dérivé, lentement, vers la bretelle. Trente ans et plus que je conduisais sans réfléchir, l'esprit occupé à résoudre tel ou tel problème au boulot, à répéter mentalement une dispute avec Penelope, ou à me demander à quelle heure, au juste, commençait le match des Knicks. Pendant tout ce temps, la voiture bouffait l'espace, à cent dix, cent trente kilomètres à l'heure, penchant dans les virages, mon estomac bondissait dans mon ventre avec la route, et je me sentais insouciant, confiant que, dans l'inconnu devant moi, une voie vide, propre, m'attendait. Quelle stupidité profonde, stupéfiante. Comment avais-je survécu, avant la Grippe du Requin ? Avant que Penelope parle, ma mémoire musculaire était sur le point de lancer le régulateur de vitesse, ce qui revenait pour ainsi dire au suicide, en l'état. La voiture s'est arrêtée en bordure de route.

« Oh putain. T'as raison. »

Un sentiment d'impuissance a gonflé en moi et je me suis figé. De tout l'hiver, je n'avais jamais vraiment paniqué, me contentant d'accomplir une tâche après l'autre : trouver de quoi manger, couper du bois, transporter de l'eau. J'avais des émotions, bien sûr, mais elles ne duraient jamais, comme si le vent, dehors, soulevait la neige et la laissait retomber dans le tourbillon de mon esprit vide. Mais à présent, au volant, au bord du précipice du trajet, j'ai senti mes poumons chercher l'air à grand-peine, mon cœur tambouriner, mon front trempé de sueur.

Elle n'a rien dit. Nous sommes restés sur le bord de la route en silence.

« Si on a un accident, il n'y a personne à appeler », ai-je enfin énoncé. Une vision de nous en train de faire des tonneaux pour terminer dans un fossé d'où nous ne ressortirions jamais m'est apparue, si réelle que je sentais presque le monde tournoyer autour de nous.

« Je sais. Ça fait peur.

– Faut juste que je me reprenne.

– Tu veux t'arrêter ? On vient de partir.

– Non, je ne veux pas m'arrêter. »

L'énormité de ce qui nous attendait ne me lâchait pas. Comme quand on se tient au pied d'un gratte-ciel et qu'on renverse la tête en arrière pour le voir bâiller au-dessus de nous dans le ciel, imposant. Même si on avait chargé la voiture de filtres à eau et de teinture d'iode, de tout un carton de nécessaire de secours, même si j'avais un putain de *fusil*, je me rendais compte maintenant que dans ma vision interne, que je n'avais pas analysée, je nous avais imaginés filant sur l'autoroute, vitres baissées, radio à fond. Un vrai road trip. Et voilà que je me prenais de plein fouet l'incertitude fondamentale de notre aventure. Nous ne pouvions même pas suivre la Saw Mill Parkway jusqu'à la 95 sans redouter ce qui pouvait très bien nous attendre sur la route. Des arbres morts, des files de voitures abandonnées, des cerfs pris de témérité, qui sait. Et un accident, c'était tout ce qu'il faudrait.

Le bruit a commencé comme un gémissement lointain. Ça aurait presque pu être un moustique, mais il s'est approfondi, un grondement énorme, et s'est mis à retentir tandis qu'une moto apparaissait de l'autre côté du terre-plein central. Nous étions coincés à Dobbs Ferry depuis si longtemps que j'avais oublié qu'il existait des choses capables d'aller plus vite qu'un chien sauvage courant après le renard du quartier. Le motard était courbé en avant, avec un casque noir à visière fumée, une vision floue qui a disparu aussitôt que je suis parvenu à la distinguer, même si j'aurais juré qu'il s'était tourné pour nous regarder au passage. Ça aurait pu être une hallucination, si le rugissement de son n'était pas resté audible dans le lointain.

« Bon, OK », a dit Penelope.

On s'est regardés et elle a ri.

« Tu veux que je conduise ?

– Oui. »

Nous nous sommes croisés devant la voiture, et nous ne nous sommes écartés ni l'un ni l'autre. Elle s'est précipitée sur moi et m'a serré dans ses bras. Elle a posé la tête contre ma clavicule. J'ai enfoncé mon visage dans ses cheveux et je l'ai respirée.

« Prêt ?

– Allons-y. »

Nous nous sommes dirigés vers le George Washington Bridge, une légère nausée s'installant avec les virages. On aurait pu être en train d'aller voir un spectacle – le West Side était toujours si inaccessible depuis Grand Central qu'on prenait systématiquement la voiture. Penelope a ralenti et tourné à gauche à la sortie – les panneaux étaient toujours là, bien sûr, mais telles des reliques d'un monde oublié. Les feux ne fonctionnaient pas, mais il n'y avait pas grand-chose à réguler.

« Tu te rappelles, quand on a emmené Hannah voir cet allergologue ? C'était par là », a dit Penelope.

La masse de l'église presbytérienne de Columbia était visible sur la colline au-dessus.

« On croyait vraiment qu'elle avait des allergies ?

– On se demandait si c'était pas de l'asthme.

– Ah oui, merde. »

Penelope a mis son clignotant avant de tourner à droite pour rejoindre le pont, et il était là, le George Washington Bridge, argenté sur fond de ciel. Nous avons pris à gauche pour emprunter le niveau supérieur. Il était intact, il nous attendait, et nous étions au milieu quand Penelope a ralenti, puis stoppé la voiture.

« Qu'est-ce que tu fais ?

– Écoute, plutôt. » Elle a coupé le moteur et ouvert sa portière. Nous sommes sortis tous les deux. On entendait un sifflement aigu, le vent qui chantait dans les câbles, qui devait être présent sous le grondement des moteurs diesel des pick-up autrefois. Nous nous sommes regardés par-dessus le toit de la voiture.

De l'autre côté du pont, le kilomètre et demi de péages qui vous accueillent dans le New Jersey, l'enchevêtrement de routes de Fort Lee, qu'on croirait fortuit : des offrandes sur l'autel de la circulation, comme un Ozymandias dans le désert, vide. Il y avait tout de même quelques autres voitures, mais chaque fois, c'était un événement. Une Ferrari qui tressautait et crachotait, tandis que son nouveau propriétaire, manifestement, peinait avec la clé. Un camping-car sur la file de droite, rempli comme une voiture de clowns, des visages pressés contre les vitre. Une décapotable, capote baissée malgré le froid, une main nous saluant, désinvolte, au passage.

Quelle joie d'avoir eu tort ! Je me suis senti ragaillardi. Nous étions déjà en train de filer à travers le New Jersey – passant devant le vide colossal du mall American Dream, qui s'appelait autrefois Xanadu, tous les noms semblaient maudits, et la pente en porte-à-faux derrière que, comme tout le monde, j'associais à une piste de ski en intérieur « comme au Japon », même si aucun d'entre nous n'était entré vérifier. Le stade des Giants. Les tours du sud de Manhattan, au loin, qui se dressaient tels des doigts frôlant le ciel. Des nuées d'oiseaux migrateurs qui avançaient, en V, au-dessus de nous, et j'ai gardé ma vitre ouverte jusqu'à ce que Penelope me fasse remarquer qu'elle avait froid.

« Si tout va bien, on pourrait être en Californie dans quatre jours », ai-je dit.

J'avais calculé la quantité d'essence nécessaire. Nous avions deux cents litres à l'arrière, ce qui nous amenait au moins à la moitié. De loin, l'aéroport de Newark ressemblait à un diorama pour enfants. Les avions, à des petites voitures jouets. Penelope a tourné sur la 78. À présent, nous roulions vers l'ouest. La Californie aurait rempli le pare-brise si nous avions pu voir assez loin. J'ai sorti mon téléphone et l'ai branché sur l'allume-cigare.

« Tu crois qu'on va trouver du réseau ? a demandé Penelope.

– Non. »

J'ai allumé la stéréo et le Bluetooth s'est enclenché immédiatement.

Marvin Gaye a rempli la voiture et j'ai monté le volume à fond. *When I get that feeling…*

« Notre chanson de mariage ! me suis-je écrié.

– Tu es fou. »

Elle riait.

Le peu de nuages qu'il y avait traversaient le ciel en hâte comme pour faire en sorte de ne rien gâcher. C'était la meilleure période de l'année, quand tout oscille entre l'été et l'automne – le fond de l'air est un peu plus frais, le soleil encore chaud. J'ai de nouveau baissé ma vitre. Penelope conduisait prudemment, ralentissant avant les virages sans visibilité, mais elle avait une main sur le volant, l'autre tenait la mienne et elle battait la mesure avec ses doigts. Tout ce que nous avions, c'était ce que j'avais téléchargé avant que Spotify cesse de fonctionner. Ça allait nous mener de l'autre côté du pays.

« Oh putain. » J'ai eu un coup de génie. « J'avais oublié qu'il y avait un lecteur de CD dans la voiture. » Quand avais-je écouté un CD pour la dernière fois ? Ça se fabriquait encore, des CD ? « On pourrait Gérer les Ressources Existantes d'un magasin de disques. »

Mais que choisirions-nous ? Penelope avait des goûts épouvantables, étonnamment, vu son jugement d'une sûreté impressionnante sur tout le reste. Si elle était forcée d'écouter quelque chose, elle choisissait toujours du jazz, mais pas du vrai jazz, de la soupe, ou à la rigueur du R'n'B sirupeux. Quand Hannah et moi mettions du hip-hop sur le haut-parleur Bluetooth de la cuisine, avec trente ans d'écart entre ses chansons et les miennes, Penelope secouait la tête et partait boire son verre de vin sur le canapé, devant la cheminée.

Marvin Gaye, un des rares qui nous mettaient d'accord, chantait « Trouble Man » dans la sono de la voiture, et je me disais : désormais, il n'y a plus que la mort et les problèmes, c'est vrai, les impôts ont disparu pour toujours, quand Penelope a freiné brusquement. J'ai glissé dans mon fauteuil et elle s'est exclamée :

« C'est quoi, ce bordel ? »

Nous nous sommes arrêtés au milieu de la route, à quelques mètres d'une pancarte routière amovible jaune orangé. Il y avait un panneau photovoltaïque dessus, où des mots défilaient :

« … MÈTRE. DÉVIATION PAR LA 80… »

Ces mots sont restés affichés un moment avant de clignoter trois fois.

« ... POUR ALLER VERS L'OUEST EN TOUTE SÉCURITÉ »

J'ai éteint la musique sans regarder tandis que le panneau s'éteignait, puis reprenait son message depuis le début.

« DANGER DANGER DANGER... »
« ... INCIDENT NUCLÉAIRE À... »
« ... THREE MILE ISLAND... »
« ...RESTEZ À 80 KM DU PÉRI... »
« ... MÈTRE. DÉVIATION PAR LA 80... »

Un autre cycle s'est écoulé sans qu'on parvienne à dire quoi que ce soit.

« C'est où, Three Mile Island ? a finalement demandé Penelope.

– Alors là... Quelque part en Pennsylvanie. Je ne sais pas. »

Nous sommes sortis de la voiture dans le silence de la route déserte. J'avais pris l'atlas, que j'ai étalé sur le capot, suivant le mot « Pennsylvanie » du doigt comme si les noms de lieux étaient écrits en braille.

« Là. Près de Harrisburg. »

Elle a jeté un œil, puis regardé de nouveau au loin. Je l'ai vue déglutir, fort.

« Le vent vient de l'ouest, a-t-elle dit. C'est bien ça ? »

Les nuages filaient toujours au-dessus de nous. Soudain, l'atmosphère nous a paru chargée, malveillante. Ma gorge s'est serrée.

« Remonte dans la voiture ! »

J'ai sauté derrière le volant. Penelope était déjà sur le siège passager. J'ai appuyé sur la pédale d'accélérateur.

« Qu'est-ce que tu fais ? »

Sa voix s'est brisée sur une note plus aiguë que jamais.

« La 287 !

– Tu crois pas qu'on devrait faire demi-tour, plutôt ?

– La 287 est juste là. On va la prendre en direction de la 80, au nord, ai-je indiqué.

– N'importe, démarre. Tout de suite ! »

À présent, nous nous dirigions vers le nord-est. La 287 sillonnait le New Jersey, et je roulais vite. Le silence remplissait la voiture aussi pleinement que la musique quelques minutes auparavant.

« La vache, a fait Penelope. Tu imagines, s'il n'y avait pas eu de panneau ? S'il n'avait pas fonctionné ? Ça marche, ces trucs, quand il y a des nuages ? » Elle a plaqué une main sur sa bouche, comme si ses propres paroles lui faisaient peur. « Je crois que je vais vomir.

– Tu veux que je m'arrête ?

– Putain, non. Continue. »

Le voyage qui, quelques minutes plus tôt, ressemblait à une partie de plaisir, se présentait maintenant comme un tourbillon qui allait inévitablement nous entraîner vers le bas. Sans espoir.

« On n'est même pas sortis du New Jersey, ai-je dit.

– Prends la 80, c'est tout. Le panneau disait que c'était sûr, non ?

– Oui, mais tu crois qu'on peut lui faire confiance, à ce panneau ? »

Elle n'a pas répondu. Nous nous donnions de nouveau la main, mais la sensation n'aurait pu être plus différente, et je roulais tellement vite que j'ai dû reprendre la mienne pour tenir le volant. Morristown a défilé à toute vitesse; la route s'ouvrait à nous, déserte. L'horloge de la voiture indiquait 17h58 et le soleil commençait à baisser.

« On se trouvera un coin pour camper en Pennsylvanie ? ai-je demandé.

– Continuons à rouler. Il faut qu'on arrive à l'ouest de Three Mile Island. On n'aura qu'à dormir dans la voiture, s'il le faut.

– Oui, t'as raison. Bien sûr. »

Nous étions sur la 80, à présent, toutes vitres fermées, mais Penelope tremblait encore.

« Je peux mettre le chauffage », ai-je proposé.

Elle a secoué la tête.

« Mets un manteau.

– OK, je vais le faire. » Elle n'a pas bougé. La voiture bouffait les kilomètres, mais même plus au nord, sur la route où, d'après le panneau, nous ne risquions plus rien, j'avais des crampes aux doigts et l'impression de sentir les radiations en train de détériorer lentement mon ADN.

« On se sentira mieux une fois qu'on sera à l'ouest de la Pennsylvanie, ai-je promis. À Pittsburgh. Ou dans ce coin-là. »

Elle a hoché la tête.

« On se sentira mieux », ai-je répété.

Nous roulions vers le soleil couchant. J'avais baissé le pare-soleil et mis mes lunettes noires. Penelope se protégeait les yeux d'une main. La route, qui sillonnait jusque-là des champs, s'est soudain mise à longer un cours d'eau.

« Le fleuve Delaware. »

Elle a fait oui de la tête.

« La cluse du Water Gap est juste un peu plus loin, et après on sera sortis du New Jersey. »

Elle a de nouveau approuvé sans mot dire. Je lui ai jeté un coup d'œil pour voir si ça lui faisait peur d'entrer en Pennsylvanie, et j'ai entendu au loin un claquement percussif et mat.

« Qu'est-ce que c'est que ça ? »

J'ai ralenti. Les falaises du Delaware Water Gap s'élevaient devant nous, le soleil accroché entre elles telle une bille, la route longeant le fleuve de près et s'apprêtant à se faufiler dans l'ouverture en S. Le claquement a retenti de nouveau, un coup de feu, sauf que cette fois j'avais l'impression d'avoir entendu le sifflement d'une balle, comme un frelon, et Penelope criait des mots incompréhensibles en montrant, devant nous, un barrage routier – un homme avec un fusil pointé sur nous et un autre debout, une main levée.

J'ai freiné si violemment que l'antiblocage s'est déclenché, et nous nous sommes arrêtés avec un à-coup.

Les deux hommes se sont avancés vers nous.

« Oh, merde. Penelope, je fais quoi ? »

Elle n'a rien dit, elle avait les yeux écarquillés. J'ai passé la marche arrière machinalement, mais allait-il nous tirer dessus sans sommation ? La voiture était silencieuse et nous étions tous deux figés. Ils approchaient. Le type au fusil s'est arrêté devant nous, son arme baissée mais toujours sur son épaule.

L'autre a cogné à ma fenêtre. Ils étaient tous les deux en habits de camouflage, je l'ai remarqué à ce moment-là, et en baissant la vitre, j'ai vu un nom au-dessus de sa poche poitrine. *DeGrassi.*

« Coupez le contact, s'il vous plaît. »

Je me suis exécuté.

« Qu'est-ce qui vous a pris ?

– Pardon ? »

Il avait le visage large et bronzé, et il n'avait pas besoin de sourire pour faire voir ses dents. Il avait la mâchoire entrouverte, comme s'il respirait par la bouche.

« C'est un putain de barrage, Jimbo. On a failli être obligés de vous tirer dessus.

– Je n'avais pas vu. »

Son visage s'est encore élargi sous le coup de l'étonnement. Il s'est tourné vers l'autre mec.

« Il dit qu'il avait pas vu. »

Le type a secoué la tête avec dédain.

« Je suis désolé. On va y aller. On va repartir dans l'autre sens.

– Non, non. »

Penelope a laissé échapper un petit bruit. Je la sentais près de moi, même en fixant DeGrassi. Il penchait la tête pour regarder derrière moi : l'arrière de la voiture, chargé de matériel.

« C'est dangereux. On vous fera traverser demain matin. Si vous essayez d'aller où que ce soit quand la nuit tombe, vous allez y passer.

– Pardon ?

– Il y a des bandits, dans les collines, ils arrêtent toutes les voitures. On est en train de les éliminer. Mais jusque-là... on escorte les voyageurs, en journée. »

Penelope a parlé pour la première fois :

« Vous êtes des militaires ?

– Armée américaine, m'dame. Chuck va vous accompagner à notre campement. »

Il s'est retourné vers le barrage et a fait pivoter sa main en l'air. Le soleil s'était couché pendant qu'on parlait, et des phares sont apparus derrière la barricade. Un Humvee s'est détaché, mordant sur le rebord de la route, sa longue antenne fouet en berne. Il a ralenti en arrivant à notre niveau, et un homme a passé la tête dehors.

« Suivez-moi. »

J'ai répondu d'un signe et fait le tour. Le mec au fusil était toujours au milieu de la route. Il n'avait pas dit un mot.

Nous ne roulions pas vite, et nous ne sommes pas allés loin pour prendre la première sortie.

« C'est bien, non ? j'ai demandé à Penelope. Ils nous feront traverser demain matin.

– Je suppose que oui. »

Nous sommes entrés dans le parking d'un relais routier. « NORMAN KNIGHT TRAVEL CENTER », disait le panneau. « PIZZA HUT ». « TACO BELL ». « COUNTRY PRIDE RESTAURANT ».

« Quand même, c'est l'armée. »

Elle regardait devant elle, sans rien dire. Il y avait deux Humvee et une poignée de voitures éparpillées. La plupart, je l'aurais parié, n'avaient pas bougé depuis des mois, mais il y en avait deux ou trois qui était pleines à ras bord d'affaires, comme la nôtre. Je me suis garé à côté d'une Porsche Boxster avec un autocollant qui disait « MON AUTRE VOITURE EST UNE X-WING » sur le pare-chocs. Après les pompes à essence, à la place des semi-remorques qui s'y seraient trouvés normalement, un tank était stationné, immobile comme une sculpture, son long canon pointé vers le haut.

Le type qui conduisait le Humvee a sauté à terre et s'est avancé vers nous.

« Passez-moi les clés, a-t-il dit.

– Pardon ?

– C'est pour votre sécurité. Personne ne doit quitter le relais avant qu'on soit prêts.

– On ne va pas s'en aller.

– J'ai besoin des clés, c'est tout.

– Je ne comprends pas. »

Penelope m'a agrippé la cuisse. Je l'ai regardée. Elle a fait un signe.

« Donne-lui les clés. »

J'ai haussé les sourcils et elle a ouvert plus grand les yeux.

« Fais-le, allez.

– Bien sûr. » J'ai retiré la clé de la voiture de mon anneau et la lui ai jetée. Il a essayé de l'attraper d'une main, mais l'a manquée et elle a rebondi sur la chaussée. Il s'est penché pour la ramasser d'un air désinvolte, comme si c'était ce qu'il comptait faire dès le départ.

« Venez à l'intérieur. Vous pourrez rencontrer le colonel.

– On arrive dans une seconde », ai-je dit avec un signe de la main. Je me suis tourné vers Penelope. « Je le sens pas. »

Elle a secoué la tête.

« Pourquoi tu m'as dit de leur donner la clé ? »

Son sac était posé sur le plancher de la voiture, à côté de ses pieds ; elle s'est penchée pour fouiller dedans.

« Parce que j'ai la mienne », a-t-elle dit, la deuxième clé de la Subaru dans le creux de sa paume.

Elle a mis son sac sur son épaule et je l'ai suivie dehors. Dès que j'ai fermé la portière, le mec du Humvee a regardé la clé qu'il avait ramassée en plissant les yeux, et appuyé sur un bouton. Le klaxon a sonné un petit coup, la voiture était verrouillée. Penelope m'a regardé.

« Laissez-moi juste prendre votre température. »

Il a sorti un thermomètre auriculaire de sa poche et nous a fait signe.

Je me suis avancé, mais Penelope a posé une main sur ma poitrine.

« On va rester dehors, a-t-elle dit.

– Allez, quoi.

– Je ne veux pas de ça dans mon oreille. Ce truc sort juste de votre poche.

– Ça prendra juste une seconde.

– Non.

– Bon, *d'accord.* » Il l'a rangé dans sa poche. « Vous en êtes revenus, tous les deux, n'est-ce pas ?

– On est là, non ? »

Il a levé les yeux au ciel et poussé les portes. Penelope et moi nous sommes regardés et l'avons suivi à l'intérieur.

Au départ, je pensais que c'était le décor qui faisait tout le ridicule de ce « camp militaire ». La vaste entrée carrelée était plongée dans la pénombre, comme les étagères vides de la supérette, le Pizza Hut et le Taco Bell, mais ils s'étaient débrouillés pour allumer les plafonniers du Country Pride. Penelope et moi avons hésité dans la large entrée, comme des enfants entrant pour la première fois dans la cafétéria de leur école. À une table, un homme et une femme étaient blottis l'un contre l'autre, parlant une langue que je n'ai pas reconnue. Russe ? Ils nous ont regardés, sans expression, et j'ai su qu'une des voitures dans le parking était à eux. Sur une autre banquette, un mec blanc barbu, en sueur, était installé seul. En nous voyant, il s'est levé et il nous a fait signe. Son sweatshirt noir « HAN SHOT FIRST » se tendait sur son ventre.

Je lui ai rendu son salut.

Un type aux cheveux gris en brosse et à la moustache bien nette était appuyé contre le bar à salades vide. Il portait un tee-shirt vert olive, un pantalon de camouflage rentré dans des bottes hautes. Deux lanières de cuir entouraient sa cuisse droite, retenant un pistolet dans son holster. La seule autre fois que j'avais vu ça, c'était sur une figurine que j'avais quand j'étais petit.

Le mec du Humvee a salué le mec du bar à salades qui s'est redressé d'un coup de hanches, les mains toujours dans les poches, le bassin en avant façon GI Joe, façon *j'adore l'odeur du napalm au petit matin*. Il lui a rendu son salut. J'ai remarqué un truc rouge plié dans sa poche arrière.

« Repos, a-t-il dit.

– Ils essayaient de passer, a expliqué l'autre, en se tournant vers nous.

– C'était ça, les coups de feu ?

– Ils n'ont pas ralenti à l'approche du barrage, colonel. »

Le colonel nous a regardés.

« Vous croyez qu'on s'amuse, ici ? »

Au bout d'une seconde, j'ai compris que c'était une vraie question.

« Non. On ne dirait pas du tout que vous vous amusez.

– Vous avez foutrement raison. » Il nous a dévisagés un long moment, quittant le domaine de la curiosité et de l'intimidation pour entrer dans celui de la parodie pure. J'ai échangé un coup d'œil avec Penelope.

« Suivez-moi », a-t-il dit. Il nous a fait signe et s'est dirigé vers une fenêtre à l'autre bout du restaurant, où l'on devinait tout juste les falaises du Water Gap dans la lumière déclinante. Il nous les a montrées du doigt. « Ils sont dans les collines. Même en plein jour, vous ne pourriez pas les voir. Ils se sont bien planqués. On a une puissance de feu supérieure, mais chaque fois qu'on en élimine un, on dirait qu'il en surgit deux autres. »

Le type qui avait essayé de prendre notre température était venu avec nous à la fenêtre.

« C'est comme dans ce film, avec le mec d'*Avatar*. Quand il se bat contre l'Hydre. »

Le colonel l'a regardé.

« Vous êtes pas de corvée de cuisine ?

– Non, c'était pas le mec d'*Avatar*. C'était celui avec The Rock dedans. »

Sur un autre regard du colonel, le type s'est retiré.

« C'est un goulet naturel, a-t-il continué. Ça permet de contrôler tous les accès.

– À Stroudsburg ? » j'ai demandé.

Il m'a jeté un regard coupant.

« Nous pourrions vous laisser passer, vous laisser vous faire démolir, si c'est ce que vous voulez. »

J'ai levé les mains.

« Je disais ça sans arrière-pensée.

– Les accès vers l'ouest en général. Le Delaware Water Gap est la clé de l'ouest. »

Les bras croisés, il regardait par la fenêtre tel Eisenhower en train d'observer les plages de Normandie.

« C'est le Pentagone qui vous a envoyés ? » C'était le type au sweat Han Shot First qui posait la question. Il était arrivé derrière nous. « Pour sécuriser le Water Gap ? »

La question a semblé faire plaisir au colonel.

« Non, ces bureaucrates, ils ne connaissent pas la situation sur le terrain. Nous avons pris une initiative opérationnelle.

– Vous étiez tous dans la même unité ? Vous savez, avant ? » Son ventre, sous le sweat, semblait encore plus prononcé, et je me suis aperçu qu'il imitait le déhanché du colonel. Deux autres types s'étaient approchés pour prendre part à la conversation. Ils portaient des bérets rouges comme celui que le colonel avait dans sa poche arrière.

« C'est la mission qui nous a réunis », a dit le colonel.

J'avais bien vu que Han faisait des efforts surhumains pour paraître désinvolte lorsqu'il a posé sa question suivante :

« Vous recrutez ? »

Le colonel l'a regardé longuement, de la tête aux pieds, comme s'il s'apprêtait à noter le physique d'une fille.

« Il est indispensable d'avoir de l'expérience dans l'armée, a-t-il dit enfin.

– La flotte impériale, ça compte pas », a ajouté un des autres types, et lui et son pote ont éclaté de rire.

Han a fait de son mieux pour ne pas laisser voir l'ampleur de sa déception. Il s'est bien gardé de les corriger.

« J'ai besoin d'aller aux toilettes, a dit Penelope. Je vais juste dehors, OK ? »

Elle a pressé fort ma main dans la sienne.

« Moi aussi, ai-je dit.

– Dehors ? » Le colonel a ri. « Nous avons des sanitaires en état de marche, ici. L'eau courante. Seulement dans les toilettes pour hommes, cela dit. Il va falloir vous blinder.

– Faut que j'aille chercher de quoi manger dans la voiture, de toute façon, ai-je insisté.

– Vous avez de la nourriture ? » Il s'est tourné, sourcils dressés, puis il a souri et écarté l'idée d'un geste. « On a ce qu'il faut. Détendez-vous. Choisissez une table. Votre serveur sera là sous peu. »

Il a ri.

Comme par un fait exprès, une lueur aveuglante est apparue par la fenêtre. Un Humvee entrait dans le parking, cahotant, tous phares allumés. Plusieurs types en sont descendus, et un instant après ils sont entrés dans le Country Pride, le torse bombé, aboyant les uns sur les autres. Ils ont tenu la porte pour deux de leurs camarades qui traînaient une carcasse de chevreuil. Leurs cris résonnaient dans l'entrée.

« Bon travail, messieurs ! » s'est écrié le général. Il nous a regardés en riant. « Vous voyez ce que je veux dire ? »

La main de Penelope menaçait de réduire la mienne en bouillie. Nous nous sommes retirés dans la salle de restaurant et nous sommes glissés sur une banquette aussi loin des autres que possible. Il y avait une salière et une poivrière encore à moitié pleines sur la table, un bac à serviettes vide, des menus plastifiés. J'ai regardé Penelope pour lui demander si elle tenait le coup, voir comment elle se sentait, mais deux petites lignes verticales étaient apparues sur son front. Elle ne ressentait pas, elle réfléchissait.

« OK, a-t-elle dit. Considérons la chose rationnellement. En ignorant le baratin militaire. On s'est fait arrêter par des hommes armés et ils ont confisqué nos clés de voiture. La seule preuve qu'on ait qu'il y ait du danger dehors, c'est leur parole. Ils nous retiennent, et ils refusent de nous laisser partir. Et il est hors de question que je bouffe de leur putain de chevreuil. »

J'ai tapoté la table du bout des doigts.

« Je ne sais pas s'ils ont l'intention d'en manger non plus. T'as vu sa tête, quand j'ai dit qu'on avait de la nourriture dans la voiture.

– Tu crois qu'il y a réellement des bandits dans les collines ? C'est bien ça qu'ils ont dit, non, *bandits* ? »

J'ai haussé les épaules.

« Va savoir.

– On aurait jamais dû entrer. »

Elle a regardé le papier peint à fleurs champêtre, les tables en plastique, la statue de poulet anthropomorphe de deux mètres de haut, une aile dressée pour accueillir les clients. On lui avait mis un bandeau sur l'œil et une ceinture de cartouches. Ils avaient traîné le chevreuil quelque part dans le fond.

Installés à notre table, nous avons établi un plan tandis que le ciel, dehors, perdait ses dernières couleurs.

Deux des gars traînaient dans le hall quand je me suis approché. Ils riaient devant le présentoir de brochures sur les attractions locales, leurs fusils sanglés dans le dos. Comment se fait-on admettre dans le cercle des mecs populaires ?

« Salut, vous pourriez m'ouvrir notre bagnole, les mecs ? »

Ils n'ont pas levé les yeux.

« Désolé de vous déranger, j'ai juste besoin d'aller récupérer...

– Quoi ? De quoi vous avez besoin dans la voiture ? »

Il a insisté sur le mot « besoin ».

« On voulait vous remercier, les mecs. C'est vrai, si les bandits nous avaient chopés...

– C'est normal, laisse tomber.

– J'ai de la bière. Pour vous. »

Maintenant, j'avais leur attention. L'un d'eux a mis deux doigts dans sa bouche et poussé un long coup de sifflet.

« Hé ! a-t-il lancé. Dis à Ryan d'aller chercher les clés ! » Il s'est tourné vers moi. « Je t'accompagne.

– Merci, mec. C'est que de la Natural Ice, mais c'est quand même de la bière. Je suis content de vous en faire profiter.

– Yo ! Dis à Richie que ce mec a de la Natty Ice ! » Il m'a donné une tape sur l'épaule. « C'est sa préférée.

– Wow. Çà alors. »

Nous sommes sortis sous les étoiles, les grands monticules penchés du Water Gap nous surplombant dans le noir.

« Désolé, elle va être chaude.

– On va la mettre au congélo, si elle dure assez longtemps.

– C'est juste qu'on apprécie vraiment le sacrifice des hommes en uniforme. »

J'avais peur d'en faire un peu trop, mais il semblait s'y complaire comme si c'était son dû.

« C'est naturel, t'inquiète.

– Je m'appelle Bill, au fait.

– Hawk.

– Cool, comme nom. »

Il a hoché la tête. Nous sommes arrivés à la voiture et il a levé la clé pour mieux la voir dans les lueurs qui sortaient du restaurant.

« C'est le bouton de gauche. »

Il a appuyé dessus et j'ai entendu les portières se déverrouiller et le klaxon résonner dans tout le parking.

J'ai farfouillé à l'arrière.

« Attention », a-t-il dit.

Son fusil était passé de son dos à ses mains.

J'ai renfoncé la bouteille de Jack Daniel's plus profond sous les sacs de couchage. Nous avions envisagé de la sortir, mais Penelope et moi avions convenu que nous préférions éviter de voir ces mecs vraiment déchirés. La bière suffirait.

« Vous êtes combien ? Une caisse, ça ira ? »

Il a écarquillé les yeux.

« Vous en avez combien ?

– Deux caisses.

– Prends les deux, c'est mieux. »

On aurait dit un gamin sur le point d'ouvrir un bas de laine pour Noël.

J'ai pris notre atlas, les bières, et nous nous sommes éloignés de la voiture. Au bout de quelques pas, il s'est rappelé la clé et s'est mis à chercher le bouton pour verrouiller les portes.

« L'alarme déconne. Il vaut mieux que vous la fermiez avec la clé.

– T'en fais pas.

– Je dis juste qu'on utilise jamais les boutons à la maison. Trop peur de se faire réveiller en pleine nuit. »

Il m'a regardé, les yeux plissés. Sans détourner son regard, il a tendu la clé vers la voiture, appuyé sur le bouton, et le klaxon a fait son petit bruit. J'ai entendu les portes se fermer. J'ai haussé les épaules.

À l'intérieur, il y a eu des youpi et des cris de joie. Une douzaine de types étaient là, et le colonel s'est avancé.

« Une caisse pour le congélateur, et une pour maintenant », a-t-il dit.

Les mecs m'ont fait des checks dans tous les sens en ouvrant le carton, et l'un d'eux m'a tendu une cannette.

« Non, merci, ça va. C'est tout pour vous. »

J'ai eu droit à la totale. Le groupe électrogène qui bourdonnait dehors, dans le fond, le congélateur énorme où étaient accrochées des carcasses de chevreuils, pas encore dépecées. Ils avaient transformé une des réserves en lounge, avec une télé à écran plat. Des DVD étaient éparpillés ou empilés autour de la télé, avec leurs pochettes de couleurs vives, et même de loin, j'ai vu qu'ils les avaient libérés des rayons du supermarché de vidéos pour adultes Lion's Den.

Le klaxon de la Subaru gémissait dans le parking, des sirènes longues et suraiguës mêlées à un *bip* grave et régulier.

« Et c'est reparti », ai-je dit.

Nous sommes retournés dans l'entrée. La sirène s'est arrêtée, et le responsable des clés est revenu du parking.

« Désolé pour le raffut », ai-je dit, mais ils ouvraient déjà d'autres bières.

Je suis retourné voir Penelope qui s'était installée sur une banquette juste à côté de la fenêtre, plus près de la voiture.

« Jusque-là, tout se passe bien, ai-je annoncé.

– On se croirait enfermés avec une fraternité.

– Et encore, t'as pas vu l'ambiance derrière.

– Ah oui ?

– Je peux te dire que l'odeur n'était pas catholique, dans cette pièce. »

Elle a secoué la tête. J'ai pris sa main sur la table et l'ai regardée un long moment.

« Encore ? a-t-elle demandé.

– Oui, vas-y. »

Elle a glissé sa main sous la table et pressé le bouton de l'alarme sur sa clé. Une fois de plus, le klaxon s'est mis à gémir dans la nuit, et une fois de plus, un mec est sorti sur le parking.

Lentement, la soirée s'est changée en nuit. Han Solo avait réussi à s'emparer d'une bière, et il se tenait en lisière du groupe de mecs. À l'autre table, les Russes n'avaient pas bougé depuis notre arrivée.

Penelope a appuyé encore deux fois sur le bouton, et finalement, quand le type s'est dirigé vers le parking, le colonel lui a lancé :

« Mais putain, coupe-la carrément, cette foutue alarme.

– Donne-moi ça. »

Celui qui était venu chercher les bières avec moi a pris la clé, et cette fois, quand l'alarme s'est éteinte, il n'y a pas eu de petit coup de klaxon isolé, et j'ai su qu'il avait refermé la porte manuellement.

Penelope et moi sommes restés installés devant l'atlas tandis que les cannettes vides s'amoncelaient, tels des cadavres de soldats jonchant l'entrée. Si quelqu'un était venu, j'aurais tourné les pages pour lui montrer que nous préparions la suite de notre voyage vers l'ouest, alors qu'en fait, nous mémorisions la disposition des rues alentour, la route de l'autre côté de la rivière, qui traversait le défilé en zigzag.

Finalement, le son de la télé a retenti dans la salle du fond, le *boum-tchac-boum* de la BO entrecoupé de gémissements lascifs, et tous les mecs ont disparu, sauf un.

Penelope s'était entraînée toute sa vie à masquer ses angoisses. Les requins avec qui elle travaillait étaient capables de sentir une simple goutte de sang dans l'eau. Je connaissais la vérité, savais qu'elle n'était pas, en réalité, insensible aux balles mais à présent qu'il y avait de vraies balles autour de nous, sa peur se lisait sur son visage, et ça m'effrayait. J'avais le front humide, et par un effet de cercle vicieux, c'est elle qui m'a dit :

« Bon sang, faut que tu te calmes.

– Je sais.

– Essuie-toi la figure. »

J'ai remonté le bas de mon tee-shirt et pendant que je m'épongeais le front, j'ai pris plusieurs inspirations profondes, sentant le tissu remuer avec le mouvement de mes poumons.

« OK.

– T'es prêt ? »

J'ai haussé les épaules et me suis levé. C'était le moment où, si j'avais été agent secret, j'aurais glissé une blague débonnaire, désinvolte. Je lui ai fait un clin d'œil.

Elle a ri. C'était exactement ce qu'il me fallait.

La sentinelle solitaire contemplait la porte de la salle de porno avec envie quand je me suis approché.

« Salut », ai-je dit.

Il a hoché la tête. Il avait l'air plus jeune que les autres, sa moustache n'était guère plus qu'un duvet.

« Encore merci pour les bières.

– N'importe quoi pour les troupes. »

Il a accepté l'absurdité de cette remarque sans poser de question.

« J'ai peur que ma femme ait un peu de mal avec… euh… le bruit.

– La Noire, là, c'est votre femme ?

– Oui, c'est ma femme. »

J'ai maîtrisé mon visage.

« Oh.

– Ça vous gêne si on sort prendre l'air ? »

J'étais un peu plus grand que lui, et Penelope s'approchait de nous, qui faisions tous deux de notre mieux pour avoir l'air silencieusement mais respectueusement déçus par nos choix de vie respectifs.

« Enfonce-la-moi ! » a crié une voix de femme dans le poste, pile au bon moment. « Je veux ta grosse bite dans mon cul ! »

Il a écarquillé les yeux.

« Oh merde, a-t-il dit. Je suis désolé.

– C'est pas grave. On va se mettre juste devant. »

Nous étions encore dans la flaque de lumière provenant du restaurant lorsqu'il a ouvert la porte et nous a appelés.

« Ils ne pensent pas à mal. C'est juste… vous savez.

– Pas de problème ! » ai-je répondu, et Penelope lui a fait un petit signe.

Il a eu l'air soulagé, nous a souri, puis est retourné à l'intérieur.

« Qu'est-ce qu'ils vont lui faire, d'après toi ? a demandé Penelope.

– Je ne sais pas. Occupons-nous de nous tirer, d'abord. »

Nous avons bien donné le change, contemplant les étoiles, nous montrant les constellations. Quelle belle nuit ! Puis finalement nos pas nous ont emmenés à l'autre bout du parking, sombre, mais loin des voitures, et une fois que nous avons été sûrs qu'il ne pouvait pas nous voir, je l'ai regardée, j'ai pressé sa main, et, nous avons couru jusqu'à la Subaru en faisant un grand détour pour éviter d'être repérés.

Elle a glissé la clé dans la serrure et m'a regardé. J'ai avalé ma salive et hoché la tête. C'était le moment fatidique, et nous devions compter sur la chance. Elle a tourné la clé et les portes se sont déverrouillées avec un déclic. Elle a mis la main sur la poignée, je me suis penché, prêt à plonger.

« Un, deux, trois », a-t-elle dit.

Elle a ouvert la portière d'un grand coup et je me suis précipité sur le siège conducteur, me dépêchant d'éteindre le plafonnier qui brillait comme un phare dans l'obscurité.

Pas de cris d'alarme à l'intérieur, pas de bruits d'agitation.

Je suis ressorti, et Penelope s'est installée au volant, s'assurant que les phares étaient éteints avant de se mettre au point mort, la clé dans le contact.

« Prête ? »

Elle a acquiescé et j'ai commencé à pousser avec mon épaule. Pendant une longue seconde, j'ai cru que rien n'allait se passer, mais on a pris de l'élan, et la voiture a commencé à bouger. Nous nous éloignions du parking. J'ai sauté sur le siège passager et Penelope a allumé le moteur. L'autre n'est même pas sorti pour voir notre voiture s'éloigner dans la nuit.

4

Penelope roulait tous feux éteints. Les rectangles de lumière du relais ont disparu du rétroviseur quand nous avons tourné, et la lune n'était pas encore levée. Les formes des arbres cachaient les étoiles sur le côté de la voie de service, qui semblait affreusement étroite, un fil dont nous aurions pu tomber à tout moment, s'il n'y avait eu l'éclat mat des glissières à notre droite. Puis les glissières ont disparu. Elle a ralenti, s'est arrêtée. Je l'ai entendue déglutir avec difficulté.

« Il faut qu'on continue », ai-je dit. Dès que nous avions tourné, disparaissant de leur champ de vision, mon esprit s'était empli d'un enchaînement d'événements qui semblait si réel qu'il ne pouvait qu'être vrai : le cri d'alarme de la sentinelle, le soldat ignoré de tous jusqu'à ce qu'il s'invite dans la fête masturbatoire. Des hommes armés, en colère, priapiques sortant du Country Pride pour sauter dans des Humvee quittant déjà le parking à toute blinde, en pleins phares. À présent, l'intérêt général qu'ils prétendaient servir serait totalement délaissé. Ils allaient nous abattre et jeter nos corps sans vie comme des poupées de chiffons dans le fleuve Delaware.

« Mais j'y vois rien ! » s'est écriée Penelope.

J'ai passé la tête par la fenêtre pour éviter la lueur mate du tableau de bord.

« Démarre ! »

Je lui ai indiqué les directions jusqu'à ce que la glissière apparaisse de nouveau. Elle a accéléré. La route s'éloignait de la large nationale déserte que j'avais devinée sur ma droite.

« Il va y avoir un virage serré sur la droite.

– Je ferais mieux d'allumer les phares.

– Non !

– Pourquoi ?

– Sinon ça va être une course-poursuite, putain !

– Quoi ?

– Une fois que tu les auras allumés, tu pourras plus les éteindre ! Tu n'y verras plus rien du tout !

– OK ! Tu veux conduire ?

– C'est là ! À droite ! Là ! »

Les arbres le long de la route avaient disparu, et plus on s'éloignait du relais routier, plus mes yeux s'habituaient à l'obscurité. Elle a heurté le bas-côté.

« Continue ! »

À présent, nous roulions sous l'autoroute, en direction du fleuve. L'obscurité était totale. Quand nous sommes ressortis de l'autre côté, Penelope s'est arrêtée en douceur et a demandé :

« Quel côté ? »

La route se divisait devant nous, et il y avait des panneaux en hauteur mais je ne pouvais pas les lire. Le plan que nous avions examiné au Country Pride dansait dans ma tête.

« Je sais pas.

– Moi non plus. »

Nous avions peut-être fait huit cents mètres depuis le relais, nous étions restés sur les petites routes, et encore, la majeure partie du temps, nous avions contourné l'échangeur, si bien qu'ils étaient toujours là, à quatre cents mètres peut-être. Les vitres de la voiture étaient baissées. Si leurs pneus crissaient, est-ce que je les entendrais ?

« OK. Allume les phares », ai-je dit.

Elle a tourné le bouton et les feux de stop se sont allumés, ce qui nous a suffi pour voir le choix qui se présentait : à gauche, vers le pont afin d'entrer en Pennsylvanie où nous pourrions traverser le Water Gap sans retomber sur leur barrage, ou à droite, vers la 80 East.

80 East. L'autoroute vers chez nous, qui nous invitait à foncer, à cent soixante kilomètres à l'heure et plus, poussant la Subaru à sa limite, laissant derrière nous les Humvee, le danger et le voyage, pour retourner au confort vain de notre petite vie. Nous aurions pu dormir dans notre lit, manger les derniers légumes du jardin, espérer que le jet stream n'était pas assez fort pour amener jusqu'à nous les radiations de Harrisburg. Carlos ne serait peut-être pas ravi de renoncer à notre confort, mais tous, nous reprendrions nos habitudes, et nous nous préparerions pour un nouvel hiver, plus froid car le container de fioul serait vide, nous obligeant à brûler plus de bois dans la cheminée. Après quoi le printemps reviendrait, nous replanterions le jardin, et les jours passeraient, le soleil se lèverait, se coucherait, et rien de tout ça n'aurait de sens, nous profiterions juste des dernières années de notre location avant que le grand shérif vienne à la porte pour nous éjecter de ce monde. Suffirais-je à maintenir Penelope en vie jusqu'à ce qu'il vienne la réclamer, ou partirait-elle en avance, me laissant seul ? Même si Penelope restait, j'ai senti le vide affreux de nous réveiller sans Hannah : l'obscurité de la route ne serait rien par rapport à ce qui nous attendait à la maison, à la futilité dévorante de tout. Ce n'était même pas un choix, « la maison »

était un mot qui ne voulait plus rien dire. Et pourtant, une partie de moi, recouverte d'une épaisse couche de honte, avait envie de fuir, envie de crier « À droite ! » et de filer sur l'autoroute, de lui dire, de me dire : « Tu as fait tout ce que tu pouvais », et d'avoir raison. Nous avions fait tout ce que nous pouvions. Comment aurait-on pu exiger de nous qu'on en fasse plus ?

« À gauche », ai-je dit, mais elle avait déjà tourné à gauche, appuyé sur l'accélérateur et très vite un autre panneau est apparu au-dessus de nos têtes, vert et large, encore un embranchement, pas profond, celui-ci, mais absurde : nous pouvions prendre à droite pour continuer sur la 611, ou prendre la 46 East, à gauche, en direction de Buttzville, New Jersey.

Penelope allait plus vite à présent, et nous nous sommes enfoncés dans un passage souterrain avant d'arriver au tournant.

Elle a pris à gauche.

« À droite ! Tourne à droite ! »

Elle a fait une embardée, et la Subaru a failli m'éjecter de mon siège sur ses genoux tandis que nous manquions frôler la jointure du séparateur de glissière.

« T'as pas vu le panneau ?

– Je suis un peu distraite ! »

Ça ne faisait rien. À présent, le pont s'étendait devant nous. Mais nous serions à découvert, en le traversant. Rien pour nous cacher.

Je n'ai pas eu besoin de lui dire de couper les phares. En silence, nous avons laissé nos yeux s'habituer à la pénombre et elle s'est remise à rouler en retirant son pied du frein. Quand nous avons commencé la traversée en douceur, j'ai entendu par la fenêtre ouverte le flot et le gargouillement tranquille de l'eau sombre comme du sang. Penelope s'efforçait de suivre les lignes jaunes, au centre, pour éviter de nous faire plonger. J'ai tendu le cou vers la droite pour regarder derrière, mais je ne voyais aucun signe du relais routier.

De l'autre côté du pont, nous avons passé les cabines de péage vides en douceur : nous étions en Pennsylvanie, nous avions enfin réussi à quitter le New Jersey.

« Qu'est-ce que t'en penses ? »

J'ai compris ce qu'elle demandait.

« Je pense que c'est bon, on peut y aller. »

Elle a rallumé les phares, et l'éblouissement nous a fait cligner des yeux un instant. La première chose que j'ai vue, c'étaient des lettres blanches, qui s'élevaient du terre-plein herbeux, comme pour nous délivrer un message : « DRJTBC ».

Si c'était un signe, je ne savais comment l'interpréter. Penelope a pris tout droit pour rester sur la 611. Les lignes électriques qui s'étiraient au-dessus de nos têtes, sous les pneus, le bitume fendillé de la route à deux voies, un panneau peint à la main de Cortland Steel, à côté d'une boutique, une chaîne de donuts dans un bâtiment en brique bas, sa pancarte abîmée annonçant « DUNKIN, LE CARBURANT DE L'AMÉRIQUE ». Nous avons dépassé les vitrines défraîchies du centre, qui devaient déjà avoir morflé avant la pandémie – banque, supérette, bureau de poste, magasin d'antiquités. « PROTÉGEZ LA BEAUTÉ DE LA PENNSYLVANIE ». Aussi vite qu'elle avait rempli le cône de lumière projeté par notre voiture, la petite ville a disparu, les arbres ont repris le dessus, et la route s'est bordée d'une voie de chemin de fer sur notre droite. Nous sommes passés devant un point de vue, le panorama du Point of Gap, puis la route s'est rétrécie, peu à peu des rochers escarpés ont surgi sur la gauche. Penelope tenait le volant à deux mains. L'horloge du tableau de bord annonçait 23 h 58, et je m'apprêtais à dire *Tu imagines qu'on était encore à Dobbs Ferry cet après-midi* quand elle a freiné.

« Merde, a-t-elle dit. C'est eux. »

Une fourgonnette bloquait la route. « MERCI DE VOUS ARRÊTER POUR LE PÉAGE » était peint à la bombe sur la carrosserie blanche en lettres noires dégoulinantes.

« Merde, merde, merde… » Elle passait la marche arrière quand j'ai vu du mouvement dans le rétroviseur latéral ; une silhouette armée d'un revolver sortait des bois derrière nous, et s'avançait sur la route.

Nous nous sommes figés.

La silhouette grossissait en s'approchant, puis elle a disparu de mon rétro. Un coup sec à la vitre. Et c'était reparti ; une arme à feu qui cognait à la fenêtre ; sauf que cette fois c'était une femme qui faisait signe à Penelope de baisser sa vitre.

« Hé, bonjour. Soyez sympas, laissez vos mains bien en vue. »

Le revêtement mat du revolver dégageait un éclat morne dans sa main, et son long index était ostensiblement tendu, plutôt que posé sur la gâchette.

J'ai placé mes deux mains sur le tableau de bord. Penelope n'a pas bougé : l'action dans l'immobilité, une main sur le volant, l'autre sur le levier de vitesse.

La femme a désigné la direction d'un point de vue à côté de la fourgonnette, un panneau qui disait « PANORAMA DE RESORT POINT ».

« Si vous voulez bien », a-t-elle dit.

J'ai vu les calculs se faire dans la tête de Penelope ; le revolver, la voiture qui faisait demi-tour avec un couinement, la route étroite, nos chances qui s'amenuisaient quel que soit le choix qu'on fasse. Ses mains tremblaient.

La femme a fait passer son arme dans sa main gauche, et posé doucement la droite sur celle de Penelope, qui tenait toujours le volant.

Penelope a retiré sa main si vite qu'elle a failli me heurter.

« Oh, là, a fait la femme. Mollo.

– La Grippe du Requin », a réussi à marmonner Penelope, et c'est là que je me suis rendu compte que pendant que je m'étais aventuré à l'extérieur, que ce soit pour faire les poubelles ou voir mes clients, j'avais construit ma tolérance au contact humain dans le monde post-virus, tandis que c'était la première fois depuis près d'un an que Penelope était touchée par quelqu'un d'autre que moi. J'étais tellement absorbé dans mes propres problèmes que je n'y avais pas pensé. Un amour sans réserve pour elle m'a gonflé la poitrine, comme c'était toujours le cas quand je pensais à Penelope enfant, avant qu'elle me rencontre, avant qu'elle remodèle sa propre vie – la jeune Penelope, déterminée, le monde devant elle.

« Ma belle, a dit la femme. J'ai vu beaucoup de gens passer par ici, et personne de malade. Pas depuis des mois et des mois. Pas depuis l'hiver. »

Penelope est parvenue à hocher la tête.

« Alors... vous voulez faire quoi ? a demandé la femme.

– Comment ça ?

– Eh bien, vous pouvez payer le passage, ou faire demi-tour.

– On peut faire demi-tour », a répété Penelope.

C'était une question, mais elle n'a pas mis le ton.

« C'est un pays libre. Si vous voulez prendre cette route, il y a un forfait à payer. Si vous ne voulez pas, c'est votre problème. »

La femme a donné une claque sur le toit et elle est repartie vers les bois.

Penelope avait la mâchoire contractée. Elle a fait un large demi-tour, puis nous sommes repartis par là d'où nous venions, les pneus crissant sur le bitume. Pendant un instant, les phares ont éclairé en plein la femme, assise de nouveau sur une chaise pliante en alu sous un arbre. Elle nous a fait adieu d'un geste.

Je n'ai rien dit tandis que Penelope filait sur la route, prenant les virages de près. Quand on est revenus à la petite ville, elle est entrée sur le parking de la banque PNC et s'est arrêtée. La lueur des phares se réfractait sur les fissures en toile d'araignée de la plaque de verre derrière laquelle se trouvait un distributeur de guingois, comme ivre. Nous sommes restés dans le noir, en silence, le ventilateur tournant encore sous le capot, puis lentement, elle s'est penchée en avant et a posé le front contre le volant, laissant ses mains retomber sur ses genoux.

« Je suis vraiment crevée », a-t-elle soupiré.

À mesure que l'adrénaline commençait à me quitter, je sentais mon propre épuisement comme une silhouette éclairée derrière un rideau. Même si j'avais déjà l'impression que recevoir des clients était une activité que j'exerçais dans une autre vie, un sac de pommes que l'un d'eux m'avait donné pour me régler se trouvait à l'arrière. J'ai ouvert la portière, le plafonnier m'a étourdi par sa clarté subite, et j'ai soulevé le hayon et fouillé pour trouver les fruits et un bidon d'eau. Quand je me suis rassis à côté de Penelope, la lumière s'est lentement éteinte au-dessus de nous, et nous avons mangé en nous passant l'eau.

« Qu'est-ce qu'on fait maintenant ? » a-t-elle demandé.

J'ai bu une gorgée.

« On peut toujours prendre la route solitaire vers Trou-du-Cul-Ville. »

Elle m'a regardé un moment avant d'éclater de rire, et son rire m'a tellement fait de bien que j'ai ri à mon tour, ce qui l'a fait rire de plus belle.

Finalement, elle s'est essuyé les yeux.

« C'est même pas si drôle que ça, mais je sais pas pourquoi, ça me... »

C'était peut-être de manger un peu, c'était peut-être juste le rire, mais j'ai commencé à me sentir mieux.

« Je me rappelle une fois où Hannah était petite. On était dans la cuisine, on rigolait, je sais plus du tout pourquoi. Elle est entrée, et en nous voyant, elle s'est aussitôt écroulée de rire à son tour, et tous les trois on a pleuré de rire et quand elle a réussi à reprendre son haleine, à parler, elle a demandé : "C'était quoi qui était si drôle ?" »

Penelope a souri et posé les mains sur le volant.

« OK. Allons-y.

– Par où ?

– On va payer le passage.

– Ah oui ?

– Je ne sais même pas comment on peut le contourner, et qui sait si on ne tombera pas sur le même genre de conneries. Ou pire. »

Alors on y est retournés, sauf que cette fois, quand on s'est approchés, Penelope a baissé sa vitre et appelé la femme sur sa chaise pliante.

« Hé !

– Déjà de retour ? »

Elle s'est levée et approchée de la voiture.

« C'est combien, le passage ?

– Ça dépend.

– Ça dépend ?

– On croit à la tarification progressiste, au fait de maintenir une philosophie basée sur la justice sociale.

– Quoi ?

– Avancez. Ils vont regarder ce que vous avez, et ils établiront un tarif. Si ça ne vous convient pas, vous pourrez repartir. »

Penelope a tourné sur le parking. Un mur bas en pierre nous séparait du dénivelé vers le fleuve, et au bout, la lueur vacillante d'un feu de camp s'élevait entre les arbres, donnant aux feuilles des reflets rouges. La canopée prenait vie dans le vent qui circulait sur la cluse. Penelope s'est glissée entre les lignes blanches délimitant une place jusqu'à ce que le nez de la Subaru renifle le muret.

Nous sommes restés silencieux, contemplant la rivière et la masse imposante du pont de la 80. La lune se levait à présent, et avec sa lumière, la bosse inclinée de la colline d'en face n'était plus qu'une forme découpée dans le ciel.

Une femme s'est levée du feu de camp et approchée de la voiture, les cheveux relevés en queue-de-cheval lâche. Elle s'est penchée sur notre fenêtre en souriant.

« Vous allez vers l'ouest ? »

Penelope a fait oui de la tête.

« Si vous voulez bien sortir, on va examiner un peu la voiture, déterminer le tarif. »

Il faisait froid dehors, un froid que je n'avais pas remarqué dans le parking du relais routier, tant mon cœur battait la chamade. J'ai pris une veste sur le siège arrière, tendu son pull à Penelope.

« Je m'appelle Sienna, a dit la femme. Vous voulez bien relevez la banquette ? »

Penelope et moi avons échangé un regard pendant qu'elle farfouillait dans nos affaires.

« Sacrée quantité d'essence. Vous allez où ?

– En Californie. »

Elle a sifflé.

« Comment ça se fait ?

– On va chercher notre fille », a dit Penelope.

Sienna a rabattu le hayon.

« Le tarif, c'est un de vos bidons d'essence et un carton de nourriture. »

Je ne savais pas ce qu'en pensait Penelope. Je ne savais même pas vraiment ce que j'en pensais moi-même. Après le chaos de la journée, mon impulsion première était de crier *Marché conclu !* avec un frisson de gratitude. Après quoi nous pourrions tous nous faire un câlin. L'évitement du conflit, un instinct aussi immédiat et primitif chez moi que la faim.

« J'aime pas trop ça, a dit Penelope.

– Je m'en doute bien.

– Pourquoi on vous donnerait quoi que ce soit ?

– C'est notre route.

– Pourquoi ? »

La femme ne paraissait pas décontenancée par les questions de Penelope. J'ai ravalé mon élan, me suis retenu d'intervenir, de dire : *Chérie, donne notre essence et notre nourriture à la gentille dame et repartons.*

« Pourquoi les gens possèdent des choses ?

– En général parce qu'ils les ont achetées. La propriété est un instrument légal », a répliqué Penelope.

Elle devait lever les yeux pour parler à Sienna, qui était peut-être plus grande que nous deux.

« La propriété, c'est quatre-vingt-dix pour cent de la loi, a dit Sienna. Voire cent pour cent, à l'heure actuelle. Et on l'a achetée.

– Ah bon ? Avec quoi ?

– Du sang. »

Elle a dit ça d'un ton neutre.

« Le sang de qui ?

– Le nôtre, et celui d'autrui. Le bien commun exige des sacrifices, surtout en ce moment.

– Quel rapport avec le bien commun ?

– Disons que la survie est une bonne chose, pour nous. Et nous conservons une structure de tarification progressiste qui contribue à la communauté.

– La femme sur la route a dit ça aussi. En quoi c'est progressiste ? »

Je n'arrêtais pas d'observer Sienna, qui, à première vue, n'avait pas d'armes, en quête de signes de colère, d'agacement, mais elle avait l'air amusée, peut-être même contente.

« Nous prenons ce que les gens peuvent se permettre de perdre. Dans certains cas, ça veut dire moins que rien. Il passe des gens qui sont tellement au fond du trou que c'est *nous* qui leur *donnons* un repas chaud, cinq ou dix litres d'essence, avant de les laisser repartir. »

Penelope a haussé un sourcil.

« Pourquoi faire une chose pareille ?

– Nous sommes un collectif féministe dédié à la survie d'une philosophie sociale égalitaire dans le nouveau monde.

– Sérieusement ? »

Sienna a haussé les épaules.

« C'est en ça que nous croyons.

– Peut-être qu'on ferait mieux d'aller négocier avec l'armée sur la 80. »

Sienna a ri.

« Bonne chance. Ils vous prendront tout ce que vous avez. »

Elles se sont observées pendant que je promenais mon regard de l'une à l'autre.

« Le tarif, c'est le tarif. Mais on a du gibier sur le gril, et si vous voulez passer la nuit ici, vous êtes les bienvenus. Vous serez sous notre protection. Vous pourriez mettre un peu de maïs que j'ai vu derrière sur le feu, on peut partager le pain. Vous repartirez au matin. Qu'en dites-vous ? »

Penelope m'a regardé. J'ai haussé les épaules.

« J'ai d'abord une question, a fait Penelope.

– Allez-y.

– C'est vous qui avez mis le panneau qui dit qu'il y a eu un accident nucléaire sur la 78 et indique une déviation par la 80 ?

– Un accident nucléaire ? » Sienna semblait sincèrement surprise. « Non, c'est pas nous. Ça disait quoi ? »

Penelope m'a regardé. Je me suis éclairci la gorge.

« Ça disait qu'il y avait un *incident nucléaire*, il me semble que c'était la formulation, à Three Mile Island. Qu'il fallait respecter un périmètre de quatre-vingts kilomètres. Et prendre par la 80. »

Sienna a réfléchi un moment.

« C'est exactement ce qu'on mettrait pour faire peur aux gens, a-t-elle dit. Bien sûr, c'est aussi ce qu'on mettrait s'il y avait eu un accident nucléaire horrible risquant de faire fondre vos organes comme de la cire.

– On n'a pas voulu prendre le risque.

– Possible que ce soit nos amis de l'autre côté du fleuve. Je ne sais pas.

– On peut avoir une minute pour discuter ?

– Prenez tout le temps que vous voudrez. » Elle a commencé à s'éloigner, mais s'est retournée. « Ça va sans dire, mais je dois vous le préciser quand même, avant que vous vous fassiez des idées : nous avons des armes braquées sur vous dans les bois, pour notre propre protection. »

Elle a souri puis s'est de nouveau dirigée vers le feu.

Nous nous tenions chacun d'un côté de la voiture et nous regardions par-dessus le capot.

« Je ne sais pas, ai-je dit. Bien sûr, on pourrait chercher un autre passage pour entrer en Pennsylvanie, mais qui sait ce qu'on va trouver ? Peut-être que toutes les routes sont comme ça.

– Je crois qu'elle dit la vérité.

– Sur quoi ?

– Quand elle dit que le colonel aurait pris toutes nos affaires, ou du moins beaucoup plus qu'elle ne va le faire. Et qu'elle n'est pas au courant pour Three Mile Island.

– Donc tu crois qu'on devrait payer ?

– Je suis morte de faim. »

J'ai ri.

« Assez pour bouffer un chevreuil ? »

Elle a simplement levé les yeux au ciel.

J'ai pris une brassée de maïs à l'arrière, et nous sommes allés vers le feu de camp, où quatre personnes étaient installées dans la lumière vacillante. Sienna, deux autres femmes et un homme. Ils se sont levés à notre approche, et se sont présentés, annonçant des prénoms que j'ai oubliés aussi sec.

« Du maïs ! » s'est exclamée l'une d'elles.

Elle a pris un épi et retiré les feuilles, les laissant attachées à la queue.

« De notre jardin, ai-je précisé. Attendez, je vais vous aider à les ébarber.

– N'arrachez pas les feuilles. Relevez-les juste, trempez l'épi dans l'eau et renveloppez-les. »

Elle a indiqué le seau plein à côté du feu.

« Et asseyez-vous, a dit quelqu'un d'autre. Mettez-vous à l'aise. »

Nous nous sommes exécutés. Le feu crachait des étincelles qui s'élevaient en tournoyant. D'épais morceaux de bois étaient léchés par les flammes sur le côté d'un tas de braises rougeoyantes, au-dessus desquelles grésillait de la viande sur une grille de fortune. On a enfoui le maïs dans les cendres pour le faire cuire. Si je fermais les yeux, avec la chaleur sur mes joues, on aurait pu être en train de faire du camping avec Hannah, de préparer des sandwiches à la guimauve. C'était exactement la même chose, sauf qu'au lieu d'une guitare, autour du cou, la femme assise sur le muret d'en face avait un Uzi.

L'homme remuait les braises avec un bâton.

« Je croyais que vous étiez un collectif *féministe*, a dit Penelope.

– C'est bien ça.

– Et vous ? »

Elle regardait le type. Il n'a pas répondu.

« Pas de problème avec lui, a dit la femme qui ébarbait le maïs. Les hommes aussi peuvent être féministes.

– Je le sais. J'essaie juste de me repérer. »

Le type continuait de fixer le feu sans rien dire.

« Alors vous avez croisé la milice du Water Gap ? » a demandé Sienna.

Elle était assise en tailleur, et à la lueur du feu je voyais mieux son visage. Elle était plus vieille que j'avais cru, notre âge.

« On est tombés sur le barrage routier, ai-je répondu.

– On a failli foncer dedans, a ajouté Penelope.

– Le soleil se couchait, on le voyait à peine.

– Le soleil se couchait ? Vous avez mis un bout de temps à arriver ici.

– Ils nous ont conduits à leur… base, a expliqué Penelope.

– Sans déconner ? »

Autour du feu, tout le monde a levé la tête.

« Comment vous vous êtes retrouvés ici, alors ?

– On s'est échappés. »

La femme au Uzi a laissé échapper un grand rire.

« C'est vraiment des bouffons.

– On a été super ingénieux, ai-je précisé.

– Ah ouais ?

– Oui, on leur a filé de la bière et on s'est tirés en douce pendant qu'ils regardaient un porno. »

Le petit groupe s'est écroulé de rire. Quand elles ont réussi à se reprendre, Uzi a posé une autre question.

« Vous avez rencontré le *colonel* ? »

On a acquiescé.

« Il faisait quoi, avant la Grippe du Requin, d'après vous ? Une réponse.

– C'était un marine ? ai-je tenté.

– Home Depot.

– Et vous devez être les bandits contre lesquels ils nous ont mis en garde, a fait Penelope.

– Les bandits, s'est esclaffée Uzi. En général ils se contentent de nous appeler les connasses meurtrières.

– Ils ont dit qu'ils vous… éliminaient. Une par une. »

Les rires ont repris.

« Ils ont essayé au départ, mais on en a "éliminé" deux ou trois et ils se sont calmés.

– Il y a des vrais militaires parmi eux ?

– Qui sait ? Des réservistes, peut-être ? Si ça se trouve, c'étaient des employés de banque. »

Il y avait une plaque de cuisson en métal sur le muret, et la femme qui avait ébarbé le maïs a sorti la viande de la grille avec une grande fourchette et l'a posée là pour la faire reposer. Elles ont ajouté une bûche dans le feu. Un petit vent s'est levé et pendant un instant j'ai été aveuglé par la fumée avant d'y voir de nouveau.

« Vous avez dit que vous alliez chercher votre fille. »

Sienna regardait les flammes en disant ça.

« C'est exact, ai-je répondu.

– Comment vous savez qu'elle a survécu ?

– Radio à ondes courtes. J'ai installé une antenne sur notre toit.

– Elle vit en Californie ?

– Elle était à la fac là-bas.

– Laquelle ?

– Pourquoi vous voulez savoir tout ça sur notre fille ? » a coupé Penelope.

Sienna s'est tournée vers elle.

« J'avais une fille, moi aussi. »

Elles se sont regardées en silence. On n'entendait que le crépitement du feu. L'humidité formait une mousse blanchâtre à l'endroit où le bois avait été fendu. La bûche s'est déplacée légèrement et des étincelles se sont élevées en spirale.

« Elle a rejoint le Revival, a dit Penelope. On y va pour la sortir de là.

– Le Revival. Le… groupement religieux ?
– Vous pouvez dire secte. C'est une secte.
– Désolée.
– Pas de problème.
– Pourquoi elle les a rejoints ? »

Penelope était juste assez loin de moi pour que je puisse la regarder en remuant à peine. Je ne savais pas ce qu'elle allait dire.

« Elle a toujours été… en recherche de quelque chose. Et je n'ai jamais réussi à comprendre vraiment de quoi. Quand j'étais petite, tout ce que je voulais, c'était réussir, je ne pensais à rien d'autre. J'ai essayé de transmettre cette volonté à Hannah, mais… » Elle a secoué la tête. « Je ne veux pas vous donner une fausse idée. Elle n'est pas du tout paresseuse. J'entends d'autres parents se plaindre de leurs enfants, ils sont là : *Oh, ils n'ont aucun objectif, aucune ambition, ils vont finir à la maison*, mais elle n'est pas comme ça. Elle est en quête de quelque chose. Simplement, je ne sais pas du tout de quoi. »

La lune était haute à présent, un trou oblong dans le ciel, et je voyais le visage de Penelope comme en plein jour.

« Pour être honnête… » Elle a poussé un petit rire dur que je ne lui avais jamais entendu. « Parfois, elle me donne l'impression que je suis… conventionnelle. Comme si je n'avais jamais pensé par moi-même, que je m'étais contentée de courir après le lapin, comme un chien. » Penelope contemplait le feu comme s'il avait la réponse. « Comment peut-on aimer tant que ça une personne, et ne pas la comprendre du tout ? »

Sienna regardait les flammes elle aussi.

« Ma fille était autiste, a-t-elle dit. Elle vivait dans son monde. Ça ne faisait rien. C'était ma fille. »

Le silence s'est assombri.

« Je ne sais pas si elle a vraiment saisi ce qui lui arrivait quand elle a chopé le virus. Ça m'a brisé le cœur. Elle était terrifiée, et elle ne comprenait pas. Les autres parents, ils vont dire des trucs comme : *Prenez-moi à la place, et laissez vivre ma fille*, mais si j'étais morte, qui se serait occupé d'elle ? Ça aurait été pire. Il fallait qu'on vive ou qu'on meure ensemble. Les autres options étaient inenvisageables. Je ne pouvais pas supporter de la regarder mourir, et je ne pouvais pas supporter l'idée de la savoir seule et effrayée. » Elle s'exprimait d'une voix posée, mais les rides sur son visage s'approfondissaient pendant qu'elle parlait. « En définitive, ça ne change rien. On ne choisit rien. Je l'ai regardée mourir. »

De l'autre côté du feu, la femme au Uzi a fait basculer son arme dans son dos pour pouvoir s'accroupir à côté de Sienna et lui frotter le dos.

« C'est juste des petits garçons, de l'autre côté du fleuve, a repris Sienna. Certes, c'est des bouffons, des crétins, et leur campement est un tourbillon de déchéance et de crasse, il n'empêche que c'est aussi des petits garçons effrayés qui jouent au soldat parce que c'est la seule façon qu'ils ont trouvée de donner un sens à cette horreur. »

Elle a fait claquer ses mains comme pour faire tomber de la poussière et s'est relevée sans prendre appui par terre.

« C'est l'heure de dîner », a-t-elle dit.

5

Après le repas, nous nous sommes retirés dans notre voiture et nous avons dormi là, sièges rabattus, plutôt que de sortir la tente. Je me suis réveillé le premier, dans le petit matin encore sombre. Il faisait chaud dans l'habitacle malgré les vitres entrouvertes, assez embuées à présent pour que j'y laisse une marque avec le doigt, une goutte de rosée au bout. Comme je sentais du sel dans l'air, ça m'a fait penser à Martha's Vineyard, où nous louions une maison à Oak Buffs, pendant des années, quand Hannah était petite. Je ne m'y étais jamais rendu auparavant, le ferry était aussi nouveau pour moi que pour notre fille de six ans. Penelope y allait régulièrement en week-end avec des amis d'Amherst, et elle avait décidé à l'époque que, si elle avait un enfant, elle lui ferait ce cadeau, cette île où la grande bourgeoisie noire se retrouvait les mois d'été, et sa détermination n'avait fait qu'augmenter quand elle m'avait épousé et avait su que cet enfant hypothétique allait grandir biracial, donc en eaux troubles, contradictoires. Martha's Vineyard ferait partie pour Hannah de l'exploration de son héritage.

Pendant des années, nous y avions passé trois semaines tous les mois d'août, et à présent je repensais à une fin d'après-midi, après que nous nous étions rendus à Edgartown pour essayer des Jet-Ski, Hannah et moi du moins. Ensuite, mère et fille étaient parties s'acheter des glaces. Épuisé, je m'étais endormi dans la voiture, et réveillé comme maintenant, dans la chaleur et la sueur, un goût métallique dans ma bouche pâteuse.

Une onde de tristesse m'a envahi, si intense et soudaine que mes yeux se sont embués. Une larme a coulé jusqu'à ma lèvre et j'ai senti le liquide salé. Mes souvenirs de l'enfance d'Hannah avaient toujours déformé la temporalité : ils auraient pu venir d'une autre vie, et en même temps, j'aurais pu jurer qu'ils s'étaient produits quelques jours auparavant. À présent, le coup de ciseau de la fin du monde me faisait ressentir encore plus crûment la perte irrévocable de ces temps-là. Elle n'était plus une enfant, son monde, désormais, c'était ça, c'était de ça qu'elle avait hérité. Même si nous parvenions à l'autre bout du pays, ce qui semblait impossible – nous avions roulé toute une journée, et nous avions à peine réussi à sortir du New Jersey –, qu'allions-nous faire quand nous la trouverions ? La mettre dans le coffre ? Lui faire la leçon ? La ramener à la maison pour qu'elle puisse vivre dans sa chambre d'enfant, écouter de la musique au casque, faire la grimace quand on l'appellerait pour dîner ? Lui donnerions-nous une heure de coucher, de l'argent de poche ?

Nous faisions preuve d'égoïsme. Ce voyage était-il vraiment pour Hannah ? Ou était-ce juste notre façon, à Penelope et moi, de nous rebeller contre notre obsolescence imminente, et notre mort prochaine, tentant de nous trouver un but quand tous les buts s'étaient perdus ?

Le psy en moi disait : *Ce n'est pas le moment de faire confiance à tes émotions. Tu es fatigué, tu as faim.* Je parvenais encore à diagnostiquer mes idées obsessionnelles, même si je ne pouvais y échapper. Je devais réveiller Penelope, peut-être pourrait-elle m'aider à trouver une issue.

Quand je me suis tourné, elle avait déjà ouvert les yeux dans la pénombre.

« Salut, a-t-elle dit. Tu as bien dormi ?

– Je pensais à Martha's Vineyard. »

Son visage s'est adouci.

« Tu sais ce que je me rappelle ? Quand tu partais plonger avec ton masque et ton tuba et que tu rapportais des bernard-l'ermite pour Hannah. »

Et voilà, un beau souvenir, et c'était vrai, je partais avec mes tongs et un filet et je cherchais des bernard-l'ermite, des bulots, des pétoncles, et même de temps en temps des araignées de mer. Je les rapportais sur la plage, où Hannah jouait à l'ombre du parasol, et le souvenir de la joie pure et de l'émerveillement sur son visage me faisait continuer, la tête sous l'eau, pendant des heures les jours de disette, quand la marée se mettait à monter et que les vagues se réveillaient, jusqu'à ce que mon filet soit plein. Bien sûr, au bout d'un moment, elle n'en a plus eu grand-chose à faire, elle réagissait par un *Ah, encore des bernard-l'ermite* distrait ou un *Papa, je lis, là* gémissant. Je sentais son innocence glisser entre mes doigts comme du sable, et j'aurais beau serrer le poing, je n'y pouvais rien.

Mon esprit était capable de gâcher n'importe quoi. Parfois, j'enviais le caractère de Penelope, ses marées émotionnelles qui enflaient lentement, même si, au plus bas, cela signifiait des mois de silence quasi total. Mes humeurs étaient en dents de scie, à vif, dépendant de mon sommeil, de ma glycémie et de la chimie de mon cerveau, qui paraissait beaucoup plus instable que la sienne.

« Il nous faut un café », ai-je dit, et je suis sorti de la voiture.

Je me suis dirigé vers le rougeoiement du feu qui revenait à la vie.

Un bidon d'essence, un carton d'aliments et moins d'une heure plus tard, nous sommes repartis sur la route. Le soleil n'était pas levé derrière les arbres, la lumière était encore douce, même si les doigts de rose de l'aube s'étaient déjà retirés du ciel. La route surplombait le fleuve, mordant sur la colline, et un mince rideau d'arbres nous séparait de la falaise. À ma gauche, des rochers escarpés s'empilaient comme des blocs de Jenga, qui débordaient sur la route. Penelope ne disait rien, tandis que je conduisais dans le jour naissant. Quelques feuilles mortes tournoyaient derrière nous. Un panneau à l'ancienne nous a accueillis dans le quartier commerçant de la municipalité du Delaware Water Gap et, des deux côtés de la route, le terrain plat a commencé à s'élargir.

Il y avait des maisons, un soudain entrelacs de petites rues, un énorme saule pleureur. Une ville, mais sans les commerces promis. Je suis resté sur ce qui semblait être la rue principale. Des meubles de jardin fanés sur des terrasses en béton, des drapeaux américains, une benne de recyclage bleue renversée au milieu de la route. Un énorme restaurant a été le premier commerce que nous avons vu : le Sycamore Grill, avec encore un drapeau rouge, blanc, bleu « OUVERT » qui claquait au vent, et un panneau d'annonces à lettres amovibles sur le trottoir, comme pour un théâtre, qui disait : « VIVEZ CHAQUE INSTANT COMME SI C'ÉTAIT L'HAPPY HOUR ! »

La route se divisait à hauteur du parking triangulaire d'une pizzeria. Je me suis arrêté. Des rangées de kayaks orange, tels des missiles sur leur rampe de lancement, étaient installées devant un magasin d'articles de canotage.

« Par quel côté on rejoint l'autoroute, d'après toi ? »

Penelope a regardé autour d'elle, s'est penchée pour voir plus loin, puis s'est retournée vers moi.

« L'atlas, a-t-elle dit, et j'ai su exactement où il était : sur la table du Country Pride.

– Merde. »

J'ai pris à droite. C'était bien la direction de l'autoroute, et nous n'avons pas tardé à voir des pancartes indiquant la 80 et des stations-service qui se regardaient de chaque côté de la route. Je me suis garé devant le Gulf.

« Possible qu'il y ait un atlas. »

Penelope m'a regardé entrer. La porte n'était pas verrouillée, les étagères étaient vides, les rayons réfrigérés aussi, tout. Il y avait encore une pancarte m'annonçant que je devais avoir dix-huit ans pour acheter des cigarettes, vingt et un pour acheter de l'alcool, mais on ne trouvait ni l'un ni l'autre. Je suis ressorti.

« Je vais quand même aller voir en face. »

Penelope a acquiescé d'un geste.

Le Sunoco était lui aussi plongé dans l'ombre. Je l'ai vu en traversant, et la porte s'est ouverte tout aussi facilement, mais avant même que mes yeux s'habituent à la pénombre, j'ai compris que quelque chose était différent. Un tourniquet de cartes postales se trouvait près de l'entrée, m'invitant en lettres bulles jaunes à *PAGAYER sur le GAP!*. Il n'y avait pas de bourdonnement fluorescent, pas de son émanant des frigos, mais ils étaient pleins, carrément *pleins*, le Rêve américain, un blizzard de boissons énergétiques pour sportifs. Des sachets de chips à foison sur les rayons. Pousser cette porte, c'était comme tomber dans un monde perdu.

Une voix a retenti :

« Mains en l'air, *immédiatement* ! »

J'ai fait un bond, poussé un petit cri, mis mes mains en l'air en vitesse, et me suis retourné juste à temps pour voir un homme, à la caisse, s'écrouler de rire. Il me montrait du doigt.

« La… tête que vous avez fait ! Vous auriez dû voir ça ! »

Il avait du mal à articuler. Il a levé les bras en l'air pour m'imiter, les yeux écarquillés, la langue sortie.

« Je suis à peu près sûr que je n'avais pas cette tête.

– Mais si !

– Eh bien, vous m'avez fait flipper à mort ! »

J'ai baissé les bras.

« Désolé, mon vieux. » Il n'avait pas l'air tellement désolé. Sa barbe descendait sur son torse telle une cravate. Il l'a caressée avant de reprendre la parole. « Qu'est-ce que je peux faire pour vous ? Vous voulez vingt dollars sur la pompe cinq ?

– Attendez. Vous avez de l'essence ?

– Oh que non. On en a plus depuis des mois. » Il a ri de nouveau. « Vous comptez changer votre réservoir de propane quoi qu'il arrive, non ?

– Vous avez du propane ?

– Un billet de Powerball. C'est ça, votre poison ? Paraît que personne a gagné le gros lot depuis des mois. Ça va être *énorme* ! »

C'était assez beau de le regarder se faire rire tout seul, en un sens. Depuis combien de temps n'avais-je pas eu un échange qui ne soit pas, d'une manière ou d'une autre, douloureux ? Un an plus tôt, si j'avais trouvé ce mec dans une station-service, j'aurais cherché la sortie immédiatement. À présent, il me faisait l'effet d'un don du ciel, comme s'il était envoyé pour me rappeler que la terreur n'avait pas tout envahi.

« En fait, j'ai juste besoin d'un atlas routier.

– Ah, bon sang, pourquoi vous l'avez pas dit tout de suite ? J'ai justement eu une livraison la semaine dernière ! Tout juste sorti des presses ! »

À ces mots, il s'est esclaffé si longuement qu'il a dû s'essuyer les yeux.

« Elle est bonne, ai-je dit.

– Attendez, je vais vous trouver un atlas, on pourra parler paiement ensuite. »

Il est descendu de son tabouret et a fait le tour de la caisse, révélant qu'il ne portait pas de pantalon par-dessus son slip blanc.

Je savais qu'il avait une blague toute prête, prêt à faire feu, attendant seulement que je voie l'évidence sous mes yeux.

« On dirait que vous avez oublié votre pantalon, ai-je dit.

– Vous savez comment ça s'appelle ?

– Quoi ?

– La clim des rednecks.

– Eh bien, en tout cas, c'est économique. »

Ce n'était pas franchement une blague digne de ce nom, mais il a failli pleurer de rire.

« C'est économique », a-t-il répété faiblement, et j'ai su qu'il allait l'ajouter à son répertoire.

Il y a des choses qui ne changent pas. Pour lui, ça avait été comme ça toute sa vie : travailler au Sunoco, faire des blagues qu'il élaborait sans doute le soir dans sa cuisine pour en sortir de toutes fraîches le lendemain. Un virus avait sonné la fin du monde, mais même lui s'était écrasé comme une vague contre son humour. Rien ne pouvait détruire ça. Un jour, dans quelques dizaines d'années, il allait mourir de rire.

Je n'avais pas plutôt pensé ça qu'il a écarquillé les yeux. Il est devenu tout pâle et sa bouche s'est distendue. Il regardait par-dessus mon épaule. Je me suis retourné et j'ai vu Penelope dans l'encadrement de la porte de la supérette, Arnold sur l'épaule. Elle tremblait, le canon du fusil faisait de petits cercles et sa poitrine se soulevait à chaque respiration.

Nous nous sommes figés sur place.

« Non, non, non », ai-je commencé, mais le type a plongé sous la caisse. J'ai instantanément compris deux choses : un, qu'il avait une arme rangée là, deux, que l'AR-15 de ma femme n'était toujours pas chargé.

J'ai fait deux pas vers la porte, l'ai prise par le bras, et nous avons couru à l'ombre de l'auvent au-dessus des pompes. Un coup de feu a retenti derrière nous, et elle s'est dégagée, pour faire face avec son fusil.

Elle a appuyé sur la gâchette et il ne s'est rien passé. Elle a ouvert les yeux tellement grand qu'on aurait dit des billes, et je l'ai entraînée de l'autre côté de la route, en courant le plus vite possible, jusqu'au parking de la station Gulf. Elle s'est jetée dans la voiture, le fusil contre la poitrine. J'ai enfoncé la pédale d'accélérateur, le moteur déjà allumé. Avec une embardée contre le trottoir, nous avons dérapé sur la route, et je suis parti en zigzag, prenant de la vitesse tandis qu'un dernier *bang* retentissait derrière nous.

J'avais les deux mains sur le volant, tellement crispées que j'avais mal aux doigts. Un rond-point se profilait, et la voiture a penché sur la droite, comme ivre, quand nous l'avons contourné en vitesse, prenant la sortie pour la 80 West. Ça y était, nous roulions, vite, sur l'autoroute. Au bout de trois kilomètres, elle berçait toujours le fusil dans ses bras, encore haletante. J'ai posé une main sur son genou.

« J'ai cru que j'allais te perdre, a-t-elle dit. Quand j'ai regardé… quand je t'ai vu sursauter et mettre les mains en l'air…

– Ça va, tout va bien.

– Mais si je n'avais pas regardé ? Si je n'avais pas levé la tête à ce moment-là ? »

Je n'ai rien dit.

« Hé. Respire bien. On est vivants. Je suis vivant. »

Elle a regardé le fusil.

« Pourquoi le coup n'est pas parti ?

– Il n'est pas chargé.

– Mais si !

– Non, je ne l'ai jamais chargé.

– Moi, je l'ai fait. C'est pour ça que j'ai mis si longtemps à arriver. »

Le fusil avait soudain un tout autre air, dans ses bras, sur le siège d'à côté.

« Putain. Le cran de sûreté est mis ?

– Maintenant oui.

– Il y était quand tu as essayé de tirer ?

– Je suis pas débile ! » Elle a baissé les yeux sur le fusil, le petit curseur au-dessus de la gâchette marqué nettement d'un « SÉCURITÉ » en blanc et d'un « FEU » en rouge. « Je ne sais pas. Ça s'est passé si vite. »

Nous traversions les faubourgs de Stroudsburg, et la route était protégée par des séparateurs de voies. Une pancarte « OLIVE GARDEN » est apparue. Nous étions sortis de la ville. La route s'est élargie, des arbres ont remplacé le béton, le terre-plein central envahi d'herbes folles qui mordaient sur la chaussée. Penelope regardait, droit devant, la route qui s'étendait vers l'horizon, et deux petites rides sont apparues entre ses sourcils, ce qui signifiait qu'elle était perdue dans ses pensées. La route commençait à monter, nous arrivions aux monts

Poconos, et de temps à autre, un arbre trop pressé flamboyait déjà, rouge vif sur le fond jaune. Au bout d'un moment, elle s'est tournée vers moi.

« Il ne te menaçait pas, en fait, si ? » a-t-elle demandé.

J'ai haussé les épaules.

« Je ne t'ai sauvé de rien du tout.

– C'est l'intention qui compte. »

Je me suis tourné vers elle.

« Mon Dieu. » Elle a pris son visage dans ses mains. « J'ai failli nous faire tuer.

– Mais tu ne l'as pas fait. Tout va bien. »

Nous avons roulé près de deux kilomètres avant qu'elle reprenne la parole.

« Pourquoi il n'avait pas de pantalon ?

– C'est la clim des rednecks.

– Ah. »

Elle a hoché la tête, comme si je lui avais donné une véritable explication, puis elle s'est mise à rire. Le désespoir que j'avais éprouvé dans la semi-obscurité de l'aube n'était plus qu'un très vague souvenir. J'aurais voulu l'embrasser, lui prendre la main, la serrer, mais je roulais assez vite pour que la voiture fasse de petites embardées donc j'ai laissé mes deux mains bien fermes sur le volant. Nous devions arriver sur la côte ouest. Quelque part au sud de nous, il y avait, peut-être, une catastrophe, un Tchernobyl, un Fukushima, un Three Mile Island. Étions-nous à quatre-vingts kilomètres de distance ? Sans doute, mais en l'absence d'atlas, mon esprit arrivait à fabriquer une carte où Harrisburg se trouvait à peine quelques kilomètres au sud, donc j'ai continué à fond plutôt que de tenter de ralentir pour ménager notre stock de carburant.

Tandis que les montagnes s'élevaient autour de nous, j'ai senti des petits claquements dans mes oreilles et l'essence disparaître dans le moteur qui peinait, gémissant dans les côtes. Dans les pentes, je passais en roue libre, le poids de la voiture nous entraînant vers le bas, au point mort, mais elles ne duraient jamais longtemps. Mackeyville, Milesburg, Snow Shoe, Kylertown – une succession de petites villes de Pennsylvanie, presque identiques, avec des relais routiers Pilot à peine visibles entre les arbres, les kilomètres s'additionnant jusqu'à ce que nous ne puissions qu'être hors de portée du nuage radioactif. Une pancarte est apparue au bord de la route : « PLUS HAUTE ALTITUDE DE LA 80 À L'EST DU MISSISSIPPI 685 M ». Penelope m'a montré la sortie suivante.

Jimmy avait raison. Nous devions apprendre à faire fonctionner Arnold, sans quoi nous allions nous faire tuer à cause de lui. Nous avons pris vers le nord, sur des routes encore plus petites, au milieu des arbres, des sapins miteux et des fourrés denses. La route s'est transformée en chemin de terre, avec une végétation assez haute, entre les sillons des pneus, pour racler le châssis. Un portail en métal est apparu au milieu de la route, et je me suis arrêté.

De l'autre côté du portail, le chemin se transformait en sentier étroit. Penelope marchait devant moi, tenant le fusil comme le faisaient les soldats dans les défilés, crosse à la main, canon vers le ciel. À part nos pas, les bois étaient silencieux, les fourrés épais, épineux et opaques de chaque côté. La piste descendait dans un ravin, avec au fond un ruisseau qui giclait sur les rochers. Au bout, nous avons grimpé jusqu'à une vaste prairie où la végétation nous arrivait jusqu'à la taille, et nous nous sommes élancés vers l'autre côté. Le soleil était haut, il n'y avait pas de vent. J'ai pris la main de Penelope, et nous étions au milieu quand nous nous sommes arrêtés brusquement, presque en même temps, pour regarder les végétaux autour de nous. Je n'avais jamais vu de plants de marijuana en vrai, à part celui de mon camarade de chambre, à la fac – une petite fronde pathétique sous une lumière noire – mais on ne pouvait s'y tromper. Toute une parcelle de plants de beuh, ramifiés comme du basilic, avec des feuilles larges, étalant leurs doigts pour nous frotter les jambes.

Nous avons installé des pierres sur une branche tombée au bout du champ, nous sommes reculés à peu près à la même distance que celle entre le monticule du lanceur et le marbre au base-ball. Elle a posé le fusil et nous l'avons regardé, hagards. Il gisait, avec son éclat noir mat sur un lit de mousse verte, sa forme aussi reconnaissable qu'un panneau « STOP », une Porsche Carrera, un Homme de Vitruve. Autrefois, j'aurais dit que c'était un M16, tous les films sur la guerre du Vietnam se mêlant désormais en un unique souvenir, celui d'un groupe d'hommes marchant en file indienne à travers la jungle. C'était avant que les infos se remplissent de massacres, qui se succédaient à un rythme soutenu. *AR-15, AR-15, AR-15*. Je l'avais trimballé, vide, pendant des mois. À présent, c'était une arme véritable, chargée, dangereuse.

Penelope a tapoté doucement le chargeur légèrement recourbé.

« Donc là, il y a des balles, a-t-elle dit. Je les ai prises dans une des boîtes que t'a données Jimmy. »

Elle a appuyé sur un bouton, retiré le chargeur et me l'a tendu. À l'intérieur, les munitions étaient alignées, de longs cylindres qui se rétrécissaient brusquement au bout comme des fléchettes. J'ai remis le chargeur en place, appuyant jusqu'à ce que je sente un déclic.

« C'est exactement ce que j'ai fait, a-t-elle dit.

– Et ensuite ?

– J'ai couru de l'autre côté de la rue comme une démente.

– D'accord. » J'ai pris le fusil. « Je vais réessayer, OK ? »

Elle a hoché la tête, mis ses doigts dans ses oreilles. J'ai positionné le cran de sécurité sur « FEU », respiré un grand coup, visé les pierres que j'avais empilées, et appuyé sur la gâchette.

Clic.

J'ai regardé le fusil. Penelope faisait un petit sourire.

« OK, OK, ai-je dit.

– Attends voir.

– Quoi ?

– Juste… laisse-moi essayer. »

Je lui ai passé l'arme, et elle a rabattu complètement la glissière sur le dessus. Le mécanisme interne a émis des sons métalliques. Nous nous sommes regardés. Elle a épaulé, l'œil gauche fermé, l'autre braqué le long du canon, et elle a appuyé sur la gâchette.

Une flèche, ça se voit. C'est ce qui fait la beauté de la chose, la grâce parabolique du vol en longueur. Quand je suis allé en colonie de vacances, il y a mille ans, j'ai pris tir à l'arc comme activité, et il y avait un mec qui, on le disait tous, allait faire les Jeux olympiques. Il avait apporté son propre arc à poulies, et c'était assez magique de le voir viser, la joue déformée par la pression quand il plissait les yeux, puis lâchait la flèche, qui vacillait un peu en vol, comme si elle hésitait, mais se plantait finalement en plein centre de la cible.

Une arme à feu, ce n'était pas le même genre de magie.

Quand Penelope a appuyé sur la gâchette, j'ai fait un bond en arrière. Trois choses s'étaient produites si vite que je n'ai pas réussi à les saisir mentalement avant qu'elles soient achevées : une des pierres avait disparu de la branche, le fusil avait émis un bruit si tonitruant que mes oreilles ont gémi en protestation, et une douille en cuivre avait jailli sur le côté et heurté ma poitrine.

« Oh putain. »

Penelope s'est massé l'épaule.

Nous avons vidé un chargeur, tirant tour à tour. Une fois l'habitude prise, le recul était étonnamment faible, et de la mousse enfoncée dans nos oreilles nous aidait à endurer le bruit. Les pierres ont été réduites en poussière. J'avais apporté des balles supplémentaires, et nous étions en train d'apprendre à les introduire dans le chargeur, nous préparant à tirer de nouveau, lorsqu'une voix a retenti dans les bois.

« Salut ! »

Nous nous sommes retournés. Penelope s'est accroupie à la hâte, les yeux écarquillés. Cela faisait bien dix ans que je n'étais plus capable de me relever en vitesse si j'en faisais de même, donc je me suis laissé tomber sur un genou.

« On reste cool, d'accord ? » a demandé la voix.

J'ai rabattu la glissière avec un cliquetis métallique, qui a semblé se répercuter dans le champ, et j'ai mis le cran de sécurité sur « FEU ».

« J'ai dit cool ! Pas besoin de feux d'artifice ! »

Penelope et moi nous sommes regardés. La veille encore, nous aurions fait un signe de la main et bavardé sans crainte, mais à présent tout nous semblait menaçant.

« Sortez des bois, qu'on vous voie ! ai-je crié.

– Sauf votre respect, vous voudriez pas poser votre arme, d'abord ?

– Vous en avez peut-être une aussi !

– Je n'ai pas d'arme à feu.

– Je ne vous crois pas !

– Si je voulais vous tirer dessus, pourquoi je vous dirais que je suis là, vieux ? »

Penelope a haussé les épaules.

« OK ! Je baisse le fusil. »

J'ai remis la sécurité et posé le fusil à mes pieds. Une tête est apparue de derrière un arbre.

« Pas de bagarre ?

– Pas de bagarre. »

Il s'est avancé dans le champ, et nous nous sommes présentés. Il s'appelait Terry. Il était plus vieux que nous, avec une demi-barbe clairsemée qui pendait sous sa bouche, laquelle était déformée par un petit sourire qui semblait permanent. Il était blanc, mais sa peau était si bronzée qu'on aurait dit de l'écorce d'arbre, à croire que s'il bougeait trop vite, elle allait se fendiller. Il ne bougeait jamais vite. Son tee-shirt flottait sur son torse étroit et concave.

« J'imagine que c'est à vous ? »

J'ai montré le champ.

« Qu'est-ce qui te fait dire ça, mec ? »

Il a ri et ajouté quelque chose que je n'ai pas compris.

« Quoi ? »

Il a commencé à se répéter, mais je l'ai arrêté d'un geste pour retirer la mousse de mes oreilles du bout du doigt.

« Je disais : vous vous débrouillez bien avec cet engin, tous les deux. »

J'ai regardé le fusil.

« Un mal nécessaire.

– Ah bon ? »

Il souriait gentiment. Il disait ça pour me faire plaisir.

« Le danger est partout, par les temps qui courent, j'ai l'impression, ai-je ajouté.

– Je sais pas, mec. Pour moi, avoir un flingue, c'est donner un prétexte aux autres pour te tirer dessus. Mais qu'est-ce que tu veux, je suis pacifiste. »

Je ne sais comment, je me retrouvais dans l'autre camp du débat sur le contrôle des armes, à l'encontre de la position qui était la mienne depuis des années. À présent, c'était moi le cinglé qui proférait le deuxième amendement en s'accrochant à son AR-15.

« Je peux te demander un service, mec ? Si vous voulez continuer à vous entraîner, il y a un vieux stand de tir trois kilomètres plus loin sur la route. Les armes, ça abîme l'esprit de la ganja. »

J'ai commencé à glousser, mais il ne plaisantait pas.

« Ça ira, a dit Penelope. On a fini.

– Les plantes vous remercient.

– De rien, les plantes, ai-je dit.

– Et si vous veniez manger avec nous ?

– Je ne sais pas, on a une longue route devant nous.

– Il faut bien que vous vous nourrissiez. Sinon vous allez tomber en rade à mi-chemin.

– Avec plaisir, a dit Penelope. On serait ravis de manger avec vous.

– Ah, cool, c'est super. »

À voir sa gratitude, on aurait cru qu'on lui avait offert un cadeau personnalisé avec soin. Nous sommes repartis ensemble sur le chemin.

« Vous êtes d'où ?

– Juste au nord de New York. Westchester County.

– New York. » Il a poussé un petit sifflement. « Ça a dû être chaud. »

J'ai haussé les épaules.

« Je sais pas trop, en fait. J'ai entendu des rumeurs, c'est tout. Mais c'était chaud partout, non ? »

C'était son tour de hausser les épaules.

« Ici, c'était assez tranquille, franchement. Je veux dire, le choper, ça a été relou, mais mourir, ça aurait été pire. Et la ganja nous avait préparés à affronter la suite.

– Vous êtes combien, ici ? a demandé Penelope.

– Trois.

– Ça fait beaucoup de marijuana, pour trois.

– Avant, on était beaucoup plus.

– Des locaux ? ai-je demandé.

– Des habitants de Pittsburgh et Cleveland qui venaient en week-end, surtout. Mais il y avait des gens de partout qui déboulaient pour l'éveil spirituel, au printemps.

– Le 20 avril ?

– On prend les jours saints qu'on nous donne, mon vieux. »

Au fond du ravin, il a fait un pas contre le courant, puis enjambé des rochers par petits bonds experts.

« Pourquoi spécialement la Pennsylvanie ? Pourquoi DuBois ? » ai-je demandé.

Maintenant il riait.

« Vous avez pas vu la pancarte ? C'est le point le plus haut à l'est du Mississippi ! »

Nous avons pris un embranchement, et peu après, derrière les arbres, s'est révélé le toit en pente d'une cabane. Après un virage, le porche est apparu à son tour ; large, avec un grand escalier.

Deux hommes étaient affalés dans des rocking-chairs à côté d'une table sur laquelle un bang germait comme un extraterrestre à plusieurs bras.

« Bienvenue à la *casa* », a dit Terry.

Tout le monde s'est présenté. Les deux autres types étaient blancs aussi, l'un des deux avec de longues dreadlocks, l'autre assez corpulent pour qu'il y ait un espace entre son tee-shirt, qui représentait un Colonel Sanders vert avec les lettres *THC*, et son pantalon. Ils nous souriaient, béats, telles les trois Grâces de la Weed.

Nous sommes montés sur la terrasse et Terry a dit :

« Vous voulez bien décharger votre arme ? »

Je l'ai regardé.

« La balle dans le magasin ?

– Je peux ? »

Il m'a pris doucement le fusil, et d'un geste fluide, il a ôté le chargeur et retiré la balle de la chambre, l'attrapant de sa main libre. Il m'a rendu le tout.

« Tu es pacifiste ?

– Oui, et vétéran. Desert Storm. J'ai encore des shrapnels dans le ventre, sur le côté. J'ai découvert la marijuana en cherchant une manière saine de gérer la douleur. Et la plante m'a donné bien plus que ça. Elle m'a conduit à un éveil spirituel que j'avais cherché toute ma vie. »

L'ombre de la cabane commençait juste à empiéter sur l'herbe clairsemée de la clairière. Ils nous ont servi des verres de thé infusé au soleil puis Colonel Sanders s'est excusé pour aller préparer à manger.

« Je tiens à vous dire que je reconnais et respecte le rôle essentiel que joue le cannabis dans la culture des vôtres, a dit

Dreadlocks à Penelope sans préambule. Mes cheveux sont un hommage, pas une appropriation. »

Elle a haussé les sourcils, mais s'est contentée de hocher la tête.

« Merci, je suis très touchée », a-t-elle dit enfin.

J'entendais l'amusement dans sa voix, mais il a hoché la tête à son tour, comme si un vrai lien s'était créé entre eux.

Je fumais à la fac, mais je n'avais jamais vu Penelope prendre ne serait-ce qu'une bouchée de brownie au cannabis. Nous avons siroté notre thé. Nous étions tous deux sur des rocking-chairs, avec siège et dossier en osier. Même à l'ombre, la chaleur de la journée s'attardait.

Terry a placé la main sur le côté du bang.

« Je vais vous offrir la ganja. Mais pardonnez-moi si je vous fais d'abord partager la philosophie qui va avec. »

J'ai pris la main de Penelope et l'ai pressée dans la mienne.

« Nous sommes des beuh-dhistes, a-t-il dit avec le plus grand sérieux. Nous croyons en l'instant qui se déploie en permanence, en le présent, dans lequel il est si difficile de vivre que le cerveau humain a inventé les concepts abstraits de passé et de futur, qui n'existent pas. Nous avons cru qu'élargir notre concept de temps nous apporterait du réconfort et du sens, mais en vérité, l'attachement au passé et au futur n'apporte que de la souffrance. Il n'y a que le présent. Croire autre chose, c'est vivre dans le mensonge. »

Un rouge-gorge sautillait par terre devant la cabane, picorant la poussière. Une brise très légère traversait les arbres, et un bruissement léger comblait le silence. Dreadlocks avait fermé les yeux pour écouter Terry.

« La plupart des animaux vivent dans leurs corps, a-t-il poursuivi. Quand ce rouge-gorge éprouve les tiraillements de la faim, il se trouve un ver de terre. Il ne s'inquiète pas de ces tiraillements avant qu'ils se manifestent, il ne s'apitoie pas en y repensant. Nous vivons dans notre tête, dans notre cerveau, et c'est ce qui nous a permis de dominer la terre, mais nous confondons ce pouvoir avec le fait d'avoir raison. Et c'est donc bien logique que la terre nous offre les moyens de transcender ce piège intellectuel. Vivre dans le présent perpétuel, c'est la pratique la plus difficile, rendue possible par le don de la ganja. »

J'ai dû faire la grimace car il m'a souri.

« Tu as l'air sceptique.

– Non, je ne suis pas du tout contre la marijuana. Ça fait des années que je n'ai pas fumé, mais j'ai toujours bien aimé. »

Il n'a rien dit, juste attendu. C'était un truc de psy, si basique que je l'ai reconnu immédiatement, mais je me suis trouvé incapable de résister à la tentation de combler le silence.

« Sur le plan juridique, la légalisation de la marijuana a toujours été importante pour moi. Mais en tant que psychologue, je dois reconnaître que je me suis toujours un peu méfié des révélations et prises de conscience que vivent les gens en prenant des drogues. C'est un raccourci qui évite de faire le vrai travail, le travail durable.

– En prenant des drogues. Vous entendez la manière dont vous dites ça ?

– Oui.

– D'emblée, votre langage trahit les présupposés que vous y mettez. La ganja n'est pas une *drogue*, c'est une *plante*. Vous avez traversé le champ vous-même. Le thé vous offre la caféine, la nourriture, les calories, la marijuana, l'illumination.

– Sans doute que j'ai juste vu trop de gens qui avaient commencé à fumer très jeunes, et visiblement, ça avait bloqué leur croissance émotionnelle.

– Ils fument sans but. Ils gâchent l'expérience, ils dédaignent la vérité. Pour eux, la souffrance ne fait que s'accroître. »

Dreadlocks l'a interrompu.

« J'étais comme ça, moi. Avant de découvrir la vérité. J'errais, en souffrance. Je n'approfondissais pas ma pratique parce que je ne savais pas qu'il existait une pratique. Mais ça ne voulait pas dire qu'il fallait que j'arrête de fumer, ça voulait dire qu'il fallait que je comprenne pourquoi j'avais commencé, que je rende la chose intentionnelle, quoi.

– Toutes les religions ont des rituels d'entrée dans l'âge adulte, a repris Terry. Ce n'est pas différent. »

Ce n'était pas une discussion dans laquelle j'allais l'emporter.

« OK.

– Le champ que vous avez trouvé est une terre sainte, où nous avons planté et hybridé différentes variétés jusqu'à trouver *la* beuh, celle qui élimine le souvenir et le désir, et vous laisse dans la grâce parfaite du Maintenant.

– Vous l'appelez comment ? *La* beuh ?

– On reste quand même des fumeurs de joints, mec. On l'appelle la Thunderfuck Forget-Me-Now.

– Forget-Me-Now. Comme dans *Arrested Development* !

– La classe, mec ! » Il a ri. « C'est ça.

– Mais pourquoi Thunderfuck ?

– Parce que ça sonne trop bien ! »

Dreadlocks a tiré longuement sur le bang, qui a fait un bruit de bulles. Terry a pris la suite, puis nous l'a tendu. J'ai regardé Penelope.

« Merci », a-t-elle dit, puis elle s'est penchée en avant et a tiré une courte bouffée.

Pas de toux. Au bout de quelques instants, un petit nuage s'est échappé des coins de sa bouche et elle me l'a passé. Terry m'a regardé tirer dessus avec un air approbateur, et presque avant que j'aie laissé la fumée ressortir de mes poumons, une vague de picotements partie de mes orteils est montée dans tout mon corps. Une conscience soudaine de la brise dans l'air – et les oiseaux, chantaient-ils ainsi depuis tout à l'heure ? Le repas est arrivé sur la table et nous avons mangé. Une soupe de haricots toute simple, mais les assaisonnements explosaient, riches dans ma bouche, et je n'ai réalisé que mon bol était vide que quand ma cuillère a raclé le fond. Une autre louche et j'ai recommencé à manger. Penelope éprouvait-elle la même chose que moi, ce long crescendo de saveurs ? J'ai senti l'effet du thé, les molécules de caféine qui pétillaient dans mes veines. Les oiseaux tournoyaient autour de la maison, étourdissants, se poursuivant en poussant des petits cris. Terry m'a de nouveau proposé le bang mais j'ai décliné.

« Je suis déjà bien stone, pour être honnête. »

Les bols ont été rapportés à la cuisine. Penelope et moi avons fait mine de nous lever pour aider au même moment, mais Terry nous a fait signe de nous rasseoir.

« Vous avez dit que vous aviez une longue route devant vous. Vous allez où ?

– En Californie. »

Il a poussé un long sifflement, tout bas.

« Sacrée expédition, mon vieux. Pourquoi la Californie ?

– On va récupérer notre fille. »

La conversation semblait se produire en décalé, comme si j'entendais mes propres mots une demi-seconde après les avoir prononcés. Il a hoché la tête.

« Elle s'appelle comment ?

– Hannah.

– Oh, c'est un très beau nom.

– Merci. »

Il s'est renversé en arrière dans son rocking-chair si bien que sa tête touchait presque le mur de la cabane derrière lui.

« Je l'imagine en train d'attendre sur la place, mec, en contemplant les vagues du Pacifique. Et vous deux, pieds nus dans le sable, vous approchant en l'appelant par son prénom. »

C'était peut-être l'image de l'océan, d'Hannah face aux flots. Ça m'évoquait les cris des mouettes, les vagues qui s'écrasaient sur mes pieds, fraîches, puis se retiraient, l'érosion régulière sous moi. Le pouls insistant, incessant, du ressac. J'ai senti ma défonce se raffermir, et j'ai commencé à m'enfoncer de nouveau dans le désespoir du matin.

« Qu'est-ce qui ne va pas ? a-t-il demandé.

– Ça ne va pas se passer comme ça. Je ne sais même pas où elle est, au juste, mais je sais que ce n'est pas sur une plage en train d'attendre le rayon vert au soleil couchant. »

L'amertume de ma voix a laissé un goût dans ma bouche.

Il a refait son truc de garder le silence, et à présent Penelope me regardait.

« La vérité, c'est qu'elle a rejoint le Revival, et on y va pour la tirer de là, ai-je dit.

– Je vois.

– Quoi ? » J'ai senti monter en moi la colère rentrée que je percevais chez mes clients quand je les poussais vers une vérité qu'ils ne voulaient pas affronter. Mais c'était juste un fumeur de hash, aux prises avec une religion bidon qui ne valait guère mieux que celle qui avait happé Hannah. « Dis ce que t'as à dire, vas-y.

– Vous êtes sûrs qu'elle veut qu'on la tire de là ? Je veux dire, elle vous a appelés à l'aide ?

– Non. Mais elle n'en avait pas besoin. C'est une secte, putain.

– Oui, oui, mec. J'ai bien compris. Mais c'est *sa* secte, non ?

– Qu'est-ce que tu racontes, là ?

– Peut-être qu'elle a le droit de prendre ses propres décisions.

– On est ses *parents*. »

J'ai senti à quel point c'était ridicule même en me laissant glisser sur cette pente. Ce fumeur de joints disait tous les trucs que je disais avant – *Il faut qu'Hannah soit libre de faire ses propres choix* – et je jouais le rôle de Penelope, qui m'observait en silence, d'un air amusé.

« Oui, non, j'ai compris ça, mec.

– Ah bon ?

– Juste, on dirait que c'est de l'attachement, et l'attachement n'entraîne que la souffrance.

– C'est ma fille. Bien sûr que je suis attaché à elle. Bordel.

– OK. »

Il a pris une gorgée de thé et s'est recalé dans son fauteuil. Le sourire béat est revenu sur son visage, et un spasme de violence pure a fait un nœud dans mon cerveau. J'avais envie de lui enfoncer le bang si profond dans le cul qu'il aurait été défoncé pendant un mois entier.

« Vas-y, dis-le.

– Non, mec, c'est bon.

– Dis-le !

– Bon, eh bien puisque tu insistes, laisse-moi parler à la première personne, mon ami. Quand je souffre, j'essaie de réfléchir à ce à quoi je suis réellement attaché, et je fais de mon mieux pour me détacher. Donc, tu es attaché à ta fille telle qu'elle est ?

Ou tu es attaché à une idée d'elle, une ancienne version d'elle à laquelle tu n'arrives pas à renoncer ? »

Penelope a vu l'éclat meurtrier dans mes yeux.

« Merci pour le repas, a-t-elle dit. C'était absolument délicieux.

– À mon avis, vous devriez continuer à faire des croisements. Votre herbe, elle n'a pas l'effet que vous m'aviez promis, sur moi.

– Il n'y a pas de raccourcis, mec, même avec la ganja. Il n'y a que la pratique de la conscience, la voie difficile de l'illumination. »

Je ne savais pas ce que j'allais dire, mais Penelope m'a entraîné au bas des marches avant que j'aie le temps d'ouvrir la bouche, récupérant notre fusil de l'autre main.

« Au revoir, les amis », a dit Terry.

Dreadlocks s'est levé.

« Je vous raccompagne.

– Ça ira, merci, a fait Penelope.

– C'est pas un problème. »

Il nous a suivis à quelques mètres, et quand nous sommes arrivés à la voiture, il a offert un petit sachet d'herbe à Penelope en guise de cadeau d'adieu. Elle a levé un doigt pour lui faire signe d'attendre, puis s'est mise à fouiller l'arrière de la voiture tandis que je me laissais tomber sur le siège passager. Quelques instants plus tard, elle en est ressortie avec les chips goût barbecue que Timmy nous avait données à Dobbs Ferry mille ans plus tôt. Elle les a lancées à Dreadlocks, dont les paupières lourdes se sont levées entièrement pour la première fois.

« É-norme !

– Profitez bien ! » a fait Penelope. Mais elle a levé un doigt, comme pour l'avertir. « La sauce barbecue tient une place spéciale dans la tradition de mon peuple. Ne l'oubliez pas quand vous les partagerez. Pensez à honorer les esprits de la sauce barbecue. »

Il a hoché solennellement la tête. Penelope riait quand elle a démarré. Nous avons rejoint l'autoroute dans une embardée et avons commencé notre longue descente vers le soleil qui brûlait à présent à l'horizon.

6

J'ai dit à Penelope que je ne pouvais pas dormir encore une fois dans la voiture, donc nous nous sommes arrêtés au sud de Cleveland, dans le parc national de Cuhayonga Valley. Nous nous sommes garés sur un terrain de camping où on pouvait se convaincre que le monde était intact, se réjouir que personne ne passe de la musique à fond, se contempler un long moment dans le miroir terni et déformant des vestiaires des hommes, avant d'utiliser les toilettes sèches. Les phares ont éclairé notre bataille avec la tente, une pieuvre bleue avec je ne sais combien de manchons pour arceaux emboîtables. Quand nous nous sommes enfin laissés tomber sur nos tapis de sol, sacs de couchage ouverts pour former des couvertures au-dessus et au-dessous de nous, j'ai sombré dans le sommeil comme une pierre qui coule dans un puits.

Aujourd'hui était un autre jour. Je roulais sur la 71 South, en Ohio, au nord de Columbus, suivant les indications d'un nouvel atlas routier étalé sur les genoux de Penelope, que nous avions prélevé sans incident dans une station Texaco sur l'autoroute.

« T'as senti quelque chose quand on a fumé hier ? ai-je demandé.

– Rien du tout, a-t-elle répondu sans lever les yeux du plan. Et toi ?

– Heu, ouais. »

Elle a ri.

« Je sais. Ça se voyait. »

À présent elle me regardait. Je n'ai rien ajouté.

« Qu'est-ce qu'il y a ?

– Comment ça, *qu'est-ce qu'il y a ?*

– Allez, fais pas l'idiot. Qu'est-ce qu'il y a ? »

La façon dont elle me fixait, l'attention qu'elle me portait – je ne m'étais pas senti vu comme ça depuis très longtemps.

« Rien. J'ai juste été surpris qu'il ne t'ait pas énervée plus que ça, c'est tout. Avec les trucs qu'il disait.

– Bah, il était un peu ridicule, et vous étiez tous archi-défoncés.

– Certes.

– Et tu as dit ce que j'aurais dit, de toute façon. »

Elle a posé une main sur ma cuisse. La voiture bouffait les kilomètres, et le soleil était assez haut pour que je ne l'aie pas dans les yeux, ni dans le rétro. Les sermons de Terry, ses conseils malvenus de nous détacher d'Hannah, j'aurais pensé qu'ils mettraient Penelope hors d'elle, mais non. Peut-être qu'il avait raison, au moins en partie. Peut-être que je devais me détacher, non d'Hannah, mais de mon conflit conjugal. Peut-être que c'était aussi simple que ça. Nos disputes appartenaient au passé, là, nous allions chercher notre fille. Peut-être que la leçon de ce voyage, c'était que les choses pouvaient être plus simples qu'on l'imagine. Les routes étaient désertes, la voiture filait sans embûches. Le résidu de différend que je sentais encore entre nous n'était qu'un autre héritage de ma famille d'origine, où on ne se disait jamais qu'une parole avait blessé, mais où on entretenait la blessure pendant des années, comme un chien léchant une plaie jusqu'à la rouvrir.

Nous sommes passés devant un Ikea aussi massif qu'était vaste son parking sans la moindre voiture. J'ai imaginé les salles vides à l'intérieur, avec les meubles faits pour faire rêver les gens d'une vie meilleure. *Vous pourriez avoir un salon comme celui-ci, si seulement vous achetiez un Yinurgflik.* Il y avait des piles de lampes qui ne seraient jamais achetées, des boulettes de viande suédoises qui pourrissaient dans les chambres froides débranchées. Penelope regardait par l'autre fenêtre.

« Oh, putain ! s'est-elle exclamée.

– Qu'est-ce qu'il y a ?

– Prends la 270 West. » Elle la montrait du doigt. « Là ! »

J'ai fait une embardée pour la rejoindre.

« Je vais où, là ?

– Dublin.

– Il y a quoi, à Dublin dans l'Ohio ?

– Il y a *qui*. Manny Whitmore. »

Si Warren Buffett était le Sage d'Omaha, Manny Whitmore était le Gourou de Columbus : un génie de l'Amérique profonde qui semblait ne jamais perdre. La différence était la suivante : Penelope connaissait personnellement Manny Whitmore. Elle avait fait un stage auprès de lui dans le temps, avant Hannah, avant que nos vies aient vraiment commencé.

« On ne sait même pas s'il est vivant.

– Je l'ai vu à la télé, vers la fin.

– Beaucoup de choses se sont passées depuis.

– C'est sur notre route. Pourquoi pas essayer ? Si quelqu'un a des ressources qui pourraient nous servir, c'est bien lui.

– Il serait pas dans un bunker en Nouvelle-Zélande avec les autres connards de riches, par hasard ? »

Elle a secoué la tête.

« Il est là.

– Comment tu le sais ?

– HELEN est là. »

Une voiture nous a dépassés si vite que la Subaru a tangué.

« Tu crois vraiment que tu vas te souvenir du chemin ? Ça fait quoi, trente ans ?

– C'était mémorable. Ce que je ne sais pas, c'est s'il se souviendra de moi. »

Je me rappelais cet été-là. L'idée, c'était de nous installer à New York en couple. Fini les nuits grappillées entre nos chambres de cité universitaire, nous allions enfin être ensemble. Nous devions partager un été béni avant qu'elle prenne son poste chez Merrill et que je commence mon troisième cycle, sauf qu'au lieu de ça, j'ai passé ces mois de canicule tout seul dans le Bronx, à manger du riz aux haricots à même la casserole. Elle a reçu l'offre de stage, et même si je comprenais bien qu'elle devait saisir cette opportunité, ça ne rendait pas la chose plus agréable pour moi. C'était pour elle un ticket d'or dans une barre chocolatée Willy Wonka. J'étais avec elle quand elle a reçu le coup de téléphone, et je me souviens encore de son expression.

Manny Whitmore était une célébrité pour une raison suprêmement américaine : il était riche. C'était le plus célèbre investisseur du monde, son fonds spéculatif était un distributeur automatique, si vous pouviez payer les frais. En plus, c'était, à en croire Penelope, le seul homme qu'elle ait jamais rencontré à pouvoir affirmer sans mentir ne pas voir les races. Même s'il n'aurait jamais dit une chose si ancrée dans le déni blanc. Il ne niait rien. C'était son don. Il était, c'est tout. Tous les cerveaux américains recevaient le patch informatique de correction – *La race et ce qu'elle signifie* – au biberon, mais on aurait dit que Manny avait bel et bien rebooté son cerveau blanc. Chacun de ses centimètres carrés était entièrement consacré au calcul des intérêts. La classe de stagiaires de Penelope était entièrement constituée de femmes de couleur, mais les relations publiques ne l'intéressaient pas. Il n'a pas fait faire de photo de groupe pour l'accrocher au mur. En les regardant, il ne voyait qu'un dysfonctionnement du marché : les préjugés implicites – ou explicites – des autres milliardaires créaient une opportunité. Ils prenaient tous les mâles blancs aspirants financiers issus de Phillips Andover, et négligeaient les cerveaux susceptibles de fonctionner différemment et de voir un peu plus loin que le prêt-à-penser ayant cours dans les fraternités.

Les stagiaires travaillaient sur HELEN, la Greta Garbo des algorithmes d'investissement qu'il avait créée, aussi célèbre que confidentielle, même si elles ne virent jamais les équations de leur propres yeux. Elles savaient qu'elles travaillaient sur HELEN car il ne travaillait que là-dessus. C'était sa grande théorie des champs unifiés, son explication de l'univers. Penelope avait passé tout l'été à tenter de trouver un lien entre l'avenir du pétrole en mer du Nord et la production de maïs dans l'Iowa, une tâche qu'elle s'était vu confier dès son arrivée. Si les indications qu'elle avait pu glaner avaient été intégrées à HELEN, elle n'en avait jamais rien su. Puis, à la fin de l'été, le stage s'était achevé aussi brusquement qu'il avait commencé.

Nous nous sommes mis à sillonner les rues de Dublin en quête d'un élément qu'elle reconnaisse dans l'anonymat des centres commerciaux, des quartiers résidentiels interminables, où quelques personnes fixaient la voiture, avec ses plaques de l'État de New York. À un carrefour que nous traversions, je l'aurais juré, pour la troisième fois, Penelope s'est penchée en avant et m'a dit de prendre à droite. Un château d'eau est apparu au bord de la route, haut, décrépit, avec un graffiti dégoulinant sur sa paroi blanche : « LA FIN EST L... » et c'était tout, la fin ayant visiblement rattrapé l'artiste en question. J'ai pris encore à droite, et nous avons traversé un bosquet avant de déboucher sur un champ tout en longueur. Après un autre virage, nous avons vu un manoir en pierre qui aurait pu être transplanté d'une propriété britannique si ce n'étaient les panneaux solaires qui recouvraient entièrement le toit. L'allée serpentait à travers ce que j'aurais appelé une pelouse si l'herbe n'avait pas été si haute, un bon mètre. La voiture a surpris une marmotte, et le petit animal dodu a détalé, haletant, du virage avant de s'enfoncer dans la végétation. Il y avait une fontaine au centre de l'esplanade circulaire devant la maison, même si pour l'instant ce n'était plus qu'une piscine en pierre, recouverte d'une nuée d'insectes. Nous nous sommes arrêtés doucement et Penelope a passé la tête par la vitre pour voir le haut du bâtiment.

« Putain. C'est Batman qui vit là ? ai-je demandé.

– L'aile, là-bas ; c'est là que dormaient tous les stagiaires. Personne d'autre n'y entrait jamais. C'était comme dans *Sa Majesté des Mouches*. »

Avec le moteur coupé et les vitres ouvertes, on entendait le vent jouer dans l'herbe. Un oiseau a foncé comme un kamikaze vers la façade en pierre, puis s'est engouffré à l'intérieur par une vitre cassée, dans l'aile qu'examinait Penelope. Elle a ouvert sa portière et elle est descendue.

« On dirait que c'est vide, ai-je fait observer.

– C'était déjà un peu comme ça. Enfin, il y avait des gens qui s'occupaient de la pelouse, mais je me rappelle que quand je suis sortie du mini van en arrivant de l'aéroport, je me suis dit que ça aurait pu être une maison abandonnée.

– Regarde ! » me suis-je écrié.

Des aigles en pierre étaient sculptés au coin d'un balcon, tout en haut, et je venais de me rendre compte que celui du milieu était un faucon bien vivant, la tête penchée. Dès qu'il a senti nos regards, il a sauté en battant des ailes et s'est élevé au-dessus du champ.

Penelope s'est avancée vers la maison. Un énorme heurtoir était suspendu à la gueule d'un lion en cuivre. Elle l'a cogné contre les portes, qui faisaient sans doute le double de sa taille. Nous avons entendu l'écho à l'intérieur. Elle a reculé et nous avons scruté les fenêtres, à l'affût d'un mouvement. Le vent soupirait dans l'herbe derrière nous. Elle a frappé de nouveau. Je regardais le garage tout en longueur à l'autre bout de l'allée, avec ses nombreuses places, et j'envisageais de commencer à aller faire de la récup quand nous avons entendu du bruit à l'intérieur. La porte s'est ouverte.

La tenue de protection, c'est ce que j'ai remarqué d'abord, bien sûr, comme dans les films où des acteurs et actrices sublimes s'affairent dans un labo de microbiologie renfermant des organismes hautement toxiques et qu'on attend l'inévitable son de déchirement qui condamne l'un d'entre eux à mort. Celle de Manny était bleue, son casque carré, mais quand j'ai regardé son visage, j'ai immédiatement oublié son accoutrement. Il avait une mine terrible. Il avait cessé de se raser, mais la barbe qui en résultait était clairsemée, irrégulière, comme du plancton sur ses joues. Ses yeux étaient exorbités, comme s'ils tentaient de lui fausser compagnie, et quand il a ouvert la bouche pour parler, j'ai remarqué que l'une de ses dents de devant était partie.

« Vous avez des symptômes ? » a-t-il demandé d'une voix métallique comme si elle venait d'un petit micro à l'intérieur du casque.

Il tenait un thermomètre que j'ai pris un instant pour un revolver.

« Non, a répondu Penelope.

– Pas du tout, ai-je renchéri.

– Ne bougez pas, s'il vous plaît. » Il a braqué le petit laser sur le front de Penelope, puis sur le mien. Il a hoché la tête. « Pas de fièvre. Ça fait combien de temps que vous en êtes revenus ?

– Neuf mois ? » Penelope m'a regardé, puis s'est retournée vers lui. « Neuf, dix mois. »

Il a défait une lanière sous son cou puis rabattu son casque.

« Je devrais vous imposer une quarantaine de quatorze jours pour éliminer complètement le risque, mais au point où on en est, ça ne changerait pas grand-chose. »

Il s'est retourné et a regagné la maison, à petits pas, comme s'il pataugeait. Nous nous sommes regardés puis sommes entrés. J'ai refermé la porte derrière nous. Elle devait peser des centaines de kilos, mais un simple contact a suffi à la faire bouger.

Manny a retiré sa tenue et l'a accrochée au mur du grand vestibule qui s'étendait vers le haut sur trois étages et vers le fond jusqu'à des portes-fenêtres donnant sur un patio en pierre. Une supernova de lustres était suspendue au-dessus de nous, mais ils n'étaient pas allumés et il faisait sombre partout. La maison était silencieuse, un silence profond, océanique. Dans les taches de lumière dispensées par les fenêtres, la poussière tourbillonnait en volutes ascendantes. Il a pris un couloir sans rien dire et nous l'avons suivi dans une pièce meublée de canapés encadrant une large cheminée en pierre, et d'étagères de livres presque du sol au plafond, assez hautes pour que des rails métalliques aient été installés dans toute la pièce afin de caler une échelle.

Il nous a fait signe de nous asseoir.

« Désolé, je n'ai pas de San Pe. » Nous avons dû avoir l'air interdit en prenant place car il a ajouté, pour Penelope : « Ce n'est pas ce que vous buvez ? De la San Pellegrino ?

– Vous vous souvenez de moi. »

Une petite étincelle de fierté m'a gonflé le torse. De toutes les stagiaires qui avaient défilé chez lui au fil des années, il se rappelait Penelope.

« Je n'oublie jamais personne. » Il a dit ça d'un ton neutre. « Mais vous, Amber et Kheyana, vous étiez les seules à avoir effectué un travail utile, cet été-là.

– J'ai peur que vous vous trompiez sur ce point, a fait Penelope. Je ne suis jamais vraiment arrivée à rien avec le problème que vous m'avez confié. »

Je l'avais vu à la télévision, j'avais vu sa photo dans les journaux cent fois. L'homme assis sur le canapé en face de nous ressemblait à un reflet déformé de cette image. Ses yeux, c'était ce qu'il y avait de plus étrange, si exorbités qu'on aurait cru que sa tête avait été gonflée avec une pompe à vélo.

« Vous aviez toutes le même problème.

– Non, moi, c'était…

– Le pétrole dans la mer du Nord, je sais, je sais. Les spécificités de chaque cas n'avaient pas d'importance. En réalité, vous travailliez toutes sur l'effet de réverbération secondaire, et les liens en apparence accidentels. »

Pour moi, c'était du charabia, mais le visage de Penelope s'est soudain animé. Elle réfléchissait.

« Donc pas du tout la causalité. Je croyais qu'on cherchait la causalité. »

Il a ri.

« La causalité, c'est un mythe. Et si c'était si facile, tout le monde le ferait. Nous parlons du potentiel prédictif des schémas relationnels.

– Dans quels types de relations ?

– Tous. » Il parlait vite, trop vite, en rupture avec le rythme de la conversation, comme si la vidéo et l'audio n'étaient pas bien calés. « Cependant, il y a trop d'interférences dans les données. » Il s'est penché. « Mais imaginez un peu que nous ne regardions pas les choses par le bon bout, quand nous cherchons à les isoler, à éliminer les interférences pour trouver le signal. Si le signal, *c'était* cet agrégat d'interférences ?

– Donc nous établissions une preuve par la négative. Nous ne pouvions qu'échouer.

– Bien sûr. Mais ce qui compte, c'est les *modalités* de l'échec. La plupart des gens laissent tomber, se mettent à faire de l'à-peu-près. Aucun intérêt. Ça n'apprend rien à HELEN. Il est mince, n'est-ce pas, le lien entre l'essence et le maïs ? Mais c'est qu'il y en a des millions, de liens. Quand on regarde le monde, on voit des événements, des choix, des conséquences. HELEN voit une toile d'araignée, *la* toile d'araignée ; tout est lié, un souffle de vent suffit à tout transformer, un effleurement, à envoyer des ondes dans le système. Et plus précise sera la carte qu'on dresse de cette toile, mieux on pourra prédire ses réactions. Quand, et où elle risque de se déchirer.

– C'était incroyablement frustrant. De se casser la tête sans parvenir à trouver une réponse.

– Qu'est-ce qui vous a fait croire qu'il en existait une ?

– Je ne sais pas.

– Vous avez échoué avec brio. »

Il faisait chaud dans la pièce, l'air était immobile. Une horloge sur pied était appuyée contre le mur du fond, et son pendule était le seul mouvement que je voyais. Lui regardait Penelope, la bouche ouverte. Une goutte de sang a perlé sur sa gencive et coulé, rose, sur une dent blanche. Il a fermé la bouche et dégluti.

« Ça va ? a demandé Penelope.

– Je n'ai pas parlé à haute voix depuis longtemps. Ça doit être pour ça.

– Vous êtes seul ici ?

– J'ai HELEN.

– Il y a des humains, sinon ? »

Il a haussé les épaules.

« Non. »

La maison paraissait différente à présent, un monument de poussière, et Manny, seul avec son algorithme dans une demeure qui paraissait morte, sans électricité malgré les panneaux solaires.

Il a repris la parole.

« Vous voulez la rencontrer ?

– Vous plaisantez ? »

Penelope s'est levée.

Il m'a regardé pour la première fois. Il m'a montré du doigt, comme s'il avait besoin de me distinguer dans une foule.

« Qui est-ce ?

– C'est mon mari, Bill. Bill, Manny Whitmore. »

Je me suis levé et j'ai avancé le coude pour le saluer comme j'en avais pris l'habitude après le Covid, mais il m'a regardé sans bouger.

« Je ne fais pas de gestes de salutation.

– Ah. Pas de problème. »

Je ne sais pas trop à quoi je m'attendais quand nous sommes descendus au sous-sol voir HELEN. Peut-être un robot sexy doté de courbes métalliques et de fausses lèvres pulpeuses en plus de son savoir capable de conquérir le monde. Ou peut-être juste une voix, grave et britannique, qui me connaîtrait sans avoir besoin de présentation, et me susurrerait un *Bonjour Bill* inquiétant quand j'entrerais dans la pièce. Ce sont les possibilités que j'aurais suggérées à Penelope si nous avions été seuls, mais la vérité était la suivante : après avoir rencontré le tristement célèbre Manny Whitmore, qui avait lancé la carrière de ma femme, qui avait le statut mythique d'une constellation dans le ciel nocturne du capitalisme américain, je me demandais si tout cela n'était pas un *hoax*. La maison était pratiquement abandonnée, une ruine poussiéreuse, et lui aussi était une ruine. Aurais-je été surpris si HELEN s'était révélée être un manche à balais dépassant d'un chariot de course, avec un smiley dessiné sur une assiette en carton en guise de visage ? Non. Pas du tout. Je m'attendais à un truc dans ce goût-là.

Ce que nous avons trouvé en fait après avoir descendu le grand escalier menant au sous-sol, c'était une longue rangée de serveurs bleus bourdonnants rangés sur un alignement interminable de couchettes métalliques, comme dans une caserne. Y avait-il un robot ? Oui, il y avait un robot. Peut-être plus d'un. Un engin à roulettes qui ne s'embarrassait pas d'anthropomorphisme, et ne nous a pas prêté la moindre attention, se contentant de parcourir la salle sur ses roulettes, surveillant les moniteurs de chaque côté, et allongeant une antenne filiforme lorsqu'il trouvait une lumière qui clignotait, un nœud mort qu'il fallait changer comme une ampoule sur une guirlande de Noël. J'avais vu un robot comme celui-là au supermarché, qui parcourait les rayons pour ramasser les produits renversés. Ce n'était pas un robot digne de porter un nom. Si HELEN était la reine des abeilles, ce n'était qu'un faux bourdon qui s'affairait autour de son grand corps, se sacrifiant sans y réfléchir.

Manny a montré d'un geste une estrade en acier grillagée où un grand arc concave de moniteurs éclairés entourait un fauteuil à roulettes. Un clavier sans fil était la seule chose qui occupait le bureau vide. Penelope lui a demandé la permission d'un regard mais s'est assise avant qu'il ait le temps de répondre, et s'est mise à examiner les écrans, les yeux plissés.

Le robot a disparu dans une des rangées avec un petit bruit. Penelope promenait les yeux sur tous les écrans, et Manny l'observait.

« Alors c'est là que va toute l'électricité du toit », ai-je dit.

Il s'est tourné vers moi, comme pour chercher à savoir si je m'attendais vraiment à ce qu'il réponde à cette question idiote, qui n'en était même pas une. Il s'est retourné vers Penelope et a repris la parole, et ce n'est qu'au milieu de sa phrase que j'ai compris que nous continuions notre dialogue.

« Il y en a aussi cent vingt hectares au bout de la propriété.

– Où est-ce que vous trouvez des données ? a demandé Penelope.

– Ce sont des modèles historiques, à présent. De la peste au Covid-19.

– Comment sont réglés les paramètres ? »

Elle désignait l'écran.

Sa réponse a semblé la satisfaire, mais je n'en ai pas compris un mot. Le silence s'est installé tandis qu'ils contemplaient les chiffres qui se répandaient comme de l'eau sur l'écran. Elle s'est penchée en avant, laissant un espace entre son épine dorsale et le dossier. Il s'est penché sur elle, une main à plat sur le bureau, l'autre sur le fauteuil, mais j'ai remarqué qu'il effleurait son épaule du bout des doigts.

« C'est l'acronyme de quoi, HELEN, au fait ? ai-je demandé. Hautement Évolué... quelque chose ? »

Il n'a pas répondu tout de suite. Finalement, il m'a regardé.

« Ce n'est pas un acronyme.

– Pourquoi les majuscules, alors ?

– Parce que c'est la plus belle chose du monde. »

Ben voyons.

Penelope a dit quelque chose qui ressemblait à : « Je ne suis pas la modélisation du seuil de risque, là. » Et sa réponse s'est enfoncée encore davantage dans l'incompréhensible, des eaux dans lesquelles elle nageait également ; c'était comme si elle parlait italien à mon insu, qu'on se retrouvait à Florence et que Penelope riait et bavardait avec les autochtones pendant que je mastiquais mes pâtes comme un imbécile.

« Je vais faire un tour », ai-je dit, et je ne croyais pas qu'ils m'aient entendu, ni l'un ni l'autre, jusqu'au moment où il a lancé, alors que je me tenais déjà au bout d'une des rangées de serveurs :

« Ne touchez à rien. »

Comme s'il l'avait évoqué par sa voix, un souvenir m'a englouti. Ma mère m'emmenant chez un bijoutier afin de faire réparer la montre de mon père pour Noël. Ces mots, qu'elle m'avait sifflés dehors, sa main telle une serre sur mon épaule – pas question que je lui fasse honte. Je n'avais certes pas besoin de l'avertissement. Les chuchotements, les vitrines, l'homme à l'air sévère derrière la caisse, avec son complet boutonné par-dessus sa cravate. J'avais retenu ma respiration.

Nous n'étions pas pauvres. Je n'avais jamais eu à m'inquiéter de mon prochain repas. Nous tombions pile au centre de la classe moyenne américaine, mais c'était les années 1970, et faire partie de la classe moyenne, cela signifiait que nous considérions certaines choses désormais banales comme des luxes inabordables : la télé par câble, le jus d'orange *cent pour cent pur jus !*, et non à base de concentré, les sièges baquets à l'avant des voitures, à la place d'une banquette. Appelait-on encore ça des sièges baquets, d'ailleurs ? On disait simplement siège, me semblait-il.

Le jus d'orange était toujours là, chaque matin un petit verre à côté de mon assiette, et l'une de mes tâches domestiques consistait à remplir le pichet en plastique blanc quand il se vidait. Je prenais le bidon dans le congélateur, le passais sous l'eau chaude, où le givre à l'extérieur blanchissait et fondait, et je sentais le concentré gelé céder peu à peu sous mes doigts. Puis une cuillère pour faire sauter le bouchon. Renverser le cylindre ouvert au-dessus du pichet et attendre une longue seconde que la bouillie orange tombe avec un son guttural. Parfois je devais me servir de la cuillère pour le libérer. Ensuite, je remplissais d'eau froide la boîte vide, écrasais et remuais jusqu'à me faire mal à l'avant-bras. C'était l'histoire de mon enfance.

La carrière de Penelope dans la finance avait rendu nos vies possibles, m'avait permis d'établir un barème dégressif avec mes clients, d'appliquer les tarifs remboursés par les assurances alors que tant de psychologues new-yorkais de ma connaissance prenaient trois cents dollars ou plus par séance, ferme. Mes revenus constituaient notre réserve, notre argent de poche. Les dollars ne portaient aucune marque d'origine – même l'argent du crime est vert, pas rouge – mais il était facile pour moi de considérer mes rentrées annuelles et de ne voir que des repas au restaurant, des voyages, du superflu. Mon argent était la crème fouettée, celui de Penelope, tout ce qu'il y avait dessous. Mais enfin, je n'éprouvais pas le besoin de faire bouillir la marmite sous prétexte que j'étais un homme. Cet état de fait ne changeait pas mon rapport à mon pénis, qui avait continué à fonctionner sans cachets même après mes cinquante ans.

L'étrange vérité, que je n'avais jamais réellement anticipée, c'était que, de toute ma vie d'adulte, l'argent n'avait jamais été un souci pour moi. Pas de discussions tardives à la table de la cuisine. Pas de factures surprises. Quand nous décidions de partir en vacances à Martha's Vineyard, nous louions une maison pour trois semaines, dont le prix pour la journée était étonnamment semblable au loyer mensuel de notre premier appartement. Hannah avait eu droit aux écoles privées, aux cours particuliers, aux leçons de musique, aux colonies de vacances sélectes. Et Penelope mettait, littéralement, des millions de dollars sur nos plans d'épargne retraite. *Ce qui fait qu'on est millionnaires*, lui disais-je, sur quoi elle fronçait le nez en répondant : *Je crois que ce mot n'a plus le même sens qu'avant.* Et la valeur de ces comptes d'épargne avait fondu telle neige au soleil, avant que les compagnies qui les géraient cessent d'exister. Les nombres pour l'établissement desquels Penelope avait travaillé si dur – peut-être étaient-ils encore stockés sur un disque dur quelque part, peut-être avaient-ils entièrement disparu.

Et nous étions là, au cœur de l'ode au capital de Manny Whitmore ; ne serait-ce qu'un an auparavant, n'importe quel journaliste du *Wall Street Journal* un peu entreprenant aurait donné un rein pour la visiter, et d'innombrables ordinateurs tournaient encore dans ce qui ressemblait désormais à un exemple type de l'inutile. L'économie n'existait plus, nous avions été brutalement renvoyés… bon, pas à l'âge de pierre. L'âge de fer, peut-être ? L'âge de l'Utilisation des objets de récup jusqu'à ce qu'ils tombent en rade. L'argent était une blague, bon à démarrer un feu de camp, et Manny Whitmore était une blague lui aussi, mais ça ne faisait rien : ses mots résonnaient dans ma tête.

Ne touchez à rien.

Ma mère avait été la dernière personne à me dire ça. C'était ça, tout ce que je détestais dans le foutu monde de la finance et des titans de l'industrie qui nageaient dans leurs piscines de cristal encore maintenant, dans les abîmes du monde post-viral. Ils avaient encore le chic pour me donner la sensation d'être un enfant. Les oripeaux de la richesse. Ce qu'ils portaient n'y changeait rien. Ça pouvait être les chemises de Gatsby et des chaussures italiennes coûtant une semaine de mon travail au cabinet, ou des jeans déchirés (mais déchirés avec style), et un tee-shirt Metallica porté non pas par admiration pour le groupe, mais pour manifester une extravagante expression d'élitisme. Si je devais dire : *Ah tiens, je les ai vus jouer au stade des Giants sur la tournée Enter Sandman*, j'aurais peut-être droit à un petit signe de tête condescendant : *Oui, Lars est un ami, ils ont joué pour nous aux Hamptons il y a trois ans, en été.*

Comme si la seule raison pour laquelle je n'étais pas entré dans le monde sans âme du capitalisme, c'était que je ne faisais pas le poids. Comme si mon choix de profession était un peu folklorique. Comme si les philosophes avaient passé des millénaires à chercher une équation morale quand, en réalité, seuls comptaient les dollars. Morgan, Carnegie, Vanderbilt ? Des gagnants. Ainsi que Zuckerberg, Bezos, Whitmore.

J'avais envie de trouver une chose atroce au fond de sa salle à algorithme. Un feu qui se consumait lentement. Du moisi. Un cadavre en putréfaction. Un enfant illégitime caché dans un recoin caché. Tout sauf le bourdonnement placide des serveurs informatiques. Quelqu'un devait annoncer à HELEN que la fin du monde s'était produite. Il fallait qu'elle s'enfuie à Paris. Qu'elle reprenne sa liberté. Mes chaussures grinçaient sur le sol impeccable, sans un grain de poussière : je me suis aperçu que les robots servaient aussi d'aspirateurs quand l'un d'eux m'a laissé passer, sa petite brosse circulaire tournant sous lui-même à l'arrêt.

J'avais envie de tirer sur des cordons électriques, de débrancher des câbles jusqu'à ce qu'une voix se mette à dire d'une voix apaisante : *Erreur système… Erreur système… Erreur système…* signant la fin d'HELEN.

Au lieu de ça, j'ai donné un petit coup de pied au robot quand il est passé. Je me suis fait mal à l'orteil. Sa tourelle a tourné lentement et m'a scanné un instant avant de décider que je ne méritais pas qu'il s'attarde. Il est reparti dans l'allée.

« Je vais chercher de quoi manger dans la voiture, ai-je dit en revenant au bureau où Penelope et Manny dévoraient encore des chiffres, comme s'ils dansaient sur une musique silencieuse.

– Où sont mes manières ? » a dit Manny. Il s'est redressé. « Je vais nous préparer à dîner. *Mac and cheese*, ça ira ? »

Penelope s'est arrachée à l'écran, les doigts encore contractés d'avoir pianoté sur le clavier. Pour ce que je comprenais des colonnes et des rangées qui la fascinaient tant, ça aurait pu être la Matrice que je regardais.

Manny est monté et il a tourné à droite en haut de l'escalier. J'ai pris la main de Penelope et elle a respiré profondément avant de monter à son tour, sans un regard en arrière, comme si un simple coup d'œil allait suffire à renvoyer HELEN aux enfers pour l'éternité. Manny avait déjà disparu lorsque nous sommes revenus dans le mausolée de poussière du rez-de-chaussée, mais nous l'entendions déplacer des casseroles, et la rallonge électrique qui remontait du sous-sol nous précédait comme une piste de miettes de pain. C'était pour ça que la porte qui gardait HELEN ne fermait pas tout à fait.

Nous avons suivi la rallonge jusqu'à l'énorme cuisine, du marbre blanc avec juste assez de nervures pour montrer que c'était du vrai. Les fenêtres voûtées donnaient sur la terrasse en pierre. Des frigos Sub-Zero qui ressemblaient à des doubles coffres de banque ou à un porte-avions de taille commerciale et Manny Whitmore devant l'îlot central, avec une plaque électrique à un seul feu, branchée sur la rallonge que nous avions suivie. Il a versé de l'eau Poland Spring dans une casserole, qu'il a couverte puis surveillée.

« Qu'est-ce que je peux faire pour vous aider ? ai-je demandé.

– L'eau ne bout pas encore. Je viens de la mettre à chauffer. »

Il m'a regardé comme s'il s'agissait d'un défaut de compréhension de ma part. J'ai respiré un grand coup et me suis rendu à la fenêtre pour regarder l'herbe haute nimbée à présent de la lumière du soir.

« Donc, en fait, vous n'avez jamais eu le virus, a dit Penelope.

– Dès qu'il est apparu en Islande, HELEN a commencé à parler en termes apocalyptiques. Du coup j'ai appliqué une quarantaine stricte avant que le premier cas connu traverse l'Atlantique.

– Il ne peut pas rester beaucoup de gens qui n'aient pas été exposés. »

Elle réfléchissait tout haut, je connaissais ce ton, mais Manny lui a répondu comme si c'était une question.

« Il y a des poches – dans le Yukon, en Nouvelle-Guinée. Et il y avait cinq astronautes dans l'ISS, même si je suis sûr qu'ils sont redescendus dans les capsules Soyouz quand ils sont tombés en rade de vivres. Je leur donnerais une chance de soixante contre quarante d'avoir tenu jusqu'à ce que la population mondiale se soit stabilisée à un nombre drastiquement réduit.

– Une… réduction de quel ordre ? »

Penelope et moi le regardions tous les deux à présent. Elle m'a pris la main.

« Je ne peux pas le savoir avec certitude. Les modèles d'HELEN ont évoqué entre soixante et soixante-dix.

– Millions ? »

Je savais que ce n'était pas ça, je savais ce qu'il s'apprêtait à dire.

« Pour cent. »

Il a soulevé le couvercle de la casserole.

« Ça représente quelque chose comme cinq milliards de personnes », ai-je dit.

Il y a eu un bourdonnement dans mes oreilles, un gémissement suraigu. Le nombre n'était pas une surprise. J'y avais pensé pendant le long hiver, je savais que dans le monde entier, la vie humaine était ramenée à une proportion inimaginable. Ce qui était surréaliste, c'était le ton sur lequel il annonçait ça, sa voix distraite, nonchalante.

« Eh bien, entre cinq et six, oui, a-t-il confirmé. Et il y a tous ceux qui sont morts d'une autre cause. Il n'y a plus d'hôpitaux, bien sûr. Et n'oubliez pas le taux de suicide. Selon les projections d'HELEN, il est suffisamment élevé pour avoir un impact significatif. »

J'ai pressé la main de Penelope. Elle ne m'a pas regardé. Le couvercle de la casserole s'est mis à faire du bruit. L'eau bouillait.

« Vous pouvez sortir deux paquets de *mac and cheese* et une boîte de lait dans le placard ? » D'un signe de tête, il a désigné une porte à l'autre bout de la cuisine.

« OK. »

Penelope a commencé à se lever.

« Non, lui. »

C'était mon tour de dire « OK ». Pendant que j'allais chercher la nourriture, Manny s'est remis à parler vite, et en chiffres. Penelope l'écoutait en hochant la tête.

La porte ne menait pas à un placard, mais à une salle à manger. La table était assez longue pour accueillir la conférence de Yalta, et le plafond voûté d'une hauteur ébouriffante. Dans l'espace entre la table et les murs, où auraient dû se trouver des majordomes au garde-à-vous, s'élevaient des piles de vivres compactes comme des rochers. Quatre palettes de bouteilles de Poland Spring comme celle qu'il avait dans la cuisine, dont trois encore emballées dans du plastique industriel. Plus loin, une palette de boîtes de lait concentré, et une de *mac and cheese* Kraft, carrée et presque aussi haute que moi, trois coins encore parfaits, et un déjà entamé. On aurait dit un château de sable prêt à s'effondrer.

Quand je suis retourné à la cuisine, il parlait encore, et il n'a pas cessé jusqu'à ce que le repas soit prêt. Là, il a commencé à manger à même la casserole avant de se rappeler qu'il avait de la compagnie. Il a sorti des bols d'un placard en hauteur.

Il a pris une autre bouchée et dit, comme s'il commentait la météo :

« Je suis l'homme le plus riche du monde. »

Il était impossible de déchiffrer son expression. Il aurait pu dire *Il fait beau aujourd'hui*, avec ses yeux de poisson bizarre, on aurait cru qu'il posait un ultimatum.

« Vous vous en sortez bien, c'est sûr, a dit Penelope.

– Vous ne comprenez pas. Je suis arrivé au sommet de la montagne et personne ne le sait seulement.

– Je crois que tout le monde sait que vous êtes riche.

– Dix-septième.

– Quoi ?

– J'étais en dix-septième position dans le dernier classement de *Forbes*.

– C'est génial », ai-je dit.

Il a fait une grimace dédaigneuse et il m'a fallu un moment pour comprendre que quand il disait « dix-septième personne la plus riche du monde », il voyait ça comme un échec.

« Le pari le plus extraordinaire de l'histoire de la finance, a-t-il repris. Et personne ne le sait. C'est le pire.

– Le pire… dans la pandémie ? »

Il a acquiescé.

« Ah, ai-je dit.

– Le pari le plus simple qu'on puisse faire. L'or. Le retour à l'or. La clé, c'était d'y aller doucement, pour ne pas effrayer les marchés. Puis au moment où tout le monde s'y est mis, j'y étais déjà. Qu'est-ce que ça signifie, le *full faith and credit* du gouvernement américain, si le gouvernement n'existe plus ?

– Bien vu », a commenté Penelope.

Ce n'était pas suffisant, nous étions censés en dire plus, être plus impressionnés, mais il a sombré dans le silence et nous avons fini de manger.

Ensuite, nous nous sommes retirés à l'étage. *N'importe quelle chambre*, avait-il dit, mais elles étaient toutes étouffées par une telle quantité de poussière que la pandémie ne devait pas être la seule responsable. Il avait fallu des années pour en arriver là. De lourds rideaux bloquaient la lumière, et en ouvrant les portes assez silencieusement, on apercevait de petites formes qui détalaient dans les coins, ce qui expliquait l'odeur. Nous avons trouvé une chambre avec un balcon où dormir, et nous avons rapporté nos sacs de couchage et tapis de sol de la voiture.

La balustrade en pierre qui nous empêchait de dégringoler de trois étages en cas de roulade était portée par des colonnes corinthiennes massives, et bien qu'allongé sur le dos, je pouvais tourner la tête et contempler la prairie en bas par les interstices. C'était une nuit sans nuage, et le ciel était d'une richesse presque gênante, avec ses étoiles comme des diamants sur du velours noir. Nous aurions pu être en camping sur le bord d'une falaise.

Penelope avait posé la tête dans le creux de mon épaule, et je croyais qu'elle dormait. Peut-être me suis-je assoupi, bercé par le lointain bourdonnement des insectes dans les champs, car tout mon corps s'est contracté quand elle a dit :

« Il m'a demandé de rester. Quand il t'a envoyé chercher les boîtes.

– Sérieusement ?

– Je lui ai dit non. Évidemment. »

Si c'était tellement évident, je ne voyais pas pourquoi elle éprouvait le besoin d'en parler.

« Attends, tu voudrais rester ?

– Je viens de te dire que j'ai refusé.

– Je sais, mais…

– Mais quoi ? »

Elle s'est redressée sur un coude et m'a dévisagé. Tout ce que je voyais, c'était sa silhouette qui se découpait sur le ciel nocturne, comme les visages des lanceurs d'alerte sur les vidéos.

« Je ne sais pas. Ça doit être dur… » Je choisissais mes mots avec soin. « De voir le travail de toute ta vie disparaître. L'argent, aussi.

– Je n'ai jamais fait ça pour l'argent.

– Je sais bien. »

Elle a roulé sur le dos. Nous regardions tous les deux les mêmes étoiles, la même lune brillante, mais je ne savais pas ce qu'elle voyait, si elle regardait seulement, ou si elle était de nouveau perdue dans le cosmos de son esprit.

« Bien sûr, s'il me l'avait proposé il y a trente ans… je ne sais pas.

– Il y a trente ans, je t'attendais à Morris-Park, sans clim.

– Je me souviens.

– Oui, enfin, tu ne te *souviens* pas vraiment. T'étais pas là.

– Tu vas pas me dire que tu m'en veux encore pour ça. »

Dès que j'ouvrais la bouche, je m'exprimais comme un enfant boudeur. Rien ne correspondait à ce que je cherchais à dire, même à mes propres oreilles.

« Je ne t'aurais pas quitté pour autant. Tu serais venu aussi. »

J'ai failli dire : *Ah, alors j'étais encore censé te suivre ?* mais nous ne parlions même pas de notre passé réel, juste d'un univers alternatif, comme les milliards d'autres que décrivaient les adeptes de la physique des particules. Avant que je reprenne la parole, nous nous sommes tus assez longtemps pour que je me demande de nouveau si elle s'était endormie.

« Je crois que j'ai un diagnostic.

– Tu penses qu'il est Asperger.

– Oh, ça, j'en sais rien. Il ne pense pas comme tout le monde, c'est certain. Mais si ça se trouve, c'est juste un connard. »

Elle n'a rien dit.

« Désolé, j'ai ajouté.

– Ça ne fait rien. Il n'est pas que ça, mais c'est aussi un connard, c'est vrai.

– Je voulais parler de son problème physique, en fait, je sais ce que c'est. Pourquoi il a cette tête.

– Quoi ?

– Il a le scorbut.

– Non.

– Réfléchis un peu. Il ne mange que du *mac and cheese.* Je pense qu'il n'a pas vu l'ombre d'une vitamine C depuis des mois.

– Le scorbut.

– Comme un marin anglais en haute mer. »

Elle a ri, et reposé la tête sur mon épaule.

Le matin, j'ai apporté nos affaires dans la voiture avant qu'on se rende à la cuisine. Il était levé. De la Poland Spring chauffait sur la plaque, et deux boîtes pleines, ainsi qu'une de lait, attendaient sur le plan de travail. Il s'était rasé, et l'effet était encore plus saisissant : ses joues étaient marbrées, et ses yeux ressortaient encore plus.

« Bonjour ! Le petit déjeuner est bientôt prêt. Asseyez-vous, asseyez-vous.

– Je vous ai apporté quelque chose. » J'ai sorti un panier de pommes que j'avais pris dans la voiture. « Pour vous remercier de votre hospitalité.

– Quelle décoration charmante.

– Vous pouvez aussi les manger, vous savez. »

Il m'a indiqué la table d'un signe de tête, sur laquelle étaient installés trois bols, trois cuillères, trois bouteilles d'eau sans leur bouchon, ce qui m'a rendu nerveux, je ne sais trop pourquoi, à l'idée qu'elles pouvaient être empoisonnées. C'était ridicule. Il n'avait aucune raison de nous empoisonner. J'ai posé les pommes sur la table.

Quelques minutes plus tard, nous étions installés devant notre repas matinal. Il a laissé le fromage fondu couler de sa cuillère.

« De l'or liquide. C'était bien ça, la pub ?

– C'est bon. Merci, a dit Penelope.

– Le lait concentré ajoute vraiment quelque chose, vous ne trouvez pas ? »

Il y avait une courtoisie un peu absurde dans ses manières ; on aurait dit un enfant qui jouait aux grandes personnes. Après chaque bouchée, il se tamponnait les coins de la bouche avec sa serviette, la repliait et plaçait ses mains sur la table devant lui, les doigts croisés.

« Je vous dois des excuses, m'a-t-il dit. J'ai proposé hier à Penelope de rester ici, et après m'être retiré dans ma chambre... » Il a vraiment dit ça : *retiré dans ma chambre.* « ... j'ai pris conscience que mes propos pouvaient prêter à confusion. » Il m'a regardé. « Je n'ai aucune visée sexuelle sur votre femme. Elle et moi parlons un langage que je n'ai pas eu l'occasion de parler depuis longtemps, et l'isolement favorise l'étroitesse d'esprit. Ensemble, je suis certain que nous serions en mesure de profiter pleinement des opportunités qui vont succéder à cette crise.

– Manny, a coupé Penelope. Nous devons...

– Attendez. Ne répondez pas encore. Venez avec moi. »

Il s'était déjà levé. Nous nous sommes regardés et l'avons suivi. Il parlait en marchant.

« Vous pourriez avoir l'aile est pour vous tout seuls. » Il m'a regardé. « Il n'y a pas de télévision, bien sûr, mais j'ai des livres, et vous pourrez vous promener sur la propriété. »

Donc c'était comme ça qu'il voyait les masses qui n'étaient pas activement engagées dans la domination financière du monde : nous regardions la télé. Et en l'absence de poste, nous pouvions toujours bouquiner ou faire une petite promenade. Voire regarder le mur, sans remarquer qu'à force de baver, nos genoux dégoulinaient de salive.

Nous l'avons suivi dans l'aile autrefois occupée par les stagiaires, tous les gens qui avaient donné un été de leur vie pour construire HELEN et, ce faisant, profiter d'une fenêtre sur son génie, assez pour pouvoir dire lorsqu'ils se présentaient chez Goldman ou Chase qu'ils étaient des Lauréats de Whitmore, même s'il n'y avait pas de nom officiel, ce qui donnait à la chose des allures encore plus magiques et sélectes.

« Tu étais dans quelle chambre ? ai-je demandé à Penelope quand nous sommes arrivés dans le long couloir.

– Premier étage. »

Il s'est arrêté devant la première porte, qui n'avait pas de poignée, n'était plus composée de bois mais de métal d'une lourdeur sinistre, y compris le montant. Un verrou sophistiqué, avec deux pattes, faisaient la largeur du chambranle, avec un pavé numérique au centre, comme un coffre-fort.

« Excusez-moi », a-t-il dit.

Il s'est penché en avant pour nous cacher la combinaison. Nous avons attendu, main dans la main dans le couloir.

« Voilà », a-t-il dit, saisissant les tiges d'acier et déverrouillant le mécanisme avec un déclic sonore. La porte s'est ouverte sur la pièce sombre, et nous avons fait un pas en avant. Légèrement en retrait, il arborait un petit sourire.

Le sol était différent, c'est la première chose que j'ai remarquée : une surface lourde, caoutchoutée, et je n'avais pas fait plus d'un pas que l'image de Manny Whitmore refermant derrière nous pour nous enfermer a surgi dans mon cerveau. J'ai pivoté sur moi-même, mais il est entré aussi, il n'allait pas nous enfermer, c'était une idée ridicule.

Tandis que mes yeux s'habituaient à la pénombre, j'ai vu les palettes géantes alignées en rangées comme si nous étions de retour à Costco, pour acheter du papier toilette au mètre cube, sauf que celles-ci brillaient d'un éclat jaune un peu terne.

« Je vous ai dit que j'investissais dans l'or. »

En m'approchant, j'ai vu les surfaces poinçonnées, les poids rectangulaires empilés, une profusion infinie, surréaliste, encore plus à cause de l'ordre maniaque avec lequel ils étaient rangés, de l'or à la tonne, assez d'or pour que mon alliance sente sa propre petitesse, tel un grain de sable, en découvrant l'existence de l'univers qui la dépassait.

Penelope s'est retournée vers lui.

« Mon Dieu… Combien…

– Toutes les pièces dans ce couloir. J'ai dû faire consolider le sous-sol.

– Je croyais… Je ne sais pas ce que je croyais. Pas ça.

– J'ai des diamants aussi. Du platine, de l'iridium, du lithium. Tout ce qui conserve sa valeur indépendamment du système.

– Fabuleux.

– Qu'est-ce que vous comptez faire de tout ça ? » ai-je demandé.

Il m'a regardé, et j'ai compris que *posséder* était une action. Ce qu'il comptait faire, c'était continuer de posséder. Jusqu'au jour où il trouverait le moyen d'échanger ses trésors contre autre chose qui vaille davantage. Et ensuite, il posséderait la chose en question.

Lorsque nous sommes retournés à la table du petit déjeuner, où notre *mac and cheese* figeait dans les bols, il a levé un sourcil, un petit sourire au coin des lèvres, et il a demandé :

« Vous disiez ?

– C'est fabuleux », a répondu Penelope.

Il a acquiescé d'un hochement de tête.

« Et nous sommes très reconnaissants de votre hospitalité, mais nous devons quand même partir. »

Son sourire s'est élargi et il a fait oui de la tête, comme s'il saluait le sens de l'humour de Penelope.

« Non, Manny, je suis sérieuse. Il faut qu'on retrouve notre fille. »

Son visage s'est rembruni brusquement. On aurait cru que ses yeux allaient lui sortir de la tête et rouler sous l'îlot central de la cuisine.

« Il faut qu'on retrouve notre fille, a-t-elle répété.

– Personne d'autre n'a vu ce que je vous ai montré. Personne ! Et je vous offre un accès au plus magnifique algorithme que le monde ait jamais vu.

– Je sais bien.

– C'est absurde. »

Penelope a respiré un grand coup et s'est lancée. « Ce qui nous aiderait, Manny, c'est de l'essence, des provisions, tout ce qui pourrait nous permettre de traverser le pays. »

Il a poussé un rire amer et s'est levé.

« Vous êtes stupide. Pourquoi je vous aiderais à partir ?

– Par gentillesse ? »

Il a renâclé avec mépris.

« Vous essayez de manipuler mes émotions.

– Non.

– Manifestement, vous n'êtes pas aussi intelligente que j'ai cru. Pourquoi je voudrais que vous restiez, de toute façon ? »

Il s'est retourné brutalement et il est sorti de la pièce. Au loin, dans le silence de la maison, une porte a claqué.

Penelope a respiré profondément et m'a regardé.

« Cassons-nous. »

Il faisait déjà chaud quand nous sommes sortis, le soleil s'élançait dans le ciel. La maison était située sur une butte, donc on voyait les motifs que faisait le vent dans les longues herbes de la prairie, comme des rides à la surface de l'océan.

« On en est où, niveau essence ? a-t-elle demandé.

– Pas terrible. On ne va pas aller très loin. »

Elle regardait un garage en contrebas du terre-plein. Six entrées, toutes fermées. Je savais ce qu'elle pensait.

« Tu es sûre ?

– Il nous faut de l'essence. »

Cinq des places étaient vides, et je ne veux pas dire vides comme on dit en général quand on parle d'un garage – pas de voitures, mais des tas d'affaires hétéroclites dans des coins, les reliefs de la vie en bordure des villes. Non, elles étaient *vides*. Balayées. Pas même une araignée. Et dans la sixième, il y avait une voiture aussi immédiatement reconnaissable que Michael Jordan, jambes écartées, en train de faire un lancer, ou Bo Derek courant sur une plage. Elle était rouge vif, bien entendu. Autour, il n'y avait aucun des accessoires accompagnant en général une automobile – ni bidon d'huile de moteur, ni outil. Juste la voiture, au centre du box vide, comme une sculpture. Elle était plus grande que je l'aurais cru, et plus basse, un prédateur racé, nez au sol.

« Jolie bagnole », a commenté Penelope.

J'ai retrouvé ma voix.

« C'est une Lamborghini Countach.

– Cool. Et il est où, le bouchon du réservoir, sur une Lamborghini Countach ?

– Aucune idée, je n'en ai jamais vu en vrai.

– Tu en as vu où, alors ?

– J'avais un poster dans ma chambre quand j'étais petit.

– Tu avais un poster de *voiture* ?

– Tout le monde l'avait. Sur certaines versions, il y avait une fille sur le capot, ou une fille et un serpent. Moi, j'avais seulement la voiture. »

Elle s'est contentée de hausser les sourcils, et j'ai pris conscience que quand j'avais dit *tout le monde*, je pensais ce que je prenais pour « tout le monde » à l'époque : tous les autres garçons adolescents de ma ville.

Nous avons fait le tour de la voiture comme des visiteurs dans un musée, et il m'a fallu ça avant d'oser me pencher et toucher la carrosserie rutilante. Il n'y avait pas de cercle visible derrière lequel aurait pu se cacher le bouchon du réservoir, et même si nous étions presque à court d'essence, j'ai senti une petite onde de soulagement. Je regrettais mon heure de bravoure, à Dobbs Ferry, quand j'avais mis un long tuyau en caoutchouc sur le siège arrière en expliquant à Penelope : *Comme ça on pourra siphonner de l'essence dans des voitures en route* ; j'avais eu droit à ma petite récompense, un sourire de Penelope, admirative de son mari viril. Ce que j'avais omis de mentionner, c'était que je n'avais jamais siphonné d'essence de ma vie, et que je n'avais qu'une compréhension toute théorique de la méthode.

« Là ! »

Elle désignait un renfoncement à l'arrière de la voiture, dans lequel se nichait un bouchon en argent, orné du taureau écumant de Lamborghini. Elle m'a tendu le tuyau et s'est rendue à notre voiture en courant pour récupérer un bidon vide. J'ai retiré le bouchon et fixé le trou. Je devais enclencher l'écoulement, c'est-à-dire que je devais placer mes lèvres autour du tuyau et aspirer. Mais comment pouvait-on faire ça sans avaler de l'essence, ne serait-ce qu'une gorgée ?

Penelope a placé le bidon à mes pieds et j'ai dit :

« Je ne sais pas si l'octane de cette essence va convenir. Et elle est peut-être périmée. Quand a-t-il roulé avec ça pour la dernière fois ?

– Il faut qu'on essaie, non ? »

J'ai enfoncé le tuyau dans la gorge de la Lamborghini, comme si je lui faisais un lavage d'estomac. Puis j'ai préparé le bidon, avec un soin excessif, m'assurant qu'il était bien placé à mes pieds. Penelope me regardait. Un léger fumet d'essence s'élevait du réservoir ouvert, à moins que ce soit du bidon. J'avais toujours aimé cette odeur, à la pompe, pistolet à la main. Peut-être que le goût n'était pas si immonde.

J'ai placé mes lèvres autour du tuyau et aspiré un peu d'air, comme si je buvais une petite gorgée. Rien ne s'est produit. J'ai recommencé. Toujours rien. J'ai enfoncé le tuyau plus avant. Rien.

« Si ça se trouve, le réservoir est vide. »

J'ai fait une nouvelle tentative.

« Et si j'essayais, moi ? » a dit Penelope.

J'ai contracté mes lèvres et reniflé un grand coup : l'essence est montée en flèche dans le tuyau et a inondé ma bouche, et j'ai mis l'embout dans le bidon en toussant et crachant partout.

« Va en chercher un autre ! »

Celui à mes pieds commençait déjà à se remplir. Penelope a couru à notre voiture.

Louée soit la consommation d'essence obscène de la Lamborghini Countach : grâce à elle, le bolide avait besoin d'un réservoir énorme. Nous avions quatre bidons de vingt litres vides, nous les avons tous remplis. Nous en avons reversé un dans la Subaru, et l'avons rempli de nouveau. Une fois que je me suis rincé la bouche à plusieurs reprises, le goût s'est peu à peu dissipé.

« C'était comment ? a-t-elle demandé.

– Le nouveau cocktail à la mode : deux mesures de tord-boyaux, une mesure d'eau de Javel.

– Ça a l'air sympa.

– Bah, on a besoin de l'essence. »

J'ai haussé les épaules, comme pour minimiser.

« Mon héros. »

Son sourire m'a dit ce que j'aurais dû savoir – elle avait su dès le début exactement ce qui se passait. Elle a glissé la tête sous mon bras et m'a enlacé.

« Au moins c'est du sans-plomb. »

Nous étions sur le point de quitter l'allée pour prendre la route de l'ouest lorsque la porte de la maison s'est ouverte. Manny est sorti d'un pas hésitant, clignant des yeux, ébloui par le soleil qu'il n'avait sans doute pas vu depuis des mois. Il nous a fait signe et nous nous sommes arrêtés.

J'ai baissé la vitre et il s'est penché pour voir l'intérieur de la voiture. Était-il furieux que nous ayons pris son essence ?

« Je suis désolé », a-t-il dit. Il pleurait. « Revenez, je vous en prie. »

Ses gencives s'étaient remises à saigner, et une mousse rosâtre colorait ses dents.

« On doit y aller, a dit Penelope.

– Je sais, je sais. Je veux dire après. En rentrant.

– Vous allez vous en sortir. Vous êtes au sommet de la montagne, vous vous rappelez ?

– C'est juste que je... »

Il s'est tu et nous avons attendu en silence.

« Il faut qu'on…, ai-je repris.

– Je me sens tellement seul, a-t-il dit, en larmes.

– En rentrant, OK, a répondu Penelope. On essaiera. »

Il s'est frotté les yeux et mouché du revers de la main comme un enfant.

« Tenez, a-t-il dit. Pour vous aider dans votre voyage. »

Dans son autre main, il tenait un lingot d'or de la taille d'une barre chocolatée.

« Merci », a dit Penelope.

Il était lourd. Je le lui ai passé. Manny a reculé d'un pas.

« Je vous en prie, a-t-il dit.

– Mangez les pommes, ai-je dit. Je suis sérieux. »

7

Nous sommes sortis de l'allée de Manny Whitmore avec le réservoir de la Subaru plein de l'essence de la Lamborghini, et des bidons à l'arrière. Puis nous avons roulé vers l'ouest pendant les douze heures suivantes, le soleil dans le dos puis au-dessus de nos têtes, sur quoi il nous a dépassés pour aller mourir sur l'horizon et disparaître. L'Interstate 70 se déroulait en ligne droite, traversant d'interminables *openfields* en jachère, avec seulement des panneaux publicitaires ici et là pour briser la monotonie. Depuis combien de temps n'avais-je pas roulé sans mon téléphone fixé sur le tableau de bord, un plan infini en train de se dessiner sur l'écran ? J'avais presque oublié l'angoisse de se réveiller après quatre-vingts kilomètres de conduite presque assoupi, mon cerveau reptilien ayant pris le relais, et de me demander : *J'aurais pas loupé ma sortie ?*

Nous avons contourné Indianapolis, Saint-Louis, Kansas City, mais même en périphérie, les bâtiments s'élevaient à des hauteurs inutiles et la route métastasait, enflant en trois-voies, puis quatre, avant de se rétrécir de nouveau de l'autre côté lorsque les terres agricoles reprenaient leur défilé sans fin. Les gens mouraient partout, ils mouraient dans les cabanes isolées, dans les fermes, tout comme ils mouraient dans les immeubles de soixante-dix étages. L'après, dans les grandes villes : c'était la chose la plus glaçante à envisager. Que faisaient les gens après avoir surmonté le virus ? Que mangeaient-ils ? Comment survivaient-ils ? À Dobbs Ferry, je m'étais à moitié attendu à ce qu'on soit envahis par une vague de New-Yorkais affamés, venus à pied, et comme ils n'étaient pas arrivés, que notre petite ville était restée étrangement vide, j'avais espéré que ça voulait dire que les supermarchés, les épiceries et les restaurants de la Grosse Pomme suffisaient, mais redouté que cela indique plutôt un dénouement épouvantable pour les citadins.

Mieux valait éviter les centres. Sur l'Interstate, les choses étaient presque normales, à condition d'ignorer les voitures abandonnées ici et là sur le bas-côté, les animaux écrasés qui pourrissaient sur le bitume sans personne pour les retirer. Mon esprit pouvait vagabonder, passant en revue souvenirs et idées trop vite pour les suivre, tandis que Penelope, en silence, regardait par la fenêtre le paysage du Midwest qui défilait inlassablement. Je voyais Arnold dans le rétro, pointé vers le ciel, appuyé contre nos cartons de vivres. Je l'avais trimballé pendant des mois, déchargé, tel un accessoire inutile récupéré dans une pièce de théâtre horrifique sur l'apocalypse montée à l'école. Chaque fois que je quittais la maison pour Gérer les Ressources Existantes, Penelope disait : *Prends Arnold avec toi,* et je le faisais. Même avant que les téléphones soient coupés, les appels n'aboutissaient que rarement. Si un téléphone sonne au centre d'appel des urgences et qu'il n'y a personne pour l'entendre, émet-il seulement un son ?

Quand tout est parti à vau-l'eau, je me rappelle avoir pensé : *Je devrais me trouver une arme à feu,* un réflexe que je n'avais jamais eu de ma vie jusque-là. Je m'étais toujours félicité d'habiter dans l'État de New York, un État démocrate, avec des lois raisonnables sur la détention d'armes à feu. Personne ne portait de revolver à la ceinture au Stop & Shop, il n'y avait pas d'hommes blancs en gilet pare-balles, munis de fusils d'assaut en train de protester contre l'obligation de port du masque devant l'hôtel de ville. Mais cela voulait dire que, même dans un pays rempli d'armes, un pays comptant plus d'armes que d'habitants même *avant* que les gens meurent, je ne savais pas comment m'en procurer une.

Je n'aurais pas dû m'inquiéter pour ça. Le troisième jour de mes expéditions, je me suis introduit dans une maison vide, silencieuse comme une tombe, et j'ai trouvé Arnold, posé dans le coin du salon, près de la porte. Quelqu'un s'était préparé à défendre cette maison, avait tenu ce fusil sur ses genoux, avait écarté les rideaux pour guetter, sans savoir que l'ennemi véritable se trouvait déjà dans son corps, la Grippe du Requin, en incubation, prenant son temps, planifiant son invasion – en temps normal, j'aurais dit que c'était une bonne métaphore de l'inutilité des armes à feu en général. Elles symbolisaient peut-être la protection pour beaucoup de gens, mais les données étaient très claires : la personne qui avait le plus de chance de mourir sous vos balles, c'était vous, suivi de près par vos proches. Donc je refusais de me balader avec des munitions, et Arnold était juste une mascarade, un outil de dissuasion. Si pour sortir chercher une boîte de haricots, il fallait assassiner un être humain, autant se priver de dîner.

À présent, nous avions traversé la moitié du pays, et Arnold bourdonnait de potentialités, chaque projectile bourré d'énergie explosive, prêt à voler. Il avait changé, et moi aussi. Dans un film de zombies, j'avais toujours imaginé que je serais parmi les premiers à gicler, l'imbécile qui tenterait d'analyser les motivations des mangeurs de cerveaux et mourrait piétiné par la horde. Peut-être que c'était la manifestation de mon privilège de Blanc, ma conviction que même une femme en sang, avec son collier de perles, sa nuisette apparente sous sa jupe crayon de bon goût, les talons partis depuis longtemps et le visage à moitié arraché, courant comme une petite fille sur un terrain de jeux, affamée de cervelle, devrait s'arrêter et écouter ma voix, la voix de la raison ? Penelope aurait dit oui, en riant. Le problème n'était pas que j'étais psy – il y avait des psys qui s'étaient empressés de se faire chantres de l'usage de la torture après le 11 Septembre. Eux, ils auraient tenu, ils auraient mis la tête sous l'eau à ces zombies jusqu'à ce qu'ils crachent le morceau, déballent enfin le grand projet des morts-vivants pour la domination mondiale. *Mords-les. Mords les tous.* Non, mon problème, c'est que j'étais un enfant, tout comme le sont la plupart des hommes blancs d'âge adulte, intimement persuadés que le monde peut, et doit, se plier à leurs quatre volontés, et incapables d'en démordre. C'était ça, le sens d'une arme à feu, en définitive : l'illusion d'avoir la maîtrise du monde autour de nous.

Je me rappelais avoir montré, vert de rage, à Penelope un article que j'avais lu sur les inégalités en matière d'issue des soins hospitaliers pour les femmes noires. Elle avait secoué la tête avec un demi-sourire, parce que c'est touchant quand quelqu'un que vous aimez découvre sur le monde une vérité qui crève les yeux de tous les adultes. Comme quand Hannah avait été tellement fière de nous annoncer que le lapin de Pâques était en fait un homme en costume de lapin.

Penelope ne se faisait pas d'illusions sur le monde. Elle n'avait pas besoin de remonter beaucoup dans son arbre généalogique pour trouver un ancêtre qui n'avait pas fait de testament, pas seulement parce qu'il n'avait rien à léguer, mais parce que lui-même était un bien à léguer sur le testament de quelqu'un d'autre. Mes parents avaient grandi dans le climat racial explosif des années 1960, mais quand ils racontaient leur jeunesse, il n'était question que de bals du lycée et de matches de basket. Apparemment, pour eux, Martin Luther King Jr. et Malcolm X n'étaient ni de dangereux radicaux, ni des leaders héroïques : ils n'étaient rien du tout. Le fait d'être blanc était une drogue puissante, génératrice d'amnésie. Peut-être qu'un feu purificateur était nécessaire. Peut-être que la Grippe du Requin était un bien. Peut-être Dieu avait-il juste enfoncé le bouton *reset* avec son énorme pouce divin.

L'acceptation, c'est la clé de tout, me disais-je en conduisant. *L'acceptation radicale.* Là-dessus, la voix de Penelope a interrompu le fil de mes pensées sans crier gare. « Il y a deux sortes dc gens, après une apocalypse. Ceux qui gardent la même voiture, et ceux qui prennent la voiture dont ils ont toujours rêvé. »

Elle avait raison. Nous avions vu un Humvee, une Porsche, même une véritable voiture de course avec un million d'autocollants, mais aussi des Toyota Camry, une Ford Fiesta qui se traînait, un break avec un coffre de toit. Nous avons commencé un jeu, de même que, dans le monde oublié, nous aurions passé le temps, pendant notre road trip, en cherchant les plaques d'immatriculation des cinquante États, poussant des hourras quand nous en repérions une de l'Alaska ou d'Hawaï. Nous regardions l'intérieur des voitures que nous doublions, ou qui nous doublaient. Ça ne suffisait pas de voir le véhicule – après tout, les gens avaient peut-être cette Aston Martin avant l'épidémie –, il fallait scruter l'âme du conducteur ou de la conductrice qui vous rendait votre regard, l'air interrogateur, ou gardait les yeux résolument fixés sur la route. Était-ce le genre de personne qui s'en tenait à qui elle était, s'efforçant coûte que coûte de ne pas se laisser changer par les événements ? Ou était-ce un individu qui avait vu dans la catastrophe l'occasion de remettre les compteurs à zéro, de devenir quelqu'un d'autre ?

Ce n'était qu'un jeu, mais chaque fois que je jetais un coup d'œil dans le rétro, Arnold était là, tel un majeur dressé, pour me rappeler que parfois nos choix étaient plus rudes. Debout dans la cuisine, sur le carrelage chauffé par le soleil, à Dobbs Ferry, j'avais renoncé à mon activité professionnelle et à ma maison pour ma fille, comme si la vie avait décidé de me présenter un test : Qu'est-ce que tu aimes vraiment ? Aussi douloureuse soit la décision, je n'avais pas vraiment eu l'impression d'un choix. Nous partions, c'était clair. Mais est-ce que ça signifiait que je choisissais de tuer ? Était-ce la conséquence naturelle de ce voyage ? Je recommandais à mes clients de ne pas s'identifier avec le choix. Une femme prise au piège dans un mariage sans amour, abusif, a une aventure. Ensuite, sur le canapé de mon cabinet, elle regarde le plafond et se traite de femme adultère. *Vous avez fait un choix*, lui dis-je. *Il ne définit pas votre identité, il ne vous change pas fondamentalement. C'est un acte, pas une essence.* La psychologie elle-même était en train de changer. Vous n'étiez pas bipolaire, vous étiez une *personne vivant avec* un trouble bipolaire.

Mais tuer vous transformait en tueur. Pas moyen de revenir en arrière. Et si j'avais pu savoir ce qui se cachait au bout de cette route sur laquelle nous roulions, aurais-je quitté l'allée au départ ? Le visage de Jimmy, impuissant, en larmes, dansait devant moi, en train de me raconter la nuit fatidique encore et encore, de me décrire le poids de la gâchette contre le gras de son index, la façon dont l'homme était tombé, le silence dans la rue ensuite.

Nous nous sommes arrêtés pour nous soulager sur le bord de la route, échanger le volant, vider un bidon d'essence dans le réservoir. Il y avait encore de la nourriture à l'arrière, un lingot d'or dans la boîte à gants. Déjà, les herbes des bas-côtés profitaient à plein, s'élevant des fossés et bloquant la vue des champs qui s'étalaient si loin de chaque côté de l'autoroute qu'on voyait presque la courbure de la Terre au loin. Nous avons ralenti à un panneau travaux, même s'il n'y avait bien sûr pas d'ouvriers en vestes orange, juste des projets de réfection de la chaussée laissés en plan, l'asphalte irrégulier prêt pour recevoir une nouvelle couche de goudron qui ne viendrait jamais, les cônes dispersés par le vent, avec leurs couleurs délavées par le soleil et la pluie.

Nous nous serions arrêtés à cause de l'obscurité, pour dormir, mais conduire ne demandait aucun effort. Les kilomètres s'enfilaient sans qu'il y ait besoin de tourner le volant le moins du monde, et j'ai dit à Penelope que je me sentais de continuer. Elle m'a tenu compagnie tandis que le soleil éclaboussait le ciel de rouge et que la lune se levait, puis je ne l'ai pas réveillée quand ses yeux se sont fermés. En fait, c'était une de mes sensations préférées : conduire une voiture pendant qu'une personne que j'aime dormait à mes côtés, sous ma protection. La vie n'était presque jamais aussi simple.

Nous étions au milieu de l'ennui incommensurable du Kansas lorsque Penelope s'est réveillée en bâillant. Elle a regardé autour d'elle, et j'ai dit une chose que j'allais immédiatement regretter.

« Tu sais, si on continue à cette allure, on sera à Bishop dans deux jours. Il faut qu'on réfléchisse à ce qu'on va dire à Hannah. »

Je n'ai pas provoqué la suite. La vibration de ma voix dans la voiture n'avait rien de surnaturel, ce n'était pas une malédiction. Mes clients succombaient tout le temps à la pensée magique. Je leur disais toujours, avec un demi-sourire triste, juste assez pour atténuer la dure réalité : *Vous n'avez pas tant de pouvoir que ça.* Vous pensez qu'en souhaitant brièvement sa mort en travaillant sur une dissert à 2 heures du matin, vous avez provoqué la crise cardiaque fatale de votre prof d'anglais ? *Vous n'avez pas tant de pouvoir que ça.* Et si votre fausse couche était une punition pour votre ambivalence initiale lorsque vous êtes tombée enceinte ? *Vous n'avez pas tant de pouvoir que ça.* La plupart des choses, sur cette terre, se produisent sans raison valable, et certainement pas parce que vous avez traversé une bulle de noirceur dans votre monde intérieur.

Et pourtant, on aurait bien dit que je nous avais jeté un sort. Ma vigilance bercée par la journée de route sans encombre, je m'étais autorisé à imaginer que nos problèmes étaient derrière nous. Nous allions nous rendre en Californie en douceur, réunir notre famille. Tout se ferait le plus simplement du monde. Je n'étais même pas distrait, je ne regardais pas Penelope en parlant. Je m'intéressais au bitume qui, miraculeusement, ne cessait de se renouveler pour remplir le rayon de nos phares. Je me le suis répété plusieurs fois, mais le doute s'est insinué. Peut-être que j'avais tourné la tête, peut-être que mon pied avait été trop lent d'une demi-seconde sur la pédale de frein. Peut-être que c'était ma faute, à tous les niveaux.

J'ai dit que nous pouvions être à Bishop en deux jours, et avant qu'elle puisse répondre, un bruit s'est échappé de sa gorge, elle s'est agrippée au tableau de bord et j'ai enfoncé la pédale de frein au même moment, quand j'ai vu ce qu'elle avait vu, la lente vague de bétail qui se répandait sur la route. Les freins ABS ont couiné et comme le temps se déformait, se distendait, j'ai pu calculer la distance qui diminuait entre notre pare-chocs avant et la masse de pattes et de flancs qui traversait la route. J'ai pensé *Tout va bien, on va s'arrêter.* Mais j'avais tort. Le nez de la voiture s'est enfoncé tandis qu'elle tentait de stopper brusquement, et vainement, j'ai enfoncé encore plus le frein, mais une vache se trouvait juste devant ; son épaule a cédé lorsque le pare-chocs a fauché ses pattes de devant, et elle s'est écroulée comme une tour de blocs empilés par un enfant. L'animal est tombé sur le capot, les airbags se sont gonflés aussi sec, avec une odeur chimique rance ; j'ai senti un goût de sang dans ma bouche et la voiture s'est immobilisée.

Le monde s'est arrêté. Le sifflement suraigu qui m'emplissait les oreilles pouvait être réel, ou bien c'était un tour que me jouaient mes tympans, et tout semblait se produire avec un retard d'une demi-seconde. Quand j'ai tourné la tête vers Penelope, mon champ de vision a mis un moment avant de se stabiliser. Je disais « Ça va ? » mais je n'ai pas entendu sa réponse. Elle parlait aussi, elle me regardait, et c'était comme si je resurgissais à la surface après avoir nagé sous l'eau et je l'ai enfin entendue me demander aussi : « Ça va ? »

J'ai porté mes doigts à ma bouche et les ai ramenés pleins de sang.

« Oh non, disait Penelope. Mon Dieu. » Elle tremblait, on tremblait tous les deux. J'ai tenté de tendre une main vers elle, mais ma main est restée en l'air comme un oiseau mourant. J'ai fermé le poing, mais ça n'a pas aidé. Tout mon corps frissonnait violemment.

« C'est le choc, ai-je dit. On est en état de choc.

– Non, ta bouche !

– J'ai mordu quelque chose. Ma lèvre. » Une fois de plus, j'ai touché mon visage, et cette fois j'ai senti la chair à vif de l'intérieur de ma lèvre fendue, qui pissait le sang. J'ai ouvert la portière pour le laisser couler et cracher sur la chaussée. Penelope est sortie aussi. Nous tremblions tous les deux comme si la température avait chuté de quinze degrés. Et il faisait froid dehors sur la route sombre, dans le vent que je n'avais pas remarqué avant notre arrêt brutal.

La vache a glissé du capot et s'est immobilisée, même si ses yeux blancs roulaient toujours dans leurs orbites. Elle respirait encore, une respiration saccadée. Le phare gauche était pulvérisé, et le droit éclairait encore le troupeau qui s'étendait à perte de vue, et sans doute bien au-delà. Elles nous regardaient, nous et leur camarade tombée, avec indifférence, en ruminant doucement. La vache blessée a fait mine de se remettre debout, comme pour les rejoindre, mais ses quatre pattes étaient brisées, et elle est retombée par terre en meuglant de douleur.

« On devrait l'achever », ai-je dit.

Je n'avais jamais achevé d'animal de ma vie. C'était juste une phrase que j'avais entendue un million de fois, et que je disais à mon tour.

« Qu'est-ce qu'on va faire ? » a demandé Penelope.

Elle observait notre voiture, qui nous avait transportés pendant bien des années sans rien de plus grave qu'une courroie de transmission à remplacer, mais était désormais ratatinée sur elle-même comme une feuille de papier alu. J'ai regardé autour de nous, comme si la réponse se cachait au bord de la route ; un taxi, peut-être, ou un Uber. Il n'y avait rien que l'herbe haute, l'autoroute et l'interminable rivière de bétail. Lorsque la lune est ressortie de derrière un nuage, j'ai aperçu une vaste grange au loin, avec sur le côté des lettres peintes, délavées, qui disaient « FERME LEROY SOLIS ».

« Je ne sais pas, ai-je dit. Je crois qu'on... » J'ai regardé autour de nous de nouveau, mais il n'y avait rien que je n'aie déjà vu. « Je ne sais pas.

– Pourquoi tu t'es pas arrêté ? T'as pas vu les vaches ? »

La colère est montée en moi, un raz-de-marée que je n'avais pas vu venir.

« J'ai freiné de toutes mes forces ! Je pouvais rien faire !

– Alors on fait quoi maintenant ? Bill ! On fait quoi ? »

La vache respirait à présent à un rythme régulier, un long gémissement déchirant toutes les quelques secondes. J'ai regardé la voiture. Non seulement le capot était enfoncé dans le bloc-moteur, qui remontait sur les côtés comme s'il avait été cogné par un poing énorme, mais le pneu avant gauche s'était replié dans le châssis. Le liquide de refroidissement formait une flaque, mêlée d'un filet d'essence irisée.

J'ai haussé les épaules, impuissant.

« Je ne peux pas réfléchir, avec cette vache, a dit Penelope.

– OK. »

Je suis retourné à la voiture, où Arnold attendait sur le siège arrière. C'était surréaliste. Tout. Je m'apprêtais à abattre une vache, une chose dont j'aurais pu joyeusement m'abstenir toute ma vie, en comptant tout le temps sur une paire de mains anonymes, dans un abattoir lointain, pour faire le sale boulot à ma place. Si nous avions été de vrais survivalistes, nous aurions tenté de faire quelque chose de cette vache, de ne rien laisser se perdre, mais nous n'en étions pas du tout. Nous étions seulement des gens ordinaires, s'efforçant de rouler pour aller chercher leur fille et, de simple, tout était devenu totalement impossible en l'espace d'un couinement de pneus sur le bitume, putain.

Je visais, avec Arnold, essayant de choisir à quel endroit tirer – la tête, sans doute ? – quand Penelope a dit : « Tu veux que je le fasse ? » J'ai répliqué : « Bon Dieu, laisse-moi une seconde. » Et juste à ce moment-là, nous avons entendu le hurlement geignard d'un loup. Impossible à confondre.

Le bétail l'a entendu aussi. Le flot placide des vaches en train de traverser la route, qui semblait si oisif qu'il aurait pu s'interrompre à tout moment, s'est accéléré. Je sentais le sol vibrer sous leurs sabots. Elles ont fondu vers nous, et nous nous sommes rendu compte au même moment que nous risquions de nous faire piétiner. Nous avons bondi dans la voiture lorsqu'un nouveau hurlement a répondu au premier. Celui-là venait de l'autre côté. Le bétail s'est mis à courir dans tous les sens. Les vaches se rentraient dedans, prises de panique. Les beuglements de la bête que nous avions heurtée se perdaient dans le brouhaha du troupeau.

Le cri du loup peut se faire entendre sur des kilomètres, je crois que j'avais vu ça quelque part. En théorie, ils étaient peut-être encore loin. Mais au bout du faisceau des phares, dans un interstice entre les vaches, une silhouette est passée, tête baissée, puis une autre. Leurs yeux ont brièvement brillé dans la lueur.

Ma portière ne fermait pas complètement. J'ai essayé de la claquer, mais n'ai réussi qu'à la faire rebondir si fort qu'elle m'a échappé. La carrosserie s'était déformée sous l'impact, les gonds étaient complètement tordus. La portière voulait rester à moitié ouverte, et à présent le troupeau galopait maladroitement, les épaules des bêtes se gonflant en rythme tandis qu'elles se dispersaient pour échapper au loup qui a foncé dans le tas, crocs en avant, et puissamment mordu la vache blessée au cou, remuant la tête avant de détacher un morceau de chair sanglante. Un autre loup a surgi, puis encore un. La vache s'est tordue en leur donnant des coups de sabots. Ensuite ses gémissements ont cessé.

Les loups s'installaient. Le reste du troupeau avait disparu quelque part derrière nous dans la nuit, et nous étions dans la voiture. Je maintenais la portière fermée, le phare solitaire éclairait la scène comme un plateau de théâtre. Je l'aurais bien éteint, mais ça aurait été pire d'entendre ce qui se passait et d'imaginer.

Parmi eux, il y avait une créature qui n'était pas un loup.

« Putain, c'est quoi, ce truc ? » ai-je dit. Penelope s'est contentée de secouer la tête.

Un corps miteux, tacheté, les oreilles aussi grosses que la tête. Il y en avait deux à présent. Ils ne faisaient pas partie de la meute de loups, mais ils étaient tolérés. Le cadavre de la vache, déchiré et fumant dans le froid, suffisait pour tout le monde.

Nous sommes restés à fixer les animaux dans le silence de la voiture, les airbags dégonflés sur nos genoux comme des préservatifs géants, vides, l'odeur des liquides fuyant du moteur le disputant avec la puanteur de la carcasse peu à peu déchiquetée. Nous n'avons rien dit. Je n'avais pas remarqué le froid quand nous roulions, ni quand nous étions sortis, tremblants, sur la route, mais à présent, un vent glacial semblait s'engouffrer à travers les parois de la voiture, et quand nous avons cessé de grelotter à cause du choc, nous avons continué rien que pour nous réchauffer. Nous avons observé le carnage jusqu'à ce que le circuit électrique de la voiture finisse par rendre l'âme, et que le phare s'éteigne brusquement. Mais la lune était encore haute, et nos yeux se sont habitués.

Ma montre disait qu'il était 2 heures du matin quand un rugissement de prédateur s'est élevé au loin, un son qui m'a immédiatement ramené à nos visites au zoo avec Hannah. La plupart du temps, les lions se prélassaient, inertes, au soleil ou à l'ombre, selon la saison, mais une fois de temps en temps, on les voyait tourner en rond dans leur enclos entouré d'une douve profonde et pousser ce même rugissement qui résonnait du pré aux bisons à l'antre des gorilles, et au-delà, sans doute, dans tout le Bronx.

Un nouveau rugissement a retenti, et les loups ont tendu l'oreille. Au suivant, ils ont filé dans la nuit, abandonnant la carcasse à trois mètres de notre voiture.

« Qu'est-ce que c'est que ça ? » a demandé Penelope.

Le soulagement m'a inondé et je me suis tourné vers elle.

« Putain, c'est génial. »

Elle m'a regardé, interloquée.

« Leroy Solis. Il a trouvé le moyen de protéger ses vaches.

– Qui ça ?

– C'est le nom sur la grange ! Le type qui possède la ferme, Leroy Solis. Il diffuse un enregistrement de rugissement de lions, et ça disperse les loups.

– Ça avait l'air super réel.

– Justement ! Mais tu sais ce que ça signifie. Il y a quelqu'un. Quand il va venir chercher la vache, il va nous trouver. On va avoir de l'aide. »

J'ai senti que je m'accrochais à cette idée, j'avais besoin qu'elle soit vraie. Les lions étaient une illusion, une illusion intentionnelle. C'était juste un tour de passe-passe. Je voyais presque le pick-up qu'il conduirait, le vieux Leroy Solis, je voyais sa barbe, sa casquette de base-ball délavée à l'avant, avec un filet en plastique à l'arrière. J'entendais sa voix, son accent du Kansas, même si je ne savais pas trop comment c'était, l'accent du Kansas. Nous allions monter à l'arrière de son pick-up, nous allions entasser nos affaires dedans. À sa ferme délabrée mais encore accueillante, un repas chaud nous attendrait. Les steaks qu'il protégeait, peut-être. Et bien sûr, il connaîtrait un concessionnaire automobile, et nous n'aurions qu'à en choisir une, briser la vitre de la boutique, et récupérer la clé. Et nous repartirions pour la Californie, et cet accident ne serait plus qu'une anecdote que nous nous raconterions en roulant.

Il y a eu un autre rugissement, plus près, et nous avons vu du mouvement au loin. Son pick-up ? Il avait peut-être un haut-parleur à l'arrière.

Puis deux lions sont apparus, avançant à pas lents, énormes et silencieux. L'un avait une formidable crinière emmêlée, l'autre non. Ils avaient tous deux des faces impassibles, très larges. Des lions. Les loups m'avaient surpris par leur taille, mais ces lions étaient incroyablement gros. Penelope n'a rien dit, elle les regardait fixement. Nous sommes restés figés, comme si nous pouvions nous cacher, mais de toute façon, les lions s'en moquaient. Ils se sont approchés et penchés sur la carcasse, couvrant leur museau noir de sang au clair de lune.

8

Je n'ai pas fermé l'œil de cette longue nuit. J'ai contemplé les lions qui mangeaient, puis quand il s'est mis à faire trop sombre, je les ai écoutés. Le vent sifflait sur les champs interminables, vides, et même avec mon sac de couchage tiré sur moi, je ne parvenais pas à me réchauffer. J'avais des crampes à la main à force de maintenir la portière fermée, mais j'ai fini par prendre une chemise à l'arrière et me servir de la manche pour attacher la poignée au volant. J'avais mal aux yeux, comme si je les avais récurés à la pierre ponce, nettoyés assez pour voir le monde tel qu'il était vraiment : sanglant, brutal, sans pitié. Je prenais conscience que nous nous étions raconté des histoires. Un road trip. Comme si nous allions chercher Hannah à l'école. Et pourquoi pas prendre un cornet de glace en rentrant, pendant qu'on y était ?

Les étoiles ont disparu et le temps s'est couvert. Je n'ai pas vu les lions repartir dans la nuit. Quand la lune a finalement repoussé les nuages, ils s'étaient éloignés, repus. Les oiseaux les avaient remplacés. Des buses voûtées, aux ailes larges, et des corbeaux qui sautillaient, les yeux luisants. Penelope les observait-elle aussi ? Je ne savais pas ce qu'elle regardait, si elle regardait quoi que ce soit. Le silence dans la voiture n'était pas une pause entre deux discussions. C'était le même silence dans lequel elle avait sombré au cours de l'hiver.

Je ne parvenais pas à éteindre mon cerveau. Des scènes anciennes ne cessaient de me tourmenter. A Tribe Called Quest dans le haut-parleur de la cuisine pendant que les oignons caramélisaient dans la poêle et que je retournais les côtes de porc. Les pieds nus d'Hannah sur ceux de Penelope tandis qu'elles dansaient. Plus tard, une partie d'Uno devant la cheminée, à découvert, les cartes sur le tapis, visibles de tous. Hannah jouait un joker, son visage s'animait et elle commençait à penser à quelle couleur choisir ensuite. Elle était sur le point d'entrer à la maternelle, une grande fille qui allait à la vraie école, et quand Penelope et moi la déposions, le matin, nous savions que nous devions apprécier ces moments, qu'elle grandissait, cette petite fille qui semblait déjà savoir ce qu'elle voulait, qui défaisait elle-même sa ceinture de sécurité et courait retrouver ses camarades qui se cramponnaient encore à la main de leurs parents.

Si j'avais pu partager ça avec Penelope, ça aurait été mieux. J'aurais pu dire : *Tu te rappelles quand on jouait aux cartes avec Hannah devant le feu*, mais à présent, je me rappelais comment les choses pouvaient s'envenimer, entre *moi* qui voulais rappeler à Hannah de dire « Uno » quand il ne lui restait plus qu'une carte, et *Penelope*, qui lui faisait tirer ses quatre cartes de pénalité car c'était la seule façon qu'elle apprenne. Pourquoi fallait-il que tout soit une leçon ? Pourquoi ne pouvions-nous pas profiter d'une soirée ensemble ? Mon cerveau était brisé, durci, plein d'ornières, et il se bloquait sur tout ce qu'il ne fallait pas, et ne parvenait pas à lâcher.

Penelope était blottie dans son sac de couchage à quelques dizaines de centimètres de moi, mais elle aurait pu se trouver à des kilomètres. Je voulais que tout ça soit un rêve que j'aurais pu lui raconter au petit déjeuner – *On conduisait, on devait aller en*

Californie pour arracher Hannah aux griffes d'une secte, mais on rentrait dans une vache qui bousillait la voiture, puis des loups se mettaient à hurler, et après il y avait des lions... Là, elle m'interromprait en riant : *et ensuite un* Tyrannosaurus rex. Et je secouerais la tête : *Non, juste des lions, et le pire, c'était que ma portière ne se fermait pas tout à fait...*

Mais pour rêver, il aurait fallu dormir. Quand la lune est finalement repassée sous l'horizon, l'obscurité s'est encore attardée une heure avant que l'aube se mette à faire de la peinture aux doigts à l'horizon. Nous étions échoués ensemble au milieu du Kansas, un État qui jusque-là avait dans mon esprit une existence purement théorique, comme Tombouctou ou le lac Titicaca. Je savais qu'il existait, mais je n'y étais jamais allé, n'irais jamais. À présent, je pouvais mourir au Kansas, déchiqueté par un lion, une phrase aussi absurde qu'elle était devenue, subitement, plausible. Le désir de dire quelque chose à Penelope était presque aussi fort que le désir de l'entendre parler, mais plus le mutisme s'installait, moins je savais quoi dire. Le silence entre nous avait un poids, palpable, que nous portions tous deux, et plus longtemps nous le gardions, plus il était difficile de s'en débarrasser. Puis lorsque le soleil s'est dégagé des champs derrière nous et que la lumière, de rose, s'est faite d'un blanc dur, comme si on allumait une ampoule, Penelope a enfin dit quelque chose, regardant dehors les mouches qui bourdonnaient, comme ivres, au-dessus de la vache écorchée. Les yeux droit devant elle, elle a dit : *Pourquoi tu t'es pas arrêté ?* d'un ton aussi plat que le Kansas, et il est monté en moi une colère incandescente. Un millier de choses se sont bousculées dans ma bouche et je n'ai rien répondu. J'ai juste arraché sauvagement la chemise nouée qui retenait ma portière et je suis sorti, frénétique, soudain indifférent aux lions.

« Tu vas où ? »

Je n'ai pas répondu. Je me suis juste dirigé vers la seule chose visible à part la vache morte et les champs peuplés de bétail – la grange. Les lions étaient partis, comme s'ils n'avaient jamais existé, comme s'ils n'avaient été qu'une manifestation de la fureur, de la faim et de l'épuisement. Peut-être attendaient-ils de bondir, tapis dans les hautes herbes, peut-être n'étaient-ils qu'une hallucination collective. En réalité, ils dormaient sans doute à l'ombre d'une pancarte quelque part. Penelope m'a appelé. « Bill ! *Bill !* » J'ai continué d'avancer sans me retourner.

Plus j'approchais de la grange, plus elle révélait son état de délabrement : toit rouillé, trous dans les murs. Il n'y avait pas de charme rustique, ce n'était pas une grange montée par des Amish, qui tenait grâce à des queues-d'aronde et beaucoup d'amour. Le bâtiment ressemblait à un hangar à avions – des tôles fixées à des poutres en métal, le tout sur d'énormes blocs de béton. Et elle était vide, une caverne qui contenait autrefois les vaches, épaule contre épaule, engraissées au grain avant l'abattage. J'ai parcouru le local, en quête de quelque chose. Peut-être Leroy Solis était-il venu avec son pick-up pour mourir parmi son bétail. Peut-être allais-je trouver le véhicule. Peut-être avait-il eu la prévenance de laisser les clés sur le siège avant.

Il n'y avait pas de pick-up. Il y avait des bouses de vache desséchées. Il y avait de grosses mouches noires qui traçaient des cercles paresseux autour de moi. Des auges vides. Un râteau. Une odeur pestilentielle. Je me suis pincé le nez en avançant vers la porte du fond et la lumière. À l'autre bout de la grange, j'ai trouvé un vieux tracteur, les roues arrière aussi hautes que mon épaule, un siège en métal perforé comme un panneau routier sur lequel on se serait exercé au tir. Je suis monté. Il n'y avait pas de boîte à gants, pas de visière, pas de cachette pour les clés, mais ce n'était pas nécessaire. La clé était sur le contact. Ça ne signifiait pas que ça allait marcher. Le tracteur pouvait être échoué là depuis des mois, des années. Sans doute Leroy Solis possédait-il un tracteur moderne quelque part, un beau, avec un habitacle fermé, la clim et un siège chauffant.

Ou peut-être que ça allait le faire. Un déclic et le moteur a démarré, et de la fumée noire a jailli du pot d'échappement en hauteur. J'aurais pu éprouver une vague de gratitude, pousser intérieurement un hosanna pour le monde qui offrait ce cadeau quand tout semblait perdu. Mais non. J'ai juste passé une vitesse. Penelope était sortie de la voiture quand je suis arrivé, Bill le fermier, avançant en cahotant sur le sol plein d'ornières vers la route. Une embardée en traversant le fossé, et je me suis retrouvé sur le bitume plat, presque à son niveau.

« Qu'est-ce que c'est que ça ? a-t-elle demandé.

– C'est le mieux que j'ai pu faire, voilà ce que c'est. »

J'avais une migraine terrible. Je ne m'en étais pas aperçu avant que le moteur ralentisse, quand je me suis mis au point mort – je ne voulais pas l'éteindre de peur qu'il ne redémarre pas –, mais la vibration qui secouait le siège en métal dur et le bruit assourdissant qui sortait avec la fumée avaient retourné mon manque de sommeil contre moi, comme une arme. J'avais faim, j'avais soif, j'étais épuisé, et à présent un cerceau métallique se resserrait autour de mon crâne, millimètre par millimètre.

« Il n'y a de la place que pour une personne, a-t-elle commenté.

– Je vais aller chercher une voiture, et je reviendrai.

– Tu veux que j'y aille ? » À ce moment-là, j'aurais pu simplement accepter sa proposition, rester à la voiture, dormir un peu, manger et boire quelque chose. Ça aurait peut-être changé les choses, d'accepter son aide, peut-être même que ça aurait adouci le trajet à venir. Mais au lieu d'une offre d'aide, je l'ai entendue dire *Je m'y prendrai mieux que toi*, et j'ai rétorqué « Je m'en charge », sur un ton qui l'a poussée à répondre « OK, OK » en levant les mains, et ce n'est que quand je me suis retrouvé sur l'autoroute, hors de vue, le grondement brutal des pneus sur la bande d'arrêt d'urgence enfonçant davantage la douleur dans ma cervelle, que je me suis rendu compte que je n'avais même pas emporté d'eau ou de nourriture, encore moins de café, et qu'il y avait une autre raison à ma migraine – le manque de caféine.

J'aurais pu revenir en arrière. Nous aurions pu partager un repas, respirer un peu, nous retrouver. Au lieu de ça, j'ai enfoncé la pédale d'accélérateur, jusqu'à faire peiner le moteur. La route était si plate, si droite, que j'ai eu l'impression que je pouvais rouler éternellement et toujours voir Penelope en me retournant, mais il ne m'a pas fallu longtemps pour me retrouver seul, et ensuite, un panneau routier est apparu au loin. J'ai plissé les yeux pour le lire. Mes dents s'entrechoquaient et je tremblais si fort, avec les vibrations du moteur, que j'aurais eu du mal à distinguer les lettres si je les avais eues dans la main, mais une fois à proximité, j'ai vu qu'elles disaient : « ROLLING HILLS ZOO ». Le mystère des lions était résolu. Qui savait quelles autres espèces se promenaient dans la prairie – rhinocéros, zèbre, girafe ? Plus important, les animaux s'étaient-ils échappés tout seuls, ou y avait-il quelqu'un, quelqu'un qui puisse nous aider ?

La sortie s'appelait Hedville Road, numéro 244, une longue pente vers la bretelle, à moins que ce soit l'autoroute qui monte. Impossible à dire.

La voie du dessous avait un dégagement de cinq mètres, donc même si je me sentais haut juché sur le tracteur, la route était bien au-dessus de ma tête. De l'autre côté, les restes d'une station essence Fleming ressemblaient à la cage thoracique de la carcasse à côté de notre voiture – quelqu'un avait incendié la boutique, et les pompes à essence inutiles jaillissaient du parking bétonné, l'auvent au-dessus à moitié effondré. J'ai continué à rouler, dépassant un panneau décati bien avant la Grippe du Requin. Au milieu d'un bosquet, sur la droite, une maison à revêtement en vinyle, de plain-pied, était visible. J'ai emprunté l'allée, mais pas de voiture en vue. La maison était plongée dans la pénombre, déserte, des roues de charrette à côté de la boîte aux lettres, une coquetterie installée par quelqu'un qui était parti ou mort depuis longtemps.

Le premier carrefour que j'ai vu était d'une belle simplicité – tout était à angle droit, une grille sur les champs en friche. Je suis passé devant l'entrée d'une autre maison, tout aussi défraîchie. Même s'il y avait une voiture, que comptais-je faire ? J'avais vu des gens démarrer des véhicules avec les fils, au cinéma – on voyait toujours deux fils pendouiller commodément sous le volant. Aussitôt qu'on les faisait se toucher, le moteur démarrait comme une fleur. Sauf que les vraies voitures ne semblaient pas fonctionner comme ça. J'étais un imbécile. Quand la catastrophe avait démarré en Islande, j'avais perdu tout mon temps à lire en ligne de longs éditos sur le système médical, au lieu de chercher à acquérir des compétences pour la survie dans le nouveau monde. J'aurais dû apprendre à crocheter la serrure d'une voiture. À trouver de l'eau potable. À me battre contre un lion.

Brusquement, les arbres se sont mis à border la route, avec des interstices par lesquels on voyait les pâturages au loin. Sans quoi c'était juste deux voies d'asphalte craquelé, des lignes électriques qui pendouillaient sur les côtés, suspendues à des poteaux en bois. Que faisait Penelope à la voiture ? Prenait-elle un petit déjeuner ? Qu'est-ce qui nous restait, d'ailleurs, à l'arrière ? Un drôle d'assortiment. Quelques courgettes. Peut-être une poignée de barres de granola. Un paquet de pâtes sèches. On avait encore de l'eau, mais plus beaucoup, pareil pour l'essence. Même si je n'avais pas heurté la vache, il aurait fallu qu'on en trouve rapidement. Mon fantasme de la Californie au prochain tournant avait disparu comme le mirage qu'il était. Autant tenter d'atteindre Narnia.

Un chemin de terre partait sur la gauche, signalé seulement par un panneau « DÉFENSE D'ENTRER » et une boîte aux lettres en fer enfoncée à coups de batte de base-ball. Juste après ça, Hedville est apparue. Des voies de chemin de fer qui croisaient la route, un petit cimetière avec une demi-douzaine de pierres tombales. Un bouquet de fleurs fraîches en ornait une. C'était le premier signe de vie récent que je voyais. Sur le bord de la route, Hedville Grain & Feed, une large grange rouge, des silos massifs, et un élévateur à grains, à côté des voies.

J'ai tourné dans la ville. Il y avait une seule route. En terre. Elle donnait sur une petite place qui m'a ramené au même carrefour d'où j'étais parti au bout de seulement dix minutes à circuler au pas. Le tracteur devait être bientôt à court d'essence, et tout ce que j'avais trouvé, c'était des habitations visiblement désertes. Des caravanes, des pavillons en parpaings, tous dotés de réservoirs de propane dans la cour, semblables à de petits sous-marins argentés. Les voitures devant avaient l'air d'épaves, parfois surélevées sur des blocs de pierre. Il y avait des Cadillac anciennes, des pick-up rouillés. Une El Camino avec un autocollant du drapeau confédéré à l'arrière.

Qu'avais-je espéré ? Un miracle, apparemment. La réalité était la suivante ; je pouvais aller de voiture en voiture, tenter de forcer les portières, voir s'il y avait les clés, de l'essence, une batterie avec encore un minimum de charge, mais je connaissais la réponse. La ville était désertée, abandonnée aux loups et aux lions.

Le moteur du tracteur a toussoté, crachoté, tentant de rester en vie, mais j'ai su tout de suite que le réservoir était vide. Puis le moteur s'est coupé. J'étais seul dans la ville silencieuse.

Le soleil me fixait, son éclat mauvais me faisant exploser le crâne. Un écureuil a traversé la rue paresseusement, avançant par petits bonds suivis de longues pauses. Nous nous sommes regardés un moment et c'est moi qui ai gagné au concours de qui baissera les yeux le dernier, même si l'écureuil n'a abandonné que parce qu'il avait mieux à faire. J'avais deux options. La première, c'était de descendre du tracteur et de refaire le chemin à pied en sens inverse. L'autre, c'était de descendre du tracteur et de tenter de trouver un raccourci, une diagonale, marcher à travers champs jusqu'à ce que je retrouve la route, puis, si je n'avais pas visé parfaitement, tenter de deviner de quel côté se trouvait ma femme. Les deux paraissaient impossibles.

Il restait une troisième option. Je ne savais peut-être pas comment démarrer une voiture avec les fils, mais je savais entrer par effraction dans une maison en quête de nourriture et d'eau, et peut-être (de grâce !) d'Advil.

L'herbe avait envahi le sentier menant à la première maison, une structure en brique basse, avec les lambeaux d'un drapeau américain et un paillasson « ESSUYEZ VOS PAPATTES ». Mon pantalon était trempé de rosée quand je me suis penché pour regarder par la fenêtre. Rien. L'obscurité. De vagues formes de meubles. J'ai brisé la petite vitre de la porte avec une brique mal scellée du perron. Quand je suis entré, une odeur écœurante m'a submergé, et quand mes yeux se sont habitués à la pénombre, j'ai vu des taches de moisissure noires sur le mur, tels des continents sur une carte. Un pas de plus et ma chaussure s'est enfoncée dans quelque chose de mou. En baissant les yeux, je me suis aperçu que le sol était couvert de merdes de chien et les jurons que j'ai poussés ont fait s'envoler un nuage de mouches d'un tas de fourrure et d'os à l'autre bout de la pièce : le chien.

Je suis ressorti comme un bolide, j'ai descendu les marches en brique du perron et j'ai couru jusqu'à la pelouse envahie de hautes herbes. Après la semi-obscurité, je clignais des yeux dans la lueur dure de midi, et il m'a fallu un long moment, tandis que je frottais ma chaussure dans l'herbe, pour m'apercevoir qu'il y avait une silhouette adossée au tracteur, qui me regardait.

J'aurais dû prendre Arnold. C'est la première pensée qui m'est venue.

J'ai placé mes mains au-dessus de ma tête, paumes ouvertes.

C'était une femme, sans armes. Elle avait la tête inclinée, les bras croisés sur la poitrine.

« Joli tracteur.

– Oh. Il n'est pas vraiment à moi.

– Je sais. »

J'ai fait encore quelques pas hésitants avant de distinguer son visage. Elle était bronzée, ce qui faisait ressortir ses taches de rousseur, et ses cheveux étaient attachés en une queue-de-cheval sommaire. Au départ, j'ai cru qu'elle portait une jupe longue, mais c'était un pantalon tie and dye bouffant, avec l'entrejambe juste au-dessus des chevilles. Entre la ceinture du pantalon et le bas de sa tunique sans manches, j'ai aperçu sa peau blanche comme le ventre d'un poisson.

« Il était à mon grand-père.

– Leroy Solis.

– C'est ça. »

Elle m'a regardé d'un air perplexe.

« Son nom est peint sur la grange.

– Ah, oui. »

Nous nous sommes dévisagés un long moment avant qu'elle secoue la tête.

« Désolée, ça fait tellement longtemps que je n'ai vu personne, j'ai oublié toutes mes manières. » Elle a ri, puis placé sa main sur sa poitrine. « Je m'appelle Cindy.

– Bill.

– Je vous fais la bise, si ça ne vous dérange pas. »

Je n'ai rien dit.

« Je l'ai eu », a-t-elle dit. Puis elle s'est avancée, a placé les mains sur mes épaules, les a laissées là un moment, puis les a glissées dans mon dos et m'a attiré contre elle. J'ai senti le soleil sur sa peau. Elle ne s'est pas vraiment pressée contre mon corps mais elle ne s'est pas retenue non plus, et finalement, j'ai levé les bras à mon tour et l'ai serrée contre moi. Nous sommes restés ainsi un moment dans la chaleur, des cheveux échappés de sa queue-de-cheval collant à la sueur sur ma joue.

« Bienvenue à Hedville, a-t-elle dit en se reculant. Deux habitants, vous inclus.

– Vous êtes toute seule.

– J'ai les animaux. Mais oui, je suis seule.

– Il y avait des lions. La nuit dernière. »

Son visage s'est illuminé.

« Vous avez rencontré Alistair et Lucy !

– Je me suis demandé si ce n'était pas une hallucination.

– Il ne reste plus personne au zoo. J'ai dû libérer presque tous les animaux.

– Et s'ils blessent quelqu'un ? »

Elle a fait un signe dédaigneux.

« Ils sont tout doux. Venez, ça cogne, allons nous mettre à l'abri du soleil. »

Le soleil. Penelope était en plein soleil, sur la route, dans la voiture pulvérisée, à côté de la carcasse déchiquetée d'une vache.

« Ma femme.

– Quoi ?

– Elle est sur l'autoroute. On a eu un accident.

– Elle n'a rien de cassé ?

– Non, mais elle attend. Il faut que je retourne la chercher. »

Cindy m'a examiné attentivement, les yeux plissés. D'un de ses pouces, elle a essuyé quelque chose sur mon front, comme si c'était ma mère. Elle avait quoi, trente ans ? À part les taches de rousseur, elle avait le visage lisse. Nous étions au Kansas, mais c'était le portrait craché des filles blanches du Massachusetts avec qui je sortais avant de rencontrer Penelope.

« Vous savez à quoi vous ressemblez ? » a-t-elle demandé.

Je ne savais pas quoi répondre.

« On va aller chercher votre femme. Mais d'abord, il faut que vous mangiez quelque chose. Que vous retiriez la crotte de chien de vos chaussures. Que vous vous nettoyiez un peu.

– Je ne sais pas.

– Elle est à côté de la grange ?

– Oui.

– Elle tiendra bien encore une heure. »

Je pouvais à peine réfléchir, ma tête était dans un étau.

« Vous avez de l'Advil ?

– Oui. »

J'aurais pu fondre en larmes.

« OK. »

Si la fin du monde m'avait appris une chose, c'était à identifier une maison vide, un foyer qui avait cessé de respirer. En avançant dans Hedville juché sur mon tracteur, l'esprit en vrac, j'avais eu l'impression que toutes les maisons étaient identiques : abandonnées, désolées. Nous avons tourné et je me suis demandé comment j'avais pu me tromper à ce point-là. Elle a détalé jusqu'à une maison qui semblait tellement vivante que j'aurais juré que quelqu'un l'attendait à l'intérieur. Elle s'est retournée et m'a souri.

« Bienvenue. »

Quand elle a ouvert la porte, un singe est sorti d'un bond.

Il était marron, avec un petit visage blanc et de longs bras, et il a encore davantage écarquillé les yeux en me voyant. Quand il a hurlé, ses incisives couleur perle avaient l'air capables de briser une boule de billard. J'ai reculé d'un pas.

« Rafiki ! » Elle s'est tournée vers moi. « Il est très gentil, en réalité. » Elle a tendu le bras, et le singe a pris son poignet et s'est hissé sur son épaule. « T'es un bon petit gars ? Mais oui. »

Il s'est redressé, s'accrochant au sommet de sa tête pour se maintenir en équilibre, puis s'est désintéressé de moi et a sauté par terre et détalé dans la pelouse.

« Il reviendra », m'a-t-elle rassuré, comme si je m'étais inquiété.

Elle est entrée, et j'étais sur le point de la suivre quand elle a montré mes pieds du doigt.

« Désolée, vos chaussures ? »

Je les ai laissées sur le perron. L'herbe mouillée n'avait fait qu'étaler la merde de chien sur toute la semelle en caoutchouc.

La maison était propre, aucun signe de cohabitation avec un singe. Dans le salon, contre le mur du fond, étaient empilés de hauts tas de boîtes en plastique, toutes pleines de nourriture, et j'ai reconnu le travail d'une pilleuse dans mon genre. Elle était entrée dans toutes les maisons de la petite ville, et avait récupéré tout ce qui restait. Ce qui aboutissait à une alimentation étonnante : le voisin qui faisait des stocks de crackers goût bacon vous condamnait à ce régime pendant une semaine, mais l'abondance était indéniable. Par les fenêtres donnant à l'arrière, j'ai vu un potager, et, dans une large zone clôturée, les corps paresseux de cochons étendus dans le soleil boueux, leurs queues et leurs oreilles agitées de soubresauts à cause des mouches. Des poules gambadaient entre eux.

« Et si vous alliez vous laver ? La salle de bains est au bout du couloir. Et c'est de la bonne eau de pluie, au fait. Il me suffit de la faire couler dans une citerne en haut de la colline avec une pompe à main. Plus tard, j'installerai un moulin à vent, mais pour l'instant... » Elle a bandé son biceps et ri. « Vous avez soif ? »

Elle s'est rendue à la cuisine et en est ressortie avec un verre d'eau, de la condensation perlant déjà sur la paroi. Je l'ai englouti en une gorgée. Elle a ri.

« Je vais vous en chercher un autre. »

Une vision monstrueuse m'attendait dans le miroir au-dessus du lavabo de la salle de bains – du sang séché mêlé de terre crottait ma barbe de trois jours, j'avais la lèvre enflée et, dans les creux profonds sous mes sourcils, les yeux injectés de sang. J'ai étouffé un petit cri. J'entendais Cindy remuer des ustensiles dans la cuisine, des bruits domestiques si familiers qu'ils m'ont donné envie de pleurer. Même si j'étais tenté de me passer de l'eau sur le visage et d'en rester là, entrer dans une véritable salle de bains a envoyé un signal à mon corps et j'ai tout juste eu le temps d'ouvrir la fenêtre avant de me laisser tomber sur les toilettes. Il y avait du papier, Dieu merci. Je n'ai pas vérifié avant, j'ai juste eu un instant de panique avant de trouver le rouleau posé derrière moi sur la cuve.

Je me suis lavé les mains, la figure, puis j'ai recommencé, et quand je suis ressorti, fermant la porte en vitesse derrière moi, elle avait disposé sur la table de la salle à manger de la manne tombée du ciel : un autre grand verre d'eau, un mug de café, à première vue, une assiette de mini muffins et trois Advil alignés comme des perles.

C'était du thé, pas du café, mais c'était chaud et, en principe, plein de caféine. Je me suis brûlé la langue, puis j'ai encore vidé un verre d'eau d'un trait, avant de revenir au thé comme si j'avais oublié la température. Elle a rempli le verre pendant que j'attaquais un muffin et prenais l'Advil dans ma main, et engloutissais le tout.

Elle pleurait. J'ai suspendu mon geste, le mug à la main.

« Je suis désolée. C'est juste tellement bon, d'avoir quelqu'un à la maison. C'est dans l'ordre des choses. J'ai un lien fort avec les animaux, franchement c'est vrai, mais...

– Ce n'est pas assez.

– Ce n'est pas assez ! C'est exactement ça ! » On aurait dit que je venais de lui révéler le sens de la vie. Elle m'a pris la main et l'a pressée. « Pourquoi vous êtes sur la route ?

– On va chercher notre fille. »

J'ai dit ça comme si elle était à son entraînement de foot.

« Votre fille est vivante aussi ? »

J'ai acquiescé.

« Où est-elle ?

– En Californie.

– Prenez votre temps ! »

J'ai d'abord cru qu'elle parlait de notre trajet vers l'ouest, mais je me suis rendu compte que je n'attendais pas d'avoir avalé avant de reprendre une bouchée de muffin.

« On a le temps », a-t-elle dit.

Elle a de nouveau posé sa main sur la mienne.

« Ma femme.

– Vous avez le temps de *mastiquer.* »

Elle a ri, et des fossettes sont apparues sur ses joues couvertes de taches de rousseur.

« Je suis désolé », ai-je dit. Je me suis levé. « Il faut que j'aille chercher ma femme. »

Elle m'a regardé puis s'est levée à son tour.

« OK. Suivez-moi. »

J'ai pris le thé, et elle m'a jeté un regard interrogateur.

« Je pensais l'emporter. »

Elle a haussé les épaules et ouvert la porte du garage.

Il était vide. Je l'ai regardée. Elle est allée au fond et a posé la main sur un vieux vélo à dix vitesses avec une remorque, pour un enfant peut-être. Elle a souri.

« Vous voulez toujours apporter votre thé ?

– Je croyais que vous aviez une voiture. »

J'ai dit ça comme si prononcer ces mots pouvait leur donner une réalité.

Elle a secoué la tête.

« Plus d'essence. »

Il n'y avait rien à dire. Quand j'ai glissé mes pieds dans les petites boucles qui les maintiendraient contre les pédales, elle a posé une main sur mon avant-bras.

« Vous devez revenir. Quoi qu'il arrive.

– Promis.

– Je me sers du vélo pour aller au zoo nourrir les animaux.

– Je croyais que vous les aviez libérés.

– Pas tous.

– OK. »

On aurait dit qu'elle voulait ajouter quelque chose, et j'ai attendu un moment, mais elle s'est contentée de me serrer contre elle encore une fois.

La selle ne cessait de redescendre à hauteur de Cindy. Je moulinais des genoux comme un personnage de dessin animé. La remorque derrière moi rebondissait sur le bitume irrégulier, me tirant en arrière de temps à autre, si bien qu'à aucun moment je n'ai glissé en douceur comme quand je faisais du vélo, petit. Là, c'était un boulot, et je m'empêchais délibérément de penser à ce qui allait se produire quand j'arriverais à la voiture. L'idée de trimballer Penelope sur le guidon ou dans la remorque me semblait parfaitement absurde.

Après la station Fleming délabrée, je suis passé sous l'autoroute, ai remonté la bretelle, puis continué de rouler sur le bas-côté. Une voiture m'a dépassé si vite que le vélo a vacillé dans le courant d'air. On voyait les vaches dans un pré un peu plus loin, tels des cailloux jetés dans l'herbe. Finalement, j'ai grimpé une petite côte et aperçu la grange, au loin, et en m'approchant, j'ai vu la voiture, et encore plus près, Penelope, assise sur le bas-côté, le Camping-Gaz posé près d'elle. Elle mangeait.

Elle m'a aperçu. J'étais assez près pour voir son visage se décomposer, la voir secouer la tête. Et si j'avais eu la possibilité de désamorcer la situation par un rire, en me servant du ridicule de partir avec un tracteur pour revenir avec un vélo dix vitesses pour nous rapprocher, elle s'est évanouie d'un coup. Je me suis arrêté, et elle s'est levée, m'a regardé. La sueur avait formé un V sombre à l'avant de mon tee-shirt, qui me collait aussi au dos. Le vélo n'avait pas de béquille, et la remorque ne suffirait pas à l'équilibrer, je ne pouvais donc pas le poser. Nous nous sommes regardés, le fossé à côté de nous débordant d'herbes folles et de détritus, les étiquettes aux couleurs déjà passées sur les bouteilles en plastique qui resteraient sur terre encore des siècles après la mort des derniers êtres humains.

« Qu'est-ce que c'est que ça ? a-t-elle finalement demandé.

– Un vélo.

– Je vois ça. Et le tracteur, qu'est-ce qu'il est devenu ?

– Plus d'essence. »

Elle a hoché la tête.

« Au moins tu as pu revenir. »

Elle s'est rassise.

« Il faut qu'on y aille », ai-je dit.

Je ne savais pas quelle heure il était, mais avec le début de l'automne, la nuit tombait vite et sans prévenir.

« Qu'on aille où ?

– J'ai trouvé quelqu'un en ville. C'est là que j'ai récupéré le vélo. »

Penelope m'a regardé sans rien dire, mais je savais lire son expression.

« Il y a de la nourriture. Et de l'eau courante.

– Comment tu veux qu'on aille en ville ? »

J'ai montré le vélo, mais je savais déjà que ça n'allait pas marcher. Aucun de nous deux ne logeait dans la remorque, et j'avais eu du mal à ne pas tomber même *sans* personne assis sur le guidon.

« J'irai à pied, ai-je dit.

– Il y a combien de kilomètres ?

– Je ne sais pas, OK ?

– J'essaie juste de voir si ça vaut le coup.

– On n'a pas d'autre solution, donc il faut que ça vaille le coup. »

Elle s'est relevée et a épousseté son jean avant de me regarder de nouveau.

« Une voiture s'est arrêtée. Ils m'ont proposé de m'emmener. Ils allaient à San Francisco. »

Je l'ai fixée. Elle m'a rendu mon regard. Nous étions à peut-être cinq mètres l'un de l'autre, et si l'Advil et les muffins avaient fait battre en retraite ma migraine, elle revenait de plus belle.

« Qu'est-ce que tu essaies de me dire ?

– Je n'essaie pas de dire quelque chose. Qu'est-ce que c'est que cette question ? "Qu'est-ce que tu essaies de me dire ?" Je dis juste qu'on ferait mieux d'attendre ici qu'une autre voiture s'arrête et nous emmène.

– J'ai promis de rapporter le vélo.

– C'est un *vélo.*

– C'est une *promesse.* »

Elle a commencé à répliquer, puis refermé la bouche. Les muscles de sa mâchoire remuaient. Si nous avions été au lit, je l'aurais entendue grincer des dents.

« Qu'est-ce qui se passe ? a-t-elle enfin dit. Qu'est-ce qui t'arrive ?

– Qu'est-ce qui m'arrive ? » Ma tête me faisait tellement mal que j'étais à deux doigts de vomir. « J'ai tout abandonné. Alors maintenant ma parole non plus, elle ne vaut rien ?

– Ta parole ?

– Oui.

– Je parle de notre *fille*.

– T'as pas intérêt. Arrête tout de suite.

– Intérêt de quoi ? De parler d'Hannah ? Ouah.

– Tu n'es pas la seule à l'aimer, tu sais.

– J'ai jamais dit le contraire.

– Tu ne t'es jamais *demandé* si toutes tes disputes avec elle, tes foutues disputes interminables avec elle, si ce n'était pas *ça*, qui l'avait fait fuir ? Elle est partie à l'autre bout du pays rien que pour s'éloigner de toi. Et maintenant on a tout perdu rien qu'à essayer de la ramener. »

J'avais envie qu'elle rende les coups, j'avais envie qu'elle me hurle dessus ; ma colère était une vague aveuglante, sûre de son fait, et je refusais d'en démordre, mais elle a gardé le silence. Elle m'a regardé sans expression.

Un couinement s'est élevé au loin, le hurlement d'un moteur qui a monté jusqu'à ce qu'une voiture apparaisse derrière nous, filant vers l'ouest, telle une flèche rouge fendant l'air. Nous nous dévisagions quand elle est passée en rugissant, la note déformée par l'effet Doppler lorsqu'elle a abordé la côte, au loin, avant de disparaître. Penelope m'a tourné le dos et s'est mise à marcher, sans un mot, vers le soleil qui commençait à se coucher et à rougir, tandis que le froid s'intensifiait. Je suis monté sur le vélo et me suis mis à pédaler pour la rattraper, mais quand je suis arrivé à sa hauteur, elle n'a pas relevé ma présence. Nous avions fait près de deux kilomètres quand je me suis rendu compte que la remorque derrière le vélo était vide, que je n'avais pas pris une minute pour récupérer des affaires dans la voiture. Ni Arnold, ni ma brosse à dents, ni notre atlas routier : rien.

Nous avons pédalé tour à tour, nous l'échangeant sans un mot, et il faisait noir lorsque nous sommes arrivés à Hedville.

Une lanterne brillait à la fenêtre de Cindy, et quand nous sommes entrés, le singe a froncé le nez, ouvert grand la bouche et sifflé. Penelope a fait un bond en arrière puis m'a regardé, mais je n'ai rien dit.

Cindy avait disposé de quoi manger sur la table, et j'ai attaqué les victuailles. Penelope a dit qu'elle n'avait pas faim, qu'elle voulait juste se reposer. Au bout du couloir, il y avait trois chambres, la grande, celle de Cindy, et deux chambres d'enfant, avec chacune un lit à une place. Il y avait eu un temps, à la fac, où partager un lit à une place, nos corps emmêlés, blottis l'un contre l'autre, c'était le paradis. Cette époque était si lointaine qu'elle aurait pu avoir été vécue par deux autres personnes. J'ai vu juste assez de la chambre de Penelope pour remarquer qu'elle ne manquait pas de licornes avant qu'elle referme la porte sans même un bonsoir.

Cindy et moi sommes restés dans le couloir, et la présence de ces chambres d'enfant vides m'a soudain frappé.

« C'était votre maison… avant ? Les enfants sont… »

Je n'ai pas fini ma phrase.

« Oh. Non, non, je n'ai pas d'enfant. »

Elle faisait une drôle de tête dans la pénombre.

« Vous connaissiez les gens qui habitaient là ?

– Oui.

– Ils sont… ?

– Dormez bien. À demain matin », a-t-elle seulement ajouté.

Le propriétaire de ma chambre n'était pas sorti des années base-ball et lutte professionnelle. Des trophées étaient posés sur la commode et un poster du catcher The Undertaker presque grandeur nature occupait une grande partie du mur. J'étais prêt à parier qu'il était à un ou deux ans de l'âge où l'on planque des magazines coquins sous son matelas quand il était mort.

Des magazines coquins. Mais il n'y avait qu'à allumer un ordinateur, en fait.

Je n'avais pas dormi depuis deux jours. J'ai sombré dans le matelas comme dans un ventre accueillant. Puis je suis resté allongé sans fermer l'œil, fixant le néant tandis que la lune brillait par la fenêtre et que mes yeux s'habituaient à la pénombre. Mes jambes étaient parcourues de tressaillements que je ne parvenais pas à maîtriser. Je m'étais écroulé sur le lit tout habillé, donc je me suis levé et mis en caleçon avant de me glisser sous les couvertures. Ça ne changeait rien. J'avais du sable dans les yeux, et mon cerveau moulinait comme un pneu dans la boue. Pour autant, mes pensées n'avaient ni queue ni tête, je ne parvenais pas à les rassembler, elles partaient dans tous les sens. J'étais dans la chambre d'un enfant mort, au Kansas, et ma femme et moi, on ne se parlait pas. J'avais envie de courir de l'autre côté du couloir, de tomber à genoux et de la supplier de me pardonner, mais pour quoi ? Si elle avait accepté de s'excuser aussi, j'en aurais fait de même, mais aurais-je été sincère ? Où que j'aille, je rentrais dans un mur.

J'ai dû dormir, puisque j'ai rêvé. Je marchais dans le couloir de la maison de Cindy Solis, celle qu'elle avait prise à la famille morte, et il était plus long que dans mon souvenir, et bordé de portes. Je ne me rappelais pas en avoir vu autant. Toutes fermées à clé. Finalement, j'arrivais à la salle de bains, et je me tenais devant les toilettes, en train de pisser, lorsque je portai ma main à mon nez : il avait disparu. Mon cœur cognait si vite dans ma poitrine qu'on aurait dit qu'il allait s'arracher de son emplacement, et je me précipitais vers le lavabo, répandant de l'urine sur le sol, et dans le miroir, mon visage paraissait affreusement vide, ma lèvre supérieure se détachait sur un néant, juste une étendue écœurante de peau, sans interruption, entre mes yeux et ma bouche; je fonçais dans le couloir, vers la cuisine, où Penelope et Cindy, installées à table, riaient. Elles se souriaient en me voyant, comme si c'était une plaisanterie qu'elles étaient convenues de garder pour elles, puis Penelope me demandait : « Tu as bien dormi ? »

Je montrais mon visage, j'étais en larmes, et elles affichaient une indifférence totale.

« Il est toujours comme ça ? demandait Cindy.

– Tu n'as même pas idée », répondait Penelope, et elles s'esclaffaient de concert.

Je trouvais enfin mes mots.

« Mon nez !

– Ton nez ? » disait Penelope, puis elle se tournait vers Cindy et parlait d'un ton de petite fille complice que je ne lui avais jamais entendu. « Il n'a jamais eu de nez. »

Là, je me suis réveillé, haletant dans le noir. Mon caleçon était mouillé, je m'étais pissé dessus, juste un peu, pas assez pour souiller complètement les draps, mais j'ai dû le retirer et me rallonger tout nu, fixant le plafond en tentant de maîtriser ma respiration.

Quand le jour a enfin émergé par la fenêtre, je me suis levé, j'ai enfilé mon jean, et j'ai fait les trois pas dans le couloir jusqu'à la salle de bains, où j'ai rincé mon caleçon dans le lavabo, l'ai essoré, et l'ai rapporté dans ma chambre pour le mettre à sécher sur la chaise où le petit garçon faisait ses devoirs. Une feuille d'exercices de multiplication était encore posée sur le petit bureau. Il se servait d'un crayon HB. Ça se voyait qu'il avait travaillé.

Cindy avait laissé un mot sur la table de la cuisine.

Je suis au zoo. Faites comme chez vous !

J'ai frappé à la porte de Penelope. Si elle m'a entendu, elle n'a pas réagi. Elle hibernait de nouveau. J'étais seul dans le salon à présent, contemplant les récipients en plastique pleins de nourriture contre le mur. Pas de café. J'ai cherché du thé, du thé noir, du thé vert, n'importe quoi avec de la caféine, mais je n'ai trouvé que de la camomille. Des boîtes et des boîtes de sachets de camomille, aussi inutiles les unes que les autres. Ma tête était encore dans son étau, et mon rêve m'avait laissé pantelant, mon estomac si contracté que je ne savais pas si manger allait me soulager ou me faire vomir. Le peu de sommeil que j'avais grappillé n'avait fait que me rappeler à quel point j'en manquais.

J'ai mangé quelque chose que j'ai oublié aussitôt avalé, puis regardé par la fenêtre la charmante scène pastorale dans le jardin. Mes pensées étaient si répétitives que j'en avais le vertige.

Cindy est rentrée avant que Penelope ouvre sa porte, même pour aller aux toilettes. Je savais que sommeil et veille étaient des termes relatifs pour la Penelope hivernale, la Penelope du virus. J'allais devoir aller la réveiller. J'allais devoir lui apporter de la nourriture, si je voulais qu'elle mange.

Cindy m'a immédiatement attiré contre elle. Elle s'est avancée vers moi, sans retirer ses bottes, si bien qu'elle était presque aussi grande que moi pieds nus quand elle s'est serrée contre moi. Quand elle a reculé, c'était seulement d'un demi-pas.

« Tous les animaux sont nourris. Et vous, vous avez mangé ?

– Oui.

– Vous avez bien dormi ?

– Super. »

Je ne sais pas pourquoi je mentais.

« Venez vous asseoir avec moi. » Elle m'a pris la main et m'a entraîné à la table de la salle à manger. « Vous voulez du thé ?

– Vous n'auriez pas du café ? »

Elle a froncé le nez.

« Non, désolée.

– Je prendrai juste de l'Advil, alors. Merci. »

Elle a déposé une petite tasse d'eau devant moi, assortie de trois cachets. Puis elle s'est rendue à son mur de vivres et a suivi les récipients en plastique du bout des doigts jusqu'à ce qu'elle trouve celui qu'elle cherchait, qu'elle a tiré juste assez pour pouvoir en sortir un paquet de Figolu.

Aussitôt qu'elle a ouvert le plastique, le singe a accouru, jaillissant de la chambre avec des petits cris d'excitation. Il a tendu les mains à plat, comme s'il attendait la communion, ses petits yeux écarquillés, et dès qu'elle lui a donné quelques biscuits, il est reparti. Cindy s'est assise à côté de moi, si près que nos mains auraient pu se toucher.

« Parlez-moi donc de votre fille. »

Dès que j'ai commencé à ouvrir la bouche, comme si elle nous avait entendus, Penelope est sortie de sa chambre et s'est rendue à la salle de bains.

« Bonjour ! a lancé Cindy, mais l'eau coulait déjà, porte fermée.

– Elle s'appelle Hannah, c'est notre fille unique. »

J'ai pris un Figolu. Quand en avais-je mangé un pour la dernière fois ? Dans mon enfance ? Je m'attendais à moitié à une bouffée de nostalgie, à être ramené à un vieux match de base-ball oublié, à la voix de ma mère quand je prenais mon goûter après l'école, mais il avait juste un goût de Figolu.

« Elle a quel âge ?

– Elle vient d'avoir vingt et un ans.

– Vous n'avez pas l'air si vieux que ça ! »

Elle m'a donné une claque espiègle sur l'épaule.

« Je suis marié depuis plus de vingt-cinq ans. »

Je n'avais pas plutôt dit ça que Penelope est sortie de la salle de bains et entrée dans la cuisine. Elle a cligné des yeux, éblouie. Cindy s'est levée de sa chaise. Elles se sont regardées.

« Qu'est-ce que je peux vous offrir ?

– De l'eau ?

– Bien sûr. »

Penelope s'est avancée vers moi avec raideur et s'est assise, le dos droit, les doigts entrelacés sur la table. Nos regards se sont croisés, mais son expression n'a pas changé. Je ne sais pas quelle tête j'ai fait, mais en la voyant, elle a détourné les yeux.

Cindy est revenue.

« Bill était en train de me parler de votre fille. »

Penelope a hoché la tête.

« Continuez. Elle est comment ? »

J'ai observé Penelope, mais elle ne me regardait pas.

« C'est une force de la nature. C'est un peu cliché, mais c'est la vérité. C'est vraiment une passionnée. »

Je ne savais pas ce que je racontais, je disais des conneries creuses, et je sentais les murs pencher, la table glisser, comme si tous les angles droits étaient déformés.

« Elle est entrée dans une secte, a dit Penelope d'une voix blanche. Et on va l'en sortir.

– Une secte ? »

Cindy était peut-être vraiment horrifiée, mais son expression ressemblait à une parodie : les yeux écarquillés, une main sur la bouche.

« Le Revival.

– Comment elle s'est retrouvée là-dedans ? »

Penelope et moi, nous nous sommes regardés. Le soleil cognait dans le jardin à présent, ayant percé les nuages. Les cochons se roulaient dans la boue, se couvrant de merde. Leurs pattes dodues s'agitaient lorsqu'ils se cambraient, sur le dos, se tortillant dans la terre mouillée.

« J'ai tout de suite su que ce n'était pas bon..., a-t-elle commencé, mais sans réfléchir, je l'ai coupée.

– Quand on essaie de contrôler quelqu'un, on ne fait que le pousser droit vers ce qu'on craignait le plus. »

Penelope s'est levée brusquement. Avant que je puisse croiser son regard, elle a disparu. J'ai entendu sa porte se fermer.

Cindy l'a regardée partir, puis s'est retournée vers moi. Je m'étais levé aussi.

« Qu'est-ce qui ne va pas ? a-t-elle demandé.

– Rien. Tout va bien. » Je l'ai laissée assise à la table de la cuisine et suis reparti dans le couloir.

Il était je ne sais quelle heure de l'après-midi, et j'étais assis, seul dans cette petite chambre avec le fanion des Kansas City Royals au mur, les trophées avec leurs minuscules joueurs en plastique sur le dessus, alignés du plus petit au plus grand, les vêtements pendus dans le placard et pliés si proprement dans les tiroirs que je me suis dit que soit le petit garçon, soit sa mère avait un problème de perfectionnisme. Lequel, ça n'avait pas d'importance. Ils avaient disparu tous les deux. Cindy sifflait dehors, à présent, devant la fenêtre. Elle portait un pull en laine et s'occupait de ses bêtes. Les poules ont accouru, leur tête s'agitant d'avant en arrière quand elle s'est approchée pour les nourrir. Les cochons mastiquaient en regardant droit devant eux. Les courges jaunes étaient si lourdes sur leurs pieds devant ma fenêtre qu'elles les entraînaient par terre et gisaient dans l'herbe, rebondies et colorées.

De l'autre côté de la maison, la fenêtre de Penelope donnait sur la rue vide, la chaussée craquelée, les feuilles mortes. Elle se trouvait peut-être à sept mètres de moi. Deux portes minces, sans serrure, nous séparaient. Mais si je traversais le couloir pour essayer de lui parler, elle ne me comprendrait même pas : nous ne parlions pas la même langue.

Le ciel était encore strié des couleurs éclatantes du crépuscule lorsque le sommeil est tombé sur moi tel un masque d'anesthésie, et je me suis réveillé dans les ténèbres, aux petites heures du matin, en entendant un bruit dans le couloir. Mon mal de crâne était parti, mon esprit nettoyé, et mon corps rempli d'une honte affreuse et soudaine, comme si je tâtonnais dans le noir depuis des jours et des mois quand, d'une simple pichenette, quelqu'un inondait le monde de lumière. Le remords me brûlait les entrailles et, comme un fantôme, j'ai flotté mentalement de l'autre côté du couloir, à travers les portes, jusqu'à Penelope qui était allongée, seule, coincée dans la maison d'une inconnue. Trahie. Par moi. J'avais violé notre contrat de mariage, pas les mots que nous avions prononcés à l'autel, mais le contrat tacite qui gouvernait notre attitude l'un envers l'autre, notre façon de nous parler, le contrat que nous avions établi au jour le jour sur vingt-cinq ans.

Combien de mariages avais-je vus de l'intérieur lors des séances de thérapie ? Le mépris, le soupçon, les tromperies, l'ennui. J'avais vu des mariages échouer de toutes les façons possibles, comme des supernovas, comme des ballons de baudruche qui mettent une éternité à se vider et à retomber sur le sol, et même si j'avais réussi à le cacher sous mon voile de professionnalisme, tous les soirs je rentrais chez nous avec un sentiment de supériorité indéniable. Mon mariage n'était pas comme *ceux-là*.

Je suis resté couché, la honte telle une tache, comme quand je m'étais pissé dessus la nuit précédente. Ma bêtise. Ma suffisance. Ma colère quand je lui avais crié dessus devant les ruines fumantes de notre voiture. J'avais reçu le cadeau le plus inestimable : dans un monde détruit, j'avais eu le droit de garder les deux personnes que j'aimais le plus – et je me comportais comme ça. Penelope était juste là, de l'autre côté du couloir. Elle ne me devait rien. J'aurais pu aller la trouver, lui présenter mes excuses, librement, sans avoir besoin des siennes ; et si elle me pardonnait, je traînerais mon matelas dans sa chambre, pour que nous puissions dormir ensemble, entourés de peluches, au paradis des licornes.

Ma porte s'est ouverte.

J'étais couché sur le côté, face au mur, et quand la porte s'est ouverte derrière moi, j'ai su que le miracle s'était produit : de l'autre côté du couloir, Penelope avait réfléchi aussi et elle avait retrouvé le chemin vers nous, à sa façon. Elle était là, dans ma chambre, pour me tendre la main, comme je m'étais apprêté à le faire.

La gratitude m'a envahi si brusquement que j'ai senti les larmes me monter aux yeux. J'ai roulé sur le dos, mes excuses aux lèvres, les bras tendus. Cindy Solis se tenait là, la porte déjà refermée derrière elle, son corps nu blanc comme un linge à la lueur de la lune.

Elle a fait un pas en avant. Elle avait les yeux grands ouverts. J'arrivais à peine à voir à quoi ressemblait son corps car tout ce que mon cerveau parvenait à dire, c'est *nue*. Elle est nue.

« Prends-moi, a-t-elle dit.

– Pardon ? »

Elle n'a pas répondu, mais continué d'avancer vers le lit. Je m'étais redressé, adossé au mur.

« Prends-moi. » Elle agitait les hanches. Elle a porté un doigt à sa lèvre inférieure et fait une moue suggestive. Elle l'a léché. « Je sais que tu as envie de moi.

– Ma femme est juste de l'autre côté du couloir !

– Elle dort.

– Ce n'est pas la question. »

Elle s'est penchée en avant, cambrée, a pris ma main et l'a placée sur ses seins.

« Non, ai-je protesté.

– Si. »

Ma main restait posée sur ses seins comme une chose sans vie. Elle m'a regardé et je ne sais pas ce que lui a dit mon visage, mais son attitude séductrice s'est dissoute. Elle s'est mise à pleurer.

« Je t'en prie. » Elle s'est laissée tomber à genoux à côté du lit. « Je t'en prie.

– Je suis désolé.

– Je veux un bébé.

– Quoi ?

– Je suis tellement seule. Je veux un enfant. »

J'étais scié, mais je n'ai rien dit.

« Tu n'auras pas à t'en occuper ! Tu n'es pas obligé de rester.

– Je suis désolé.

– Tu n'es même pas obligé de me regarder.

– Quoi ?

– Il suffit qu'on le fasse une fois. Qu'il y ait au moins un espoir.

– Je ne peux pas.

– Si. Tu peux. Tu choisis de ne pas pouvoir.

– Non. »

Mon ton l'a fait se rembrunir. Elle s'est reculée.

« Pourquoi tu me refuses une chance d'avoir ce que vous avez, vous ?

– Je suis désolé.

– Ne sois pas désolé. Comporte-toi juste comme un mec bien et aide-moi à avoir un enfant.

– Je ne peux pas faire ça.

– Si, tu peux !

– Non. »

Elle s'est hissée vers moi et m'a embrassé, pressant ses lèvres contre les miennes. Je ne l'ai pas repoussée, je suis juste resté inerte, et au bout d'une seconde ou deux elle s'est levée.

« Espèce de connard égoïste.

– Je suis désolé.

– Je vous ai donné de la nourriture, un abri.

– Et j'en suis reconnaissant. »

Elle ne pleurait plus, elle tremblait de colère en repartant vers la porte.

« Sortez de ma maison immédiatement », a-t-elle dit.

Et elle est partie en claquant la porte.

Le sommeil s'était enfui. Je suis resté à écouter le vent faire grincer la fenêtre dans son chambranle. Le singe galopait dans le salon. J'ai remis mon caleçon encore humide. L'aube commençait à poindre. J'ai entendu la porte de Penelope s'ouvrir, et j'ai ouvert la mienne. Nous nous sommes regardés un long moment.

« Je suis désolé », ai-je dit.

Elle a hoché la tête.

« Il faut qu'on parte. »

9

Penelope marchait d'un pas vif, ondulant des hanches, et malgré le froid matinal, elle ne mettait pas ses mains dans ses poches mais balançait énergiquement les bras. J'avais du mal à tenir le rythme sans passer au petit trot. Elle aurait pu être une inconnue, nous aurions pu nous rencontrer pour la première fois. J'avais envie de lui prendre la main, mais je ne savais pas comment elle allait réagir. J'avais l'impression d'être de nouveau un gamin : la bouche sèche, pas sûr de moi, me demandant si je lui plaisais aussi. Des décennies de mariage, tout dans nos vies était habituel, les sillons si réguliers qu'une bille aurait parcouru exactement le même circuit chaque fois. Nos vêtements vides auraient pu tenir nos rôles dans notre couple. Au fil des années, il y avait tout de même eu quelques surprises, des moments où l'un de nous sortait de la routine et faisait mourir de rire l'autre à la table du dîner, ou bien une colère subite qui nous poussait à nous éviter pendant une heure, mais à l'exception de ce qu'Hannah pouvait provoquer en nous, nous étions vraiment établis dans les derniers stades du mariage, l'étape du confort, celle que j'observais, et jugeais, chez mes parents quand j'étais petit. Comment pouvaient-ils vivre ainsi ?

Par mes mots au bord de la route, le mépris et la colère qui les motivaient, je m'étais échappé des confins de ce mariage, tel un chat d'intérieur qui se trouve soudain au soleil, figé, ne sachant pas la conduite à suivre. À présent, si je cherchais à prendre la main de Penelope, allait-elle l'accepter ? Ou avais-je brisé une chose essentielle ? N'étions-nous plus qu'associés dans notre mission, deux dirigeants d'une nation en ruine, travaillant ensemble par simple pragmatisme ?

Le matin pastel s'est éclairci et délavé en un bleu pâle dur, et, avec le soleil qui commençait à cogner sur nos têtes, le froid s'est envolé, et j'ai senti la sueur commencer à me tremper le dos. Nous savions tous les deux où nous allions sans nous le dire – nous retournions à la voiture pour récupérer ce que nous pouvions de nos affaires avant de tendre le pouce pour tenter de rejoindre l'Ouest en stop.

Ma migraine due au manque de caféine n'était plus qu'une faible gêne désormais, juste assez pour que je n'oublie pas la douleur, mais pas assez pour obstruer mes réflexions. Je me demandais si Penelope en souffrait également. Il y avait tellement de choses que j'ignorais, tant le silence s'était creusé entre nous. Cela faisait des mois que nous ne nous parlions pas, pas vraiment, et je n'avais pas envie d'ouvrir les vannes, mais de dynamiter purement et simplement l'écluse. Tout ce que je voulais, c'était entendre sa voix, lui poser toutes les questions, avoir ces discussions que nous avions à la fac, jusqu'à 3 heures du matin, sans nous rendre compte ni l'un ni l'autre qu'il se faisait tard. Mais la marche m'essoufflait, je voyais qu'elle transpirait aussi, et nous ne pouvions pas nous arrêter pour l'instant.

Lorsque l'autoroute est apparue, nous avons fait une pause sous le pont routier pour nous asseoir sur le rebord de la culée de béton, jonchée de détritus anciens, des fourmis filant dans la terre à nos pieds. Penelope avait une carafe d'eau qu'elle avait prise dans la maison ; nous nous la sommes passée et j'ai sorti la barquette de Figolu que j'avais chipée. La cellophane s'est déchirée avec un crissement, et je lui ai tendu la boîte avant de me servir.

J'ai ouvert la bouche pour parler sans savoir vraiment ce que je comptais dire.

« Cindy est venue dans ma chambre la nuit dernière.

– Comment ça, elle est venue dans ta chambre ?

– Elle voulait coucher avec moi. »

À la voir tressaillir et détourner la tête en fermant les yeux, on aurait cru que je l'avais frappée.

« J'ai dit non ! »

J'ai parlé si vite que les mots se sont bousculés dans ma bouche.

Elle a rouvert les yeux mais ne m'a pas regardé. J'étais le dernier des imbéciles. Choisir de rompre le silence en lui parlant de la jeune femme qui avait voulu me faire trahir mon mariage. Qu'est-ce qui me prenait ? Mais ma bouche n'arrêtait pas, j'ai continué.

« Elle voulait un bébé. C'est ce qu'elle a dit. Qu'elle en voulait un.

– Rien que ça », a fait Penelope d'une voix plus plate que le bitume de l'autoroute.

Il nous avait fallu essayer pendant des années avant d'avoir Hannah.

« Elle avait l'air de penser que ça marchait comme ça, oui. »

Une voiture est passée à toute allure au-dessus de nos têtes, le rugissement du moteur perturbant le silence. La panique m'a saisi brièvement. Nous aurions dû être en haut, pouce tendu. Puis je me suis rendu compte que la voiture roulait vers l'est.

« J'avais espéré que c'était toi. Qui traversais le couloir. Pour qu'on puisse parler. »

Penelope s'est levée.

« Je dormais comme une masse », a-t-elle dit, et elle s'est remise en marche.

Je me suis précipité pour la suivre.

À présent, la chaleur rayonnait du goudron, un léger scintillement, et le vent était tombé. La voiture ne pouvait pas être si loin que ça, mais la route semblait s'étirer à l'infini. Nous marchions sur le bas-côté par habitude, même si nous aurions pu nous mettre au milieu de la route. Une voiture est passée, et nous avons tous les deux levé le pouce, bien que nous n'ayons pas encore récupéré nos affaires. Ça n'a rien changé. Le conducteur a tourné les yeux pour nous regarder, mais il a plutôt accéléré qu'autre chose. Enfin, nous avons vu la crête du toit de la grange rompant l'horizon plat, puis la voiture, et plus loin, les vaches. Pas de trace des lions. Ils devaient se prélasser au soleil, endormis dans les herbes hautes.

Depuis des kilomètres, je réfléchissais à ce qu'on allait emporter. Il y avait des sacs à dos ; on pouvait prendre les sacs de couchage, la tente, la nourriture restante. Arnold. Des munitions. Nos brosses à dents. La liste se poursuivait, et elle n'aurait servi à rien, car quand nous sommes finalement arrivés à la voiture, elle avait été nettoyée. Elle était vide. La nourriture et l'eau, disparues. Les derniers litres d'essence dans les bidons, de même. Notre matériel de camping, l'atlas… Et Arnold. Disparus. Penelope n'a rien dit, juste fermé les yeux et appuyé lourdement son front sur le toit de la voiture.

« Oh putain, ai-je dit. Je suis désolé. On n'aurait jamais dû abandonner la voiture. Tu avais raison depuis le début. Et je ne t'ai même pas écoutée. »

J'aurais voulu qu'elle dise : *C'est comme ça*, j'aurais voulu que ma bêtise nous rapproche. S'il avait fallu mon imbécillité pour en arriver là, au moins elle aurait eu cet effet, nous serions ensemble. Mais Penelope s'est contentée de hocher la tête.

J'avais commis des erreurs, et nous avions de la chance d'avoir survécu. C'était la vérité. Le pays enchanté où l'on apprend et grandit grâce à ses erreurs, mes erreurs, avait disparu depuis longtemps. Ce qui ne me tue pas me rend plus fort. Des foutaises, oui. La vérité du monde du lion et du loup était la suivante : ce qui ne me tue pas pourrait bien m'entraîner tout de même dans une longue spirale vers le bas, vers la mort.

Nous avons fouillé minutieusement la voiture, l'avons complètement démantelée. Il restait un paquet de barres de granola coincé sous un siège. Nos brosses à dents. Les pillards avaient laissé San Cristóbal accroché au rétroviseur. Je l'ai mis à mon cou, sous ma chemise. Pourquoi pas ? Nous avions besoin de toute l'aide disponible.

Puis nous nous sommes assis pour attendre, adossés au métal frais de la carrosserie. Nous nous levions quand nous entendions un moteur au loin. À mesure que le soleil effectuait sa rotation dans le ciel, nous sommes passés d'un côté de la Subaru à l'autre, suivant l'ombre. Personne ne s'est arrêté. La nuit allait être froide une fois le soleil couché.

« Quelque part, j'aime autant qu'Arnold ne soit plus là », ai-je dit.

Penelope avait les yeux fermés, la tête appuyée contre la portière. Peut-être qu'elle dormait.

« Ah oui ? a-t-elle dit.

– Je n'ai pas envie de tuer quelqu'un.

– Je sais. Moi non plus.

– Je t'aime, ai-je hasardé.

– Je t'aime aussi », a-t-elle répondu, mais d'une voix trop machinale.

Elle n'avait pas ouvert les yeux.

De temps à autre, le son d'une voiture filant sur l'autoroute brisait le silence, mais de l'autre côté du terre-plein central, dans le mauvais sens. Le ciel s'empourprait et je me disais que nous allions nous blottir l'un contre l'autre sur le siège arrière en prévision de la longue nuit quand le grondement sourd d'un moteur nous a fait lever. Cette fois, je n'ai pas tendu le pouce, j'ai agité les bras, j'ai fait des petits bonds, et la voiture a ralenti, et piqué un peu du nez quand le conducteur a freiné.

Penelope s'est approchée aussi, et j'ai vu le visage du chauffeur, une tache blanche derrière le pare-brise. L'attitude de la voiture a soudain changé, le nez s'est redressé et le conducteur a appuyé sur la pédale d'accélérateur ; au lieu de s'arrêter, il a filé à toute vitesse, soulevant un nuage de poussière.

« J'imagine qu'il vaut mieux que ce soit toi qui les arrêtes », a dit Penelope.

Son visage était impassible. Elle s'est rassise contre la voiture, contemplant les champs au loin.

« Valait mieux pas monter dans cette bagnole, de toute façon. » Je me suis assis à côté d'elle. « C'est ridicule. C'est vraiment le racisme qui va être la dernière chose à survivre dans le monde, putain ? Le dernier mec vivant, si c'est un Blanc, il va s'inquiéter de ce qui arrivera à son quartier si un mauvais élément s'installe dans la cave voisine ? »

Une minute s'est écoulée avant qu'elle parle.

« Quand on a finalement eu le droit d'avoir des cimetières, a dit Penelope, ils les ont ségrégués aussi. Même après leur mort, les Blancs restent racistes. »

Je lui ai pris la main, et elle l'a laissée dans la mienne. Nos yeux étaient fermés, nos têtes appuyées contre la voiture. Nous

nous sommes déplacés de l'ombre au soleil, car la température baissait, pour tenter de profiter des derniers rayons avant la nuit. Au loin, un autre moteur. Nous nous sommes tous deux levés en agitant les bras.

Un gros pick-up, avec roues doubles à l'arrière et rétros larges au bout de longues tiges chromées. Derrière, une remorque. L'arrière du pick-up était très chargé, et une bâche recouvrait le haut monticule. Il s'est arrêté en douceur, et un type avec une queue-de-cheval s'est penché par la vitre.

« Salut. »

J'avais passé un bras autour de l'épaule de Penelope. Nous avons tous les deux levé la main.

« Merci de vous être arrêté, a-t-elle dit.

– On dirait que vous avez un petit souci avec votre caisse.

– On peut dire ça comme ça.

– Je suis rentré dans une vache.

– Vaut mieux éviter, en général. »

Nous sommes restés un instant sans rien dire. Il a souri.

« Vous voulez monter, ou vous préférez rester là ? »

Le sortilège brisé, nous nous sommes précipités de l'autre côté du pick-up. Il y avait une vraie banquette arrière, mais pas assez large pour que je puisse m'asseoir sans me contorsionner. Penelope s'est assise à côté de notre sauveur, à l'avant.

« Vous allez où ?

– À Bishop, a dit Penelope.

– Bishop. Je peux vous avancer.

– Vous allez où, vous ?

– À la réserve de Wind River. Dans le Wyoming. »

Il a repassé une vitesse et il a suffi de quelques instants pour que le pick-up dépasse la sortie pour Hedville où, quelques kilomètres au sud, Cindy et le singe partageaient un Figolu. Il faisait bon dans la voiture, et je voyais déjà la tête de Penelope glisser sur le côté ; elle commençait à s'assoupir.

« Vous avez quoi, dans la remorque ?

– Surtout des médicaments. On a des gens qui ont besoin d'insuline, d'anticoagulants, de médicaments contre l'hypertension. Et ils n'en fabriquent plus, alors j'ai pris tout ce que j'ai pu trouver.

– C'est une bonne action.

– On prend soin des nôtres. »

J'ai senti que je commençais à partir, que mon attention dérivait.

« Je peux vous laisser à la sortie de Denver. Ou vous pouvez m'accompagner au nord de la 80, et je continue plus à l'ouest, jusqu'à Rawlins. »

Penelope a dit « Rawlins » juste au moment où je disais « Aussi loin que possible ». Puis entre le chuintement des pneus sur la route, l'obscurité qui s'épaississait dehors et l'air chaud qui venait de la soufflerie, je me suis endormi d'un sommeil de plomb à l'arrière, tandis que cet homme nous emmenait vers l'ouest, nos vies entre ses mains.

Quand je me suis réveillé, nous étions arrêtés, et le soleil était aveuglant. Penelope s'étirait sur le siège avant, et le chauffeur s'éveillait aussi. Nous avions tous repris conscience en même temps.

« On est où ?

– Rawlins.

– C'est où, Rawlins ?

– Sud du Wyoming.

– Wyoming », a répété Penelope. Elle regardait par la fenêtre. Nous étions dans une allée recouverte de graviers, qui longeait une maison basse bleu layette. La pelouse était desséchée et pelée, et un seul arbre grêle s'élevait au milieu, entouré d'une petite clôture circulaire pour tenir à l'écart, quoi, les chevreuils ? Les animaux sauvages qu'on trouve au Wyoming, j'imagine.

J'ai été pris d'une subite envie de me soulager, et j'ai cherché à tâtons la poignée.

« Une seconde », a-t-il dit, et il a ouvert sa portière, puis la demi-portière qui s'ouvrait dans l'autre sens. Je me suis dirigé vers la maison à pas précipités, mais il a lancé : « C'est pas ouvert », donc je suis allé de l'autre côté du porche.

Quand je suis revenu au pick-up, Penelope a couru à son tour dans les buissons. Notre bienfaiteur a attendu son retour, puis il a pissé dans l'allée de l'autre côté de la voiture.

C'était un quartier désert, poussiéreux, qui aurait été une banlieue résidentielle dans notre région, mais qui, ici, était sans doute la plus grosse métropole à cent soixante kilomètres à la ronde. Des feuilles mortes s'amoncelaient dans les jardins, sur les trottoirs et dans la rue, brouillant les limites entre les deux. Les maisons n'avaient pas d'étages, et elles étaient entassées, toutes avec le même petit jardin devant, mais certaines étaient en brique, d'autres avaient des parois en alu, et d'autres encore n'étaient que des caravanes améliorées. Les écureuils se poursuivaient dans l'arbre de l'autre côté de la rue, et les nuages filaient dans le ciel, mais à part ça tout était calme. Nous étions devant le pick-up.

« Je suis en retard, a-t-il dit. Je dois filer vers le nord. »

Je me suis senti comme un enfant. La panique a enflé en moi. Tout l'Ouest américain s'étendait autour de nous, un paysage interminable, étranger, de mesas, de déserts et de hors-la-loi. Le sens de l'orientation que j'avais pu acquérir à force de consulter des cartes m'avait complètement déserté. J'ai pris la main de Penelope.

Comme s'il lisait dans nos pensées, il a dit :

« Faut que vous traversiez l'Utah par la 80, maintenant.

– Ah oui, l'Utah. »

S'il m'avait dit l'Oregon, le Missouri ou le Luxembourg, à ce moment-là, je l'aurais cru.

« Ensuite il y a plusieurs possibilités pour traverser le Nevada, mais dans tous les cas, soyez très prudents.

– Pourquoi ? » a demandé Penelope.

Il a haussé les épaules.

« J'ai entendu des choses, c'est tout. Ça veut pas dire que ce soit vrai.

– Quel genre de choses ? »

Il a donné un petit coup de pied dans la terre.

« Soyez prudents, c'est tout. Tenez-vous prêts à quitter la route en vitesse si nécessaire. À passer à travers champs. Enfin, c'est valable ici aussi. »

De la poche de son manteau, Penelope a sorti le lingot d'or que nous avait donné Manny. Je l'ai regardée fixement. Je croyais qu'il s'était perdu avec le pillage de notre voiture.

« Si vous nous emmenez à Bishop, je vous donne ça », a-t-elle dit.

Il a tendu la main et elle l'a placé dans sa paume.

« Waouh. J'avais jamais vu de lingot d'or. » Il l'a levé à la lumière, a passé le doigt sur le poinçon. « C'est vraiment aussi tendre qu'on le dit ? »

Il a tenté d'enfoncer un ongle dans le lingot, sans succès.

« Alors, vous voulez bien ? »

Son sourire était triste, ses yeux pleins de bienveillance.

« J'ai des promesses à tenir. Des gens m'attendent à la réserve. Et je ne sais pas ce que je ferais de ça, de toute façon. »

Il a rendu le lingot à Penelope.

« Vous pouvez nous ramener jusqu'à l'autoroute, pour qu'on essaie de trouver une autre voiture qui nous emmène ?

– Je vais faire mieux que ça. Suivez-moi. »

Nous avons pris l'allée jusqu'au garage, qui était fermé par un cadenas et plongé dans le noir. Il y avait un tas de bois à côté, bien rangé. Il a passé la main dedans et a ressorti la clé.

« C'est votre maison ? a demandé Penelope.

– Non. J'avais des amis qui habitaient là. Avant. » Il a levé la porte avec un bruit de tôle et, dans la pénombre, j'ai deviné des formes trapues dans le fond. Il s'est tourné vers nous. « Vous avez déjà conduit un quad ?

– Un quoi ?

– Un ATV. Un quad. Quatre roues motrices. »

Nous avons secoué la tête.

« C'est hyperfacile. »

Nos yeux commençaient à s'habituer à la pénombre. Je les voyais à présent, de couleurs vives, perchés sur leurs pneus bosselés noirs, avec leurs guidons de moto.

« Aidez-moi à les sortir. »

Nous les avons roulés sur le gravier, et il nous a montrés comment les allumer, comment passer les vitesses, accélérer d'un coup de poignet, freiner. Il y avait des bidons d'essence dans le garage, que nous avons fixés à l'arrière des deux véhicules.

« Allez-y doucement, pour commencer. Vous ne risquez pas grand-chose sur les routes goudronnées. Mais sur un terrain accidenté, c'est facile de se retourner, et il n'y a personne pour venir à votre secours. »

Il y avait aussi des casques, dans le garage, noirs, brillants, avec des autocollants « SANS PEUR » sur le côté.

« Suivez-moi jusqu'à l'autoroute, puis reprenez vers l'ouest. Si vous entendez une voiture, quittez la route jusqu'à ce que vous soyez sûrs que le danger est passé. »

Il avait les mains dans ses poches arrière, les yeux fatigués. Le soleil était derrière nous, donc il plissait un peu les yeux, et la peau de son visage était tendue. Penelope a fait deux pas en avant et l'a serré contre elle. Il a souri, surpris.

« C'est normal », a-t-il dit.

Je lui ai serré la main.

« Vous vous appelez comment ?

– Carl. » En voyant mon regard surpris, il a ri : « Vous vous attendiez à quoi ? Aigle Volant ?

– Non, non. C'est que c'était le nom de mon père. Carl. »

Nous avons tous gardé le silence un petit moment, puis il s'est donné une claque sur les cuisses et il a dit :

« Allez, c'est le moment. »

Nous sommes montés sur nos quads, avons fixé la sangle de nos casques sous nos mentons respectifs. Au volant du pick-up, il nous a fait signe, et quand il a pris le virage en largeur, suivi de sa remorque obéissante, nous avons suivi aussi, dans des petites rues si semblables qu'elles auraient pu être toutes la même, jusqu'à la voie principale. Il a pris à droite, et nous avons dépassé des motels, des bazars et des stations essence, toutes désertes et plongées dans l'ombre, ainsi que des maisons qui s'intercalaient entre les commerces jusqu'à l'échangeur de l'autoroute. Il a passé la tête par la fenêtre et crié : « Bonne chance ! »

Il nous a indiqué l'ouest, nous l'avons salué, puis il a accéléré et disparu.

Penelope et moi, nous roulions côte à côte sur nos quads. Pendant que nous dormions, Carl nous avait emmenés sur un terrain complètement nouveau. Fini les *openfields* à perte de vue. À la place, des broussailles clairsemées sur des petites crêtes à moitié chauves. Nous avons redémarré.

Le rugissement du moteur était impossible à distinguer du couinement suraigu des pneus sur le bitume. Nous filions, courbés sur nos quads, l'un à côté de l'autre. Même avec son casque, Penelope aurait été reconnaissable entre mille : l'intensité de sa posture, sa concentration. Je suis passé derrière elle, me laissant glisser dans son sillage, proche, même si nous étions tous deux seuls dans nos cocons de bruit, les poignées du guidon tremblant sous nos paumes tandis que les pneus avalaient les kilomètres. Il n'y avait aucun bâtiment, nous avions laissé Rawlings derrière nous, et autour de nous, les paysages tachetés de vert paraissaient comme intimes, mais s'étendaient, je le savais, sur des distances inimaginables. Cette colline, juste là, à l'horizon, celle qui semblait si proche que j'aurais pu la toucher en tendant le bras... nous pouvions rouler des kilomètres en ligne droite avant de l'atteindre.

Penelope, amour de ma vie. Mère de ma fille. Je la voyais, courbée sur l'ATV, avec un sérieux si évident que j'étais convaincu que, sous le casque, elle se mordait la lèvre, absorbée. Combien d'heures l'avais-je observée ainsi, avec sa capacité de concentration phénoménale, avant de la rappeler à moi, de l'arracher à son livre d'économie pour qu'elle revienne se coucher ? Je voulais m'accrocher à elle et ne jamais la lâcher. Je voulais me coucher à quinze centimètres d'elle et la regarder dans les yeux, comme pour en mémoriser le moindre détail. La réincarnation, c'était un rêve naïf – la vie ne nous donnait qu'une seule chance, et j'avais choisie de passer la mienne avec elle. Des regrets ? Allons bon. J'avais eu tellement de bol que j'aurais pu croire à une intervention divine. Elle m'avait peut-être parfois agacé, mis hors de moi, mais je n'avais jamais pu l'ignorer. Elle était, du jour où je l'avais rencontrée à cet instant, avec son poignet recourbé et son quad qui filait, la personne la plus fascinante que j'aie jamais connue.

Nous roulions vers l'ouest, mais même si le vent attaquait nos habits, le soleil allait plus vite. Il a dépassé le zénith, commencé à descendre. Quelques voitures nous avaient doublés. Nous ne les entendions pas approcher, avec le tonnerre de nos moteurs. Nous n'avions même pas eu le temps de quitter la route, de suivre le conseil de Carl. Ça semblait exagéré. Pourquoi quiconque s'inquiéterait-il de nous ?

Des nuages noirs se sont amoncelés petit à petit à l'horizon, absorbant ce qu'il restait de luminosité. Penelope s'est arrêtée dans un dérapage quand nous sommes arrivés en haut d'une petite côte donnant sur une longue vallée peu profonde. Une voiture était garée sur le bord de la route et, même de loin, j'ai vu qu'elle était surélevée d'un côté ; le chauffeur tentait de réparer un pneu. J'ai levé la visière de mon casque.

« Qu'est-ce que t'en penses ? »

Penelope a posé son casque sur ses genoux.

« On n'a qu'à sortir de la route, je dirais. Même s'il a l'air bien inoffensif. »

Nos silhouettes devaient ressortir sur le ciel immense, et le son de nos moteurs avait attiré son attention. Il s'est redressé et a levé une main. Je lui ai rendu son salut. Des vautours tournaient au loin, mais à part ça, le tableau était tranquille. Je m'apprêtais à dire : *On devrait peut-être aller l'aider* quand le son d'une voiture a brisé le silence derrière nous. Nous n'avons rien dit, juste rallumé nos moteurs et franchi le fossé en bordure de la route pour filer dans la prairie.

C'était ça, le quad. Pas la vibration des pneus tout-terrain sur le goudron, mais les soubresauts des mottes d'herbe dans la terre sablonneuse. Nous nous sommes éloignés d'une centaine de mètres puis nous avons tourné pour rouler parallèlement à la route.

Une muscle-car descendait en grondant la longue pente menant au type qui changeait sa roue. Le genre de voiture que mon père aurait appelé *cheval de Detroit*. Elle s'est arrêtée dans un dérapage, et deux hommes sont sortis. Nous nous étions arrêtés aussi. Aucun moteur ne tournait, et on n'entendait que le sifflement sourd du vent, et le profond silence moite des nuages d'orage, au loin. On les a vus parler, et si on n'entendait pas ce qu'ils se disaient, ça n'avait pas l'air amical. Penelope m'a regardé, et elle avait l'air inquiète. L'homme à la voiture en panne a agité les mains, puis il a fait volte-face brusquement et s'est éloigné. Et là, il n'y a pas deux manières de le dire, l'un des autres a sorti un revolver et visé son dos, il y a eu un claquement humide et mat, et il s'est écroulé. Il ne s'est pas débattu. Il n'a pas crié. Il est tombé, comme ça. Et il n'a plus bougé.

J'avais la bouche ouverte, une main plaquée dessus. Penelope a laissé échapper un petit cri. Les hommes riaient à présent, l'un d'eux avait renversé la tête en arrière et s'esclaffait. J'ai soudain pris conscience de notre visibilité, perchés sur nos ATV rutilants, guère plus loin d'eux qu'un long tir de golf. Quand je me suis tourné vers Penelope, elle redémarrait déjà, et nous avons filé aussi vite que possible. Il y a eu un coup de feu, puis un autre, et j'ai cru entendre le sifflement cruel des balles qui volaient à côté de nous, mais vu le raffut des quads, c'était sans doute mon imagination. Penelope était pliée en deux sur le sien, si penchée que le guidon était au-dessus de sa tête. Je sentais les cahots puissants, je sentais que le quad avait envie de verser, la légèreté écœurante d'un côté qui partait en l'air, puis de l'autre, et j'étais plaqué contre mon siège aussi, tant pour assurer mon équilibre que pour diminuer la surface de la cible.

Dans ma tête, une vision stridente me les montrait s'enfonçant dans les broussailles avec leur voiture, la calandre en gueule de requin bondissant lorsqu'ils appuieraient sur l'accélérateur pour nous écraser. Nous avons fait un bond par-dessus une mini falaise, et atterri dans un ravin desséché. Ma visière était embuée par ma respiration paniquée, mon casque rebondissait comme s'il essayait de s'arracher de ma tête. J'ai ralenti, hasardé un regard en arrière. Rien. Pas de phares, pas de voiture, juste les broussailles à perte de vue.

Penelope n'avait pas ralenti. Elle s'éloignait de plus en plus vite, et j'ai remonté ma visière à temps pour voir qu'elle s'était retournée et criait quelque chose. Elle montrait l'ouest du doigt, et j'ai vu que les meurtriers n'étaient pas la seule chose à laquelle il nous fallait échapper. Les nuages formaient désormais une masse d'une hauteur impossible, et ils n'étaient plus gris acier mais noirs, vibrant de l'éclat macabre de la foudre à l'intérieur, comme si quelque chose essayait de s'échapper. Le tonnerre se perdait dans le bruit de mon moteur.

Nous avons encore accéléré, vers l'est, vers là d'où nous venions. On voyait des montagnes basses qui promettaient un abri, mais tellement loin qu'elles auraient pu être une terre inabordable, aperçue d'un bateau à la dérive. La première goutte de pluie a heurté mon casque, assez forte pour faire un écho, puis une autre, comme une promesse sinistre. À présent, j'entendais le tonnerre, et le vent tourbillonnait, soulevant une poussière étouffante. La silhouette de Penelope pliée en deux est entrée et sortie de mon champ de vision dans la pénombre, et le temps sec est passé au déluge si vite que tout scintillait, ainsi que la foudre qui s'était mise à frapper la terre derrière nous, comme si elle nous cherchait. Le sol desséché encore quelques instants auparavant s'était transformé en boue, et l'eau s'accumulait à une vitesse impressionnante, la pluie tambourinant si fort qu'elle ne pouvait se transformer en simples flaques. Les roues de Penelope projetaient des traînées de boue en l'air, et j'ai senti que les miennes faisaient pareil. Les pneus patinaient. Je l'ai appelée, mais je n'entendais même pas ma propre voix.

Elle s'est arrêtée.

J'ai failli lui rentrer dedans, et ce n'est qu'après avoir freiné que j'ai compris ce qu'elle avait vu : une clôture grillagée, de trois mètres de haut, qui s'étendait à perte de vue des deux côtés, s'agitant si furieusement dans le vent que le barbelé au sommet menaçait de s'arracher. Penelope a montré sa droite, nous avons redémarré et suivi le grillage, en quête d'une ouverture.

À nouveau côte à côte, nous avons pris à gauche à un angle droit et nous sommes tombés sur une large double porte que le vent ouvrait et fermait violemment. Nous suivions un chemin de terre, une longue piste qui coupait en deux le paysage écumant de pluie. L'un des battants de la porte a cédé au vent avec un grand cri de métal déchiré, et Penelope a foncé dans l'ouverture, et moi derrière elle, et la masse basse d'un bâtiment est apparue juste devant nous à travers le chaos. Elle a sauté à terre pour courir sur les derniers mètres, me faisant signe de la suivre, mais juste comme je descendais du quad, la foudre est tombée sur la clôture ; le temps s'est brusquement ralenti, le monde a été illuminé, dans un bruit si total que l'espace d'une seconde rien n'a plus existé que le bourdonnement écœurant de l'électricité du sol lui-même qui me soulevait. Je l'ai sentie entre mes dents comme si j'avais mâché de l'aluminium et je suis tombé dans la boue, la pluie me martelant le dos comme pour m'enfoncer davantage.

Penelope n'était plus là. La dernière image que j'avais, c'était son bras qui me faisait signe d'avancer tandis qu'elle disparaissait au coin du bâtiment. Je me suis relevé à grand-peine. J'avais mal aux jambes, je tenais à peine debout, mais j'ai avancé, pantelant. À cet instant précis, j'ai su que l'adage selon lequel *la foudre ne frappe jamais deux fois au même endroit*, c'était du pipeau. La foudre allait s'acharner sur la clôture et moi jusqu'à ce qu'il ne reste rien de nous. Quand je suis arrivé au bâtiment, je me suis plaqué contre le mur, la joue contre les blocs de béton râpeux, et je suis allé jusqu'au coin d'un pas prudent. Pas trace de Penelope. Une porte s'ouvrait dans le mur sans fenêtre, mais elle était fermée à clé. Ma main a glissé sur la poignée. Je n'y voyais quasiment rien. J'ai retiré mon casque, mais c'était pire. À présent je pouvais à peine garder les yeux ouverts à cause de la pluie. De l'autre côté du terrain boueux, il y avait un autre bâtiment. Je l'ai rejoint en courant. Quand je suis arrivé, comme une réponse à une prière que je n'avais pas formulée, j'ai trouvé une porte non seulement déverrouillée, mais entrouverte. Je me suis précipité à l'intérieur, j'ai tiré la porte derrière moi, et j'ai cherché des yeux Penelope, pensant la trouver recroquevillée dans un coin. Elle n'était pas là. Il faisait sombre, je n'y voyais presque rien mais je l'aurais vue. J'étais seul.

« Penelope ! »

J'ai aperçu une porte à l'autre bout de la pièce, et je l'ai atteinte en trois petits bonds. Derrière, j'ai trouvé un escalier en métal descendant dans un noir complet.

« Pen ! PEN ! »

Rien, mais là, j'ai entendu un bruit métallique, comme un pas lourd, un bruit dans le monde souterrain en dessous.

Ça n'avait pas de sens, mais rien n'avait plus de sens, et je suis resté planté dans la pénombre, paralysé. Avec un craquement, la porte extérieure s'est ouverte violemment, et cognée contre le mur. La foudre a frappé de nouveau et toute la pièce a été baignée d'une lumière dure, aveuglante, si totale que l'image des meubles en est restée gravée dans mes rétines même une fois l'obscurité revenue. Une bouteille de whisky et une boîte de cigares sur le bureau en métal. Un meuble-classeur. Un fanion de l'Air Force Academy sur le mur. Une serpillière dans le coin. Un drapeau américain.

L'idée qui m'est venue était si complète qu'elle devait avoir sa source ailleurs. La Muse de l'Artisanat Apocalyptique. Je me suis avancé vers le coin, courbé en deux, les mains devant moi, jusqu'à ce qu'elles heurtent simultanément le mur, glissant dans le coin où la serpillière était posée dans un seau vide.

Je suis revenu au bureau, où j'ai cherché la chaise à tâtons, puis me suis laissé tomber dessus, mes doigts entortillant déjà les franges encroûtées. Un autre éclair, un peu plus lointain, mais suffisant tout de même pour éclairer la pièce. Là, j'ai pris la bouteille de whisky, retiré le bouchon, et renversé ce qui restait sur la serpillière. Tout cela n'aurait servi à rien s'il n'y avait pas eu de briquet avec les cigares, mais il y en *avait* un, et je l'ai ouvert, actionnant la pierre, et la serpillière s'est allumée avec une lueur bleue qui l'encadrait telle une bulle avant que jaillisse une flamme blanche. Une torche.

Quand j'ai descendu l'escalier, le cri de banshee du vent et le martèlement de la pluie se sont calmés. Sous terre, tous les bruits étaient étouffés, épais. J'ai appelé Penelope à plusieurs reprises, mais ma voix n'allait nulle part. En bas des marches, une autre porte donnait sur une pièce avec une banque de composants électroniques en acier chromé. Des écrans. Des boutons. Tout luisait à la lueur de la torche. La pièce était vide, mais une fois de plus j'ai entendu un bruit métallique au loin.

Ça n'avait pas de sens. Pourquoi Penelope serait-elle descendue ici ? Mais je l'imaginais en train de chercher son chemin à tâtons, perdue dans le noir, donc je continuais de l'appeler, et j'ai poussé la porte suivante, une porte lourde, aux gonds grinçants, et je suis entré.

D'abord, c'était juste une sensation, le vide caverneux de cet espace, enclos dans un silence de mort. Soit l'orage était fini, soit j'étais descendu si bas que les intempéries n'avaient pas de réalité ici.

« Penelope ! » ai-je crié, et ma voix a retenti dans le vide avant que l'écho s'éteigne.

J'ai levé les yeux. Le plafond n'était pas un plafond, mais des portes, massives et montées sur des gonds énormes. J'ai regardé en bas.

L'espace bâillait sous moi. J'étais sur une passerelle suspendue en hauteur et, en dessous, le bout d'un missile, poli et rougeoyant à la lueur de la torche, rond comme un œil, un œil unique, sans paupières, regardait les cieux vers le haut, les portes lourdes attendant de s'ouvrir. Le long corps cylindrique descendait bas, très bas, un corps de géant, trop profond pour que ma torche l'éclaire entièrement.

Ma main était humide sur le manche de la serpillière, encore mouillée de pluie, et à présent de sueur dans l'air moite de cette grotte. Je l'ai pris à deux mains, et je le serrais si fort que ça me faisait mal. J'étais en train de regarder un missile nucléaire. J'étais né dix ans après la crise des missiles cubains, les armes nucléaires faisaient autant partie de ma réalité que la pesanteur, et jusqu'à présent, je ne les avais vues ni l'une ni les autres. J'ai dégluti péniblement. Un virus microscopique avait sonné la fin du monde, mais ce missile était encore là, attendant toujours un ordre, un seul. Visait-il encore la Russie ? Ou bien la Chine ? Je ne savais même pas qui visaient les dieux de la mort de mon pays. Peut-être survivrions-nous à ce virus, peut-être étions-nous tous juste en train de jouer le dernier acte pathétique de la race humaine, mais dans les deux cas, ce missile allait demeurer, jusqu'à ce qu'un bouton, quelque part, s'érode et le fasse exploser. Ou bien il tiendrait bon jusqu'à l'essor de la prochaine civilisation, ou l'arrivée des extraterrestres, qui ne trouveraient rien sur cette planète à part des milliers et des milliers d'armes nucléaires, la seule chose qui nous survivrait.

Le missile ne faisait rien. Il attendait là, patient. Un bruit de course s'est fait entendre plus loin et j'ai appelé de nouveau Penelope. Se pouvait-il qu'un animal soit descendu ici ? Était-ce ça, la fin de notre système de défense civile – une colonie de ratons laveurs ?

J'ai ouvert lentement la porte à l'autre bout de la passerelle, m'attendant aux yeux rouges, au bond sifflant d'une créature à crocs pointus, mais je n'ai rien vu. C'est l'odeur qui a failli me faire tomber à genoux, une odeur ignoble, repoussante, et j'ai aperçu, à la lueur de ma torche, un dortoir, un baby-foot, une télé dans le coin, sur quoi le bruit a repris, et j'ai avancé brusquement ma torche vers ce qui se cachait là. Dans un coin se tenait un homme, nu à part les lambeaux d'un uniforme militaire, le teint pâle comme un rat, et le visage mangé par la barbe. Il a sifflé en me regardant, et placé une main devant ses yeux comme si la lumière le brûlait.

« Hé, ai-je dit. Doucement. Comment vous vous appelez ? »

La pièce est devenue plus sombre. Ma torche commençait à faiblir. Il parlait, à présent, répondait à ma question, répétant inlassablement quelque chose.

« Ian ? Vous avez dit Ian ? » Mais il ne disait pas Ian, il disait *I am*, je suis, et j'ai fini par saisir le reste : *Je suis personne, je suis personne, je suis personne*, et quand j'ai essayé de m'approcher, il a bondi sur moi en grognant et j'ai laissé échapper ma serpillière. Ses ongles étaient comme des griffes, son visage celui d'un animal sauvage, et j'ai fait volte-face pour repartir dans l'obscurité soudaine, traverser la passerelle, mes pas résonnant dans la salle du missile, puis la salle de contrôle, même si je n'ai pas eu l'impression qu'il me poursuivait, et j'ai remonté l'escalier en courant pour déboucher dans le fracas de l'orage qui hurlait dehors. Il ne s'était pas calmé, en fait, en dépit du silence si total en bas, et je suis ressorti en trombe dans la cour boueuse, continuant inlassablement d'appeler Penelope. Je pleurais désormais, désespérant de la retrouver. Le vent a tenté de me renverser, et j'ai glissé dans les flaques, cherchant mon équilibre avec peine. Et là j'ai vu ce qui m'avait échappé auparavant. Le long du premier bâtiment, celui qui était verrouillé, il y avait un abri, le genre d'abri qu'on achète à Home Depot pour faire une cabane à outils. Il tremblait dans le vent. J'ai su qu'elle était là.

J'ai couru de biais, louvoyant comme un ivrogne, une course traçant presque une boucle, mais je suis parvenu à la cabane, j'ai ouvert les portes et là, blottie avec les affaires de jardinage, la tondeuse et les râteaux, j'ai vu ma femme, roulée en boule, et elle a dit mon prénom quand je me suis laissé tomber à genoux et l'ai attirée contre moi, mes larmes mêlées à la pluie. Nous étions tous les deux trempés et si j'ai su qu'elle sanglotait aussi, c'est seulement parce que sa poitrine se soulevait violemment contre la mienne tandis que nous nous serrions l'un contre l'autre, ensemble, en attendant la fin de l'orage.

10

Nous avons dormi dans les bras l'un de l'autre. Ça faisait des années que nous n'avions pas réussi à sombrer dans le sommeil comme ça. En général, nous étions isolés chacun d'un côté du lit king size, et Penelope portait des boules Quies pour éviter mes ronflements. La nuit était froide, la pluie tambourinait sur le toit ; nous nous sommes serrés aussi fort que possible et avons tiré une bâche sur nous pour avoir une illusion de chaleur. Nous avions posé nos têtes sur un sac de terreau. Quand je me suis réveillé, j'avais le visage dans ses cheveux, et j'ai respiré Penelope, l'ai sentie émerger à son tour. Nous avons tous les deux reculé notre tête suffisamment pour nous regarder dans les yeux. Nous n'avons rien dit, nous sommes restés comme ça tandis que le jour se levait dehors et qu'une mince bande de soleil filtrait par l'interstice entre les portes, si éclatante que nous avons dû détourner les yeux.

Il y avait des binettes, des râteaux et des gants de jardinage, ainsi qu'une tondeuse manuelle et un coupe-bordure. Aussi bizarre que ça puisse sembler, quelqu'un s'était efforcé d'embellir ce lieu. L'abri s'est réchauffé rapidement au soleil, et bien vite, nous nous sommes levés, avons ouvert les portes et sommes sortis main dans la main dans la lumière. Une journée magnifique, insolente, avec un ciel céruléen qui n'éprouvait nul besoin de s'excuser pour sa crise de rage de la veille. Le sol était encore boueux, mais commençait déjà à sécher et à se craqueler.

Nous avons retiré nos habits mouillés, les avons pendus sur le grillage pour les faire sécher. Penelope a suggéré qu'on cherche des vivres, mais la seule porte à ne pas être hermétiquement fermée était celle par laquelle j'étais entré, et j'ai expliqué en détail ce que j'avais trouvé en bas, le missile nucléaire, l'officier de l'Air Force à l'état sauvage qui, à l'heure actuelle, devait tourner en rond dans le noir quelque part sous nos pieds. Nous avons donc mangé un sachet de granola que nous avait donné Carl avant de reprendre la route. Nos deux quads avaient survécu à la nuit : ils étaient couverts de boue, mais n'étaient pas tombés. Ils ont démarré tous les deux, et nous nous apprêtions à repartir quand nous nous sommes rendu compte qu'en attachant tous nos bidons d'essence sur l'un des deux et en roulant ensemble, nous irions presque deux fois plus loin. Même l'essence de la tondeuse, un jerrycan solitaire, a été chargée sur l'ATV.

« Tu peux conduire, ai-je dit. Si tu veux.

– On va se relayer. Toi d'abord. »

Donc c'est comme ça que je me suis retrouvé à quitter la base du missile, les bras de Penelope serrés étroitement autour de moi, et son casque cognant contre l'arrière du mien quand on passait sur une bosse. Nous sommes restés sur le petit chemin de terre au départ, contournant les ornières profondes et pleines de pluie, nous dirigeant vers une autre ligne qui coupait le paysage, une bande délavée de goudron, à deux voies, qui filait vers l'ouest. Au sud, une série de collines basses et irrégulières que nous avions croisées la veille dans notre course folle, et plus loin, l'autoroute, qui un jour auparavant paraissait à peu près ordinaire mais nous semblait désormais s'apparenter à un suicide. L'image de l'homme mort ne cessait de s'imposer dans mon esprit, ainsi que leur rire alors qu'ils contemplaient son cadavre. Je voyais encore le sang se répandre dans son dos comme une fleur qui s'épanouit en accéléré. La tête de Penelope était aussi proche de la mienne que le permettaient nos casques, et j'ai ralenti, réduisant le bruit du moteur à un murmure. J'ai presque crié :

« Je n'arrête pas de penser à lui. »

Elle m'a serré encore plus fort, pressant son corps contre le mien, et j'ai compris que non seulement elle m'avait entendu, mais qu'elle pensait à la même chose. Si atrocement désinvoltes, ces types. Comme si prendre la vie d'un homme n'était pas plus exceptionnel que casser la croûte ou faire une sieste. Mon cerveau ne cessait de se repasser la scène, et chaque fois j'entendais leur rire plus distinctement.

La route s'arrêtait brusquement à un carrefour en T. Pas de bâtiment, rien de particulier à cet endroit sur le terrain broussailleux à perte de vue. Juste une autre bande d'asphalte, nord-sud celle-ci. Nous avons continué vers l'ouest, cahotant sur le sol sablonneux couvert de buissons, plus lentement, mais sans perdre notre cap. Au bout de deux ou trois heures, nous avons fait une pause pour remplir le réservoir, nous étirer. Penelope a pris le guidon, et en me reculant un peu, j'étais assez grand pour voir la route déserte qui s'étirait devant nous par-dessus son casque. Nous roulions entre deux crêtes basses au loin. Peut-être était-ce une ancienne ravine, une plaine inondable. Quelle qu'en soit l'origine, elle était plate et interminable. Un lac a rompu la monotonie du paysage devant nous, et je me suis demandé si nous pourrions remplir nos bouteilles d'eau. En approchant, la réponse s'est imposée d'elle-même : l'eau était d'un vert profond. Nous avions un filtre, autrefois, à l'époque où nous possédions une voiture et une cargaison d'affaires soigneusement sélectionnées. Là, nous n'avions que notre soif et notre faim. Penelope a contourné le lac par le nord, et j'ai compris que cette décision était l'œuvre de son esprit analytique. Si, par extraordinaire, des individus arrivaient vers le nord par la route, elle ne voulait pas se retrouver coincée par l'eau.

Une fois de plus, nous nous sommes arrêtés pour remplir notre réservoir, vidant cette fois nos réserves, et rattachant soigneusement les bidons vides à l'arrière au cas où nous trouverions une source magique. La Fontaine d'Essence. J'ai repris le guidon. Le soleil était haut. Nos sweatshirts en train de sécher claquaient à l'arrière du quad. Nous aurions presque pu dormir, tant la monotonie de la route était parfaite, à part les cahots des roues et la vitesse, quand en l'espace d'un claquement de doigts, tout a changé autour de nous. Plus rien que du sable brun clair, comme si nous avions été transportés au Sahara. De hautes dunes ondulées aux courbes tout en longueur. Des éclaboussures de sable jaillissaient de nos roues comme de l'eau. Nous nous sommes mis à monter puis redescendre les dunes, et le corps de Penelope tombait contre le mien, si bien que je devais coincer mes coudes contre le guidon pour nous empêcher de plonger en avant. Les dunes se succédaient, avec de temps à autre des doigts verts épineux pour briser la monotonie. De petites plantes obstinées, qui tentaient de survivre.

Une forme a jailli sur la ligne d'horizon. Une colonne de pierre, pareille à un poing dressé. On aurait dit qu'elle était à l'ouest par rapport à nous, et je me suis dirigé vers elle, en profitant pour apaiser ma peur d'avoir tourné en rond, même si le soleil me montrait bien que non. Les dunes ont disparu mais pas le sable, qui s'étendait désormais à plat sur une série de petites crêtes ébouriffées par le vent, comme des rides sur l'eau, ce qui était bien pire pour le quad, qui ruait si fort que nos dents s'entrechoquaient, comme s'il avait voulu nous désarçonner. Plus nous approchions, plus la formation rocheuse paraissait haute – le terrain plat se mettait à monter à quarante-cinq degrés puis tout droit vers le ciel, un pouce de rocher sur le côté, assorti d'un poing serré encore plus haut.

Le moteur a crachoté, puis est reparti. J'ai senti les bras de Penelope autour de moi. Sa tête s'est appuyée contre mon dos. Une fois de plus, le moteur a eu un loupé, et cette fois, il a rendu les armes, et le quad s'est immobilisé sur-le-champ, attendant patiemment que nous remplissions le réservoir, sauf qu'il ne restait rien. Il allait mourir ici, rouiller et se désagréger lentement parmi les éléments, à moins que le sable charrié par le vent l'engloutisse tout à fait.

Nous avons retiré nos casques.

« Eh bien merde, ai-je dit.

– Ouaip. »

Nous savions que c'était programmé. C'était la fin inévitable de notre balade en ATV. Nous avons laissé nos casques dans le sable, noué nos sweatshirts autour de notre taille. Dans nos poches, nous avions tous les deux un talisman inutile de la belle époque – San Cristóbal pour moi, le lingot d'or pour elle. Mais à part ça, il ne nous restait rien que nos vêtements, et nous. Et les bouteilles d'eau vides, dont j'aurais dit qu'elles ne faisaient que nous rappeler ce qui nous manquait, si nos corps ne s'en étaient pas déjà chargés. Je n'arrivais à penser à rien, à part l'eau.

Nous nous sommes mis en route. C'était simple. D'une simplicité élémentaire. À présent, nous allions marcher. Dans un premier temps, le sable glissait sous nos pieds, puis il est devenu plus ferme. La transition s'est d'abord faite peu à peu, puis brusquement, et à présent nous étions de nouveau sur un terrain dur, broussailleux, ayant laissé le sable derrière nous comme un rêve. Nous nous donnions la main, marchions doucement. Peut-être y avait-il un abri plus loin, peut-être y avait-il de la nourriture et de l'eau. Peut-être allions-nous finir comme le quad, nos squelettes décorant le paysage.

Penelope m'a pressé la main et m'a montré quelque chose. Dispersé sur notre gauche, un troupeau de chevaux sauvages broutait.

« Tu sais monter à cheval ? a-t-elle demandé.

– Non. Et toi ? »

Elle a répondu par un simple rire. Nous sommes tout de même partis dans cette direction. Peut-être que Dieu nous envoyait ces chevaux, peut-être allaient-ils ployer un genou et nous accueillir sur leur dos. Non. Nous n'étions pas encore à cent mètres d'eux qu'ils ont levé la tête, renâclé, et se sont enfuis comme une volée d'oiseaux, martelant le sol avec leurs sabots.

Un panneau est apparu un peu plus loin – « ACCÈS AU BOARS TUSK » – et un petit chemin de terre qui se dirigeait vers la formation rocheuse s'élevant dans la lumière du soir. Nous nous sommes assis, adossés chacun à un des poteaux qui tenaient la pancarte, tandis que le soleil baissait, baignant le monde d'une lumière dorée.

« Tu crois qu'on va trouver un abri au Tusk ?

– J'en doute », a-t-elle dit.

J'ai hoché la tête.

« Je crois qu'il faut qu'on prenne dans l'autre sens. Vers la nationale. »

J'ai acquiescé de nouveau. Par ici, les variables changeaient à une vitesse impressionnante. Toutes les équations s'inversaient. Je savais que c'était de cette façon que pensait Penelope.

Désormais, la route était notre seule chance, la même route que, dix heures plus tôt, nous devions éviter à tout prix.

« On y va ? ai-je demandé.

– Restons là encore une minute. »

Elle a appuyé la tête contre le bois délavé, la peinture marron écaillée, et fermé les yeux.

Le don, c'était la simplicité. Nous allions peut-être mourir dans la nature, mais au moins notre mission était unique et pure. L'ouest. Aller vers l'ouest. Si nous devions ramper à la fin, nous ramperions vers l'ouest, vers Hannah.

« Je suis vraiment désolé », ai-je dit.

Il y a eu un silence, après quoi elle a ouvert les yeux, mais sans rien ajouter.

« Je suis mortifié par ce que je t'ai dit. C'est juste... »

J'ai secoué la tête.

« Quand ?

– À la voiture. Quand j'ai commencé à déblatérer que tu avais poussé Hannah à partir.

– Ah, ça. » Elle a ri. « J'ai l'impression que c'était il y a mille ans. La Subaru.

– J'aurais jamais dû te dire ça. »

Elle a haussé les épaules.

« Je savais que tu le pensais. C'était pas franchement un secret.

– J'ai pété les plombs. » En général, en tant que psy, je m'efforçais de ne pas employer à tort et à travers les expressions qui stigmatisent la maladie mentale, mais je me suis surpris à le répéter : « J'ai pété les plombs.

– Peut-être pas. C'est sans doute vrai, que je l'ai poussée à partir. Même si, à ma décharge, pratiquement toutes les filles de dix-neuf ans ne pensent qu'à s'éloigner de leur mère.

– Je ne sais pas. Ce que tu as fait, ce que j'ai fait : ça n'y change rien, au fond. Hannah est comme elle est. Elle n'en fait qu'à sa tête. On essaie juste de se donner de l'importance.

– C'est possible, oui.

– Je crois que c'est ce qu'elle nous aurait dit. Je crois qu'elle nous *l'a* dit. Elle nous a toujours répété de nous détendre, de ne pas nous en faire pour elle.

– En boucle. Inlassablement.

– Mais la façon dont je t'ai parlé… »

Ma voix s'est brisée, je n'ai pas fini ma phrase.

« On venait d'avoir un accident ignoble, il y avait des lions. Alors peut-être que tous les deux, à ce moment-là, on ne choisissait pas nos mots très soigneusement.

– Ce n'est pas une excuse.

– C'est une raison.

– Mais…

– Mais quoi ? »

Elle m'a regardé.

« Rien. Juste… tu avais l'air furieuse.

– Eh bien çà, oui, j'étais furieuse. On venait de bousiller la voiture au milieu de l'Iowa. J'ai cru qu'on était foutus.

– Je veux dire…

– Tu veux dire furieuse contre toi.

– Oui.

– Tout ne tourne pas autour de toi.

– Je sais. Mais quand même. »

Elle a regardé au loin, par-delà les chevaux qui soulevaient de la poussière avec leurs sabots dans la lumière du soir. Le silence s'est prolongé assez longtemps pour que je sache qu'elle n'allait pas répondre.

« Pourquoi tu ne m'as pas dit que la personne en ville était une femme ? »

Elle a demandé ça d'une toute petite voix, la même voix qu'elle devait avoir, enfant.

« Je... »

J'ai eu un blanc, je ne savais pas quoi dire.

« On aurait dit que tu ne voulais même pas que je vienne.

– Oh, Pen, non...

– J'étais à la voiture, à côté de cette vache qui puait au soleil. J'ai essayé de manger, de boire quelque chose, mais il faisait trop chaud, j'ai cru que j'allais vomir. Et pendant tout ce temps, cette petite voix dans ma tête disait : *Et s'il ne revient pas ? Qu'est-ce que tu vas faire ?* Je me répétais que j'aurais donné n'importe quoi pour que tu reviennes, j'ai pensé à tous les jours qu'on avait manqués, toi et moi, quand j'allais mal, cet hiver. Je voulais seulement que tu reviennes. Et là, tu arrives, tout propre, sur ce putain de vélo, super en colère contre moi avant même que j'ouvre la bouche. Et bon, admettons, je ferme les yeux là-dessus. Mais quand on est arrivés à la maison, j'ai vu cette jolie petite nana, avec son putain de singe, qui se comportait déjà comme si vous étiez un petit couple, tous les deux, super familière avec toi. Et là, quand je me suis retrouvée dans cette chambre décorée d'un millier de licornes collectionnées par une petite fille morte, je me suis répété : *Penelope, tu délires.* Et paf, elle essaie de coucher avec toi.

– Oh, non, Penelope... »

Des larmes étaient apparues dans ses yeux. Elle pleurait. Pas les sanglots convulsifs, à vide, qui nous avaient tous pris à un moment ou à un autre pendant que la Grippe du Requin détruisait le monde autour de nous. Non, des larmes silencieuses qui m'ont donné envie de l'attirer dans mes bras et de la serrer jusqu'à la fin des temps. J'avais envie de faire un coup d'éclat pour lui montrer à quel point elle était aimée, mais ça aurait été égoïste. Ce n'était pas de ça qu'elle avait besoin. Pas Penelope. Les grandes déclarations, les démonstrations théâtrales, ce n'était pas son truc. Son langage amoureux, c'était la logique.

Je me suis glissé près d'elle, m'adossant à son poteau, et elle s'est laissée tomber contre moi.

« Tu veux savoir ce que j'aimais chez elle ? Elle avait des Figolu. »

Penelope a reniflé.

« Tu as raison, j'étais en colère. Et je suis désolé. Je me suis senti tellement seul, tout l'hiver.

– Tu ne me l'as pas dit.

– Je ne voulais pas t'éloigner encore plus.

– Comment tu veux que je change, si tu ne me dis rien ?

– Ah, ça, c'est une très bonne question.

– Tu ne crois pas que je me suis sentie seule, moi aussi ? Ça m'aurait peut-être aidée de savoir que tu avais besoin de moi.

– Tu as raison. »

Les chevaux sauvages étaient revenus dans la prairie dont notre vue les avait chassés. Ils étaient juste là, tout près, mais je savais que si nous nous levions pour tenter de les attraper, ils allaient s'enfuir en trombe. Les broussailles jetaient des ombres tout en longueur avec le coucher du soleil, des doigts de lumière et d'obscurité qui jouaient sur le sol poussiéreux. Nos respirations s'étaient accordées, et nous étions pressés l'un contre l'autre, seuls dans la nature sauvage de je ne sais quel État, celui que nous avions réussi à atteindre avant de tomber à court d'essence.

« Elle a juste dit : *J'ai envie de coucher avec toi !*

– Elle est entrée dans ma chambre. Toute nue. »

Penelope a levé les yeux.

« Toute nue ?

– Oui. Elle a essayé de, euh, de me séduire, quoi.

– Elle a essayé de te séduire, *toi*.

– Qu'est-ce que tu entends par là ? »

Nous riions tous les deux à présent.

« Puis quand je l'ai repoussée à plusieurs reprises, elle m'a traité de connard et m'a dit de dégager de chez elle.

– Ouah.

– Ouais.

– C'est logique, j'imagine. Ce qu'elle voulait, en fait, c'était de l'espoir.

– Et moi. Franchement, c'est pas tous les jours qu'un spécimen comme moi entre dans ta vie. »

Penelope riait à gorge déployée, et nous sommes restés enlacés encore un petit moment, puis nous nous sommes relevés et remis à marcher le long du chemin. La lune était levée, la nuit sans nuage, et si nous nous allongions, nous risquions de mourir de froid. Donc nous avons continué, malgré la faim et la soif. Au bout de trois ou quatre kilomètres, le chemin débouchait sur un autre chemin, puis un autre. Nous avons gardé le cap vers le sud, vers la nationale.

Le son d'un moteur a rompu le froid de la nuit, et avant que nous puissions établir un plan, ou même nous regarder, un pick-up est apparu tous feux éteints dans la pénombre et s'est arrêté avec un petit dérapage à peut-être trente mètres de nous. Nous l'avons scruté, à la lueur de la lune. C'était un Chevy poussiéreux et rouillé, et je m'attendais à un vieux type blanc, casquette de base-ball vissée sur la tête, qui allait peut-être même cracher du jus de chique par sa vitre ouverte, mais quand elle s'est penchée, nous avons vu une jeune femme noire, à peu près de l'âge d'Hannah, qui nous a examinés de son perchoir et a demandé : « Ça boume ? » d'un ton si désinvolte que j'ai senti la tension disparaître de mes épaules.

« Oh, on fait juste une petite balade, a dit Penelope.

– Mais bien sûr. C'est une belle nuit, en plus.

– Les phares sont cassés ? ai-je demandé.

– Nan, c'est juste pour mieux profiter de la vue, hein ? »

En marchant, j'avais gardé les yeux baissés, regardant où je mettais les pieds. Quand j'ai levé la tête, j'ai vu la riche tapisserie d'étoiles, la lumière bouillante de la Voie lactée étalée sur le ciel. Nous sommes tous restés sans bouger un instant. Un satellite est passé dans le ciel, clignotant vite, attendant encore des signaux qui n'arriveraient pas.

« Bon, ben, bonne nuit alors. »

Elle a repassé une vitesse.

« Non, attendez ! s'est écriée Penelope, et la femme a ri.

– Je vous faisais juste marcher.

– S'il vous plaît… »

Penelope n'a même pas eu besoin de finir.

« Qu'est-ce que vous attendez ? »

Nous nous sommes précipités vers le pick-up, avons ouvert la portière côté passager et hésité. Fixé sur le tableau de bord, tout droit, comme si ses canons étaient deux soliflores attendant des fleurs, se dressait un fusil à double canon scié. Elle a suivi notre regard.

« Nan, vous inquiétez pas, les potes. C'est pas pour vous.

– C'est pour qui ?

– Disons juste qu'il y a des gens qui ne parlent qu'une seule langue. C'est pas ma langue maternelle, mais j'en connais assez pour me faire comprendre. »

Elle a donné une petite tape sur le fusil. Nous nous sommes regardés, puis nous sommes montés sur la banquette.

« Je m'appelle Veronica », a-t-elle dit, puis nous nous sommes présentés.

Elle a redémarré, reprenant la petite route de terre par laquelle nous étions arrivés. Je l'ai regardée à la lueur des étoiles. Son visage me disait vraiment quelque chose. Je la connaissais de quelque part. Mais ça semblait impossible.

« Vous êtes originaire de la côte est ?

– Non. Mais j'ai passé deux ans dans le Bronx.

– C'est peut-être ça. J'ai l'impression de vous avoir déjà vue.

– Ouais, peut-être. » Elle a souri. « Vous avez vu le Boars Tusk ?

– Oui, a fait Penelope.

– C'était cool ? »

Sa conduite était détendue. D'une main, elle tambourinait distraitement le rétro extérieur par sa vitre encore ouverte, de l'autre, elle tenait le volant, poignet mollement plié, comme si elle tenait une cigarette entre les doigts.

« Oui, a répondu Penelope comme si elle y réfléchissait pour la première fois. C'était cool. »

Nous sommes arrivés à une fourche, et Veronica a pris à droite, en direction du Tusk. J'étais encore distrait par le canon court et luisant du fusil.

« Comment vous savez qu'on n'est pas dangereux ? » ai-je demandé.

Veronica nous a jeté un coup d'œil.

« Le prenez pas mal. Mais si vous aviez un miroir, je pense que vous poseriez pas la question. »

J'ai ri.

« On doit pas sentir très bon, en plus.

– Il fait super froid dehors. Vous croyez que je roule toujours avec la vitre baissée ?

– Désolé.

– Pas de problème.

– On a connu des jours meilleurs.

– Comme tout le monde, non ? » Le Tusk s'est soudain dressé juste devant nous, silhouette phénoménale se découpant sur la tapisserie d'étoiles. Les parois de pierre luisaient comme si elles avaient gardé un peu de soleil, et Veronica a arrêté le pick-up en douceur. C'était une boîte de vitesses manuelle, à l'ancienne. Elle a mis le moteur au point mort et est descendue. Nous l'avons suivie. Elle était plus petite que je l'avais cru, mais elle se tenait bien droite, les épaules en arrière. Tandis qu'elle observait le Tusk, je l'ai regardée pour tenter de remettre où je l'avais déjà vue.

« C'est beau, a-t-elle dit.

– C'est vrai, a reconnu Penelope, comme surprise. Je ne l'avais pas bien admiré avant. »

Veronica s'est étirée et a fait rouler sa tête sur son cou, les yeux fermés. J'ai entendu ses vertèbres craquer.

« Je parie que vous avez faim, a-t-elle dit.

– Et soif, avons-nous répondu en même temps.

– J'ai de l'eau dans la bagnole. »

Instinctivement, nous sommes tous deux repartis dans cette direction.

« C'est une chance que je sois arrivée. Vous avez l'air *à la rue*, sans déc. »

À la rue. Une expression que j'avais entendu Hannah employer dans ce sens, surtout au téléphone. Elle avait tenté de me l'expliquer une fois, et j'avais écouté. Je me demandais si mes propres parents étaient aussi perdus par ma façon de parler quand j'étais ado.

« Vous nous sauvez la vie », a dit Penelope, et je savais qu'elle le pensait littéralement.

Nous sommes retournés au pick-up, qui tournait toujours au ralenti.

« Vous n'avez pas peur de la panne d'essence ? ai-je demandé.

– J'ai surtout peur qu'il ne redémarre pas si je l'éteins. Et pour l'instant, on a ce qu'il faut, comme essence.

– Ah bon ?

– On a deux camions-citernes à la caravane. »

Elle est remontée derrière le volant, et nous avons repris place également. Le Tusk était déjà dans le rétroviseur quand j'ai demandé :

« C'est qui, on ? »

Sans quitter la route des yeux, elle a répondu « On n'a pas vraiment de nom », mais ensuite, elle nous a regardés.

« Je parie qu'une fois cleanés un peu vous êtes, genre, des purs produits de banlieue résidentielle. Quand la Grippe du Requin est arrivée, vous avez été secoués, planqués dans votre petit pavillon Craftsman, je me trompe ? Peut-être un petit jardin ? Tous les deux ? Votre petit arpent de paradis ?

– C'est un Tudor, pas un Craftsman, ai-je répliqué en souriant.

– Bonnet blanc, blanc bonnet. »

Elle a plissé les yeux, ralenti et mis les phares. Bien qu'ébloui, j'ai aperçu une espèce d'antilope plantée au milieu de la route. Veronica a tourné le volant, et nous l'avons contournée avec un dérapage, puis elle a accéléré de nouveau comme si de rien n'était. Penelope et moi étions tous deux figés, cramponnés à notre portière.

« Vous vexez pas, a dit Veronica à Penelope. Mais c'est ce qu'ont fait tous les Blancs à San Francisco, les hipsters à Oakland. Agir comme si tout ce qui comptait, c'était leur propriété. Comme si la propriété existait encore, vous voyez ? Ceux qui ont grandi en pensant que le monde leur devait quelque chose, la pandémie, ça leur en a fichu un coup. C'est ces gens-là, qui sont planqués derrière leurs rideaux avec des armes à feu.

– Vous, vous avez fait quoi ? Quand tout s'est écroulé ? ai-je demandé.

– Je sais pas, mec. Est-ce que tout s'est effondré ? Est-ce que ça tenait debout, avant ?

– Ça tenait debout pour certaines personnes, a fait observer Penelope.

– Oui, mais pas pour les nôtres. »

Nous étions serrés les uns contre les autres dans l'habitacle, et elles se sont mises à dialoguer du tac au tac, et à présent, elles riaient ensemble. Un côté de Penelope que j'avais toujours adoré ressortait. L'univers que nous partagions était tellement blanc – Dobbs Ferry, en grande majorité, la chambre d'écho du monde de la finance, et même la plupart de mes clients. Mais quand nous étions à un barbecue à Martha's Vineyard, par exemple, le rire de Penelope n'était pas le même, il y avait une liberté dans sa voix. Certes, par moments, mon sentiment d'insécurité prenait le dessus, le fait d'être le seul Blanc sur le ponton surplombant l'océan m'angoissait à l'idée d'en dire trop ou pas assez. Il y avait des nuits où je lui demandais de me rassurer lorsque nous nous endormions ensemble, et elle répondait : *Tu étais super, tu es toujours super.* Mais je savais qu'elle n'avait pas fait attention à moi, elle était détendue, elle riait aux éclats.

Tu es toujours super. C'était un mensonge, bien sûr. Je n'étais pas toujours super. Si les Blancs maintiennent leur vernis, faisant mine de ne pas voir les races, c'est notamment pour faire semblant de pouvoir traverser la vie sans faire de conneries, prétendre que leurs erreurs n'en sont même pas. M'étais-je montré trop présomptueux, à l'un de ces barbecues, m'imaginant que le fait d'être invité me donnait droit à une familiarité que je n'obtiendrais jamais ? Oui, carrément. Qu'avais-je dit ? Je ne sais plus. C'est la honte, qui est restée marquée au fer dans mon cerveau. Mais ça avait été balayé dans un rire, quelqu'un disant : *Attention, le Babtou. T'as pas encore ta carte noire !* Et il y avait d'autres moments où je ne m'en étais pas tiré à si bon compte. Il y avait peut-être dix ans, j'avais dit quelque chose qu'il ne fallait pas à un client noir, en séance, et non seulement son visage s'était fermé immédiatement, mais il avait mis fin à sa thérapie la semaine suivante. Est-ce que je rêvais de le recontacter, est-ce que cette partie de moi qui s'était couverte de honte rêvait de son absolution ? Bien sûr. Mais j'en savais assez pour comprendre que si je merdais, c'était à moi d'en subir les conséquences, et non à lui d'y remédier. C'était ça, aussi, aller plus loin que le vernis – parler vrai, c'est-à-dire que le danger devenait réel, et c'était aussi la beauté de la chose : la vérité. J'avais vécu une vie artificielle, une existence sortie de Disneyland. Tous les Blancs partageaient cet accord tacite : ne pas regarder la vérité trop en face. Rencontrer Penelope m'avait permis de m'arracher à l'absurdité creuse et interminable de mon enfance, et je savais que si j'étais devenu psy, c'était aussi à cause de ce désir : trouver le substrat dur qui se cachait sous la politesse de façade et les conventions que mes parents semblaient placer au-dessus de tout le reste.

À présent, regardant la brousse défiler en périphérie de la flaque de lumière dispensée par les phares, avec le vent qui s'engouffrait par les vitres ouvertes, Veronica qui tapotait le volant du bout des doigts, les étoiles qui brillaient, tout ce que j'éprouvais, c'était de la gratitude, pour avoir été accepté.

« Ce virus de merde, c'est l'horreur, disait Veronica. Mais et l'esclavage ? Faut pas déconner. Les Blancs agissent comme si la fin de la civilisation occidentale était la pire chose qui se soit jamais produite. Nous, on sait que les catastrophes, ça arrive *tout le temps*. Tout ce bordel, ça n'a jamais été conçu pour durer. Les personnes racisées en Afrique, en Asie, au Moyen-Orient… on faisait des mathématiques de haut niveau et on créait des sociétés agraires complexes alors que vous en étiez encore à chier dans les bois.

– C'est ça que vous faites ? a demandé Penelope. Vous formez une société complexe sur les cendres de celle-ci ?

– Cette fois, on ne va pas se faire écraser pour ça.

– Le massacre de Tulsa.

– Façon de parler.

– Dans votre groupe, vous êtes tous noirs ?

– Nan, on a formé un collectif BIPOC, même si certains des anciens refusent d'utiliser ce terme. On a démarré à Oakland, et on se dirige vers l'est. On est des nomades, si vous voulez. On revient à nos racines tribales. »

Elle a ri.

« Pourquoi pas rester ? Vous établir quelque part ?

– La vibe chasseur-cueilleur, dans la Baie, c'est mort. Il ne reste plus rien. Et il y a des incendies de fou. La Californie, c'est à éviter, en ce moment. »

Nous nous sommes regardés.

« Vous allez où ? a demandé Veronica, et nous avons répondu en même temps.

– En Californie.

– Sérieux ?

– Sérieux.

– Oubliez ce que je viens de dire. Vous allez adorer. Un vrai petit paradis.

– Et vous ? Vous savez où vous allez ?

– Franchement, quelle question. » Elle nous a souri. « Vers la terre promise, comme toujours. »

La route était plus large, et elle a accéléré. Elle a passé la main sous la banquette et en a sorti un bidon d'eau. Penelope l'a pris avec joie. Sa gorge palpitait quand elle a bu, et j'ai vraiment vu son corps entier reprendre vie. Elle m'a passé le récipient et l'eau s'est renversée des coins de ma bouche sur mes vêtements.

« Doucement, il y a tout ce qu'il faut, a fait Veronica.

– Vous avez de quoi manger, aussi ? a demandé Penelope.

– Mon groupe, oui. Vous ne comprenez pas. On a tout ce dont on a besoin. »

Nous avons roulé encore vingt minutes, puis la civilisation a commencé à se montrer : panneaux de sortie, stations essence. Veronica a pris la direction de Rock Springs et emprunté des rues de plus en plus petites. Puis elle s'est arrêtée dans l'allée d'une maison.

« *Home sweet home.* Pour l'instant du moins.

– Où est tout le monde ? a demandé Penelope.

– Je suis là en éclaireuse, si vous voulez. Le fer de lance. »

La maison était charmante. Un salon chaleureux, éclairé par les bougies qu'a allumées Veronica. Puis elle s'est employée à allumer un feu.

« J'ai visité beaucoup de maisons, avant de trouver ça », a-t-elle fait, tapotant le poêle à bois comme un animal de compagnie.

Penelope et moi nous sommes laissés tomber sur le canapé. Veronica nous a lancé un sachet de bretzels, et elle a dit qu'elle allait préparer à dîner sur le poêle dès qu'il serait chaud. Puis elle a ajouté que nous pouvions prendre une douche. Quand nous l'avons regardée sans comprendre, elle a expliqué qu'il y avait un château d'eau à proximité, une sphère posée sur une aiguille en hauteur. Un peintre local avait maquillé le tout en balle de golf sur un tee quelques années auparavant. Elle nous a donné la grande chambre à l'étage, et cette nuit-là, propres, rassasiés, bien au chaud, nous nous sommes endormis ensemble dans le lit à baldaquin queen size, en écoutant les petits bruits lointains de notre hôte qui s'affairait en bas, entretenant le feu.

Le matin, nous sommes descendus tard. Le poêle était chaud, et les fenêtres inondées de lumière.

« Rien à voir avec hier ! » s'est écriée Veronica.

Nous avons souri, serrés l'un contre l'autre, et je me suis demandé si elle nous avait entendus faire l'amour pour la première fois depuis une éternité, au réveil.

« Mon Dieu, a fait Penelope, en voyant le petit déjeuner sur la table.

– Vous voulez du café ? »

C'était mon plus cher désir, mais je venais à peine de me désintoxiquer. Pour la première fois depuis des jours, je n'avais pas trace de migraine.

« Non, merci. »

Elle avait fait frire des œufs. De vrais œufs, dans une poêle en fonte, sur le réchaud à bois. Nous les avons mangés et n'avons même pas eu besoin d'en réclamer davantage. Elle a su, et quand elle nous a apporté une nouvelle assiette, tout me semblait si facile, si fluide que je me suis adossé à ma chaise, j'ai regardé Penelope et j'ai dit :

« Sonia Sotomayor. »

Elle a cligné des yeux, le front plissé par l'effort, puis elle a dit, triomphale :

« Bob Bullard.

– Bien vu !

– Qu'est-ce que vous racontez ? a demandé Veronica.

– C'est un jeu qu'on a inventé. Vous savez, quand on était dans notre banlieue, cachés derrière nos rideaux. On nomme une personne dont on espère qu'elle a survécu à la Grippe du Requin, mais ça ne peut pas être quelqu'un de *trop* connu. Genre Obama. Ou… le pape, ce genre-là. Il faut quand même qu'il ou elle soit assez célèbre pour que l'autre la connaisse.

– Comment on gagne ?

– On gagne en passant cinq minutes agréables ensemble. Et on a un bonus si la personne est tellement géniale que tout le monde veut la mettre sur sa liste. »

Elle a hoché la tête.

« Je ne connais pas Bob Bullard. Ça veut dire que je perds ?

– C'est un scientifique. Et non.

– OK… Bill McKibben.

– Pas mal. »

Les noms se sont mis à fuser dans tous les sens – DeRay Mckesson, Dolly Parton, Missy Elliott, mais quand j'ai dit Colin Kaepernick, Veronica a éclaté de rire.

« Quoi ? C'est quoi le problème de Kaepernick ?

– Oh, aucun. Il a survécu, ce mec, ça c'est sûr.

– Quoi ?

– Il est avec nous.

– Non ! *Colin Kaepernick* est dans votre groupe ?

– Mais oui. Mais c'est pas une affaire. Il n'est plus *Kaep*, vous comprenez ? C'est juste Colin, maintenant.

– Waouh. »

J'étais scié.

« C'est un fan de Kaep. » Penelope m'a donné une petite tape sur l'épaule. « Il a le tee-shirt, et tout.

– Ah oui. C'est mon tee-shirt préféré. Enfin, c'était. » Je me suis de nouveau tourné vers Veronica. « Je comprends bien que c'est juste Colin, mais quand même, ça a dû être super impressionnant. Quand vous l'avez rencontré pour la première fois.

– La célébrité, c'est une machine. Rien de plus. Vous entrez des gens dedans, elle les transforme en produits. Le problème, c'est qu'il y a des gens qui y croient. Ils deviennent le produit, et ils perdent tout ce qui faisait d'eux une personne. Il faut laisser la machine faire son travail, OK, mais il faut regarder ça de l'extérieur, ne pas la laisser toucher votre vérité profonde. Missy Elliott, elle n'a pas changé après avoir décroché un disque de platine. C'est la même meuf. Colin, pareil. Il ne faut pas se laisser bouffer par sa propre image, voilà tout. »

C'est à ce moment-là, quand Veronica s'est levée pour remettre du bois dans le feu, que j'ai soudain compris où je l'avais déjà vue. J'avais fixé son image pendant des heures, installé avec Hannah dans sa chambre, tandis qu'elle et moi, nous nous faisions découvrir des sons, ses trucs à l'AutoTune et mes vieux morceaux de hip-hop old school. Sur le mur d'Hannah, à côté de Frank Ocean, Tyler the Creator et Childish Gambino, il y avait un poster de notre hôtesse.

« Vous êtes Nasica. Oh la vache. Vous êtes Nasica ! »

Elle a refermé le poêle et s'est redressée.

« C'était moi, oui. Avant.

– Qui ? a demandé Penelope.

– C'est une star du hip-hop. » Puis, comme un con, je l'ai redit, directement à Veronica. « Vous êtes une star du hip-hop. Hannah vous adore.

– Qui est Hannah ?

– Notre fille. La raison de notre voyage en Californie. On va chercher notre fille.

– Ah ouais ? »

Je la fixais bêtement. C'était peut-être la hype, peut-être que j'étais ébloui par sa célébrité, ou peut-être simplement que ça faisait remonter une foule de souvenirs d'Hannah, tout ce temps passé assis sur son tapis, adossés au lit, son enceinte Bluetooth à côté de nous, ces années tellement précieuses où elle était assez grande pour avoir développé ses propres goûts musicaux mais encore assez petite pour vouloir me les faire partager.

« Elle n'en reviendra pas.

– J'ai hâte de la rencontrer, a fait Veronica.

– Je peux vous demander un truc ? C'est un hommage, pas vrai ? Si vous avez incorporé le nom de Nas dans le vôtre ?

– Mais carrément. Vous savez, je suis née à Oakland, mais j'étais partie m'installer dans le Bronx. Enfin, pour être honnête, c'est aussi un coup de marketing. Vous aimez Nas ?

– À mort.

– Il est dans votre Top 5 ?

– Assurément.

– Ah ouais. Vous allez me dire les autres. » Elle s'est tournée vers Penelope. « Vous aussi ? »

Ma femme a fait un geste d'impuissance.

« La musique, c'est plutôt son truc à lui. Moi, j'écoute un peu de jazz, un peu de Marvin Gaye, ça s'arrête là.

– OK. »

Veronica m'a regardé. C'était surréaliste. J'étais hypernerveux, comme si je passais un examen.

« Mobb Deep, ai-je dit.

– Ah ouais.

– Alors je vous préviens, mon truc c'est cent pour cent côte Est. New York.

– Ah mais c'est votre liste, hein.

– OK. Donc Big L. »

Essayais-je de l'impressionner ? Bien sûr que oui.

« Pointu !

– S'il était pas mort, il aurait enfoncé Jay-Z.

– OK, ça fait trois. »

J'ai regardé le plafond, et je me suis mordu la lèvre pour réfléchir.

« C'est OK, mec ! Vous savez que vous avez envie de dire Eminem, ou peut-être les Beastie Boys. Vous pouvez y aller, je jugerai pas.

– Je dirais Gang Starr mais sur ce coup-là, ça peut varier selon les jours.

– Plus qu'un.

– J'ai gardé les meilleurs pour la fin. En parlant de collectifs, je vais prendre le ferry de Staten Island pour le Wu-Tang Clan. »

Elle s'est rassise.

« Pas mal. Aucun mauvais choix.

– Vraiment ?

– Une question : si vous devez choisir un membre du Clan, vous prenez qui ? Ghost ? Raekwon ? The Genius ?

– Method Man », ai-je répondu du tac au tac.

Elle a hoché la tête.

« J'ai une théorie. » J'avais la bouche sèche. « Les MC, sans doute comme les poètes, d'ailleurs, ont une large gamme d'émotions, mais ils en ont tous une sur laquelle ils donnent le meilleur, ils crament tout. Genre, Meek Mill quand il parle des Lamborghini et tout, il est bon, mais quand il s'autorise à se mettre en colère, c'est juste... » J'ai mimé une explosion avec mes mains. « Et pour Method Man, c'est l'autodénigrement. Son émotion, je veux dire. Il comprend que dans une profession qui repose sur la fanfaronnade, ne pas se prendre trop au sérieux est la plus grande force. »

Elle hochait la tête, mais je n'arrivais pas à savoir si c'était pour exprimer son accord ou pas. Son expression ne trahissait pas ses pensées.

« Genre, quand il rappe sur les dessins animés, ou sur ses cors au pied. »

Penelope voyait bien que j'étais nerveux. Elle était morte de rire.

« Je suppose, a dit Veronica, étant donné que vous êtes un Blanc *woke* des classes moyennes supérieures, que vous adorez *The Wire*.

– C'est grave ?

– Nan, mec, c'est cool. Je dis juste que vous êtes prévisible, c'est tout.

– C'est vrai, j'adore *The Wire*.

– Vous savez comment Method Man a été casté dans la série ?

– Non.

– Il a passé une audition. Comme tout le monde. Et il a décroché le rôle. Et tous les autres mecs du hip-hop, ils ont commencé à lui prendre la tête : "Yo, tu peux me faire engager dans

The Wire ?" Mais il n'a pas fait jouer ses relations, il n'a demandé aucun traitement de faveur. Il l'a eu au mérite.

– *Fuck the world*[1]... »

J'ai commencé la phrase, et elle l'a terminée, et m'a tendu son poing pour un check.

Nous avons passé le reste de la journée à manger et à boire de l'eau. Veronica est sortie un petit moment, et nous avons proposé de l'accompagner, mais n'avons pas insisté quand elle a répliqué qu'elle n'avait pas besoin de nous. Je n'arrêtais pas de m'assoupir sur le canapé, pensant que j'étais réveillé, puis me réveillant quand Penelope glissait car elle s'était endormie aussi. Ensuite, ce soir-là, Veronica nous a expliqué la suite de notre voyage. Nous avons retiré les assiettes et étalé une carte du Nevada sur la table de la salle à manger et nous sommes penchés dessus tous les trois. Des bougies retenaient les coins, éclairant le territoire qui nous attendait.

« Donc, Hannah est à Bishop », a dit Veronica.

Nous lui avions raconté le Revival, l'appel radio, tout.

« C'est là. » Son doigt s'est posé juste à l'extérieur du plan. « Vous pouvez prendre la 80 jusqu'à Sacramento, faire une boucle, et arriver par l'autre côté. Mais vous ne parviendrez pas à traverser les sierras avant le printemps. C'est un coup à finir comme l'expédition Donner. Et si vous vous retrouvez coincés dans la neige, vous mourrez. »

Penelope et moi, nous nous sommes regardés.

« Donc, ça veut dire qu'il vous faut arriver à Bishop par l'est, c'est-à-dire par le Nevada. Et le Nevada, c'est vraiment l'horreur,

1. « *Fuck the world, don't ask me for shit* », extrait des paroles de « The What », de Notorious B.I.G. (*N.d.l.T.*)

putain, là, je veux parler de calamités de proportions bibliques. Je ne cherche pas à vous faire peur, mais faut que vous soyez prévenus.

– C'est bon, on en a déjà vu des vertes et des pas mûres, a fait Penelope.

– Sérieux, j'ai pigé ça. Mais là c'est autre chose. Le désert, hardcore. Brûlant le jour, glacial la nuit. Votre bagnole tombe en panne au mauvais endroit, vous y passez.

– Et si on prenait la 395 vers le sud à Reno ? ai-je demandé.

– Même merde. C'est pareil partout à l'est des montagnes. Peut-être même pire.

– Alors, on fait quoi ? »

Elle a fixé des yeux la carte.

« Je vous conseillerais de rouler de nuit, sans phares, mais si vous faites une sortie de route, vous êtes cuits. Finis. Pas la peine d'attendre de l'aide, parce que les gens qui se baladent dans le Nevada, je peux vous dire que vaut mieux pas qu'ils s'arrêtent. »

J'ai senti le silence dans la pièce tandis que nous attendions que Veronica reprenne.

« OK. Je me trimballe dans cette vieille caisse parce que je veux pas attirer l'attention, vous me suivez ? Mais il faut qu'on vous trouve une caisse qui en a sous le capot. Vous filez droit vers Bishop, vous faites gaffe à vos fesses, et s'ils se mettent à vous poursuivre, vous appuyez un grand coup sur le champignon, et zou, vous vous envolez.

– C'est qui, eux ? a demandé Penelope.

– Les crétins, ça manque pas. Les milices blanches, là, tous ces trucs de ouf.

– Les Proud Boys ?

– Oui, les Trois pour Cent, les Boogaloo Boys, tout le tintouin. Sauf qu'ils sont organisés, maintenant. Ils ont déclaré qu'ils tenaient tout ce territoire, et entre parenthèses vu le territoire, il faut vraiment être con, mais bon… » Elle a haussé les épaules. « Il y a plusieurs groupements, mais leur QG, c'est là. » Elle a montré un point sur la carte. « Round Mountain. Il y a une mine d'or à ciel ouvert, là. Et ils ont réduit des gens en esclavage pour la faire tourner. »

Les bougies ont vacillé, et la fine toile d'araignée des routes traversant le désert s'est mise à frissonner sous nos yeux.

« Les théories du complot sont tellement tarabiscotées que personne ne peut suivre, et d'ailleurs c'est bien l'idée. Il y a QAnon, mais aussi un autre mec, un certain V. Ils pensent qu'il détient la vérité au sujet du virus. Vous voyez le topo ; le nouvel ordre mondial, la cabale juive, toutes ces conneries. Ils se font appeler la QV Company. Et c'est eux qui tiennent le Nevada.

– La QV Company ?

– QVC.

– Comme… le réseau de téléachat ? »

Je n'ai pas pu retenir un petit rire.

« Ouais, ils pensent que Q et V faisaient passer des messages codés par le réseau. Pour se préparer à la fin des temps, rien que ça…

– Oh putain. »

Elle a haussé les épaules.

« J'ai pas dit qu'ils étaient fins fins.

– Ils vont essayer de nous vendre un Snuggie ? »

Veronica s'est penchée sur la table, en appui sur ses mains.

« Écoutez-moi bien. Ils sont dangereux. Je vous le dis tout de suite. La seule langue qu'ils comprennent, c'est le pouvoir.

– OK.

– Ils ont tout un assortiment de théories délirantes. Genre, ils pensent qu'il faut entretenir son immunité contre le virus.

– OK.

– Et pour ça, ils pensent qu'il faut boire le sang de rescapés. »

Le silence est tombé sur le salon.

« Et si on dit qu'on l'a pas eu ? a demandé Penelope.

– Dans les deux cas, ils vous feront trimer à la mine. Et vous n'en ressortirez jamais. »

Autour de nous, la maison faisait les petits bruits d'une maison bien chauffée – nous entendions le crépitement du bois dans le poêle, le vent qui faisait trembler les vitres, ce vent qui venait de balayer le long désert que nous nous apprêtions à traverser.

« Comme j'ai dit, faut que vous soyez prêts à vous envoler. »

Le lendemain, pendant que Veronica était partie faire ses repérages, Penelope et moi avons sillonné les rues désertes en quête d'une voiture. C'était étrange, la vitesse à laquelle nous nous étions habitués à vivre dans les restes vides de l'Amérique, les ossements tout autour de nous : les maisons au parement en vinyle, les pick-up, les balançoires rouillées dans les cours. Rien n'allait être restauré, rien n'allait même être entretenu. Tout allait partir à la dérive, dans l'oubli. Les mauvaises herbes qui jaillissaient déjà dans les fissures du bitume – elles possédaient la ville. Nous avons aperçu un ou deux visages derrière des fenêtres, un homme sur le côté de sa maison, en train de fendre du bois. Nous l'avons salué d'un signe, il nous a vus, mais il n'a rien dit et s'est remis à la tâche. Nous avons continué à marcher, dépassant quelques berlines et pick-up – des engins lents, lents, lents. À Dobbs Ferry, Al se baladait dans sa Maserati, à moins qu'il ait réussi à l'exploser contre un poteau téléphonique.

Et Carlos était chez nous, se réchauffant devant notre cheminée, laissant la radio en sourdine sur notre fréquence au cas où on tenterait de l'appeler de l'autre bout du monde. Nous sommes restés ensemble, cherchant une voiture qui ferait l'affaire, capable de nous emmener jusqu'à Hannah en bravant tous les dangers.

En définitive, nous nous sommes mis à prendre toutes les allées pour presser notre nez contre les vitres des garages. Nous avons vu des tondeuses, des ateliers, des Jet-Ski et plus de voitures bas de gamme qu'on en pouvait compter. Nous nous apprêtions à jeter l'éponge pour la journée quand nous nous sommes approchés d'un candidat guère prometteur, un garage le long d'un mobile home. Là, dans l'ombre, presque invisible, une Chevrolet Camaro noire.

« *Ça*, ça va le faire », a dit Penelope.

Le garage était fermé à clé.

J'ai frappé à la porte du mobile home, mais c'était comme cogner sur un marshmallow. À première vue, il n'y avait personne. Rien que la pénombre, mais quand j'ai mis la main sur la poignée, elle a tourné, et la porte s'est ouverte. Il n'y avait pas d'odeur, à part un vague relent de renfermé. Quand je suis entré et que j'ai vu le cadavre desséché dans le fauteuil, j'ai poussé un petit cri qui a fait accourir Penelope.

« C'est bon, je vais bien. »

Et j'allais bien, c'était le plus affreux. Ce spectacle m'aurait fait partir en courant un an plus tôt, appeler quelqu'un, n'importe qui, hors de moi. Il m'aurait hanté. À présent, c'était juste un cadavre de plus, et je me suis mis à fouiller les tiroirs de la cuisine en quête des clés. Le mort regardait la télévision, les métacarpes encore posés sur la télécommande. Dans le troisième tiroir, une clé avec un morceau de ruban adhésif sur lequel était inscrit « GARAGE », et celle de la Chevy, sur un porte-clés criard.

Je suis resté un moment sur le seuil, un pied au soleil, l'autre à l'ombre.

« Merci », ai-je dit.

Le cadavre n'a rien répondu, bien sûr. Nous sommes montés dans la voiture et rentrés chez Veronica, qui était déjà là, en train d'allumer le poêle.

Le lendemain, à l'aube, il faisait humide, et Veronica a dit que c'était de bon augure, que nous parviendrions peut-être à traverser les vastes plaines désertiques sous la pluie. Mais le temps de terminer le petit déjeuner, le ciel s'était dégagé, il n'y avait plus un nuage. Ça n'avait pas grande importance. Nous avons chargé la voiture – nourriture, eau et bidons d'essence. Le tout fourni par cette jeune femme qui était autrefois une star du hip-hop adorée par notre fille, cette silhouette miraculeuse dont la curiosité pour le Boars Tusk nous avait sauvés, car sans elle nous serions sans doute déjà morts dans les broussailles du Wyoming et Hannah n'aurait jamais su que nous avions tenté de la rejoindre, elle n'aurait jamais pu faire son deuil, et nous n'aurions jamais su si elle s'était échappée du Revival, ou si, après tout, elle y avait trouvé la paix – peut-être possédaient-ils vraiment les réponses, tout compte fait.

Quelque part au milieu du pays, la nature de notre entreprise avait changé. Nous cherchions toujours Hannah, nous étions toujours en mission sauvetage, mais qui sauverait qui, ce n'était plus aussi clair. Peut-être que c'était nous, qui avions besoin d'aide.

« Vous avez l'atlas, a dit Veronica.

– Oui. »

Il y avait eu un temps où nous étions quasi prêts à mourir pour un atlas routier. Et elle venait de nous en donner un sans contrepartie, comme si ce n'était rien.

« Rappelez-vous bien, la seule chose qu'ils comprennent, c'est le pouvoir. Si vous vous faites choper, ne faites pas appel à leur pitié. Ils n'en ont aucune.

– On doit prendre un fusil, vous pensez ?

– Vous pouvez. Si vous cherchez un peu dans les maisons alentour, ici en ville, vous allez certainement trouver. Mais ils sont plus armés que vous, quoi qu'il arrive. La vitesse, c'est là-dessus que vous devez miser.

– Vous nous avez dit que vous aviez hâte de rencontrer Hannah un jour, a dit Penelope.

– Oui.

– Est-ce que ça signifie qu'on peut se joindre à vous ? Entrer dans votre collectif ? Quand on l'aura trouvée ?

– Bien sûr.

– Même moi ? » ai-je demandé.

Veronica s'est tournée vers moi.

« Diviser les gens, exclure les gens, c'est le truc de votre peuple à vous. Vous pouvez venir, on a déjà des Blancs avec nous. La seule chose, c'est qu'ils doivent recalibrer leur façon de penser. Ce n'est pas parce que vous êtes blanc qu'on a envie d'entendre votre avis, ça n'intéresse personne. Il faudra que ça ne vous dérange pas d'être dirigé par des femmes noires.

– Il a l'habitude, a dit Penelope, et Veronica a ri.

– Retrouvez-nous à Grand Junction, dans le Colorado. C'est là qu'on va s'installer pour quelques mois, prendre la température, et ensuite on ira peut-être plus à l'est.

– Grand Junction.

– C'est ça. »

Nous étions tous les trois debout dans l'allée. Des volutes de fumée s'élevaient de la cheminée. Son pick-up était garé dans l'allée, notre Camaro dans la rue. Le vent soulevait quelques feuilles mortes avant de les laisser doucement retomber.

« Bon, faut que je commence ma journée », a-t-elle dit.

Penelope a dégluti, les nerfs visiblement aussi secoués que moi.

« Merci », ai-je dit, et Penelope a serré longuement Veronica dans ses bras.

Nous étions dans la voiture, moteur grondant, quand Veronica a arrêté son pick-up à notre hauteur, vitre baissée.

« Hé ! Vous en faites pas. C'est peut-être la fin du monde, maaaaaiiiis… »

Elle a marqué une pause.

« Mais quoi ?

– Mais le Wu-Tang est là *pour toujours* ! »

Son rire s'est attardé après qu'elle est partie. J'ai agrippé le levier de vitesse et Penelope a posé sa main sur la mienne. Nous sommes restés comme ça un moment, scrutant par la fenêtre ce patelin abandonné du Wyoming, Rock Springs, ville fantôme. Puis nous nous sommes regardés, et j'ai dit : « Prête ? »

Elle a hoché la tête.

J'ai passé une vitesse et tenté de m'éloigner du trottoir, mais n'ai réussi qu'à caler. Penelope m'a regardé sans rien dire.

« Oh putain », ai-je pesté.

Le moteur de la Camaro ne comprenait pas la douceur. Il fallait s'engager pleinement. Cette fois, j'ai enfoncé la pédale d'accélérateur, la voiture a fait un bond, et voilà, nous étions en route vers la nationale, vers l'ouest.

11

C'était dans une maison du Vermont que nous avions pris nos premières vacances après la naissance d'Hannah. Je ne me rappelais pas le nom de la famille qui nous avait accompagnés. Nous les comptions parmi nos meilleurs amis, mais nous nous étions éloignés sans vraie raison, des SMS restés sans réponse de part et d'autre, des appels manqués, si bien que quand ils avaient déménagé, nous n'avions même pas été au courant de leur départ. Mais la grossesse de Penelope s'était déroulée du temps de notre amitié, et lorsque nous dînions chez eux, j'observais leurs deux enfants à la dérobée, le tout petit qui se mettait des cubes de Lego dans la bouche et le plus grand, un petit garçon, qui suppliait ses parents de le laisser regarder la télévision, comme si j'essayais de prédire mon propre avenir en tant que père. Le grand jour, ils étaient venus à l'hôpital avec des ballons.

Ce que je me rappelais du Vermont, c'était la terreur dans la voix de Penelope lorsqu'elle m'avait appelé, de la chambre. Levé tôt, j'étais en train de faire frire du bacon en regardant le paysage couvert de cette neige épaisse qui étouffait les sons. Notre sommeil était complètement désorganisé, quelques heures par-ci par-là, à cause des coliques d'Hannah. Penelope a crié mon prénom, à plusieurs reprises, sans se soucier de l'autre famille, et j'ai couru vers la chambre, laissant le bacon brûler dans sa poêle derrière moi, la graisse qui crachotait avec des petits *pop* sonores. Hannah était réveillée et hurlait aussi, le visage violacé, et je n'ai pas compris ce qui n'allait pas. Penelope répétait : *Son cœur, son cœur*, et lorsque j'ai placé ma paume sur sa petite poitrine, on aurait dit un colibri ; il cognait si vite que les battements se confondaient, si vite que mon cœur s'est emballé à son tour, comme si nous ne faisions qu'un.

Je ne sais plus le nom de l'autre famille, mais je me suis mis à le crier, à ce moment-là, et le père a déboulé dans la chambre, et sur le moment, mon vœu le plus cher était qu'il lève les yeux au ciel et nous assure que ce n'était rien, que ça arrivait à tous les bébés. C'était ce genre de personnes, ils donnaient une illusion de perfection, ils ne confiaient jamais leurs difficultés, si bien qu'on aurait cru qu'ils étaient nés parents, si bien que quand je suis tombé sur la mère qui engueulait son fils sans aménité dans le couloir, ça m'a soulagé immensément.

Quand il a posé la main sur Hannah, il ne nous a pas du tout dit de nous détendre. Non, il a écarquillé les yeux et dit : « Oh putain ! » J'ai couru dehors démarrer la voiture, dérapant et trébuchant dans la poudreuse qui recouvrait le verglas. Penelope a attaché Hannah sur le siège bébé et s'est placée juste devant, les bras autour, coincée entre l'arrière du siège avant et notre fille, ne la quittant pas des yeux tandis que j'enclenchais fébrilement une vitesse et partais en zigzag vers la route, tenant la page de l'atlas montrant la direction de l'hôpital Dartmouth-Hitchcock contre le volant, toute froissée. Quand je suis arrivé sur la nationale, j'ai collé le pied au plancher et ne l'ai pas relevé. La voiture tremblait, et l'aiguille dépassait la verticale, entrant dans des zones du compteur que je ne lui avais jamais fait visiter auparavant, plus de cent soixante kilomètres à l'heure, sans tenir le moindre compte des limites de vitesse, serrant le volant comme si je voulais l'étrangler.

J'ai vraiment cru qu'elle était en train de mourir. Prier, ce n'est pas le bon mot pour décrire ce que je faisais en conduisant. Je marchandais plutôt, peut-être, et je ne savais même pas avec qui. J'étais prêt à offrir mon propre muscle déformé en échange, mon cœur.

Et elle n'avait rien. Nous avons subi quelques heures atroces d'examens et reçu comme un don du ciel le diagnostic de tachycardie supraventriculaire, l'explication la plus probable et la plus souhaitable, on nous avait prévenus à notre arrivée. Le mantra que nous avons répété pendant que les machines ronronnaient, que les médecins examinaient les graphiques et résultats. Je n'avais jamais entendu ces mots de ma vie, et ils représentaient à cet instant mon seul désir. Tachycardie supraventriculaire. Guérissable. Excellent pronostic. Notre trajet vers l'hôpital avait sans doute été plus dangereux.

Pendant un petit moment, nous étions passés derrière le voile, l'illusion de normalité qui recouvrait l'*American Way of Life*, la vie qui était la nôtre. La famine : pas pour nous. L'artillerie de la guerre civile détruisant nos bâtiments : pas pour nous. Les seigneurs de guerre : pas pour nous. Si on considérait une chronologie de l'existence humaine, nous vivions des vies incroyablement protégées, mais la vérité persistait à se cacher derrière tout ce vernis : cruelle, brutale, brève, et tout le reste. Les gens mouraient encore. Des enfants mouraient encore.

Combien de jour s'étaient écoulés depuis que nous étions partis vers l'ouest ? Une semaine ? Deux ? Le temps n'avait plus de sens, c'est certain, mais c'était plus profond que ça ; je comprenais maintenant ma naïveté, mon entêtement dérisoire à maintenir la forme d'un monde perdu. Pourquoi Penelope avait-elle quitté Dobbs Ferry si facilement ? Parce qu'*elle*, elle comprenait que Dobbs Ferry n'existait plus. Lorsque nous avions planté notre potager, je n'avais labouré que jusqu'à la bordure de notre propriété, comme si Arlo et Jeff étaient encore vivants, dans la maison voisine, pour tailler leurs rosiers. En traversant le New Jersey, la Pennsylvanie, l'Ohio, j'avais maintenu une vitesse de cent trente kilomètres à l'heure maximum ; je prenais ça pour de la prudence, mais je voyais à présent que c'était un vestige d'une innocence qui devait finir de s'effondrer. J'avais réalisé le cauchemar de ma jeunesse : j'étais devenu mon père, effrayé par le changement, vivant dans le passé, tentant d'imposer un ordre social obsolète à la sauvagerie du monde. La vérité, c'était la simplicité radicale, à croire que Marie Kondō avait inventé la Grippe du Requin afin de tous nous aider à nous libérer. Tout serait dépouillé, l'existence ne serait plus le tranchant d'une lame, mais sa pointe, singulière, terrible et magnifique. Toute notre vie, nous avions couru après l'équilibre comme si c'était la clé de tout. L'équilibre, l'équilibre, l'équilibre. Je le prêchais à mes clients, et ils y aspiraient également.

Mais équilibrer *quoi* ? Il n'y avait plus rien à part ce que j'aimais le plus : ma famille. Tout le reste n'était qu'obstacle inutile, excroissance tumorale qui interrompait la beauté aérodynamique de notre but, mince comme une flèche. Nous étions sur la dernière ligne droite, à présent, fonçant vers l'ouest, notre Camaro proche du sol, impatiente, le pare-brise profilé pour maximiser la vitesse. Lorsque j'accélérais, le moteur vrombissait, et sur les longues lignes droites, j'allais à plus de deux cents, juste pour me prouver que je le pouvais.

Une bribe de mon innocence subsistait, pour être honnête. Je restais vierge : je n'avais jamais tué. C'était la dernière illusion de grâce que je voulais conserver, la rivière de sang que j'espérais ne jamais traverser. Le monde était hérissé de couteaux partout où l'on regardait, mais peut-être avais-je raison de croire que la violence ne faisait qu'engendrer la violence. Peut-être ce vestige de moralité avait-il la même fonction que l'aileron à l'arrière de la Camaro, qui la retenait au sol de façon qu'elle ne se retourne pas brutalement dans son envolée, nous tuant tous les deux.

Nous avons parcouru les derniers kilomètres de Wyoming et abordé les montagnes de l'Utah. J'ai rétrogradé et ralenti lorsque la route s'est mise à faire des lacets, revenant brutalement sur elle-même dans les côtes. Nous nous arrêtions régulièrement pour remplir le réservoir, sachant qu'il pouvait très bien venir un moment où nous devrions échapper à des poursuivants, tenir plus longtemps.

Je voyais tout différemment, à présent, je cherchais des embuscades potentielles dans toutes les collines, entre tous les rochers au bord de la route. Quand Penelope a pris le volant, je n'ai pas relâché ma surveillance; nous tentions tous les deux de tirer parti au maximum de la visibilité limitée offerte par la voiture, les fenêtres, de simples fentes par lesquelles nous devions passer la tête pour y voir, comme si la Camaro était un tank, mais sans blindage, sans rien pour nous protéger d'une attaque.

Il faisait bon dans l'habitacle, mais lorsque nous avons fait une pause, le froid dehors nous a surpris, nous rappelant l'air raréfié. Puis un trait de neige a balayé la route, une bourrasque si soudaine, si totale que nous avons failli être aveuglés. Penelope a ralenti presque au point mort, la voiture avançant au pas à travers les flocons qui sont repartis aussi vite qu'ils étaient venus, laissant la route noire et mouillée, mais les arbres trapus et les collines alentour désormais tout blancs. Quelques kilomètres plus loin, nous avons entamé le long slalom descendant vers Salt Lake City, et le brun et le vert sales ont reparu. Les falaises éboulées et le voile blanc neigeux étaient du passé, telle une hallucination que nous avions dû traverser pour parvenir de l'autre côté. Des voies de détresse ont commencé à apparaître, partant à l'inverse de la route en pente. Un semi-remorque délabré s'étalait sur l'une d'elles comme un brontosaure mort plié en deux.

Salt Lake était une ville basse, lovée dans la plaine et éclipsée par les chaînes de montagnes tout autour. Rien à voir avec New York, qui se dresse vers le ciel avec ostentation. En arrivant dans l'Utah en avion, ce devait être les montagnes qu'on cherchait à voir en écrasant son nez contre le hublot, pas les gratte-ciel comme en descendant vers La Guardia ou JFK. Bien sûr, l'avion aussi appartenait au passé, une technique que les humains avaient brièvement maîtrisée avant que les continents se séparent à nouveau. Les avions, à la fin, avaient été un instrument de distribution du virus, signant leur propre arrêt de mort.

Nous sommes ressortis de la ville aussi vite que nous y étions entrés, la plaine si plate de l'autre côté que nous sentions la courbure de la Terre sous nos roues. Des échangeurs routiers complexes brisaient la monotonie du paysage, puis tout à coup, le lac donnant son nom à la ville est apparu sur notre droite, long, et reflétant le soleil. Au loin, les pics montagneux ressemblaient à des îles. Nous ne parlions pas beaucoup mais j'ai dit : « T'as vu ? » et Penelope a répondu : « Oui. »

La route s'est réduite à deux voies avec un large terre-plein central entre nous et celle qui se dirigeait vers l'est, et elle traçait une ligne parfaitement droite à travers un paysage austère de sable blanc. J'aurais pu lâcher le volant sur des kilomètres, mais à grande vitesse la voiture semblait avoir une vie propre, la moindre vibration se ressentait et je le tenais avec les mains à 10 h 10. De l'autre côté, une sortie est apparue, avec un panneau « BONNEVILLE SPEEDWAY ». Je me suis tourné vers Penelope.

« C'était les Bonneville Salt Flats, ils essayaient de battre des records de vitesse. » Pendant un bref instant, j'ai fait le touriste. « Ce n'est pas du sable du tout. C'est du sel.

– Waouh. »

Elle m'a regardé comme quand j'insistais pour lui raconter les temps forts d'un match de basket. J'ai ri.

« Quoi ? a-t-elle demandé.

– Rien. »

La route s'est mise à tourner et à monter en passant à travers un affleurement de rochers explosés avant d'arriver dans la ville de Wendover, puis un panneau sur la droite est apparu : « BIENVENUE DANS LE NEVADA ». Et en-dessous : « PERMIS EXIGÉ POUR LE TRANSPORT DE MATÉRIAUX DANGEREUX, APPELEZ LE (775) 687-9600 ».

J'ai arrêté de sourire et me suis rangé sur le côté. J'avais des crampes aux mains à force de serrer le volant comme un dingue. Sans un mot, Penelope est descendue de la voiture, a sorti un jerrycan de l'arrière et rempli le réservoir. Nous avons étalé l'atlas sur le capot et l'avons examiné, même si nous avions déjà prévu notre itinéraire.

« C'est notre sortie », a fait Penelope en montrant la pancarte derrière.

J'ai regardé en dessous de la route, où la glissière menait sous un pont.

« Ouais. »

Notre itinéraire partait à présent vers le sud, tendu comme une corde à travers l'État du Nevada, en droite ligne jusqu'à Bishop.

Six cents quarante kilomètres. Avec notre voiture, quatre heures. Nous pouvions y être en quatre heures. J'ai eu le souffle coupé à l'idée que la distance entre nous et Hannah ne se mesurait plus en jours, ou en vies, mais en heures.

« On n'a même pas de plan d'action, ai-je fait observer. Rapport à ce qu'on fait une fois à Bishop.

– Il faut déjà qu'on y arrive. »

Elle fixait le plan comme s'il pouvait encore receler une révélation nouvelle. Je n'étais jamais allé dans le Nevada, jamais allé à Vegas. Dans mon esprit, ces lieux avaient toujours occupé l'espace théorique réservé aux choses sur lesquelles j'avais des opinions en dépit d'une absence totale d'expérience personnelle : les casinos, la prostitution et, à présent, l'extraction d'or par des personnes réduites en esclavage. Le trajet semblait assez simple sur la carte, et nous n'étions plus les mêmes à présent, aguerris que nous étions à l'apocalypse.

« On peut y arriver. C'est dans nos cordes. »

Penelope m'a gratifié d'un sourire las.

« On verra bien. » Elle a replié le plan. « Je prends le volant. »

Elle a fait demi-tour pour revenir à la sortie. Nous sommes descendus et avons traversé la ville, dépassé des casinos sans doute déjà tristes et défraîchis avant la fin du monde. À présent, ils ressemblaient à des cercueils de mauvais goût. Nous avions pénétré dans un étrange paysage de gris et de bruns, avec des rochers qui dépassaient de la terre chauve, et même les arbres exsangues et las faisaient faiblement semblant d'être verts. Des montagnes basses crantaient l'horizon, mais la route continuait, fidèle à elle-même, les rares virages si légers que Penelope avait à peine besoin de tourner le volant. Même lorsque nous sommes arrivés aux collines rocheuses, elles hérissaient la plaine telles des aiguilles, et la disposition de la route n'a pas changé du tout, toujours plate, deux voies avec une ligne jaune en pointillé au milieu, une bande de bitume infinie derrière nous, une bande de bitume infinie devant. Penelope roulait vite, et je me sentais curieusement en sécurité. Il n'y avait pas d'endroit où se cacher. Nous avions des chevaux-vapeur à revendre, et les seules voitures que nous croisions étaient des épaves, abandonnées sur le bas-côté.

La route s'est mise à grimper dans les collines basses, et le désert a verdi, se parsemant de buissons tout autour de nous. La vitesse était limitée à cent dix kilomètres à l'heure, ce qui signifiait seulement que nous pouvions aller à l'allure qui nous chantait. Le visage de Penelope était tendu par la concentration, ses épaules remontées, tout son corps penché en avant si bien qu'il y avait plusieurs centimètres entre son dos et le siège. Un petit aéroport est apparu sur notre droite, la manche à air pendouillant, toute molle, puis nous sommes entrés dans la ville d'Ely, et elle a ralenti.

Devant un camping, une femme marchait sur le bord de la route en traînant les pieds. À l'approche de notre voiture, elle a escaladé en vitesse une clôture basse et disparu. Puis nous sommes arrivés dans la ville même, un curieux mélange de stations essence, de maisons et de centres commerciaux dans la même zone, un comptoir colonial juste en face d'un ranch d'habitation de plain-pied. Penelope a tourné sur la route 6. Nous nous sommes mis à slalomer entre les collines qui s'élevaient à quarante-cinq degrés des deux côtés, et moi à promener mon regard de droite à gauche pour guetter les embuscades. Il y avait de quoi se cacher, des arbres bas, et derrière chaque tronc, j'imaginais un homme armé, tête appuyée contre l'écorce, prêt à faire tourner son barillet.

« C'est là que je me planquerais.

– Moi aussi. »

Personne n'a bondi sur nous. Aucun coup de feu n'a retenti dans le silence du désert. Nous sommes ressortis de l'autre côté, de retour dans le paysage lunaire desséché, et la route est redevenue droite comme une corde tirée de chaque côté, puis lorsque Penelope a accéléré avec un vrombissement, c'est de nouveau un dégradé de marron et de gris qui s'est mis à défiler par les vitres. Il n'y avait pas signe de vie, pas même une buse traçant des cercles dans le ciel. Peut-être que même les morts avaient disparu. Peut-être qu'il n'y avait rien. La route était si droite que les bords opposés se réunissaient comme dans un cours sur la perspective, à l'horizon. Nous sommes passés devant un tracteur à semi-remorque abandonné, perpendiculaire à la route, puis devant une poignée de carcasses de voitures brûlées, puis un autre tracteur à semi-remorque est apparu au loin à côté du bord de la route, perpendiculaire lui aussi, son flanc nous faisant face comme un mur.

Une sonnette d'alarme a commencé à tinter dans ma tête. Ça me semblait s'être produit mille ans plus tôt, mais je me suis brusquement rappelé le collectif féministe du Delaware Water Gap, la route à péage, et la fourgonnette dont elles se servaient pour bloquer la route. J'ai su ce qui allait se produire avant que ça se produise, je savais que nous étions déjà entrés dans le piège, que c'était déjà lancé avant qu'on remarque quoi que ce soit, que c'était ainsi que ça se passait. On pensait que la fin se trouvait des kilomètres plus loin, mais elle était là, dans le désert, attendant de vous surprendre.

Le tracteur à semi-remorque a pris vie, s'est placé au milieu de la route et s'est arrêté.

Penelope a enfoncé la pédale de frein.

« Oh, non, non, non », a-t-elle dit.

Avant que je puisse répondre, elle était passée en marche arrière, mais c'était trop tard. Par la lunette arrière, on a vu s'élever un toupet de fumée des gaz d'échappement en hauteur du camion que nous venions de dépasser, et à son tour, il s'est avancé pour bloquer la route. Nous étions piégés.

Les voitures éventrées en plein désert s'expliquaient soudain, et l'explication était sinistre. Des buissons épais parsemaient le paysage, et entre eux, la terre sablonneuse était assez meuble pour que toutes les autres voitures se soient embourbées en tentant de fuir.

Rien ne bougeait. Personne n'est descendu des camions. Celui de devant était encore à quelque quatre cents mètres, mais il n'y avait nulle part où aller.

Pourquoi n'étions-nous pas partis chercher des armes ? Nous aurions pu tenter de nous en sortir en tirant, même si dès que cette idée a commencé à enfler dans mon cerveau, j'ai su que c'était une chimère.

La respiration de Penelope était rapide et hachée, et je la voyais déglutir. Je savais qu'elle était terrifiée, et tentait de se maîtriser. Elle m'a pris la main et l'a serrée si fort qu'elle m'a fait mal. Nos regards se sont croisés et nous n'avons pas détourné les yeux, et il y a eu un silence dans la voiture jusqu'à ce que sa respiration se calme. Elle a dit :

« Laisse-moi faire, OK ?

– Tu as un plan ? »

Elle n'a pas répondu, juste démarré et roulé lentement jusqu'au camion. Lorsque nous sommes arrivés à proximité, un homme en gilet pare-balles couleur camouflage est descendu du siège passager et s'est avancé sur la route. Il portait un fusil d'assaut. Sa tête était couverte d'un casque style BMX, son masque de protection décoré du crâne du Punisher. Il a placé son fusil sur son épaule et nous a visés.

Nous nous sommes arrêtés à sept ou huit mètres. Penelope a retiré les clés du contact et serré le frein à main, puis elle est sortie de la voiture. Avant de s'avancer sur le bitume poussiéreux, elle s'est penchée à l'intérieur, m'a jeté un dernier regard, et m'a soufflé :

« Retire ton alliance. »

Malgré ce qu'elle éprouvait, je le savais, elle s'est avancée vers l'homme comme si elle était la patronne des lieux, épaules en arrière, à croire que les petites combines de l'autre étaient à peine dignes de son attention.

« Vous croyez que vous allez où ? a demandé le Punisher.

– Round Mountain. Je dois parler au QVC. »

J'étais sorti de la voiture, quelques pas en arrière.

« Ben voyons. »

Il a ri. Dans le camion au-dessus de lui, un autre homme a regardé par sa vitre ouverte.

« Bougez votre camion et laissez-moi passer, a répété Penelope. Je vous le répète, je dois parler au QVC. »

Sa voix, la voix que je connaissais si bien qu'elle faisait partie de moi, était aussi plate, vide et lointaine que le désert autour de nous. Si j'avais fermé les yeux, l'aurais-je seulement reconnue ?

« Pétasse, c'est moi, le QVC.

– Bien, a-t-elle dit. Je représente la Nouvelle Nation Noire. Je suis en mission diplomatique. »

Il a plissé les yeux.

« Quoi ?

– La Nouvelle Nation Noire. J'imagine que vous nous connaissez.

– Quoi ? » Il a baissé le canon de son fusil, si bien qu'il visait nos pieds, plutôt que nos têtes. « Curtis, putain, qu'est-ce qu'elle raconte ?

– Retirez votre masque pour qu'on puisse parler, je vous prie, a dit Penelope.

– Me dites pas ce que je dois faire. »

Curtis a ouvert sa portière pour descendre de l'habitacle.

« Retire ton foutu masque, putain, Duane. » Il était gros, son ventre débordant au-dessus de sa ceinture, avec des petits yeux comme des raisins secs dans sa face pâteuse tandis qu'il dévisageait Penelope. « Qu'est-ce que vous racontez ?

– Je représente la Nouvelle Nation Noire. Je viens en mission diplomatique. Conduisez-moi à votre leader. »

Elle a dit ça sans la moindre ironie.

« Elle est où, la *Nouvelle Nation Noire* ? »

Curtis a prononcé ces mots d'une voix dégoulinante de condescendance.

« Notre bastion est South Central Los Angeles, mais nous tenons une grande partie de la Californie du Sud, à l'heure actuelle.

– Je croyais que c'étaient les Chicanos qui tenaient L.A. »

Penelope a haussé un sourcil en souriant.

« Avant, oui.

– Dieu tout-puissant », a dit Curtis.

Nous avons tous observé le silence, le soleil sans pitié au-dessus de nos têtes dans le ciel vide, même si quand je regardais vers l'ouest, vers la Californie de la fable qu'elle inventait, des nuages d'orage commençaient à s'étaler sur l'horizon.

Curtis m'a montré du doigt.

« Lui, c'est qui ?

– Il est à moi, a répondu Penelope sans hésitation.

– Quoi ?

– C'est mon esclave, comme vous diriez.

– Je le savais, putain », a dit Duane. Le canon de son fusil s'est mis à faire des moulinets frénétiques. « Je te l'avais dit, putain, mec. »

Curtis s'est adressé à moi.

« De quoi elle parle ? »

J'ai regardé Penelope.

« Elle m'a recueilli. Elle m'a donné de quoi manger, un abri, et la sécurité. Et en échange… »

J'ai haussé les épaules.

« Tu veux te tirer, tu te tires, m'a dit Curtis. Ici même, et maintenant. Elle peut rien y faire.

– Je suis content. Ma maîtresse me traite bien. »

Curtis a craché dans la terre et s'est essuyé le visage avec l'avant-bras. Il m'a regardé comme si j'étais un mauvais goût dans sa bouche.

« Putain.

– Laissez-moi passer, a dit Penelope. Je dois parler à vos leaders. »

Les yeux de Curtis se sont encore étrécis.

« Je suis pas débile. Duane, attache-moi ces deux-là. On va laisser le Dragon décider. »

Il a sorti un pistolet de sa ceinture et l'a agité dans notre direction. Duane a fait basculer son fusil dans son dos et sorti deux longues lanières de plastique vert de sa poche.

« Vous commettez une erreur, a fait Penelope tandis qu'il attachait ses poignets, puis les miens.

– La ferme.

– Prends leur bagnole et amène-les à Round Mountain, a dit Curtis.

– Monte à l'arrière », a dit Duane à Penelope.

Elle l'a dévisagé, a secoué la tête puis est montée sur l'étroite banquette arrière de notre voiture, s'asseyant de côté, les mains liées dans son dos.

« Toi, monte devant », m'a-t-il dit.

Le siège avant n'était pas fait pour accueillir quelqu'un aux poignets liés dans le dos. Je me suis faufilé malgré la douleur. Duane a tendu son fusil à Curtis, pris le pistolet en échange, et s'est laissé tomber au volant.

« Oh merde. » Il est ressorti de la voiture. « C'est une boîte de vitesses manuelle.

– Quoi ?

– Le levier de vitesse. C'est manuel, bordel.

– Et alors ?

– J'ai jamais conduit un truc pareil. Qui conduit encore des voitures manuelles, bordel ?

– Moi, voilà qui ! » s'est écrié Curtis.

Il a regardé longuement le siège avant de la Camaro, et j'ai compris qu'il essayait d'estimer s'il y logeait. Il est arrivé à la conclusion que non.

« Mais je dois gérer le barrage.

– Je peux le gérer, le barrage.

– Le foutu camion aussi, il a des vitesses manuelles. Tu te vois le conduire ?

– Mais putain, on fait quoi, alors ? »

Penelope et moi avons échangé un regard.

« Détache-le, fais-le conduire. Mais surveille-le bien, a ordonné Curtis.

– Sors de la caisse », m'a dit Duane.

Je bougeais trop lentement pour lui ; il a attrapé le serre-câbles avec lequel il m'avait attaché et m'a tiré les bras en arrière. J'ai trébuché en sortant et suis tombé.

« Debout. »

Penelope, toujours à l'arrière, a fait mine de dire quelque chose, mais s'est ravisée. Je me suis relevé tant bien que mal.

« Pas d'entourloupes. » Duane a sorti un couteau d'un étui à sa ceinture. Il l'a brandi sous mon nez. « J'hésiterai pas. T'as pigé ? J'hésiterai pas une seconde, putain. Je t'éventrerai comme un chevreuil. »

J'ai tourné la tête pour éviter la pointe du couteau.

« J'ai pigé. »

Il s'est placé derrière moi, a glissé sa lame entre mes mains, et j'ai senti le plastique tirer sur mes poignets avant qu'il le découpe, me libérant. Le fusil de Curtis était pointé sur moi. Je ne pouvais rien faire, mais je n'avais pas l'initiative de tout façon. Nous appliquions la tactique de Penelope. Je lui faisais confiance car je la connaissais, je savais que même avec son pouls emballé par la terreur, une partie de son cerveau avait fait le calcul des probabilités, décidé d'un plan d'action. Je me suis installé au volant, et Duane est monté à côté de moi, sans cesser de me viser avec son pistolet. Il a fermé la portière et s'y est adossé.

« Pas de mouvements brusques. »

Curtis est remonté dans le camion, a démarré et reculé, dégageant la route. Duane a agité son arme.

« Vas-y. »

Son odeur emplissait la voiture, sueur, chaussettes sales et haine. Au bout d'un ou deux kilomètres, il s'est remis droit, face à la route, la main toujours sur l'arme posée sur ses genoux, et il a bouclé sa ceinture de sécurité. Si je m'étais imaginé faire une cascade de cinéma et planter délibérément la voiture pour le regarder jaillir par le pare-brise, c'était foutu. Je nous aurais tous tués, de toute façon. Même si nous avions survécu à l'accident, nous nous serions retrouvés tout seuls dans le désert, notre fin repoussée de quelques heures, au mieux de quelques jours.

Le vert avait disparu des broussailles qui peuplaient le paysage. Du marron partout, comme si tout avait capitulé. Tandis que nous roulions vers l'ouest, les nuages s'amoncelaient, énormes et d'une couleur rougeâtre maladive, cachant le soleil, si bien que nous avancions désormais dans un demi-jour crépusculaire bien que l'horloge du tableau de bord annonce 14h32.

« Gare-toi là », a dit Duane.

Il y avait une petite pancarte bleue annonçant une aire de repos sur le bord de la route, mais elle marquait seulement un carré de terre battue débroussaillée et deux vieilles bennes à ordures de deux cents litres débordant d'ordures que personne ne venait plus ramasser. Nous nous sommes arrêtés, et Duane a défait sa ceinture, revolver toujours braqué sur moi. Avant d'ouvrir la portière, il a dit :

« Passe-moi la clé. »

Je la lui ai tendue et il a fait deux pas dehors. Il a défait sa braguette et est resté planté là, son petit sexe flasque sorti de son pantalon. Puis rien.

« Arrête de me regarder. T'es pédé, ou quoi ? »

J'ai regardé Penelope, à l'arrière. Le son d'un jet crachotant m'a indiqué qu'il était parvenu à ses fins. Le visage de Penelope était impassible, mais elle avait les poings serrés. Sa ruse exigeait qu'il soit juste assez stupide, ni trop ni pas assez. Suffisamment pour gober ses boniments, mais pas assez pour nous tuer délibérément ou accidentellement.

Il est remonté en voiture et m'a tendu la clé, qui était humide de sueur ou de pisse, ça revenait au même. Je l'ai glissée dans le contact et me suis essuyé les doigts sur mon pantalon.

Nous sommes repartis. Nous avalions les kilomètres, le paysage autour de nous interminable et désolé. Il s'est mis à neiger, juste un peu, mais les flocons ne fondaient pas sur le pare-brise, ils rebondissaient et voltigeaient en l'air à notre passage.

Ce n'était pas de la neige, c'était de la cendre. Les nuages n'étaient pas des nuages. C'était la fumée des incendies en Californie dont Veronica nous avait parlé, transportée par le vent d'ouest.

Nous avons tourné vers le nord, et assez vite, nous sommes arrivés à un chemin de terre qu'il a montré du doigt en s'esclaffant :

« Vous avez pas du tout idée de ce qui vous attend, putain. »

Il a ri.

Le mur qui est apparu devant nous était construit avec des carcasses de voitures, de la tôle ondulée et des poteaux en bois. Il s'étendait à perte de vue des deux côtés, et des drapeaux claquaient dans le vent, innombrables. QVC. Des drapeaux américains, des drapeaux sudistes. Des drapeaux de la Thin Blue Line, de la police. Des croix gammées et des aigles. Des drapeaux de campagne, sans date ni colistier, avec juste les mots « TRUMP POUR TOUJOURS ». Des sentinelles étaient postées en haut du mur ourlé de barbelés et de pointes, armées de fusils.

« *Home sweet home* », a dit Duane.

Il est descendu de voiture et a salué les gardes de la main. J'avais les miennes moites sur le volant, ma chemise était trempée aussi, comme si j'avais couru un marathon. La porte a commencé à s'ouvrir, et Duane est remonté, me faisant signe d'avancer avec son revolver. J'ai calé en tentant de passer la première.

Duane a éclaté de rire.

« Toi non plus, tu sais pas conduire avec un boîtier manuel. »

J'ai redémarré, et nous sommes entrés dans l'enclos en roulant au pas. La particularité du mur m'est apparue une fois que la porte s'est refermée derrière nous : toutes les armes à feu étaient pointées vers l'intérieur. Ce n'était pas un mur conçu pour repousser les invasions, pour décourager les intrus. C'était un mur conçu pour enfermer des gens. Nous entrions dans une prison.

Duane a levé une main et j'ai coupé le moteur. Il m'a repris la clé.

« Sortez. On va aller voir le Dragon. Tu vas l'adorer. »

Mon cerveau tournait en rond comme un animal en cage. Je n'arrivais pas à me concentrer sur quoi que ce soit, je voyais le monde par éclairs brusques et violents lorsque Penelope et moi sommes descendus et que Duane a de nouveau attaché mes poignets sans ménagement et m'a donné un petit coup de pied.

Le mur était si large qu'il disparaissait des deux côtés derrière nous. Il y avait des bâtiments bas, de la poussière qui tourbillonnait. Nous nous sommes mis à avancer d'un pas trébuchant. Un homme est sorti et a demandé à Duane :

« De la viande fraîche ?

– Du barrage routier sur la 6. Ils racontent je sais pas quoi, que les Noirs ont pris Los Angeles. »

L'homme a regardé Penelope.

« Je représente la Nouvelle Nation Noire, a-t-elle dit. Je suis en mission diplomatique. »

L'homme l'a regardée pendant trois bonnes secondes avant que son visage se plisse en un éclat de rire.

« On en apprend tous les jours, putain. Emmène-les au Dragon.

– Vous avez entendu, a dit Duane. Avancez. »

Peut-être que c'était à cause de mes bras qui tiraient sur ma poitrine, mais j'arrivais à peine à respirer, étouffant entre la poussière et les cendres, trébuchant, tandis que mes yeux enregistraient à peine les images qui se présentaient, rougies par l'éclat écarlate du soleil enfumé : des Blancs en chemises hawaïennes et gilets pare-balles, des traits noirs peints sur les pommettes comme des joueurs de football américain. Des armes à feu. Ils étaient tous armés. Et des cages. Des cages, en métal, avec des gens à l'intérieur, effondrés par terre, ou debout, agrippés aux barreaux.

« Aidez-moi », a dit l'un d'eux. Il était cramponné aux barreaux et, au passage, Duane lui a tranquillement écrasé les doigts d'un violent coup de crosse. L'homme est tombé en arrière avec un cri et nous avons continué, nous dirigeant vers un point où la terre semblait s'ouvrir et disparaître dans un vide béant. Quand nous nous sommes approchés davantage du rebord, dans la poussière tourbillonnante, nous avons vu une gigantesque mine à ciel ouvert, comme une pyramide à l'envers. Des silhouettes remuaient à l'intérieur, des pioches se levaient et s'abaissaient, des hommes armés marchaient entre les travailleurs. J'ai entendu un fouet s'abattre. D'énormes camions à benne et pelleteuses parsemaient le paysage, et les gens ressemblaient à des insectes, tant par leurs gestes que par leur nombre, rampant sur les bords crénelés, poussant des brouettes, avançant voûtés, enchaînés les uns aux autres. J'ai senti ma bouche se distendre d'incrédulité, mes genoux faiblir.

Et pendant ce temps, ma femme avançait dans le chaos la tête si droite qu'on aurait dit qu'elle avait pris dix centimètres. Je l'ai vue regarder la mine : son visage n'a pas du tout changé. Elle a considéré la scène avec autant d'émotion que s'il s'agissait d'une illustration dans un livre.

« C'est là que vous allez, a fait Duane. Vous allez nous trouver de l'or. »

Il a ri. Penelope l'a regardé.

« Emmenez-moi voir le Dragon.

– Me dites pas ce que j'ai à faire. C'est moi qui commande. »

Elle l'a regardé sans rien dire.

Au bout d'un long moment destiné à rétablir son autorité, il a fait :

« Bon, magnez-vous. Le Dragon vous attend. »

Nous avons contourné la fosse par la gauche et une structure en A, également en tôle ondulée, est apparue devant nous. Les avant-toits étaient décorés avec de la corde suspendue en boucles lâches, comme des guirlandes de Noël chargées d'ornements, et quand nous nous sommes approchés, j'ai remarqué que les ornements en question étaient des crânes sans mâchoire. La corde passait par les orbites. Un squelette entier était pendu au rebord du toit, comme chez un médecin, sauf qu'il était taché de sang et constellé de vieux bouts de chair, des plaques de cheveux encore attachées au sommet du crâne. Mes yeux ont dansé et j'ai laissé échapper un petit cri. Comme en réponse, le squelette s'est mis à remuer, une danse macabre comme celle des jouets qu'on voit faire des claquettes sur le trottoir. Les pieds battaient, les bras se levaient jusqu'au coude et se balançaient. En haut du toit, un homme imitait la même danse, remuant frénétiquement, et j'ai réalisé que le squelette était attaché à lui et exécutait les mêmes mouvements. Il nous a adressé un sourire carnassier en se penchant en avant, et le squelette en a fait de même, tourné vers nous.

Penelope est passée devant ce spectacle abominable sans un regard et s'est avancée à l'ombre du bâtiment ; je suis resté un pas derrière elle. Devant nous, un homme était assis sur un trône. J'ai dû cligner des yeux. C'était le trône de fer de *Game of Thrones*. Pas une imitation au second degré construite en AK-47 ou équivalent, non, une réplique fidèle, avec des épées un peu minables, mais des épées quand même. Et dedans, un homme avec une barbe noire bien taillée et des yeux bleu pâle, durs. Très peu pour lui, les cartouchières que les autres arboraient sur le buste. Il n'avait même pas de gilet pare-balles. Juste une chemise hawaïenne rentrée dans un pantalon de camouflage, lui-même rentré dans ses bottes.

Il nous a fixés en silence, sans sourciller, et je me suis senti me liquéfier.

« On les a chopés au barrage de la 6 », a annoncé Duane.

L'homme sur le trône dévisageait Penelope. Je me tenais sur le côté, un pas derrière elle, et j'ai vu qu'elle lui rendait son regard dur. Ni l'un ni l'autre n'a rien dit. Les sons lointains des pelles et des pioches et des cris s'élevaient de la mine. Le vent a soulevé la poussière rouge, et l'un des hommes debout à côté du trône a posé son fusil et toussé.

Duane n'a pas supporté le silence.

« Ils ont leur propre pays, elle a dit, les Nèg... »

Duane s'est repris lorsque le Dragon a levé une main en le regardant. Il a rougi.

« Une guerre entre les races va éclater. » Le Dragon regardait de nouveau Penelope, la voix plus aiguë que je ne m'y attendais. « Q nous l'a annoncé dès le début. Mais ce n'est pas une raison pour être raciste. Mes excuses pour mon ami ici présent. Noirs et Blancs. Ça n'a pas d'importance. Ils travaillent tous dans la mine. »

Les hommes autour du trône ont ri.

« Je représente la Nouvelle Nation Noire, a dit Penelope. C'est vous, le Dragon ? »

Il a incliné la tête.

« Nous proposons une alliance. »

Il a levé de nouveau une main, m'a regardé.

« Qui êtes-vous ? »

Son regard me brûlait la peau.

« Il parle quand je lui dis de parler, a dit Penelope.

– Et pourquoi ça ?

– Il m'appartient. »

Nous étions entourés d'hommes disposés en un demi-cercle approximatif. Une onde les a parcourus, tandis qu'ils remuaient leurs armes.

« Qu'est-ce que c'est que cette merde ? » a dit l'un d'eux.

Le Dragon nous a fixés jusqu'à ce que les murmures cessent, puis il a repris la parole.

« Je savais que ça se produirait. Dieu a créé les races, et dans sa sagesse, il les a placées sur des continents différents. Elles ne peuvent pas se mélanger sans assujettissement. L'esclavage n'était pas un choix. Dès que les Noirs sont arrivés ici, c'était inévitable. Vous voyez… » Il a regardé ses hommes. « C'est contre ça qu'on se bat. C'est pour ça qu'on doit gagner cette guerre. L'un doit être le maître et l'autre l'esclave. Et je ne serai jamais esclave. »

Penelope avait fait une erreur de jugement. C'était terminé. Le bord de la fosse semblait se rapprocher, et j'ai eu un vertige.

« Je ne nie pas qu'une guerre arrive, a dit Penelope. Mais ce n'est pas la guerre que vous croyez. »

Il la dévisageait de nouveau.

« Une nouvelle puissance monte dans le Sud, a-t-elle poursuivi. Vous en avez forcément entendu parler. Une vague se rapproche, et elle va se briser sur nous avec une force terrible. Tous les pays hispanophones se sont alliés, et ils marchent vers le Nord pour nous détruire. »

L'abri est tombé dans le silence.

« Nous leur avons repris Los Angeles, mais nous ne pouvons pas défendre la frontière tout seuls.

– Le mur… », a commencé l'un d'eux.

Penelope ne l'a pas regardé, elle a continué de fixer le Dragon.

« Le mur ne peut rien contre ce qui arrive. Ils vont nous balayer comme un raz-de-marée. Ils vont vers le Nord en quête d'un climat moins chaud.

– C'est une ruse, a dit un homme. Ils essaient de nous embobiner. »

Le Dragon a gardé les yeux sur Penelope.

« Qu'est-ce qui me prouve que vous ne mentez pas ?

– Envoyez des patrouilles. Allez à la frontière. Vous constaterez la même chose que nous. » Ses mains, qui étaient tranquillement jointes dans son dos, se sont crispées. « Mais je dois retourner trouver les miens pour leur annoncer si vous allez réfléchir à notre proposition d'alliance. »

L'un des hommes a commencé à protester, mais le Dragon a imposé le silence d'un geste.

« Des clandestins, a-t-il dit. Ça n'arrête jamais. La vigilance éternelle, c'est le prix de la liberté. »

Il fixait Penelope comme s'il attendait qu'elle craque. Elle était d'un calme absolu. Je ne la voyais même pas respirer.

De derrière, je ne distinguais pas ses yeux, mais je savais qu'ils ne clignaient pas.

« Entendu. Vous pouvez dire aux vôtres que je vais réfléchir à cette offre. Mais je ne promets rien. »

Elle a penché la tête et s'est légèrement inclinée.

Avant que mon cœur puisse faire un bond, le Dragon m'a désigné.

« Mais lui, il reste.

– Il m'appartient.

– Plus maintenant. »

J'ai sombré dans un puits sans fond. Mon cerveau moulinait vainement, mes boyaux se sont relâchés, j'ai failli me chier dessus sur place, en enfer, sous ce ciel rouge. C'était là que j'allais mourir. Les ténèbres ont envahi ma vision, je me suis senti vaciller, et là, comme par un micro-point lumineux, j'ai compris : l'idée que nous puissions parvenir tous les deux sains et saufs de l'autre côté du pays était un rêve fou. Pas seulement fou. Totalement hors sujet. Tout ce qui comptait, c'était que l'un de nous deux retrouve Hannah, la tienne dans ses bras, lui dise encore une fois à quel point elle était aimée. Il s'avérait que ce serait Penelope, pas moi.

« J'ai besoin de lui, a-t-elle protesté. Pour conduire ma voiture et me protéger. Et il ne va pas accepter de rester.

– Laissez-le parler, a dit le Dragon, mais avant que je puisse ouvrir la bouche, elle a repris :

– Je vais vous faire un cadeau à la place. Un gage de respect.

– Quel cadeau ?

– Laissez-le aller le chercher. Et si ça ne vous convient pas, je vous le laisserai à la place. »

Le Dragon a hoché la tête.

Elle s'est tournée vers moi.

« Apporte le cadeau. »

Elle avait les yeux écarquillés, et j'ai compris immédiatement ce qu'elle voulait que j'aille récupérer dans la voiture.

Je me suis tourné vers Duane :

« Donnez-moi les clés de voiture.

– Non », a dit le Dragon. Puis, à l'un de ses sbires : « Va avec lui. »

Nous sommes retournés à la voiture, passant devant les cages.

« C'est des conneries. Les Mexicains ne viennent pas. Ils n'oseraient pas.

– Ils viennent. Que vous le croyiez ou non.

– Tu es une putain de honte pour l'homme blanc. Tu es un… tu es… » Sa mâchoire pendait, son visage était rouge, contracté par la réflexion. Il a trouvé son mot et ses yeux jaunâtres se sont illuminés : « Tu es un Oncle Tom. »

J'ai continué sans rien dire. Quand nous sommes arrivés à la voiture, il a regardé la clé en plissant les yeux et appuyé sur un bouton. Le klaxon a poussé un petit *bip* dans le vide.

« Mes mains », ai-je dit.

Pour la deuxième fois, il m'a libéré, manquant me fouler les poignets en tirant sur le lien avec sa lame.

J'ai ouvert la portière et me suis penché sur la boîte à gants.

« Pas d'entourloupes », a-t-il dit.

Son pistolet était de nouveau braqué sur moi. Il s'est placé juste derrière moi pour voir ce que je faisais, si près que je l'ai senti qui se pressait contre mes fesses. Quand je me suis tourné, un sachet en papier à la main, il n'a pas bougé, et nos visages se sont retrouvés à quelques centimètres l'un de l'autre.

Je n'ai rien dit. Il a laissé passer quelques secondes, puis a feinté, comme pour cogner son front contre le mien. J'ai sursauté, et il a ri.

« Il va jamais te laisser partir. Quoi que tu aies dans ce petit sachet. Ça changera rien. »

Nous sommes retournés à l'abri, où Penelope et le Dragon attendaient en silence.

« Un gage de respect, a-t-elle répété, et j'ai sorti le lingot d'or de Manny du sachet et l'ai brandi en l'air.

– Merde alors. T'as vu ça ? s'est exclamé un des hommes.

– On a pris les réserves d'or des juifs de Los Angeles, a dit Penelope. Et nous vous proposons de les partager avec vous en contrepartie de votre alliance. »

Au fond de la mine, ils avaient un millier d'esclaves qui s'escrimaient pour trouver des flocons d'or de quelques microgrammes. Je me suis avancé, le lingot lourd dans ma main, et l'ai offert au Dragon. Il l'a soupesé, inspecté, tâté du bout de l'ongle. Puis un homme sur sa gauche le lui a pris des mains et l'a examiné avec des lunettes de joaillerie. Nous avons attendu le verdict.

« C'est du vrai. Qualité supérieure. C'est bien de l'or juif, pas de doute. »

Le Dragon lui a repris le lingot, a baissé les yeux dessus et l'a considéré comme s'il recelait les réponses à ses questions. Puis il nous a regardés.

« Nous acceptons votre cadeau, mais nous ne vous suivrons jamais dans la bataille. La race blanche est née pour mener les autres.

– Vous avez le pouvoir, a répondu Penelope. C'est pour ça que je suis venue avec un cadeau. Nous ne nous mettrons pas à genoux, mais nous n'avons pas l'ambition de diriger.

– J'étais déjà au courant de l'invasion qui arrive. Q nous a prévenus il y a des années.

– Bien sûr.

– Retournez à Los Angeles. Dites-leur que je vais réfléchir à leur proposition d'alliance pour défendre les États-Unis d'Amérique.

– Vous acceptez de prendre l'or à la place de mon homme ? »

J'entendais mon cœur battre dans mes oreilles.

« Oui », a dit le Dragon.

La jubilation est montée en moi, et Penelope a hoché la tête, une petite révérence discrète.

« Sans déconner ? » s'est exclamé Duane.

Il est resté bouche bée et a tourné les talons, furax.

« Il a les clés de notre voiture, ai-je fait observer.

– Duane », a dit le Dragon.

Il s'est retourné, le visage contorsionné par la colère. Il a fait un pas vers moi, plissé les yeux, fait remonter un glaviot dans sa bouche et me l'a craché dans l'œil.

« Va te faire foutre », a-t-il dit, et il a jeté les clés par terre.

Je me suis penché pour les ramasser. Il s'est éloigné à grands pas, est monté dans un pick-up puis est parti à toute bringue vers la porte, faisant gémir ses pneus.

« J'ai besoin d'avoir l'assurance de voyager en toute sécurité, de votre bouche », a dit Penelope au Dragon.

Il est descendu de son trône et s'est avancé vers nous. Elle n'a pas bougé. Une fois à notre hauteur, il s'est penché :

« Si vous essayez de me doubler, je marcherai sur Los Angeles et récupérerai l'or juif moi-même. »

Elle a hoché la tête. À cinquante centimètres l'un de l'autre, ils se sont dévisagés. Finalement, il a dit : « Vous voyagerez en toute sécurité. Vous avez ma parole. »

Le squelette pendait, mou, lorsque nous nous sommes éloignés. Le danseur nous scrutait du toit. Sur tout le chemin du retour, lorsque nous avons dépassé la fosse, les cages et les hommes qui nous examinaient, mon corps a eu envie de courir, mais j'ai imité le pas lent et décidé de Penelope. Une fois à la voiture, elle est montée sur le siège passager et a regardé droit devant elle, dans l'attente.

Je suis monté à mon tour et j'ai mis le contact. Nous avons attendu que la porte s'ouvre, puis j'ai passé une vitesse. Cette fois, je n'ai pas calé. J'ai enfoncé la pédale d'accélérateur et nous avons foncé sur la route, le mur disparaissant derrière nous dans la brume.

J'arrivais à peine à maintenir la direction tant nous allions vite. Penelope n'a pas dit un mot, comme une actrice stanislavskienne qui reste dans la peau du personnage. Je n'arrêtais pas de lui jeter des coups d'œil, même si je mordais chaque fois la ligne jaune.

« Tu es… », ai-je commencé, et elle a répondu : « On n'est pas encore libres. »

Elle n'avait pas tort. Duane nous attendait à quelques kilomètres, le camion en travers de la route, un fusil à la main.

J'ai commencé à tourner vers le désert mais Penelope m'a retenu.

« Non, il va tirer. »

Alors j'ai ralenti et me suis arrêté à vingt mètres de lui.

Il s'est avancé vers la fenêtre côté conducteur, s'est penché et a tapoté la vitre du bout de son fusil.

« Baisse-la », a dit Penelope.

Il était en sueur, une veine palpitait sur son front.

« Qu'est-ce que t'as fait ? a-t-il demandé à Penelope.

– Qu'est-ce que vous voulez dire ? »

Il avait l'air de souffrir.

« J'arrive pas à piger ce que t'as foutu là-dedans.

– J'ai conclu une alliance.

– Alliance, mon cul. T'as fait quoi ? »

Penelope n'a rien répondu.

« Moi, on me la fait pas. Je sais reconnaître une menteuse quand j'en vois une.

– Le Dragon nous a garanti un voyage en toute sécurité. »

Il m'a regardé.

« Sors de cette putain de caisse.

– Ne sors pas », a dit Penelope.

Elle a placé une main sur mon avant-bras, la première erreur qu'elle commettait de tout ce sketch. Il l'a vu.

« Vous vous foutez de ma guculc, putain. Sors de la caisse. »

J'ai secoué la tête.

« Sors de la caisse, putain. »

Je n'ai pas bougé. S'il avait serré le poing, j'aurais pu me préparer. Au lieu de ça, il a passé son coude par la vitre ouverte et m'a heurté en pleine mâchoire. J'ai cru que mon crâne explosait, j'ai vu des constellations et un sifflement suraigu s'est déclenché dans mes oreilles. Je suis tombé sur le côté.

« Il nous a garanti un passage sans encombre. »

Penelope continuait de parler calmement, mais je devinais sa panique.

« Je sais ce qu'il vous a dit.

– Alors laissez-nous passer.

– Rappelle-toi ta place, pauvre chienne. »

Ma vue est redevenue nette, le ciel rouge, lugubre par la fenêtre, Penelope à côté de moi, et l'haleine de Duane tout près de mon nez tandis qu'il se penchait à l'intérieur pour me murmurer quelque chose à l'oreille, si près que j'ai senti ses postillons sur ma peau.

« Je sais pas ce que vous foutez, là-dedans, mais tu me fais gerber. T'as perdu tout respect de toi, putain. »

Il est retourné à son camion comme s'il venait de prouver quelque chose, les épaules en arrière et le fusil dans les bras. Avant de monter sur le siège passager, il a visé le vaste désert et appuyé sur la gâchette, une longue série de coups de feu, comme des applaudissements d'une rapidité inhumaine. Puis il est monté, le moteur a vrombi, et les roues se sont mises à tourner quand il démarré et dérapé sur le côté avant de prendre la route et de disparaître.

J'y voyais à peine, il y avait encore des étoiles aux coins de mon champ de vision, mais j'ai appuyé sur la pédale d'accélérateur et commencé à nous éloigner de ce cauchemar, le tintement dans mes oreilles si fort que j'ai à peine entendu Penelope qui disait, de sa voix normale :

« Oh, chéri, je t'en prie, dis-moi que ça va.

– Ça va. »

Je l'ai regardée.

« T'arrête pas. Continue. »

Une fois que nous sommes revenus sur la route 6, elle m'a demandé de me garer, et quand je l'ai fait, elle est descendue et a vomi, et je m'apprêtais à contourner la voiture pour lui tenir les épaules et lui frotter le dos mais la bile est montée dans ma gorge également, j'ai titubé, suis tombé à genoux et mon estomac a rendu tout ce que j'avais avalé en longs haut-le-cœur étourdissants.

Je la voyais qui tremblait, courbée en deux, et quand je me suis relevé, mon corps me semblait si léger que j'ai titubé. Elle m'a regardé.

« Tu es sûr que ça va ? Il t'a cogné tellement fort ! »

La douleur montait quand je remuais la mâchoire mais c'était seulement de la douleur. Nous étions en vie. Nous roulions vers l'ouest.

« Oui, ça va.

– Je peux prendre le volant », a-t-elle dit, mais elle avait l'air complètement lessivée. Je ne sais pas ce que ça lui avait demandé de faire ce qu'elle venait de faire, mais elle avait tout donné.

« Je m'en charge, t'inquiète. »

Vomir semblait avoir clarifié ma vue, et j'ai sorti un bidon d'eau de la voiture. Nous nous sommes rincé la bouche, crachant sur le sol où notre salive formait des petites flaques et se mêlait à la poussière. À l'ouest, le rouge du ciel devenait plus intense. Il n'y avait pas d'ombrcs qui puissent s'allonger, mais la nuit commençait à tomber. Nous sommes remontés en voiture et Penelope a renversé la tête contre son siège, les yeux fermés.

J'ai roulé tranquillement, phares allumés. Nous n'étions qu'à quelques heures de Bishop et d'Hannah. Tout ce que j'avais à faire, c'était rester dans ma file, continuer de rouler. Je ne savais pas si Penelope dormait, mais j'ai dit :

« Comment tu as su que ça allait marcher ? »

Je croyais qu'elle n'écoutait pas, mais elle a répondu :

« Je ne le savais pas.

– S'ils avaient su qu'on était mariés...

– Alors on était morts.

– Mais pourquoi ton esclave ? J'ai eu peur que tu sois allée trop loin, là. »

Elle n'a pas ouvert les yeux, le visage toujours vide et hâve d'épuisement. Elle a expliqué :

« C'est la seule logique qu'ils comprennent. »

12

Penelope dormait près de moi. Une nuit sans lune, sans étoiles, mais je savais que si j'éteignais les phares, mes yeux éblouis s'habitueraient non à la nuit noire, mais à la lueur rouge vif dans le ciel. La cendre tournoyait tels des flocons de neige secs, poudrant la route et le maquis californien désert. Nous roulions sur la Grand Army of the Republic Highway, me rappelait de temps à autre une pancarte verte, et je le répétais à haute voix, dans ma barbe, *Grand Army of the Republic*, tout mon corps lessivé, exténué, mon sang n'ayant pas terminé d'éliminer l'adrénaline qui me gardait les yeux grands ouverts, fixes. Des montagnes se sont profilées des deux côtés de la route lorsque nous avons commencé à tourner vers le sud, même si je les voyais moins que je ne les sentais, et je m'attendais à une énorme banderole à la frontière avec la Californie – « BIENVENUE DANS LE GOLDEN STATE ! » – mais il n'y avait qu'une barrière canadienne, qui passait sous les deux voies, avec un petit panneau que je n'ai vraiment vu que parce que j'ai ralenti à cause de la grille qui faisait rebondir les pneus. De simples clôtures en fil barbelé s'étendaient des deux côtés de la route.

« On est arrivés en Californie ! » ai-je annoncé à Penelope, mais elle dormait vraiment à présent, et ne m'entendait pas. J'ai ajouté : « On a réussi. »

La route tournait vers le sud, et il y avait des taches vertes dans le désert à présent, des arbres ici et là, et j'ai vu mon premier panneau indiquant Bishop, avec la distance. Le temps s'est déformé, des kilomètres passant sans que je m'en rende compte, et nous sommes arrivés, nous étions à Bishop, l'épuisement montant si fort, si vite que je me suis mis à zigzaguer sur la ligne jaune comme un ivrogne. Un chemin de terre est apparu, et je me suis garé, juste assez loin pour qu'on ne nous voie pas de la route 6. Penelope avait déjà rabattu son siège, et j'ai pris les couvertures que nous avait données Veronica à l'arrière et l'en ai emmitouflée. Elle a marmonné quelque chose que je n'ai pas compris. Le siège passager ne se rabattait pas complètement mais tant pis. Je me suis enroulé dans une couverture et le sommeil est venu me cueillir aussi brusquement que le coude de Duane par la vitre ouverte un peu plus tôt.

Quand je me suis réveillé, il faisait jour dans la voiture et Penelope me regardait, le visage encadré douillettement par sa couverture.

« Mon pauvre amour », a-t-elle dit, et elle a tendu une main délicate non pour toucher mon visage, mais pour écarter la couverture de ma mâchoire. Elle a écarquillé les yeux et fait : « Oh, non, chéri. »

C'est moche ?

C'est ce que j'allais dire, mais dès que j'ai ouvert la bouche, une explosion de douleur a irradié dans ma mâchoire, avec des ondes de choc qui m'ont envahi toute la tête. Je me suis redressé, j'ai empoigné le rétro et l'ai penché vers moi et l'hématome de ma joue, gonflée comme un petit écureuil et violacée. Mes dents étaient restées en place, mais quand j'ai passé la langue dessus, j'en ai senti une qui bougeait.

« Tu crois qu'elle est cassée ? a-t-elle demandé.

– Ça fait mal », ai-je dit.

Je ne pouvais pas articuler.

« Tu peux manger ? On n'a pas mangé depuis longtemps. Faut que tu avales quelque chose.

– On est à Bishop, ai-je dit, et elle a ouvert grand les yeux.

– On est… »

Elle a laissé sa phrase en suspens.

« On a réussi. »

Comme si nous partagions un même corps, nos yeux se sont remplis de larmes au même moment, je l'ai vu, et nos mains se sont rencontrées sur le levier de vitesse. Nous étions allongés sur les sièges rabattus de notre Camaro à Bishop, en Californie, le ciel bouillant au-dessus de nous, le voyage entier semblable à un rêve absurde qu'on aurait fait ensemble.

« Je t'aime tant. »

Après plusieurs dizaines d'années de mariage, dire *je t'aime* était une habitude, pour la forme, une ponctuation, mais je l'ai dit différemment, avec autant de force que ma mâchoire m'y autorisait, comme si j'essayais de lui dire quelque chose qu'elle ne savait pas.

Elle m'a entendu.

« Oh, chéri. Je t'aime aussi. On a réussi. »

Il fallait qu'on mange. Elle avait raison. Nous sommes descendus de voiture et elle a examiné les provisions que nous avions à l'arrière, et s'est décidée pour une boîte d'oreillons de pêches au sirop. Elle me les a découpés comme si j'étais un enfant, de petits morceaux qui pouvaient descendre dans ma gorge sans que je mastique. J'ai bu le sirop, l'ai fait couler avec de l'eau. Mon taux de sucre est remonté, et j'ai eu l'impression de me redresser comme une plante du désert après la pluie.

Après avoir mangé, nous nous sommes installés sur le capot pour établir un plan d'action. Nous étions entourés d'arbres bas, et un petit torrent traversait le lit de la vallée. Je savais grâce à la carte que nous étions cernés de pics, les White Mountains à l'est, et à l'ouest les grandes flèches de granit des sierras. Mais la fumée qui rougissait l'atmosphère et se caillait dans mes narines et ma gorge nous les cachait, rognant notre champ de vision. De Dobbs Ferry, Bishop ressemblait à une cible d'une précision absurde, un point sur la carte si petit qu'Hannah devait se tenir en plein milieu à nous attendre. La ville s'étalait maintenant autour de nous, et il n'y avait pas de panneau clignotant indiquant « REVIVAL, PAR LÀ » sur le bord de la route.

Nous n'aurions pas dû nous inquiéter. La route 6 devenait Main Street, conduisant droit au centre-ville, et il était animé. J'avais oublié à quoi ressemblait une ville vivante. Les commerces n'étaient pas ouverts, il n'y avait pas d'électricité, mais il y avait du monde. Des gens partout. Des gens dans le parking du Vons, distribuant des repas. Des gens surveillant des enfants qui jouaient dans un parc. Des gens qui discutaient sur le trottoir, s'interrompant pour regarder la Camaro noire qui arrivait en ville. La simple présence d'*êtres humains* était d'une étrangeté si radicale qu'il m'a fallu une minute pour m'apercevoir qu'ils portaient tous la même tenue, la même tunique et le même pantalon d'étoffe grossière, hommes, femmes et enfants, tous de la même couleur toile de jute délavée. Ils observaient la voiture sans méchanceté ni peur. Nous aurions pu nous arrêter, entamer la conversation, mais c'était tellement surréaliste pour nous que nous avons continué à rouler. Nous ne nous parlions même pas. Finalement, j'ai tourné dans les petites rues pavillonnaires, et on se serait cru revenus à Dobbs Ferry, mais pas Dobbs Ferry telle qu'elle était devenue, ni même Dobbs Ferry telle qu'elle était avant, en fait. Un simulacre, comme si les vibrations nous avaient emmenés dans la vallée troublante d'un univers parallèle. Toutes les maisons étaient animées, des silhouettes s'agitaient aux fenêtres, mais un fin voile de cendres recouvrait tout, et ce n'était pas seulement à cause de leurs vêtements, c'était quelque chose dans leur façon de regarder notre voiture, dans leur façon de se mouvoir.

Nous nous sommes arrêtés devant une maison joyeuse à plusieurs étages. Une femme désherbait son potager, courbée en deux. En entendant le moteur, elle a levé les yeux, repoussant ses cheveux de l'arrière de son poignet. Nous sommes descendus du véhicule, et elle s'est approchée de nous. Elle était habillée comme les autres, des vêtements soigneusement cousus main, amples et sans fioritures.

« Bienvenue, chers inconnus. »

Elle a dit le mot « inconnus » comme s'il avait un sens spécial, avec un sourire creux.

« Merci », a répondu Penelope.

Nous avons observé un silence qu'elle semblait ne jamais devoir rompre.

« Nous cherchons le Revival, ai-je dit comme un idiot.

– Vous nous avez trouvés. Vous avez trouvé la vérité.

– Ah, super. »

Nous nous sommes regardés.

« Il y a combien de familles ici ? a demandé Penelope, parcourant des yeux les maisons.

– Une », a fait la femme.

Penelope a incliné la tête, perplexe.

« Nous sommes tous une même famille.

– Ah oui, bien sûr. Je voulais juste dire…

– Nous sommes une seule et même famille, a répété la femme, avec une pointe de condescendance. Une seule famille dans la lumière. »

En disant ces mots, elle s'est caressé le ventre, tirant suffisamment sur la tunique pour qu'on en voie le renflement – elle était enceinte. Le visage de Penelope s'est adouci.

« Vous en êtes à combien ?

– Cinq mois.

– C'est votre premier ? »

Elle a hoché la tête.

« C'est merveilleux. Vous allez avoir un enfant.

– Ce ne sera pas mon enfant.

– Pardon ?

– Mon ventre appartient à Dieu », a dit la femme, un doigt levé comme pour lui faire la leçon.

Ses cheveux lui collaient au front à cause de la sueur mais des mèches lui retombaient sur le visage. Elle les a écartées en soufflant vers le haut du coin de la bouche, fermant involontairement les yeux. C'était un petit geste humain, incongru dans son comportement absurde d'androïde.

Derrière elle, la porte de la maison s'est ouverte et un homme est sorti sur le perron. Il nous a regardés sans rien dire.

« Nous voulons entrer dans le Revival, ai-je dit.

– C'est déjà fait. »

Ses mots ne semblaient pas obéir aux lois ordinaires de la conversation. Je ne savais pas quoi ajouter.

« Rien de tout cela n'est un choix, a repris la femme. L'eau suit son cours jusqu'à l'océan. Allez vers l'ouest, dépassez le champ de rochers, et vous trouverez ce que vous cherchez. »

Il m'a fallu quelques instants pour comprendre que sa dernière phrase n'était pas une invocation spirituelle, mais une indication concrète.

« Ah, OK. L'ouest.

– Vous verrez les signes. »

J'ai failli demander si nous parlions de panneaux sur la route ou de signes métaphysiques, mais l'homme lui a fait une remarque et elle s'est de nouveau penchée sur son potager.

Nous avons repris la voiture et rejoint la route principale.

« Imagine, tu es en train d'arracher les mauvaises herbes chez toi, a dit Penelope. Un Blanc et une Noire se garent devant en Camaro. Ils sont dégueulasses, et l'homme a le visage complètement défoncé. Tu n'aurais pas des questions ? Tu ne serais pas curieux ? On dirait qu'elle est lobotomisée. »

J'ai secoué la tête sans répondre.

Les titres des derniers films projetés décoraient encore le fronton du cinéma en ville, même si certaines lettres avaient commencé à tomber comme des feuilles mortes. Si nous avions été encore au Nevada, il y aurait eu des casinos miteux sur toute la rue, et tous les restaurants auraient annoncé des animations supplémentaires, mais nous étions en Californie, et ce que nous traversions était donc le mélange étrange d'ateliers de guérison par les cristaux et de magasins d'alimentation pour bétail typiques de l'ouest désertique. Le Toggery, avec son enseigne « LEVI'S » et les santiags. Nous avons tourné à droite sur West Line Street, dépassé le poste de police plongé dans l'ombre, sous les nuages menaçants. Nous ne savions pas ce que nous cherchions. Les bâtiments bas de tous les lycées du pays sont apparus au bout d'un vaste terrain de sport, et sur le terrain de base-ball, des ados en uniforme du Revival se lançaient une balle. Ils n'ont pas regardé la voiture.

Alors que je commençais à me demander si nous avions pris la mauvaise direction, une pancarte peinte à la main s'est matérialisée au bord de la route. « BREBIS ÉGARÉES », annonçait-elle, avec une flèche qui pointait tout droit. J'ai su que nous étions les brebis, même si le panneau donnait l'impression que nous nous rendions à un dépôt de bétail perdu, une sorte de bureau des animaux trouvés.

À la pancarte suivante, nous avons quitté West Line Street et pris un embranchement poussiéreux. Les flancs des montagnes ont commencé à se montrer au loin, jaillissant de la fumée comme des géants en marche. Vibrant sur la route mauvaise, la voiture a ralenti, et le premier rocher monolithique est apparu. Le désert de sable, plat, mangé par des buissons bruns desséchés, et parsemé d'énormes pierres, parfois aussi grosses que des maisons. Je me suis rangé sur le côté.

« Il faut qu'on décide d'un plan d'action.

– On ne sait pas si elle est là-bas », a dit Penelope.

J'ai secoué la tête.

« Même si elle y est, ils ne vont pas nous laisser l'embarquer comme ça. Tu te rappelles ce qu'elle a dit à la radio ? "J'ai jeté mon ancienne vie au feu" ? On devrait se séparer. L'un de nous y va, l'autre reste ici.

– Je peux le faire », a-t-elle dit.

Aussitôt qu'elle l'a dit, j'ai su que l'inverse était vrai.

« Il faut que ce soit moi », ai-je contré.

Ma vie entière de père conduisait à cet instant. Chaque fois que j'amenais Hannah au terrain de jeux, je m'installais avec les autres parents sur les bancs, je bavardais, et quand je me levais et l'appelais, quand elle arrivait en courant, je supportais leurs regards : la petite fille noire et l'homme blanc qui partaient main dans la main. Penelope et moi, on avait décidé assez vite qu'Hannah me ressemblait davantage, mais ça ne changeait rien pour les spectateurs des matches de foot, qui promenaient leurs regards entre ma fille et moi, pour les enseignants qui cachaient mal leur étonnement aux soirées parents-profs. Si j'entrais au Revival, personne ne soupçonnerait rien.

Nous sommes allés nous garer, cahotants, derrière un gros rocher, et nous avons fait de notre mieux pour effacer les traces de pneus dans la poussière. Il y avait deux rochers, en fait, un plus petit appuyé contre un plus gros comme un enfant fatigué. En dessous, une petite grotte s'ouvrait, si protégée du vent et de la pluie que la craie blanche des amateurs d'escalade décorait encore chaque coin et saillie dans la roche.

Deux jours. C'était ce qu'allait me laisser Penelope. Deux jours pour voir si je pouvais trouver Hannah, la convaincre de partir, et si, le matin du troisième, je n'étais pas revenu, elle suivrait ma trace.

Quelle heure était-il quand j'ai décollé, la mâchoire m'élançant un peu à chaque pas ? Le soleil était caché, la lumière diffuse. C'était encore le matin, ça, c'était certain. Dès que la sueur s'est mise à couler dans mon dos, la puanteur de mes vêtements s'est élevée de nouveau, même par-dessus la forte odeur de cendre. J'avais mal aux cheveux, un phénomène que je n'avais jamais compris, qui se produisait toujours quand je ne les lavais pas. J'avais mangé ce que j'avais pu avant de me mettre en marche, zigzaguant entre les rochers, qui ont disparu quand j'ai commencé à grimper la pente broussailleuse. En dessous de moi, la route traversait la vallée puis faisait des lacets à l'assaut de la côte. J'étais sur une saillie, n'ayant pas encore parcouru un très long chemin, lorsqu'une vaste zone plate s'est ouverte plus bas, coincée dans le pied de la montagne. Elle abritait le campement du Revival. Quelques voitures, garées les unes derrière les autres, un bâtiment aussi large que long, sur un seul niveau, avec des abris et annexes dispersés comme des dés autour d'un jeu de cartes. Un jardin. J'ai aperçu deux hommes qui gardaient la route, deviné les fusils qu'ils portaient sur l'épaule. Malgré l'épaisse fumée rouge, je me suis rendu compte que je devais être très visible, de mon promontoire, et je me suis caché derrière des buissons pour observer les gens qui s'affairaient autour du camp.

Leurs habits, sans surprise, obéissaient à la même conception du chic. Ils creusaient quelque chose, une tranchée à l'autre bout du terrain, en un large demi-cercle. La longue courbe enserrait toute l'enceinte, comme pour détourner une inondation qui allait descendre de la colline. Mon cerveau fonctionnait au ralenti, mais j'ai compris : un pare-feu. Les cimes des montagnes au loin étaient invisibles avec la fumée qui planait comme une couverture nuageuse, et tout baignait dans un halo rouge diabolique, comme si un filtre colorait la scène.

Pas de doute, mes yeux étaient bien ceux d'un homme de plus de cinquante ans. Quand je jouais au golf, la balle semblait disparaître après environ cent cinquante mètres, et il m'arrivait de m'apprêter piteusement à tirer de nouveau après un drive que je croyais loupé et de m'apercevoir que mes adversaires, plus jeunes, me regardaient bizarrement : *Tu es au milieu du fairway.* Entre ça, le manque de visibilité et le fait que les gens du Revival s'habillaient tous pareil, allais-je seulement reconnaître Hannah si je la voyais ? Ou s'était-elle complètement transformée en l'une d'entre eux ? entrant dans cette nouvelle famille en renonçant totalement à nous ? J'avais eu près de cinq mille kilomètres pour préparer cette conversation, et je n'en avais pas du tout tiré profit. Mon esprit était vide.

J'avais une collègue spécialisée dans les sectes, dans la déprogrammation. Mais elle était morte, et son savoir-faire avec elle. Si Hannah s'était perdue intimement, je ne savais pas du tout comment j'allais lui parler. Si ça se trouve, elle est enceinte, me suis-je dit soudain. Si ça se trouve, elle attend un petit enfant dont elle va affirmer qu'il n'a aucune relation avec nous, car il appartient uniquement à Dieu.

J'ai baissé la tête, pris mon front dans mes mains, mes lèvres touchant presque la poussière. Je pouvais descendre, tenter de me faufiler parmi eux, mais même si un mec à la gueule défoncée n'était pas assez reconnaissable, comment me procurer une tenue comme la leur ? Et que ferais-je une fois là-bas ? Je ne voyais pas trop si les gardes étaient là pour repousser les intrus ou pour empêcher les gens de s'échapper. Si j'entrais dans l'enceinte, il se pouvait que je ne ressorte jamais, et si Hannah ne s'y trouvait pas, ce serait la fin la plus bizarre et ignominieuse qu'on puisse imaginer à ce voyage : traverser tout le pays, cinq mille kilomètres, pour enfiler un uniforme en toile de jute et creuser des trous dans un camp du Revival tandis qu'Hannah se trouvait en ville, juste en dessous, arborant un sourire vide, anonyme, creux.

J'étais sur le point de renoncer, de retourner vers Penelope afin qu'on réfléchisse ensemble, lorsqu'une cloche s'est mise à sonner dans la vallée en dessous de moi. Comme un seul homme, les travailleurs ont posé pelles et pioches et se sont dirigés vers le bâtiment. Seuls les gardes sur la route n'ont pas bougé.

Ce ne sont pas tant mes yeux qui ont reconnu Hannah, que mon corps. Mes poumons ont oublié un instant où ils en étaient du cycle des inspirations et des expirations, car si son visage était flou à cette distance, j'ai reconnu son pas ample, sa démarche chaloupée, deux pas, et elle a enfoncé puissamment sa pelle dans la terre si bien que le manche a vibré comme un diapason derrière elle tandis qu'elle se mettait en marche vers le bâtiment. Il m'a fallu un effort surhumain pour me retenir de faire un bond, de crier son nom, de dévaler la colline.

Le bruit des pelles et des pioches contre les pierres enfouies dans la terre avait cessé. Le vent traversait la vallée. La fumée s'élevait d'une cheminée en aluminium trapue appartenant au bâtiment principal. Les gardes se parlaient, et j'ai su ce que j'allais faire. Mon indécision, mon désespoir, me semblaient désormais appartenir à un rêve vague, que je pouvais chasser et oublier dans la lumière du matin.

Je me suis de nouveau reculé derrière les buissons, puis j'ai fait demi-tour pour rejoindre la route. Je n'avais pas besoin de faire semblant d'être un mendiant affamé et blessé. C'était ce que j'étais. Je sentais mon pouls dans ma joue enflée. Ma lèvre était encore fendue et gonflée elle aussi, de l'accident au Kansas qui s'était produit mille ans plus tôt. Une puanteur gélatineuse s'élevait de mon corps tandis que je montais par la route en lacets.

L'un des gardes m'a vu arriver et a dit quelque chose à l'autre. Les fusils ont migré entre leurs mains. J'ai levé les miennes, paumes vers eux, et lorsque je suis arrivé, je me suis laissé tomber à genoux devant eux.

L'un d'eux a pris la parole.

« Vous êtes perdu ? a-t-il demandé, et j'ai su ce qu'il voulait dire.

– Oui, complètement. Je suis complètement perdu.

– Vous êtes venu rejoindre le troupeau ?

– Oui.

– Rien de votre vie ne peut vous suivre ici. Vous êtes prêt à renoncer à tout pour vous soumettre à la volonté de Dieu ?

– Je suis prêt. »

Il m'a fouillé en vitesse, même si je voyais à son regard qu'il n'aimait pas faire ça. Il a retroussé les lèvres, comme pour se boucher les narines. Je n'avait pas d'armes sur moi, mais je savais qu'il ne cherchait pas que ça. Il n'y avait rien non plus de personnel. Je m'étais dépouillé de tout. Tout ce qu'il restait de mon alliance, qui traînait dans la boîte à gants de la voiture, c'était le cercle blanc à la base de mon annulaire. Juste un an avant, je me serais senti nu sans mon téléphone, mes clés, mon portefeuille, et le masque que je portais encore quand je prenais le train de banlieue. M'arrivait-il jamais de quitter la maison les poches vides ? À présent, je n'avais rien à cacher. Enfin si. San Cristobál pendait encore à mon cou sous toutes les couches d'habits encroûtés par la crasse, mais le garde ne l'a pas remarqué.

« OK, je vous accompagne », a-t-il conclu.

Il a échangé un signe de tête avec l'autre, et je l'ai suivi dans la cour vide vers les doubles portes du bâtiment, à l'intérieur duquel j'entendais un homme qui prêchait d'une voix aiguë et pénétrante.

La première chose qui m'a frappé, c'est la chaleur. La fumée que j'avais vue sortir de la cheminée s'élevait d'un grand foyer ouvert sur le mur du fond, et, quand j'ai cligné des yeux pour m'acclimater à la pénombre et à l'humidité, une silhouette a retiré une pierre du feu et l'a laissée tomber dans un seau d'eau où elle a sifflé, dégageant une nouvelle vague de vapeur dans l'air tropical.

Tout le monde était nu. C'est la deuxième chose que j'ai remarquée. Pas complètement nu. Ils portaient tous les mêmes dessous, des espèces de boxers blancs, les femmes comme les hommes, mais le reste de leurs tenues était entassé à l'entrée. Ils étaient tous assis en tailleur, et la salle était pleine. Et ils semblaient tous se balancer d'avant en arrière en même temps.

« Dieu est lumière, disait l'homme. Dieu est un rayon de lumière, sans Lui, le monde n'est que ténèbres. Nous pensons que la lumière est là pour nous éclairer, pour nous aider à voir, mais nous nous trompons. Nous *sommes* la lumière. Dieu et Sa création ne font qu'un. Sans création il n'y a pas de Dieu, et sans Dieu il n'y a pas de création. Et chaque atome est une expression de cette lumière. » Il a marqué une pause et souri. « Aral », a-t-il dit.

Une femme s'est levée. Elle avait à peu près mon âge, les cheveux gris. Les bras ballants, elle ne semblait pas gênée par sa poitrine nue.

« Tu as étudié la science, a dit l'homme.

– C'est Lara. C'est Lara qui a étudié la science. »

Il a souri de nouveau.

« C'est juste. Qu'est-ce que la lumière, Aral ?

– C'est compliqué.

– Qu'est-ce qui ne l'est pas, dans la vie, à part l'amour de Dieu ?

– La lumière est une particule et une onde. En même temps. »

C'était ce qu'il voulait lui faire dire.

« Une particule et une onde, a-t-il repris. Le mystère au centre de tout. Nous sommes des particules, des corps se mouvant dans l'espace, oui, mais nous sommes également des parties d'une onde. Une onde est un mouvement, une onde est dépourvue d'individualité, dépourvue de forme. Une onde est l'expression d'un sentiment, voilà tout. Une onde est Dieu.

« Cet homme », a-t-il poursuivi, et cette fois il *me* regardait. J'ai promené les yeux autour de moi. « Même cet homme fait partie de l'onde qui est Dieu. »

Il m'a fait signe d'avancer, et je me suis exécuté. Je sentais tous les regards sur moi, et j'ai cru que j'allais trébucher et tomber. Dans le groupe, quelque part, Hannah était là, nue comme tous les autres. J'ai entendu un petit cri étouffé, une respiration étranglée. Ça devait être elle qui me reconnaissait, j'ai eu envie de crier son nom, j'ai eu envie de la chercher des yeux, j'ai eu envie de croiser son regard, mais je me suis tenu à ma discipline et suis allé me placer devant l'homme, dos à la masse d'ondes de lumière derrière moi.

« Qu'est-ce qui vous amène ? a-t-il demandé.

– J'ai traversé le pays pour vous trouver. »

J'ai parlé d'une voix forte, qui a résonné dans la salle, si forte que ma mâchoire m'a fait mal. Je parlais à Hannah, bien sûr ; ma conscience était entièrement dirigée vers elle, derrière moi.

« Le voyage est toujours long.

– Vous êtes la seule chose qui compte pour moi. »

J'ai senti Hannah respirer derrière moi. Si je tendais suffisamment l'oreille, reconnaîtrais-je sa respiration ?

« Vous êtes prêt à jeter votre vie dans le feu ? »

Je n'ai pas pu m'en empêcher. J'ai jeté un coup d'œil vers le brasier, et il a ri.

« Ne vous inquiétez pas. Ce n'est pas littéral. » Son rire a semblé autoriser ses ouailles, qui ont ri à leur tour. Il a levé une main et ils se sont tus. « Êtes-vous prêt à être recréé à neuf après le sacrifice ?

– Je ferai n'importe quoi. »

Il a attendu, comme si je n'en avais pas dit assez.

Peut-être dix ans auparavant, je me promenais avec Penelope, main dans la main, sous un soleil bien chaud. Mon téléphone avait sonné dans ma poche : un de mes potes de poker, qui voulait savoir si nous avions le quorum pour la partie de la semaine. Je lui avais répondu distraitement, Penelope près de moi, sa paume contre la mienne, nos doigts entrelacés, donc quand il avait conclu : *OK, je crois qu'on est bons*, au moment de se dire au revoir, j'avais répondu d'une voix pénétrée : *Je t'aime.* Il y avait eu une pause, un hoquet, puis lui et Penelope, l'un dans mon oreille et l'autre à côté de moi, avaient été pris simultanément d'un énorme fou rire, et une demi-seconde plus tard, je m'étais joint à leur hilarité : nous comprenions exactement ce qui s'était produit, mon cerveau m'avait faire dire tout haut, par erreur, ce que mes mains éprouvaient, et j'ai su que ce moment allait subsister longtemps, qu'on se le raconterait autour d'une partie de cartes pendant des années et des années. J'ai su aussi que c'était vrai : mon centre de gravité, le socle autour duquel s'organisait tout le reste, c'était mon amour pour ma femme et ma fille.

Cette fois, je savais ce que je faisais, et je l'ai regardé en parlant, mais tout mon esprit se projetait en arrière, vers Hannah, quand j'ai crié, du tréfonds de moi-même :

« Je vous aime. »

Il m'a regardé et, pendant une petite seconde, sa façade s'est craquelée et j'ai vu qu'il se disait : *Donc les nouveaux fidèles, de nos jours, c'est des débiles crasseux comme ça.*

« Comment t'appelles-tu ?

– Bill. Je m'appelle Bill. »

Il s'est tourné.

« Nek », a-t-il dit au garde qui se tenait encore dans l'ombre. « Emmène Lib et installe-le dans une chambre. »

Je n'ai pas regardé derrière moi, juste suivi Nek dans un couloir bordé de chambres en contreplaqué sommaires. L'air plus frais, plus sec a fait perler la sueur sur ma peau. Des têtes de clous en acier galvanisé s'alignaient comme des colonnes de coccinelles argentées. Il s'est arrêté devant une porte et l'a ouverte. À l'intérieur, un petit lit de camp et une chaise remplissaient tout l'espace, et une tenue du Revival était pliée sur la couverture.

« Change-toi. »

J'ai attendu qu'il s'en aille, mais il n'a pas bougé.

« Je peux...

– L'intimité n'existe pas ici. Nous n'avons rien à nous cacher. »

Mais, de toute évidence, il n'avait pas envie de me voir en tenue d'Adam, car il s'est retourné vers le couloir lorsque j'ai retiré mes frusques et rejoint le troupeau des fidèles. L'encolure de ma nouvelle tunique était assez large pour laisser voir la chaîne avec le pendentif de San Cristobál et il n'y avait pas de poche – pourquoi mettre des poches quand on n'a rien à garder sur soi ? Cristobál m'avait porté jusqu'ici, il avait déjà fait son travail, mais je ne me sentais pas de l'abandonner sur mon tas de vieux vêtements, en attente d'être jetés. Je l'ai planqué dans ma chaussette.

« T'as fini ? »

Il s'est retourné. J'ai hoché la tête.

« Suis-moi. »

Il m'a conduit dehors, regardant les longues pentes du vaste tablier des sierras, couvertes de broussailles et d'herbe pâle et sèche sous le ciel rouge. La réunion devait être finie car les gens sortaient un par un, de nouveau habillés. Ils n'avaient aucun moyen de reconnaître leurs propres vêtements dans le tas, et c'est pour ça que les habits paraissaient si mal taillés : ils étaient communs à tous, on n'avait pas son pantalon, sa tunique. C'était juste Tunique. Et Pantalon. Les gens gardaient slips et chaussettes, si bien que sur le plan bactérien, le Revival semblait faire de petites concessions à l'individualité. Peut-être savaient-ils que même le fidèle le plus convaincu aurait rechigné à partager une culotte.

Nek m'a placé une pelle dans les mains.

« Nous montrons notre dévotion par le travail », a-t-il expliqué.

Il a commencé à s'éloigner, mais je l'ai appelé et il s'est retourné.

« Quand est-ce que je pourrai descendre en ville ?

– Quand tu seras prêt.

– Ce sera quand ? »

Il m'a dévisagé longuement, puis s'est touché la joue, comme par sympathie, et m'a dit :

« Quelqu'un t'a salement amoché, hein.

– Ouais.

– Tu restes ici jusqu'à ce que ton engagement soit complet. Jusqu'à ce que tu sois vraiment l'un des nôtres. »

Je ne sais pas combien d'heures il restait dans la journée mais je les ai passées là, sur le flanc de la colline, à attraper des ampoules sur le manche de la pelle et à tousser la cendre granuleuse qui descendait, sous le ciel de plus en plus sanglant à mesure que le soleil baissait. J'avais faim, j'étais épuisé, j'avais mal et j'étais euphorique. Sur un petit nuage, ravi. Hannah était encore là, ce qui signifiait qu'elle n'avait pas achevé son engagement. Elle n'était pas enceinte, du moins ça ne se voyait pas pour l'instant. Elle n'était pas complètement partie. J'aurais pu chanter en travaillant. Bonne chance au foutu Revival ! Penelope et moi avions passé toutes nos vies de parents à tenter de modeler et de guider cette fille qui nous avait été donnée, et tout ce que nous avions réussi à faire, c'était nous emmêler et nous chamailler comme des enfants nous-mêmes. S'il y avait une chose que je savais sur ma fille, c'était la suivante : elle était elle-même, et elle le serait toujours. Hannah. Belle, singulière, insaisissable, comme le palindrome de son nom.

Quand la pénombre a finalement envahi le paysage, Nek nous a rappelés en bas, et j'ai presque couru, trébuché vers la salle commune et ma fille.

Quel que soit le repas qui allait être servi, le rituel observé, je n'allais pas en faire partie. Ils m'ont emmené dans ma chambre, m'ont apporté une carafe d'eau et un bol de flocons d'avoine assez chauds pour que je me brûle en les enfournant. L'eau était froide, et j'en ai gardé une gorgée dans ma bouche en la remuant avec ma langue.

Puis le silence s'est fait. J'ai testé ma porte et constaté qu'elle était verrouillée de l'extérieur. Un incendie approchait et être enfermé dans une pièce en bois aurait pu être terrifiant si l'édifice n'avait pas été si fragile ; la porte se tordait en haut et en bas. Même avec ma vieille épaule endolorie, j'aurais pu la défoncer d'une poussée.

J'ai regardé autour de moi à la lueur de la bougie. Peut-être un peu moins de trois mètres sur deux. Pas de fenêtre. Juste un rectangle en contreplaqué mal fignolé, fixé avec des vis métalliques. Une boîte. Dans le coin, un seau et un rouleau de papier toilette une épaisseur.

Avant d'avoir même pu me concocter un plan, on a frappé doucement, et je suis à peine parvenu à dire « Entrez », tant ma gorge était étranglée par la certitude que c'était Hannah, venant me trouver. J'allais la tenir dans mes bras, entendre sa voix.

Le barbu est entré dans la chambre et a refermé la porte derrière lui. J'ai eu un recul et me suis rassis sur le lit. Mon odeur était si forte que même moi, j'avais du mal à me supporter dans cet espace confiné, mais il n'a pas semblé remarquer; il est resté debout un moment, impassible, avant de prendre la chaise et de la retourner pour s'asseoir à l'envers, s'appuyant contre le dossier en treillis de bois tout en me regardant.

On aurait dit qu'il ne clignait jamais des yeux. Il était habillé comme tous les autres, mais tandis qu'eux portaient encore les baskets et bottes de leur ancienne vie, il était pieds nus dans des sandales en cuir, et sa tunique était ceinturée par un bout de corde. Il n'y avait pas trace de timidité dans ses yeux. Il soutenait mon regard avec une assurance calme qui aurait pu me mettre mal à l'aise si je n'avais pas fait la même chose avec d'innombrables patients, assis dans mon fauteuil, laissant le silence s'installer en attendant qu'ils parlent, comme s'il n'existait rien d'autre au monde. Une fièvre brûlait dans ses yeux, c'était la différence. Je savais que c'était lui, l'Homme sans Nom.

« Faites-moi voir vos mains », a-t-il dit, d'une voix assez sonore pour faire vibrer la pièce alors même qu'il parlait doucement.

Je les ai tendues, paumes vers le bas, et il les a délicatement retournées, passant les doigts sur mes ampoules.

« Désolé pour Nek, a-t-il repris. Il est convaincu qu'il faut traverser la nature sauvage en ligne droite pour suivre le chemin. Il pense que le corps doit souffrir pour relâcher sa prise sur l'âme. Et il n'a pas tort. Nous devons mortifier le corps pour faire cesser sa tyrannie. » Il a levé les yeux. « Mais vous avez déjà souffert, n'est-ce pas ? Je ne parle pas seulement de votre joue. Vous avez passé votre vie à souffrir. »

Je n'ai rien répondu.

« Pourquoi êtes-vous là ? a-t-il demandé.

– Tout ce que je pensais avoir de l'importance… n'en avait pas. J'ai fait une longue route pour arriver ici, j'ai traversé tout le pays, et le voyage m'a transformé.

– Vous êtes prêt à renoncer à l'ego ?

– Oui, je suis prêt. Toutes mes conneries débiles… pardon. »

Il a ri.

« Pas de problème. J'en ai entendu d'autres. Je les employais aussi, avant, ces mots. »

Il a souri, et j'ai compris que c'était pour s'humaniser, se faire passer pour un type ordinaire comme moi.

« OK. J'en ai marre de ces conneries, marre d'être au centre de ma propre vie. Moi, tous mes petits soucis mesquins, toutes mes frustrations, toutes mes rancœurs.

– Rien de tout cela n'est réel. Ce ne sont que des inventions de votre esprit, et elles ne servent à rien qu'à vous faire souffrir. »

J'ai hoché la tête.

« Je peux vous demander si vous avez été élevé dans le christianisme ?

– Un peu. On allait à la messe pour Pâques, et les grandes occasions.

– Les graines de l'incompréhension de Jésus par l'Église ont été plantées alors qu'il était encore en vie. Le mouvement born again, l'idée de créer un lien personnel avec Jésus… tout cela ne fait qu'accroître notre solitude, notre croyance erronée que nous existons en tant qu'individus et non en tant qu'atomes dans l'étoffe du monde. Jésus a souffert, est mort et est ressuscité non pas parce que *nous* allions faire comme lui, mais parce que *le monde* allait le faire. Et c'est ce qui s'est produit. Tout s'est accompli comme Dieu m'en avait averti. Le monde est mort pour nos péchés, et à présent, nous devons en créer un nouveau sur les cendres de l'ancien, nous devons ressusciter en accord avec les Écritures, mais pas en tant qu'individus, égoïstes et querelleurs ; sous la forme d'un seul corps collectif.

– Oui.

– La brebis égarée recherche le troupeau, car dans le troupeau, elle cesse d'être égarée, mais ça va plus loin. Elle cesse d'être une brebis. Elle *est* le troupeau.

– Comment savez-vous tout cela ?

– Je parle avec Dieu. » Il a dit ça d'un ton aussi désinvolte que j'aurais dit : j'aime le pain grillé. « Comme Moïse et Jésus avant moi. Certains hommes reçoivent un fardeau plus lourd que les autres. »

Les gourous de la plupart des sectes prophétisaient l'apocalypse et, lorsque le soleil se levait sur un nouveau jour comme si de rien n'était, ils devaient revoir leurs calculs, trouver une nouvelle date pour l'Armageddon, mais en regardant cet homme, dans ma chambre, j'ai pris conscience qu'il était une véritable étude de cas : que se passait-il quand la fin du monde *se produisait vraiment* ? Quand une coïncidence cosmique venait renforcer vos tendances messianiques ? Assis tranquillement sur sa chaise, il me regardait avec des yeux de braise.

« Vous n'êtes pas digne de l'amour de Dieu. Dieu aime le monde, pas nous. On n'aime pas une fourmi pour son individualité, ce serait absurde, mais pour le rôle qu'elle joue dans le monde qu'on aime. »

J'ai hoché la tête, et il m'a fixé en silence assez longuement pour que je doive cligner des yeux.

« Vous n'êtes pas prêt, a-t-il conclu en se levant.

– Si ! Si, je le suis ! »

J'ai cru un instant qu'il allait me renvoyer, me renvoyer loin d'Hannah.

« Ne vous en faites pas. Reposez-vous. Il y aura encore du travail demain. Vous resterez ici, à travailler et à apprendre, jusqu'à ce que vous soyez prêt. Ensuite, vous pourrez descendre vous installer en ville. Vous serez un membre du Revival. Et enveloppez bien vos mains dans des chiffons avant de recommencer à creuser.

– Merci.

– Reposez-vous. Dormez. »

Il a soufflé ma bougie avant de refermer la porte derrière lui. Il faisait noir comme dans un cercueil. Comme si le monde avait cessé d'exister, je l'ai entendu refermer la porte à clé.

Je ne pouvais rien faire qu'obéir, donc je me suis allongé sur le petit lit et j'ai palpé mon corps en quête d'une zone qui ne me fasse pas mal, sans succès. Puis je me suis endormi. Même les ronflements du Revival dans les chambres adjacentes n'ont pas suffi à me tenir éveillé.

Quand j'ai rouvert les yeux, des gens s'agitaient dans le couloir et Nek m'a apporté un bol de flocons d'avoine matinal. Cette fois, j'ai versé un peu d'eau dedans pour le refroidir afin de pouvoir l'avaler en vitesse. Ma joue, reflétée sur la carafe, semblait dans un état impressionnant, mais me faisait un peu moins mal. Personne n'avait emporté mes anciens habits – ils étaient toujours en tas dans le coin. J'ai pris mon tee-shirt, l'ai déchiré en lambeaux à coups secs et m'en suis enveloppé les mains. Personne n'a eu besoin de me dire de reprendre ma pelle. Je suis sorti et me suis remis au travail spontanément. L'atmosphère était encore plus chargée que la veille, le ciel encore plus malveillant. Ce n'étaient plus seulement des cendres qui atterrissaient sur nous, mais des étincelles, des braises rougeoyantes transportées par le vent. Des gens armés de tuyaux se tenaient sur le toit et l'arrosaient continuellement. Le grondement bruyant d'un groupe électrogène se détachait sur l'ensemble. Le Revival faisait front. Le feu arrivait, il se répandait vers l'est, vers nous et le désert sur lequel il allait se briser telles des vagues sur le sable. Mais avant de mourir, il pourrait bien emporter Bishop. Le rythme des pelles se faisait frénétique.

Je n'apercevais pas Hannah, mais vu la façon dont les silhouettes se dissolvaient dans le brouillard, elle aurait pu se trouver à vingt mètres que je ne l'aurais pas su. Me cherchait-elle aussi ? Avancions-nous à tâtons dans la brume morbide en quête l'un de l'autre ? Mes ampoules se sont crevées presque immédiatement, trempant les bandes de tissu, et laissant mes mains à vif. Les arbres, sur les collines au loin, sont partis en flammes, brûlant à l'horizon comme des bougies géantes. Le bord rouge, dur de l'incendie s'est mis à descendre la pente tel un serpent. Les autres creusaient comme des fous pour élargir le pare-feu. La fumée bouillonnait, et je m'étranglais dessus, toussant sans cesse. Une braise a atterri sur ma manche et y est restée coincée, fumante. Je l'ai écrasée d'une claque.

Peut-être était-elle dans le fossé. Je me suis dirigé dans cette direction, traînant la pelle du bout des doigts, mais une fois au fond, je m'y suis retrouvé seul. Personne à ma droite, personne à ma gauche. Les seuls êtres humains que je voyais étaient ceux qui arrosaient le toit.

On respirait mieux en bas, car la fumée s'élevait en tourbillons. J'ai pris appui sur ma pelle. Une fois que j'ai eu repris haleine, je me suis retourné pour remonter et m'extraire de là, mais elle est descendue en glissant sur sa hanche, tenant une pioche en l'air comme un bâton de ski.

Je n'ai pas pu m'en empêcher. Je me suis précipité vers elle, bras tendus.

Elle s'est détournée et a commencé à piocher, faisant voler des étincelles en cognant la roche, et m'a soufflé impérieusement :

« Ils regardent. »

Je suis resté planté là, à la fixer, bouche bée. Nos regards se sont croisés et elle a secoué la tête.

« Creuse, papa. Au moins, fais semblant. Merde, quoi. »

Dès que j'ai commencé à enfoncer le bord de la pelle dans le sol, soulevant un peu de terre, elle a repris :

« Qu'est-ce qui t'est arrivé, au visage ? Ça va ?

– Oui, oui ! » Je souriais, mais de travers, la moitié de ma bouche ne remuait pas et j'ai senti de la bave couler sur ma joue. « Hannah, je suis tellement…

– Est-ce que maman… » Elle m'a coupé, le regard fixe. « Est-ce que maman… ? »

J'ai soudainement compris ce qui lui était venu à l'esprit en me voyant arriver seul.

« Oh merde, désolé, elle va bien ! Elle va très bien. Elle est restée au niveau des rochers, elle nous attend.

– Elle nous attend », a répété Hannah.

Je m'étais promis de rester calme, de lui laisser le contrôle des événements. Je m'étais dit : *C'est comme quand tu fais la cour à une fille*, ce que je n'avais pas fait depuis trente ans, donc ça n'était pas d'un grand secours, mais je savais au moins que si j'insistais, il y avait des risques qu'elle se braque. Je devais rester calme et aimant, et la laisser faire son choix. Zéro pression.

C'était mon plan, j'étais décidé, mais allégé par la pure joie de voir ma fille, je l'ai oublié sur-le-champ.

« On peut s'en aller tout de suite ! me suis-je entendu dire. On n'aura pas de mal à se faufiler, personne ne nous verra avec toute cette fumée. Elle est juste en bas de la colline… »

J'ai laissé échapper ma pelle et jeté des coups d'œil affolés autour de moi.

Le visage d'Hannah, que l'inquiétude avait ouvert complètement, s'est refermé comme une porte qu'on claque. Elle a soulevé sa pioche d'un grand moulinet et l'a abattue dans la terre sablonneuse.

« Quoi ? ai-je demandé.

– Donc tu es là pour m'emmener. C'est ça, ton plan génial.

– Je n'ai pas de plan.

– Ah, *ça*, au moins, ça se voit. »

J'ai respiré un grand coup. Le vent tourbillonnait, et la cendre virevoltait autour d'Hannah comme si elle s'élevait du fossé.

« Quand tu nous as appelés sur la radio…, ai-je commencé, mais elle m'a coupé.

– Laisse-moi deviner, je parie qu'il vous a fallu environ trois secondes pour décider que vous deviez traverser ce foutu pays en bagnole parce qu'attention, pas question que votre fille fasse un choix qui ne vous plaît pas.

– Ce n'est pas juste.

– Pas juste ? Vraiment ? »

Nous avions complètement cessé de faire semblant de creuser.

« On veut seulement que tu sois heur… »

Je me suis interrompu en voyant qu'elle articulait mes mots en même temps que moi.

« Que je sois heureuse. Oui, je sais. Merde, c'est typique, putain.

– En *quoi* c'est typique ? »

J'ai agité les mains en direction du brouillard apocalyptique de l'enceinte de la secte autour de nous, mais je savais exactement ce qu'elle voulait dire. Comme un tsunami engloutissant tranquillement un village de vacances, notre scène familiale oblitérait la scène éclairée par le feu et la noyait. Un homme armé aurait pu sauter dans le fossé en aboyant des ordres et en tirant dans la terre en guise d'avertissement, nous nous serions tournés vers lui en chœur en criant « Putain, vous permettez, on *discute* ! » jusqu'à ce qu'il recule en bafouillant des excuses, les mains levées.

« Un mois ! J'étais à Irvine depuis un mois quand vous êtes venus me voir pour la première fois. Je n'avais eu le temps de rencontrer pratiquement personne, et il a fallu que je passe le week-end à vous faire visiter. Et comme par hasard, maman avait parlé aux responsables des admissions à Amherst et appris qu'ils accepteraient un dossier de transfert sans problème. Franchement…

– C'est juste qu'elle…

– Pourquoi vous ne pouviez pas vous trouver des hobbies, comme tout le monde ? Pourquoi votre hobby, il a toujours fallu que ce soit de tout contrôler dans ma vie ? »

Les vieux sillons de notre dispute étaient si familiers que nous nous y sommes insérés sans effort, comme s'il était 23 heures un soir de semaine et que je me tenais à la porte de sa chambre, sur le point de vérifier ses devoirs alors que je me fichais complètement de ses notes, pour la simple raison que si Penelope s'en chargeait, ça allait dégénérer immédiatement en engueulade, sauf que trente secondes plus tard, c'était moi qui haussais le ton et Hannah, à moitié en larmes, me hurlait de sortir de sa chambre.

« Hannah...

– Et tu crois vraiment qu'on peut sortir de là comme des fleurs ? Sérieusement ? Tu ne comprends vraiment *rien* ?

– Je pensais juste...

– Ils ont des *flingues*, papa. S'ils laissaient les gens s'en aller chaque fois qu'ils ont un petit doute, il n'y aurait personne ici. Et quand tu arrives, on t'assigne un Berger.

– Un quoi ?

– Il ne me quitte pas des yeux ! Il ne me laissera jamais sortir d'ici comme ça.

– Alors on va rester.

– Quoi ?

– On va entrer dans le Revival. »

Elle m'a dévisagé.

« C'est ça.

– Non, Hannah, je suis sérieux.

– *Maman* va entrer dans le Revival ?

– Oui. »

Penelope et moi, on en avait parlé avant que je parte sur la colline, en partageant un dernier repas dans la grotte sous le rocher, blottis l'un contre l'autre sous une couverture. Et si elle refusait de nous suivre ? Que ferions-nous dans ce cas ? Et la réponse nous était venue avec une facilité déconcertante pour une chose si... eh bien, si choquante. Nous entrerions dans le Revival. Et pas dans l'idée d'utiliser la psychologie inversée pour la convaincre de partir. Nous nous intégrerions *vraiment*. Juste pour pouvoir être de nouveau tous ensemble.

« Putain, mais rassure-moi, tu vois à quel point c'est ridicule, non ? Le principe même du Revival, c'est de renoncer à sa famille.

– Je vois bien l'ironie.

– Et Dobbs Ferry ? Et la maison ?

– C'est juste une maison.

– Pas pour moi, non ! Vous avez pris deux minutes pour réfléchir ? Pour comprendre que la meilleure chose que vous auriez pu faire pour moi, c'était de rester là-bas ? Que dans tout ce chaos, c'était la seule chose qui me faisait tenir ? »

Sa voix s'est brisée, et elle a passé son avant-bras sans douceur sur ses yeux, comme quand elle était petite. Quand j'étais enfant, nous avions déménagé mille fois. Mon père trouvait et perdait des boulots comme on perd la main au poker, et j'oubliais parfois qu'Hannah n'avait jamais connu que notre maison à Dobbs Ferry, une ancre si bien fixée à son sol maritime qu'elle en faisait désormais partie.

« Je suis désolé. Je sais…

– Tu ne t'es jamais dit que ça serait très dur pour moi de lancer un appel radio et d'entendre la voix de *Carlos* plutôt que la tienne ? De savoir que vous aviez disparu ?

– Attends, tu as essayé de rappeler ? Après notre départ ? »

Elle a écarté ma question comme un moucheron, et lorsqu'elle a repris la parole, j'ai dû faire un pas en avant pour l'entendre.

« Pourquoi Carlos est dans la maison ? »

Elle avait l'air tellement jeune, sa voix était tellement faible que, malgré la menace des regards inquisiteurs, j'ai bien failli la prendre dans mes bras.

« Oh Hannah, je suis désolé. Ça a dû être vraiment dur, de tenter de nous joindre et d'apprendre qu'on était partis.

– Pourquoi Carlos est là-bas ?

– Eh bien, tu te rappelles Jen. Elle te gardait parfois. Elle... elle n'a pas survécu, et il avait besoin d'un nouveau lieu. Sans les souvenirs. »

Elle m'a fixé, puis la cloche s'est mise à sonner dans le bâtiment. Même si du fossé nous ne voyions pas les autres, le bruit des pioches sur la roche a cessé. L'Homme sans Nom allait parler, même tandis que les flammes mangeaient les flancs de la colline, la fumée, les cendres et braises virevoltant autour de nous. Ceux qui arrosaient le toit, en revanche, n'ont pas bougé, le jet d'eau irrégulier continuait de s'élever. Hannah a fermé les yeux et pincé les arêtes de son nez.

« Il faut qu'on rentre. Et ne m'appelle pas Hannah, quoi que tu fasses. Ils m'appellent Nah.

– Nah. »

Elle s'est retournée et a grimpé le bord du fossé.

L'air orange fiévreux était froid, mais le feu palpitait de chaleur. Hannah était à la moitié de la cour quand j'ai trouvé ce que je devais lui dire ; les mots me sont venus, et je me suis mis à courir gauchement après elle, ne m'arrêtant que lorsqu'un jet d'eau a subitement heurté le sol devant moi. J'ai levé les yeux. Un type sur le toit m'appelait par mon nom.

« Lib.

– Oui ?

– Ça fait un petit moment que je t'appelle. Faut croire que t'écoutais pas.

– Désolé. J'étais distrait. »

Nous sommes restés comme ça un moment. Son tuyau d'arrosage avait un embout muni d'une poignée, qu'il a relâchée. De l'eau s'est mise à goutter au bout, et il s'est accroupi pour se rapprocher de moi. Ses orteils étaient presque dans la gouttière, il était tout au bord.

« Je m'appelle Eel. »

Il était jeune, guère plus de vingt ans. Blanc, le visage aussi vide et plat que ses paumes, un large front au-dessus d'yeux un peu trop rapprochés, comme par un aimant. Ses cheveux étaient hérissés, en brosse, une coupe années 1950.

« Enchanté.

– Ils m'ont dit de te laver.

– Quoi ? »

Il a montré le tuyau dans sa main.

« Une douche, quoi. Ensuite, tu pourras rejoindre les autres pour la Parole.

– Sérieusement ?

– Ouais. »

Il a longé le rebord du toit, retournant le tuyau pour qu'il ne s'emmêle pas en traînant sur les bardeaux. Il est arrivé à une petite échelle et a calé le pistolet à eau sous son bras pour libérer ses mains afin de descendre. Nous nous sommes retrouvés dans la cour poussiéreuse. Le rugissement de l'incendie et la voix aiguë de l'Homme sans Nom qui commençait son homélie à l'intérieur m'emplissaient les oreilles.

« Je crois que je vais passer mon tour.

– Tu t'es reniflé ? » Il a dit ça en souriant. « Le prends pas mal, mais…

– OK, bon, je m'en occupe. »

J'ai tendu la main pour prendre le tuyau.

« Faut que ce soit moi.

– Pourquoi ?

– C'est comme ça.

– Mais… »

Il a levé un doigt.

« Une seconde. »

Pendant qu'il courait à l'intérieur, j'aurais voulu trouver l'énergie de résister, d'exiger de tenir le tuyau moi-même, mais mon corps était à bout, et la seule chose que parvenait à retenir mon cerveau, c'était qu'Hannah avait appelé de nouveau après notre départ. Je tournais autour de ce fait comme s'il s'agissait d'une sculpture sur son socle, qu'il m'aurait fallu interpréter. Donc quand Eel est revenu avec une serviette, je n'ai rien trouvé à lui dire, je n'avais pas la force de lutter. Il a désigné mes vêtements et, au milieu des étincelles qui tourbillonnaient dans les airs comme des essaims d'insectes enragés, je me suis déshabillé, faisant attention, lorsque j'ai retiré ma chaussette, à bien enlever aussi San Cristobál, toujours caché à l'intérieur. Quand je me suis retrouvé nu, il faisait assez froid pour que je sautille d'un pied sur l'autre, bras croisés sur la poitrine.

« Tu es prêt ? » a-t-il demandé.

J'ai hoché la tête et il a baissé les yeux sur le pistolet pulvérisateur dans sa main, plissant le front en réglant le jet.

« Désolé, j'ai pas de savon », a-t-il dit, puis il a appuyé.

L'eau glacée sur mon corps m'a fait danser, mains en coupe sur mon entrejambes, yeux fermés. C'était agréable, en fait, dans la chaleur torride de l'incendie qui se rapprochait, sachant que j'allais ensuite retourner dans mon sauna. Je me suis retourné, laissant le jet me marteler. Et je me suis laissé aller à apprécier.

L'eau s'est arrêtée et j'ai ouvert les yeux. Il me regardait, le visage impassible. Ma peau me piquait, l'eau me dégoulinait sur le visage. J'ai tendu la main pour lui prendre la serviette, mais il a reculé d'un pas.

« J'ai tout perdu, a-t-il dit. Tous mes frères, ma sœur, mes parents. Tous morts. Je l'ai chopé, la pire fièvre possible, et quand elle est retombée, je les ai trouvés. Tu n'imagines pas le spectacle. »

Je l'ai fixé sans rien dire.

« Je ne pouvais pas nettoyer ça, c'était au-delà de tout. Alors je suis parti. Donc j'ai perdu ma maison aussi.

– Je suis navré. C'est affreux. »

Encore une fois, j'ai tendu la main pour récupérer la serviette. L'air était froid, je frissonnais et je commençais à claquer des dents.

« J'estime que je mérite quelque chose de bien dans ma vie, a-t-il repris. Je pense qu'on me doit bien ça. Tu ne crois pas ? »

À sa manière de parler, avec le feu derrière lui et le son du sermon incantatoire qui venait du bâtiment, la peur a commencé à monter dans mon ventre. Je me serrais le torse avec les bras comme si je pouvais me réchauffer et sautais d'un pied sur l'autre.

« Donc me voilà ici. Et qu'est-ce qui se passe ? Je suis le Berger d'une fille. Une fille qui a l'air incapable de coller au programme. Pourtant je pourrais déjà être en ville, là, j'ai intégré le discours. Je pourrais avoir une petite maison, j'aurais déjà pu fonder une famille. Mais il y a un truc avec cette fille. »

Maintenant toutes mes alarmes intérieures sonnaient, le rythme de mon pouls s'accélérait en même temps que ma respiration.

« Pourquoi tu me dis ça à moi ?

– Parce que tu la connais. »

Je l'ai dévisagé, et j'ai su que je mettais trop longtemps à répondre, mais je ne pouvais rien y faire.

« De quoi tu parles ?

– Tu t'en fous, du Revival. C'est à cause d'*elle* que tu es venu. Ça crève les yeux. Les autres n'ont peut-être rien remarqué, mais moi si.

– Je ne sais pas de quoi tu parles. »

Je frissonnais de plus en plus, même ma voix était hachée.

« Je ne l'ai dit à personne. Pour l'instant.

– Je peux avoir la serviette ? »

Il l'a avancée vers moi, mais quand j'ai tenté de la prendre, il l'a retirée.

« Sa place est ici. Sa place est auprès de moi.

– Tu parles de la fille dans le fossé ? Je l'aidais juste à casser un rocher, c'est tout. »

Il a levé les yeux au ciel.

« Je suis pas débile.

– OK.

– Et je suis pas un salaud. Je m'occupe bien d'elle. Une fois que je lui aurai fait intégrer le programme, ils nous installeront tous les deux dans une petite maison en ville, et on pourra se faire une vie. J'estime que c'est juste. Il n'y a pas de mal à ça. »

Les étincelles tournoyaient autour de lui pendant qu'il parlait, et derrière lui, je voyais les jets crachotants des autres tuyaux qui arrosaient encore le toit.

« Je ne vois pas ce que tu veux me faire dire. Je ne la connais pas. »

C'était faiblard, et nous le savions tous les deux. J'ai fait un pas vers lui, et il a appuyé sur la gâchette. Cette fois, l'eau n'était pas rafraîchissante, mais comme de la glace que j'ai sentie au centre de ma poitrine, le souffle coupé, si bien que même quand ça s'est arrêté, je ne tremblais plus. Mon corps entier grelottait convulsivement, et je ne pouvais pas l'en empêcher.

« J'avais loupé une zone », a-t-il dit.

Il me tendait de nouveau la serviette. Quand je l'ai prise, il ne l'a pas lâchée. Nous sommes restés là, tenant chacun un bout, et il a ajouté :

« Je n'ai qu'à dire un mot, et tu ne la reverras jamais. »

Il a ouvert la main tout d'un coup, et j'ai trébuché et suis tombé dans la poussière.

« Attention où tu mets les pieds, vieux machin. »

Il s'est retourné et est remonté à son échelle sans un regard en arrière.

13

J'étais une pierre au centre de mon petit lit, recroquevillé sur moi-même, les genoux contre le torse, le menton rentré. Mes mains touchaient mes pieds, mais je ne sentais ni les uns ni les autres. Et mon esprit s'était réduit à un seul mot, le mot « froid », tel un trou noir qui aspirait toute la lumière à l'intérieur de moi. La chambre, le monde n'était rien que le grincement des ressorts métalliques du lit quand je tremblais, la douleur qui montait dans ma mâchoire à chaque tressaillement, mais le pire, c'était quand je tentais de la refermer pour m'empêcher de claquer des dents.

J'avais à peine réussi à me sécher, mes bras ne me répondaient pas et je titubais, donc j'étais rentré en chancelant, encore mouillé et couvert de terre. La chaleur moite de la salle de prière contre ma peau m'avait fait le même effet que de poser la main sur une plaque à induction rougie, me brûlant sans pénétrer la peau. Mon abdomen était une brique glacée. L'homélie se terminait déjà, l'Homme sans Nom les renvoyait se battre contre les flammes qui menaçaient et je me suis rendu à ma chambre et me suis laissé tomber sur mon lit, j'ai enfilé les habits dans lesquels j'étais arrivé et la tenue du Revival par-dessus, et j'ai tiré la couverture sur moi, mais ça n'y changeait rien. Je n'étais pas réduit à l'état d'animal, les animaux étaient animés par la curiosité, la faim et la pulsion de protéger leurs petits. J'étais juste une particule élémentaire dans le noir absolu de la pièce, et il ne restait que la peur dans mes entrailles, la peur la plus primaire que puisse ressentir un animal : *je n'arrive pas à me réchauffer.*

C'est tout juste si j'ai remarqué Hannah qui se glissait dans ma chambre. La lueur de la bougie qu'elle portait faisait danser les murs.

« Papa, qu'est-ce qui s'est passé... »

J'ai essayé de dire « Eel », mais je ne pouvais pas, ma voix tremblait trop.

« Je reviens. Je reviens tout de suite. »

Sa main contre ma joue m'a paru d'une chaleur fiévreuse.

Combien de temps elle a mis, je n'en sais rien, mais elle est revenue avec des couvertures qu'elle a entassées sur moi, puis elle s'est étendue à côté de moi, en cuillère, les ressorts grinçant sous le poids de nos deux corps, et elle m'a serré dans ses bras, comme si j'étais un enfant, se pressant autant qu'elle pouvait contre moi. Sa respiration était sur ma joue et elle me parlait à l'oreille : *Ça va aller, je suis là, ça va aller.*

Les soubresauts de mon corps ne cessaient de l'écarter, mais elle tenait bon, sa bouche à quelques centimètres de mon oreille, me soufflant de respirer ; je me suis concentré exclusivement là-dessus, tentant de ralentir mes poumons, et j'ai commencé peu à peu à revenir au monde, suivant sa voix.

« ... et on est allés voir les phoques à Laguna Beach, tu te souviens, ils se prélassaient au soleil sans bouger, c'était un spectacle tellement étrange, ils faisaient seulement partie de la nature, et les gens passaient devant sans même regarder, comme si c'était des écureuils ou des chevreuils ou quelque chose comme ça... »

Elle parlait du week-end où Penelope et moi lui avions rendu visite à Irvine pour la première fois, début octobre en Californie du Sud.

« ... puis on est allés manger des sushis chez Taiko. Maman a goûté des oursins pour la première fois, tu te souviens de la tête qu'elle faisait ? Mais on a dû se dépêcher, tu n'arrêtais pas de regarder ta montre parce que tu étais pressé de retourner à la plage, le soleil commençait à tomber et tu voulais voir le rayon vert quand il atteint l'océan, rappelle-toi...

– On... on... »

Je retrouvais ma voix, mais je n'ai pas pu dépasser une syllabe.

« On y est allés. » Elle a fini la phrase pour moi. « Et on n'a rien vu. Le soleil s'est couché sur l'eau, et on était assis ensemble sur la plage, et il y avait des surfeurs qui chevauchaient les vagues et d'autres qui remontaient vers nous, leurs combinaisons mouillées à moitié retirées, leur planche sous le bras. Je m'étais toujours demandé si j'avais fait le bon choix, en venant à l'ouest, et c'est là que j'ai su que oui. On était là, dans mon nouveau monde, et vous étiez là avec moi. »

Pendant quelques instants, elle a gardé le silence. Ma respiration avait ralenti, et inconsciemment, s'était accordée à la sienne.

« Je n'ai toujours pas vu le rayon vert, cela dit, a-t-elle ajouté.

– C'est... » J'ai fini précipitamment. « Ça existe.

– Je dis juste que je ne l'ai jamais vu. »

La partie gelée de moi avait commencé à fondre. Mes mains et mes pieds n'étaient plus engourdis, mais douloureux, comme s'ils s'étaient endormis pour se réveiller avec des fourmillements plus violents que je n'en avais jamais ressenti. Quand j'ai eu le sentiment que je pouvais de nouveau bouger, je me suis tourné pour faire face à Hannah, nos têtes sur le bord du même coussin. La lueur de la bougie jouait sur son visage, lui donnant l'air de remuer même quand elle restait immobile. Nous aurions pu être dans sa chambre, quand elle était encore enfant, dans un tipi jouet dressé sur le tapis, avec une petite lampe à l'intérieur. Ses livres et ses peluches alignés dans un coin. Un petit quelque chose à manger, au cas où on aurait un creux.

« Je regrette, vraiment, ai-je dit. Qu'on n'ait pas été là quand tu as appelé.

– Je comprends.

– On pensait que tu avais voulu couper les ponts.

– Eh bien, je voulais, oui. » Elle a haussé les épaules. « Je voulais couper les ponts. Mais je n'ai pas réussi à m'y faire.

– On aurait dit que tu avais pris quelque chose.

– Oh, j'étais complètement défoncée.

– Qu'est-ce qu'ils t'ont donné ?

– Eux ? » Elle a ri. « Ils pensent que la Lumière de Dieu devrait suffire à tous. Je suis parfaitement capable de me défoncer par mes propres moyens. »

Au-dessus de nous, le jet des tuyaux d'arrosage résonnait sur les bardeaux. Il y avait des pas lourds, aussi, qui faisaient craquer le plafond.

« Eel..., ai-je commencé.

– C'est lui qui t'a fait ça ? »

J'ai hoché la tête. Elle a respiré longuement par le nez, mâchoire serrée.

« Angie est là ? ai-je demandé.

– Je n'ai pas vu Angie depuis des semaines. Elle est quelque part en ville. Sans doute enceinte.

– Tu veux rester ?

– T'as entendu ce que je viens de te dire, ou pas ? Angie est sans doute *enceinte*. Est-ce que j'ai envie de coucher avec, genre, Eel ou un mec comme ça, et de porter son bébé ? Heu, non.

– Tu veux t'en aller ? »

Je savais que ce n'était pas la même question que rester.

« Tu veux dire, est-ce que je veux retourner à ma chambre d'enfant, descendre quand vous m'appelez pour dîner et vous laisser me border… »

Elle a haussé un sourcil.

« Je comprends.

– Je veux juste vivre ma vie. Je veux *avoir* une vie. »

Nous étions yeux dans les yeux, et j'ai vu ses pupilles partir. Elle se retirait dans ses pensées. Le silence s'est fait.

« J'avais envie de vouloir la même chose que ces gens, a-t-elle dit enfin. J'avais envie que ça me suffise. C'est vrai, si tu es heureux, tu es heureux, n'est-ce pas ? »

Elle m'a regardé comme si c'était une vraie question, et j'ai hoché la tête.

« Bien sûr.

– Qu'est-ce que ça peut faire, ce qui te rend heureux, pourvu que ça te rende heureux ? Si ça te donne le sentiment d'être utile ? »

J'ai encore hoché la tête. J'essayais d'écouter en tant que père, et non en tant que psy. Elle était très sensible à la différence, même quand je ne la percevais pas moi-même.

« Ce n'est pas que je me croie supérieure à qui que ce soit. Enfin, pour être honnête, avant, si, un peu. Quand j'étais au lycée, je regardais tout le monde de haut, mais surtout ceux qui bossaient comme des malades, avec leur sens de la compétition à la con. J'étais au-dessus de ça. Comme si avoir une bonne note en chimie justifiait votre existence. Je trouvais ça débile. Carrément pathétique. C'est ce que je pensais. Mais quand Keisha a été acceptée à Yale, ça l'a rendue heureuse, papa. Genre, vraiment heureuse.

– Je sais.

– Quel mal à ça ?

– Aucun.

– Donc c'est quoi, mon problème ? J'aurais pu être acceptée à Yale ou ailleurs. Franchement, je voyais bien *comment* on fait. Mais ça me semblait tellement ridicule. Et faire dépendre sa confiance en soi d'une validation externe… je trouvais ça pitoyable.

– Hannah. Tu penses par toi-même. C'est une bonne chose.

– Non, papa, ce n'est pas une bonne chose. » Elle commençait à hausser la voix, mais elle s'en est rendu compte et s'est remise à chuchoter. « Ce n'est pas bien, de juger les autres comme je le faisais. C'était très con. Je m'imaginais que mes propres conneries représentaient une quête supérieure, mais en fait je n'étais pas différente. Pas vraiment. Et la fac, c'était du pareil au même, et ce n'est que maintenant que je regarde ces gens et que je vois la beauté de la chose. Si tu es heureux, tu es heureux. Il n'y a pas à dénigrer ça. C'est bien, ça, c'est une bonne chose.

– Oui, je vois ce que tu veux dire. »

Nous nous sommes regardés en laissant retomber le silence.

« Mais est-ce que ça te rend heureuse, ça ? ai-je demandé.

– Non. » Elle a baissé la tête, et j'ai eu du mal à distinguer les mots qu'elle a dits ensuite. « Je voudrais ressentir la même chose qu'eux, mais je ne peux pas. J'ai vraiment essayé.

– Peut-être… Et Hannah, quand j'ai dit qu'on était prêts à entrer dans le Revival, je le pensais, on le fera… Mais peut-être que si ça te demande tant d'efforts, c'est que ce n'est pas ce qu'il te faut.

– Ce n'est pas parce qu'une chose est difficile qu'il ne faut pas la faire. »

J'ai reconnu mes propres paroles, probablement prononcées avant un interminable entraînement de natation qu'elle voulait éviter.

« OK, tu m'as eu. Mais ça ne veut pas dire que tu dois entrer dans une secte. »

Dès que j'ai prononcé le mot « secte », je me suis préparé à un sursaut de colère, à me faire reprocher mes préjugés étriqués. Mais Hannah n'a pas contesté le terme.

« Ils essaient de construire quelque chose, a-t-elle dit.

– Ils vous font partager des pantalons. »

Elle a fermé les yeux, et un bref instant, j'ai eu peur d'être allé trop loin, mais en fait elle riait.

« C'est vraiment dégueulasse. Surtout si tu te retrouves avec le pantalon de Nek. Il transpire vraiment *beaucoup*.

– Ils ne sont pas les seuls à essayer de construire quelque chose. »

Ses yeux se sont ouverts et je lui ai parlé de Nasica et de Grand Junction, mais mon récit menait aux quads, au désert et au missile nucléaire. Je lui ai parlé du Delaware Water Gap, des fumeurs de joints, de Manny. Je lui ai parlé de l'homme sans pantalon. Je lui ai parlé de l'homme abattu sur la route. Je lui ai parlé de la QV Company. Je lui ai parlé de Penelope.

« On est désolés. Tous les deux. On t'aime énormément, et on s'est laissé prendre par nos propres combats. »

Elle m'a regardé un long moment. J'ai attendu.

« Je m'endors en pleurant la moitié du temps parce que vous me manquez trop, a-t-elle dit enfin. Tout ça, c'est tellement terrifiant, tellement dingue, je ne comprends même pas ce qui se passe. Tu crois que je ne regrette pas de ne pas avoir été à Bennington, quand tout s'est écroulé ? J'aurais pu rentrer *à pied*. Mais c'est ma vie. Il faut que je fasse quelque chose avec. Je ne peux pas revenir en arrière. Mais je n'ai pas la moindre idée de ce qu'il y a devant.

– Moi non plus. »

J'ai cru qu'elle allait dire quelque chose, mais ses yeux se sont remis à dériver. Des pas lourds retentissaient au-dessus de nos têtes, le sifflement de l'eau. Je ne sais pas à quoi elle pensait, elle ne me l'a pas confié. J'ai attendu en la regardant.

« Je vais partir, a-t-elle dit enfin. Mais ça ne veut pas dire que je vais rester avec vous. Je vais tracer ma propre route. »

J'ai fermé les yeux et l'ai serrée contre moi. Ma fille. Nous sommes restés comme ça jusqu'à ce que les pas au-dessus de nous fassent trembler le plafond, et nous avons commencé à établir un plan.

J'ai hasardé que le feu, peut-être, constituait une distraction suffisante, et que nous n'aurions pas de mal à filer à l'anglaise dans l'agitation, mais elle a secoué la tête. Le pare-feu remplissait sa fonction, les tuyaux d'arrosage la leur. La ligne des flammes passerait autour du campement tel un rêve, après quoi nous serions enfermés ici, dans le paysage calciné. Et Penelope allait arriver en haut de la colline d'ici quelques heures. Nous ne pouvions pas attendre.

C'est pourquoi je me suis glissé dehors dans la brume surréaliste de fumée et de gouttelettes d'eau qui se transformaient en vapeur sifflante en rencontrant les braises qui tombaient du ciel. Le rugissement lointain de l'incendie se mêlait au toussotement du groupe électrogène, une grosse machine ancienne, découverte, qui vibrait de toutes ses forces, les courroies tournant, peinant contre les verrous qui la retenaient au bloc de béton. Une clôture grillagée l'entourait, un petit carré avec un toit de tôle ondulée. Des bombonnes de gaz étaient stockées là, mais je n'avais pas besoin de les faire exploser pour créer une diversion. Arrêter le générateur allait suffire, c'était ce dont nous étions convenus, notre idée pour créer suffisamment de chaos et dévaler ainsi la colline sans nous faire remarquer par les gardes qui étaient toujours postés sur la route, sans nous faire remarquer par Eel.

L'incendie n'était plus un tableau lointain. Il léchait le bord du fossé, sa chaleur suffisant pour que tout donne l'impression d'être combustible. Ma tunique me collait au corps. Tout le monde travaillait en équipe, arrosant le bâtiment en décrivant de grands arcs avec les tuyaux, et à présent d'autres en faisaient de même avec des seaux.

La porte de l'enclos abritant le groupe électrogène était verrouillée. J'ai levé ma pelle et l'ai cognée contre le verrou, mais c'était sans espoir. Ensuite, j'ai passé le manche en bois par le grillage, mais je n'arrivais qu'à un centimètre de la courroie qui ronronnait. Il fallait que je le lance, si bien que je devais d'abord séparer le manche de la pelle. Je l'ai levée au-dessus de mon genou, parallèlement au sol, et je me suis interrompu. Si je n'abattais pas le manche avec suffisamment de force, il allait rebondir, et peut-être me casser le genou au passage. Le faire sans engagement total revenait à ne rien faire, donc j'ai abattu la pelle avec toute la force que j'avais, m'attendant à moitié à voir ma jambe se briser à la place. Mais le bois s'est cassé net, et la partie en métal s'est libérée dans ma main pour aller se ficher dans le sol meuble.

J'ai passé le manche par la clôture et tenté de ralentir ma respiration. Je n'avais droit qu'à un essai, et si je le manquais, j'aurais perdu mon bâton, et avec, ma chance de stopper le groupe électrogène.

Le calme face au chaos. Le rythme de ma respiration. J'ai pensé à Penelope, attendant dans la grotte que le soleil se lève. J'ai pensé à Hannah. Puis je n'ai plus pensé à rien, me suis absorbé complètement dans ma concentration sur le bâton dans ma main. Je l'ai fait glisser d'avant en arrière dans l'orifice, pour le soupeser, tel un joueur de billard qui s'apprête à tirer. Tout le bruit a disparu, le feu aussi. Je ne voyais plus que le générateur, qui vibrait comme un animal. J'ai lancé le manche de la pelle, un lancer miraculeux, parfait, et le bois est allé se ficher dans le vide autour duquel tournait la courroie. Il y est resté un moment, puis il est tombé sur la courroie, qui l'a réexpédié en l'air contre le volant d'inertie, dans une explosion d'éclats de bois. La courroie a émis un grincement aigu puis s'est rompue, claquant en l'air, tel un serpent qui se contorsionne, avant de retomber. Le groupe électrogène a frémi comme une bête agonisante, comme la vache que j'avais heurtée avec la voiture un million d'années auparavant, au Kansas, puis, avec un dernier beuglement, il s'est tu.

D'abord, il ne s'est rien passé. Les tuyaux continuaient d'arroser, et je me suis dit que je m'étais peut-être trompé dans mes calculs : peut-être que le générateur ne commandait pas la pompe, après tout. Mais bien vite, les jets d'eau ont faibli puis tari, et des cris se sont élevés au-dessus des rugissements du feu. J'ai couru vers les gardes en braillant : « À l'aide ! À l'aide ! Le bâtiment prend feu ! » Et je ne mentais pas : les braises commençaient déjà à fumer sur le toit, et les autres jetaient des pelletées de terre pour les éteindre, silhouettes se découpant sur la lumière pestilentielle de l'incendie. Les gardes ont couru rejoindre le groupe, et je me suis retrouvé sur la route, à leur place, cherchant des yeux Hannah. Les corps se confondaient tous dans la pénombre violacée, et j'ai dû réfréner mon désir de courir vers la troupe afin de voir où elle était. Je devais faire confiance à ma fille, l'attendre au point de rendez-vous que nous nous étions donné.

Et elle est apparue au coin du bâtiment, approchant au pas de course, regardant derrière elle la scène de chaos. Elle était seule. Nous pouvions prendre la route, personne ne nous verrait. Nous étions libres.

Quand elle est arrivée tout près, j'ai remarqué la concentration sur son visage, son intensité. Le portrait craché de sa mère. Je m'apprêtais à l'appeler lorsque, par-dessus son épaule, j'ai vu Eel débouler à toute vitesse. Il avait la bouche ouverte, il criait et nous montrait du doigt, tentant d'attirer l'attention du garde qui courait dans l'autre sens. Il a tiré sur sa manche, comme un petit garçon. Le garde a jeté un regard vers nous puis l'a fait lâcher, d'un geste. Le feu prenait sur le toit, les flammes s'élevaient pour rejoindre les braises qui tombaient du ciel.

Eel lui a pris le fusil. Le garde a baissé la tête pour laisser passer la sangle, puis il a couru vers le bâtiment, et Eel a braqué le canon sur moi, mais Hannah se trouvait entre nous. L'espace d'un instant, nous nous sommes retrouvés alignés, Eel et moi qui nous regardions, et Hannah qui bougeait entre nous telle une perle sur une cordelette. Puis il est parti sur la droite, fonçant vers la rangée de voitures que le Revival gardait en lisière du campement.

Hannah a vu ce qui se passait sur mon visage sans même se retourner. Elle m'a pris la main et a accéléré, courant de toutes ses forces à présent, remuant les bras en rythme. « Viens ! » a-t-elle crié, et je l'ai suivie, trébuchant en tentant de soutenir l'allure. Toutes ces fois, quand elle était petite, où elle battait des jambes pour tenter de me rejoindre quand je faisais mon jogging. À présent c'était elle qui m'attendait, ralentissait pour ne pas me devancer.

Le couinement des pneus s'est fait entendre par-dessus le tohu-bohu, les phares ont transpercé la nuit, et Hannah a crié : « Dépêche-toi, papa ! Il arrive ! » Je n'ai pas pu regarder derrière, j'aurais été aveuglé par la lumière qui inondait la route, étirant soudain mon ombre folle sur la chaussée.

Il n'allait pas laisser partir Hannah. J'ai entendu le moteur vrombir. Il allait m'écraser sans une once d'hésitation. J'ai couru encore plus vite.

Nous arrivions à un virage en épingle. Hannah a plongé sur la gauche et je l'ai suivie, et nous avons dévalé les éboulis de la pente tandis que Eel poussait son moteur et prenait le virage à toute vitesse. J'ai trébuché, mais j'avançais, et elle était à côté de moi, me soulevant presque lorsque nous avons rejoint la route plus bas. La voiture nous rattrapait, et les rochers commençaient à apparaître dans le désert autour de nous.

« Par là ! »

J'ai tiré Hannah par la manche et nous avons de nouveau quitté la route et couru dans l'obscurité subite. Mes chevilles se tordaient sur les petits cailloux et les broussailles s'accrochaient au tissu rêche de mon pantalon. Tous les rochers se ressemblaient dans le halo brouillé de l'incendie, des masses qui nous surplombaient tels des navires échoués. Aucun n'était le bon. Pas de grotte, pas de Penelope. La voiture a quitté la route derrière nous, et les rochers projetaient des ombres gigantesques qui partaient d'un côté sur l'autre tandis qu'il tentait de trouver un chemin entre les obstacles. Puis les phares sont partis vers le haut, disparaissant dans le ciel, et j'ai compris qu'il avait fini dans un fossé quelque part, et qu'il était maintenant à pied. J'ai entendu un coup de feu, une percussion nette dans le grondement ambiant.

« On va où, papa ? » a crié Hannah.

Sans répondre, j'ai continué de courir, tournant la tête à gauche et à droite en quête de la Camaro, des deux rochers appuyés l'un contre l'autre.

J'ai entendu Penelope avant de la voir, une voix dans le noir qui criait mon nom, et nous avons couru vers la gauche, contournant un rocher. Notre voiture était là, non plus noire mais rouge, avec la lueur des flammes qui dansait sur sa carrosserie luisante. Penelope se tenait là, regardant de l'autre côté, quand Hannah a crié.

« Maman ! »

Elles se sont tombées dans les bras, un cri profond, guttural, s'échappant de la gorge de Penelope, et j'ai couru vers elles, sans cesser de chercher Eel des yeux dans la pénombre. Si nous montions dans la voiture, nous pouvions foncer, en misant sur le fait qu'il ne soit pas très bon tireur. Je m'apprêtais à dire ça, à les entraîner vers la Camaro, quand j'ai vu un mouvement furtif. Il était juste à gauche, et il avançait à pas lents, méthodiques, à travers le champ de rochers, en chasse.

« La grotte ! » ai-je chuchoté.

Penelope a attiré Hannah sous le rocher dans le noir.

« Nah ! » a-t-il crié. Il tournait sur lui-même, scrutant la pénombre. « Reviens ! »

Nous n'avons pas fait un bruit, immobiles dans la grotte, Hannah et Penelope dans les bras l'une de l'autre.

« Me fais pas ça, Hannah ! »

Sa voix était rauque, comme s'il luttait contre les larmes. J'ai vu le moment où il a remarqué la Camaro. Je ne distinguais pas son visage, mais sa silhouette s'est figée, et j'ai su ce qu'il regardait. Il s'est mis à avancer encore plus lentement, fusil sur l'épaule. Hannah et Penelope étaient blotties l'une contre l'autre derrière moi. J'étais accroupi à l'entrée de la grotte, sous le rocher bas. Eel s'est approché, et là, j'ai vu son visage dans la lueur rougeâtre. Il avait les yeux plissés, sa mâchoire remuait comme s'il mastiquait quelque chose.

« Sors de là ! Hannah ! Sors de là ! Je suis venu te chercher ! Je te ramène chez nous ! »

Penelope a serré plus fort Hannah, comme si elle pouvait l'envelopper de son corps. Eel s'est encore approché de la voiture, si bien que je ne voyais plus que ses jambes, ses pieds qui traînaient sur le sable et les petits cailloux.

« Hannah ! » Sa voix s'est brisée. « Ta place est avec moi. »

Hannah s'est dégagée de l'étreinte de Penelope et m'a regardé, comme pour me signifier quelque chose. Sans un mot, elle a couru à l'autre bout de la grotte et s'est faufilée sous le rocher, disparaissant de notre vue. Penelope a ouvert la bouche, cherché à la retenir, mais elle était partie.

Pendant un instant, tout est resté silencieux. Puis Eel a commencé à s'accroupir, s'apprêtant à regarder dans la grotte, et la voix d'Hannah a retenti au loin :

« Je n'appartiens à personne ! »

Une pierre a volé dans la pénombre, en biais. Elle a manqué Eel d'une trentaine de centimètres. Il s'est orienté dans cette direction, me tournant le dos, et à ce moment, j'ai compris le plan d'Hannah, le rôle que je devais jouer une fois qu'elle aurait fait diversion.

« Me force pas à faire ça ! » a crié Eel.

Je me suis élancé dehors. Empoignant ses genoux, je l'ai plaqué au sol. Le fusil a glissé de ses mains, et il a atterri lourdement. Aussitôt tombé, il a tenté de se relever. Il était hors de lui, se débattant comme un beau diable tandis que nous roulions l'un sur l'autre dans notre lutte. Penelope a crié mon nom. Eel s'est immobilisé un bref instant, puis il m'a fait basculer d'une secousse violente, et il s'est mis à ramper pour récupérer son arme. S'il y arrivait, tout serait perdu, nous n'aurions atteint la ligne d'arrivée que pour mourir sous les yeux d'Hannah.

D'où m'est venue cette idée, je n'en sais rien. Peut-être de la douleur causée par San Cristóbal s'enfonçant dans mon pied lorsque nous dévalions la montagne en courant comme des dératés. J'ai fouillé dans ma chaussette et l'ai attrapé par sa chaîne, puis je me suis jeté en avant et j'ai atterri sur le dos d'Eel, juste au moment où ses doigts allaient se refermer sur la crosse du fusil. Avec un geste convulsif, j'ai passé la chaîne autour de son cou et me suis penché en arrière, tirant si fort que je me suis confondu avec le mouvement. Je n'étais plus que cette paire de mains, en sang, à vif, sur la chaîne. Eel a émis un gargouillement, une toux, comme si un morceau de viande s'était coincé dans son œsophage. Un coup de feu est parti, puis un autre. Il tentait de ramener l'arme contre moi, mais j'étais trop près de lui, nos deux torses une même masse qui se tortillait dans le noir. J'ai senti la peau se fendre sur son cou, senti le sang couler, chaud, sur mes mains, et j'ai prié pour que la chaîne tienne. Tout ce qu'il me fallait, c'était que la chaîne tienne, que San Cristóbal m'accorde un dernier miracle. Eel s'est cambré en tentant de se libérer, un nouveau coup est parti, puis un autre, et encore un autre, et j'ai tiré plus fort sur la chaîne. Nous avons roulé de nouveau. Il était sur moi, et je regardais, par-dessus ses cheveux hérissés, le feu qui tombait du ciel, la pluie rouge qui descendait sur nous tandis que je luttais, et son sang se mêlait avec le mien. Puis il a cessé de bouger, eu un soubresaut, et s'est immobilisé. Mais mes mains refusaient d'arrêter de tirer, ma respiration était un râle. Hannah m'a touché le visage.

« Papa, il est mort. Papa. »

Penelope aussi. Elle était là, et elles me touchaient les bras, desserraient mes doigts, et écartaient Eel pour me dégager. Il a roulé par terre avec un bruit sourd, et s'est étalé, mort, le visage mort aussi, les yeux fixes, son sang formant déjà une flaque dans le sable, mêlé au mien. Mes mains tremblaient, et ma respiration ressemblait à des sanglots.

« Il faut qu'on parte, disait Penelope. Il faut qu'on parte. »

J'ai tenté de me lever, mais n'ai pas pu. Je suis retombé à genoux, et elles ont passé leurs bras sous les miens, m'ont soulevé et m'ont traîné à la voiture, où elles m'ont déposé sur le siège passager. Je claquais de nouveau des dents, comme si je ne m'étais jamais réchauffé, et des ondes cuisantes de douleur sont remontées dans ma mâchoire. Hannah a fait le tour pour monter à l'arrière, comme si nous nous apprêtions à la déposer chez une copine ou à un entraînement. J'avais envie de lui prendre la main, mais je n'arrivais à voir que les yeux vides d'Eel fixant le feu dans le ciel et mes bras tremblaient même quand je les serrais contre mon corps, les pressais contre moi.

Penelope a mis le contact, et le moteur a rugi.

Elle m'a regardé, elle a regardé Hannah.

« Vous êtes prêts ? »

J'ai réussi à hocher la tête. Et à l'arrière, Hannah a dit :

« Allons-y. »

Penelope a enfoncé la pédale d'accélérateur et nous nous sommes mis à filer dans le désert, vers la route. Le campement du Revival n'était plus qu'une colonne de fumée noire s'élevant derrière nous, et elle a obliqué vers l'est, tournant le dos au ciel lugubre, au ciel déchiré, et nous étions de nouveau en route, de nouveau réunis, en route vers Grand Junction, quelque part devant nous, dans la nuit noire.

REMERCIEMENTS

À mon agent, Henry Dunow, merci d'avoir cru en ma voix dès le début, et merci pour ton esprit éditorial brillant. Sans toi, ce livre serait l'ombre de lui-même. Merci à Sara Nelson, tout aussi brillante, dont l'instinct ne se trompe jamais, et qui a vu ce que pouvait devenir ce livre.

Merci à Arielle Datz chez DCL, et à toute l'équipe de Harper : Katie O'Callaghan, Martin Wilson, Jessie Maimone, Zoya Feldman, Edie Astley, Mary Gaule et toutes les personnes qui ont travaillé en coulisse à faire de cet ouvrage une réalité.

Je suis reconnaissant à toutes celles et ceux qui ont lu des premières versions du roman et m'ont fait des remarques qui l'ont rendu bien meilleur, en particulier Del Case, Greta Doctoroff, Michael Forbes, Pearce Green et Lisa Waller.

Aux professeurs qui ont changé ma vie à tant de titres : Danny Paul, Tom Donnelly, Sue Benston, Kim Benston, et Michael Ryan – merci. Et à toutes les générations d'étudiants à qui j'ai enseigné : vous avez fait partie de cette aventure dès le début, et votre talent, votre zèle, votre bienveillance et votre fibre morale m'impressionnent et m'inspirent chaque jour.

Merci à tous mes collègues à Irvine, en particulier Matt Thomas, qui a lu mes premières nouvelles et affirmé que j'étais un auteur de fiction. Et à Andrew Tonkovitch, de la *Santa Monica*

Review, pour avoir publié une de ces nouvelles. Ces graines de foi plantées il y a longtemps m'ont permis de tenir pendant des années.

Merci également aux ami·e·s et membres de ma famille qui m'ont soutenu et encouragé, en particulier ma sœur, Abby, ma mère, Betsy, et mon père, Alan.

Et à Greta : dire que ce livre n'existerait pas sans ton amour, ton soutien, ta foi et ton intuition, c'est encore être loin du compte. Comment ai-je pu mériter la chance d'être avec toi ?

Et en dernier lieu, à Daphne, ma fille : je suis incroyablement fier de toi, et tu as mon amour inconditionnel pour toujours. Je ferais le tour du monde dans les deux sens pour toi.

Imprimé en France
par Normandie Roto Impression s.a.s. à Lonrai
N° d'impression : 2400315

#lisez engagé!
www.lisez.com
Pour plus d'information :
Imprimé sur du papier issu de forêts gérées durablement.